Originaire du Nebraska, Dan Chaon est l'auteur de *Parmi les disparus* et *Le Livre de Jonas*. Il a reçu de nombreuses distinctions littéraires aux États-Unis. Il vit à Cleveland (Ohio) et enseigne à Oberlin College.

DU MÊME AUTEUR

Parmi les disparus
Albin Michel, 2002

Le Livre de Jonas
Albin Michel, 2006

Dan Chaon

CETTE VIE OU UNE AUTRE

ROMAN

Traduit de l'anglais (États-Unis) par Hélène Fournier

Albin Michel

TEXTE INTÉGRAL

TITRE ORIGINAL
Await your reply
Publié avec l'accord de Ballantine Books,
une marque de The Random House Publishing Group,
filiale de Random House, Inc.

ISBN 978-2-7578-3091-8
(ISBN 978-2-226-21871-1, 1re publication)

À Sheila

PREMIÈRE PARTIE

J'étais à mes yeux quelque chose comme un songe,
Un délire ou un reflet dans un miroir étranger,
Sans nom, ni raison, ni chair.
Déjà je connaissais la liste des crimes
Que je devais commettre.

Anna Akhmatova[1]

1. *Élégies du Nord et autres poèmes*, coédition Alidades et Cazimi, 1989, traduit du russe par Christian Mouze.

1

On est en route pour l'hôpital, dit le père de Ryan.
Écoute-moi, fiston :
Tu ne vas pas te vider de ton sang.

Ryan est suffisamment conscient pour que les paroles de son père filtrent jusqu'à lui comme la lumière du soleil à travers un store. Il a les yeux fermés, son corps tremble, et il s'efforce de lever le bras gauche et de le maintenir dans cette position. *On est en route pour l'hôpital*, dit son père, et Ryan claque des dents, il les serre et les desserre, et des lumières vacillantes et colorées – vertes, indigo – jouent sur ses paupières.

Sur le siège, entre son père et lui, sa main sectionnée repose dans une glacière de huit litres en polystyrène.

La main pèse à peine quatre cents grammes. Les ongles sont coupés, et la pratique de la guitare a rendu l'extrémité des doigts calleuse. La peau a pris une teinte bleutée.

Il est environ trois heures du matin en ce jeudi du mois de mai dans cette partie rurale de l'État du Michigan. Ryan ignore totalement s'ils en sont encore loin mais il répète avec son père, *on est en route pour l'hôpital, on est en route pour l'hôpital*, et il veut absolument y croire, croire que ce n'est pas juste le genre de phrase que l'on dit à quelqu'un pour le calmer. Mais il n'en est pas sûr. Dehors, il n'aperçoit que la voûte noire des arbres au-dessus de la route, le véhicule poursuivant le faisceau lumineux des phares et l'obscurité, ni ville, ni bâtiment, l'obscurité, la route, la lune.

2

Quelques jours après que Lucy eut obtenu son diplôme de fin d'études secondaires, George Orson et elle quittèrent la ville en pleine nuit. Ce n'étaient pas des fugitifs – pas exactement – mais il est vrai que personne ne savait qu'ils s'en allaient, et il est également vrai que personne ne saurait où ils étaient partis.

Une certaine discrétion, une certaine réserve, étaient nécessaires, ils s'étaient mis d'accord là-dessus. Du moins jusqu'à ce qu'ils y voient plus clair. George Orson était non seulement son petit ami mais aussi son ancien professeur d'histoire, ce qui avait compliqué les choses à Pompey, Ohio.

En fait, ce qu'ils faisaient n'était pas si immoral que ça. Lucy avait dix-huit ans, presque dix-neuf – une adulte aux yeux de la loi –, ses parents étaient morts, et elle n'avait pour ainsi dire aucun véritable ami. Elle avait vécu dans la maison de ses parents avec sa sœur aînée, Patricia, mais elles n'avaient jamais été proches. Elle avait aussi des oncles, des tantes et des cousins avec qui elle parlait rarement. Quant à George Orson, elle ne lui connaissait aucune famille.

Et donc : pourquoi pas ? Ils pourraient rompre avec le passé. Une nouvelle vie.

Pourtant, Lucy aurait préféré qu'ils s'enfuient ailleurs.

Ils arrivèrent dans le Nebraska après avoir roulé plusieurs jours et, comme elle dormait, elle n'avait pas remarqué qu'ils avaient quitté l'autoroute. Quand elle ouvrit les yeux, ils étaient seuls sur la route et la main de George Orson était sagement posée sur sa cuisse : une adorable habitude qu'il avait prise, poser sa paume sur sa jambe. Elle pouvait se voir dans le rétroviseur extérieur, ses cheveux ondulés, ses lunettes de soleil qui reflétaient les étendues immobiles de plaines herbeuses couleur lichen. Elle se redressa.

« On est où ? » demanda-t-elle, et George Orson l'examina. Le regard triste et distant. Ça lui rappela la petite fille qu'elle était, la petite fille dans la vieille voiture familiale, les mains de plombier de son père, épaisses et calleuses, serrant le volant, sa mère fumant une cigarette alors qu'elle était infirmière, la vitre légèrement baissée pour que la fumée puisse s'échapper, sa sœur endormie sur la banquette derrière leur père, qui respirait la bouche ouverte, et elle, assise à côté, les yeux mi-clos, l'ombre des arbres glissant sur son visage et se demandant : *On est où ?*

Lucy se redressa pour chasser ce souvenir.

« Presque arrivés », murmura George Orson, comme s'il se remémorait quelque chose de triste.

Et quand elle rouvrit les yeux, il y eut le motel. Ils étaient garés devant : une tour dont la silhouette se dressait au-dessus d'eux.

Il fallut un moment à Lucy pour comprendre que le bâtiment était censé être un phare. Ou plutôt, le devant du bâtiment, la façade, avait la forme d'un phare. C'était une imposante structure tubulaire faite de blocs de ciment, haute peut-être de dix-huit mètres, large à la base, étroite au sommet, avec des rayures en spirale blanches et rouges.

LE MOTEL DU PHARE, annonçait une grande enseigne au néon éteinte – des lettres fantaisie semblables à des cordages noués – et Lucy, bouche bée, resta dans la voiture, resta dans la Maserati de George Orson.

À la droite du phare, une cour entourée d'un bâtiment en L d'une quinzaine de chambres ; et sur la gauche, un peu en hauteur, une vieille maison, celle où les parents de George Orson avaient vécu. Pas exactement un hôtel particulier mais, vision saisissante sur cette vaste étendue herbeuse, une bâtisse victorienne à deux étages dotée de tout ce qui fait une maison hantée : tourelle, galerie circulaire, lucarnes et cheminées en encorbellement, comble sur pignons et bardeaux festonnés. Aucune autre habitation en vue, pratiquement aucun autre signe de civilisation, pratiquement rien si ce n'est l'immense ciel du Nebraska penché sur eux.

L'espace d'un instant, Lucy crut qu'il s'agissait d'une blague, qu'elle avait devant les yeux un petit parc d'attraction ringard. En cette journée d'été, ils s'étaient arrêtés à la tombée de la nuit devant le phare abandonné du motel avec, derrière lui, la silhouette de la vieille maison ridiculement terrifiante. Lucy s'était dit pourquoi pas la pleine lune et un hibou dans un arbre dépouillé, et George Orson avait soupiré.

« Nous y voilà », dit-il. Il savait certainement l'effet que cela lui faisait.

« C'est ici ? s'étonna Lucy dont la voix, malgré ses efforts, trahit son incrédulité. Attends, George. C'est ici qu'on va vivre ?

– Pour l'instant, répondit George Orson en lui lançant un regard désabusé, comme si elle le décevait. Seulement pour l'instant ma chérie », et elle remarqua des boules d'amarante coincées dans les haies desséchées qui bordaient la cour. Des boules d'amarante !

Elle n'en avait jamais vu sauf dans des films sur les villes fantômes de l'Ouest américain. Difficile de ne pas flipper un peu.

« C'est fermé depuis combien de temps ? demanda-t-elle. J'espère qu'il n'y a pas plein de souris ou…

– Non, non, répondit George Orson. Il y a une femme de ménage qui vient régulièrement, donc je suis sûr que ça ira. Ce n'est pas comme si c'était laissé à l'abandon. »

Elle sentit qu'il la suivait des yeux quand elle sortit de la voiture, en fit le tour et se dirigea vers la porte rouge du phare. Le mot BUREAU apparaissait au-dessus de la porte. Et un autre néon éteint annonçait : COMPLET.

Jadis, l'endroit était plutôt réputé. C'est ce que George Orson lui avait dit tandis qu'ils traversaient l'Indiana ou l'Iowa ou un autre de ces États. Ce n'était pas exactement un palace, avait-il ajouté, mais un endroit plutôt chic – « quand il y avait un lac », avait-il précisé et elle n'avait pas vraiment compris ce à quoi il faisait allusion.

« Un endroit romantique, alors. » C'est ce qu'elle avait dit avant d'arriver à destination. Elle s'était représenté une station balnéaire du genre de celles dont on parle dans les romans, où se rendent de timides Anglais qui tombent éperdument amoureux.

« Non, non, avait rétorqué George Orson. Pas vraiment. » Il avait tenté de l'avertir. « Je ne dirais pas que c'est romantique. Plus maintenant. » Il expliqua que le lac – en fait, un réservoir – avait souffert de la sécheresse, que les fermiers cupides n'avaient pas cessé d'arroser leurs champs subventionnés par le gouvernement et que, sans que personne s'en aperçoive, il n'était presque plus resté d'eau. « Alors toutes les activités touristiques ont été touchées, naturellement.

Ce n'est pas facile de pêcher, de faire du ski nautique ou de nager dans le lit d'un lac asséché. »

Il lui avait bien tout expliqué mais il avait fallu qu'elle le voie pour comprendre.

Il était sérieux. Il n'y avait plus de lac. Il n'y avait qu'une vallée nue – un cratère jadis rempli d'eau. Un chemin menait jusqu'à la « plage », et un appontement en bois se prolongeait jusqu'à une étendue de sable et de hautes herbes jaunies, de plantes rabougries qui, se dit-elle, finiraient par se transformer en boules d'amarante. Les restes d'une vieille balise flottante étaient échoués sur la terre apportée par le vent. Elle aperçut ce qui avait été la rive opposée du lac, une rive qui, à une dizaine de kilomètres de là, s'élevait au-dessus du réservoir vide.

Lucy se retourna alors que George Orson ouvrait le coffre de la voiture pour en extraire la plus grande des valises.

« Lucy ? dit-il d'une voix qu'il voulut gaie et pleine de sollicitude. Entrons, tu veux bien ? »

Elle le regarda passer devant le bureau du motel et monter les marches en ciment qui conduisaient à la vieille maison.

3

Quand son ardeur téméraire commença à s'essouffler, Miles approchait déjà du cercle arctique. Il avait roulé des jours durant à travers le Canada, en direction du nord, dormant dans la voiture pour reprendre le volant dès le réveil, empruntant la moindre route qu'il pouvait trouver, un tas de cartes, véritables origamis, posées sur le siège passager. Les noms des endroits traversés devenaient de plus en plus fantasmagoriques – Destruction Bay, The Great Slave Lake, Ddhaw Ghro, Tombstone Mountain – et quand il finit par arriver à Tsiigehtchic, il resta dans sa voiture, le moteur au ralenti, devant le panneau de bienvenue, fixant l'enchevêtrement de lettres, comme si sa vue était déficiente, une forme de dyslexie due à la privation de sommeil. Mais non. D'après un des guides qu'il avait achetés, Tsiigehtchic signifiait, en langue gwich'in, « embouchure de l'Iron River ». Toujours d'après cet atlas, il avait atteint le confluent du Mackenzie et de l'Arctic Red.

BIENVENUE À TSIIGEHTCHIC !

Situé sur l'emplacement d'un camp de pêche traditionnel gwich'in. En 1868, les pères Oblats y établirent une mission. Vers 1902, un comptoir commercial y fut installé. Edgar « Spike » Millen, un sergent de la police montée canadienne posté à Tsiigehtchic, fut tué par le trappeur fou, Albert Johnson, lors de la fusillade du 30 janvier 1932 dans la région de la Rat River.

Les Indiens Gwich'ins continuent à entretenir des liens très étroits avec leur terre. Vous pouvez les voir pêcher au filet toute l'année et faire sécher du poisson et de la viande dans le respect des traditions. En hiver, les trappeurs chassent les animaux à fourrure pour la valeur qu'ils représentent.

NOUS VOUS SOUHAITONS UNE AGRÉABLE VISITE !

Il épela silencieusement le nom de la ville et ses lèvres gercées restèrent collées. « *T-s-i-i-g-e-h-t-c-h-i-c* », dit-il, et aussitôt une sombre pensée commença à germer dans son esprit.

Qu'est-ce que je suis en train de faire ? se dit-il. *Et pourquoi ?*

Le voyage ressemblait de plus en plus à une hallucination. À un moment, le soleil avait cessé de se lever et de se coucher ; il semblait aller et venir lentement dans le ciel, mais Miles ne pouvait pas le certifier. Sur cette partie de la route Dempster, une poudre d'un blanc argenté recouvrait la piste. Du calcium ? La poudre semblait briller – mais dans cette étrange lumière, tout brillait : l'herbe et le ciel, et même la terre, étaient comme fluorescents, éclairés de l'intérieur.

Il s'était garé sur le bord de la route, l'atlas posé sur le volant, ouvert devant lui, un tas de vêtements sur la banquette arrière ainsi que les cartons de documents, cahiers, journaux intimes et lettres qu'il avait rassemblés au fil des années. Il portait des lunettes de soleil, et il frissonnait légèrement, sa barbe clairsemée était d'un brun jaunâtre, une couleur passée semblable à une tache de café. Le lecteur CD de la voiture était en panne, et de la radio ne s'échappait qu'un mélange lugubre de parasites et de voix lointaines et déformées. Et bien sûr, la réception des portables était nulle. Un désodorisant en forme de sapin pendait au rétroviseur, tournoyant sous le souffle du dégivreur.

Devant, plus très loin, se trouvait la ville d'Inuvik et l'ample delta qui menait à l'océan Arctique et aussi – il l'espérait – à son frère jumeau, Hayden.

4

L'homme demanda : « Au-dessus du poignet ? Ou en dessous du poignet ? »

L'homme parlait d'une voix endormie, presque indifférente, le genre de voix qu'on entend lorsqu'on appelle un service d'assistance téléphonique pour un problème informatique. Il regarda le père de Ryan avec affabilité. « Ryan, je veux que vous disiez à votre père d'être raisonnable », mais Ryan ne put rien dire car il pleurait en silence. Ils étaient attachés à des chaises, à la table de la cuisine, son père frissonnait et ses longs cheveux sombres retombaient de chaque côté de son visage. Mais quand il leva la tête, il avait l'air buté et plutôt inquiétant.

L'homme soupira. Il remonta soigneusement la manche de Ryan au-dessus du coude et posa un doigt sur le petit os arrondi de son poignet. C'était la « styloïde ulnaire », Ryan s'en souvenait. Un cours de biologie qu'il avait suivi, un jour. Il ignorait pourquoi ce nom lui était revenu à la mémoire si facilement.

Au-dessus du poignet… l'homme dit au père de Ryan… *ou en dessous du poignet ?*

Ryan s'efforçait d'atteindre un certain état de détachement – un état zen, se dit-il – même s'il est vrai que plus il tentait de sortir de son corps, plus il avait une conscience aiguë de ce corps. Il se sentait trembler. Il sentait l'eau salée couler de son nez et de ses yeux et sécher sur ses joues. Il sentait les bandes de ruban adhésif qui le retenaient à la chaise de la cuisine en travers de ses avant-bras nus, de son torse, de ses mollets et de ses chevilles.

Il ferma les yeux et tenta de se représenter son esprit en train de s'élever vers le plafond. De se glisser hors de la cuisine – où son père et lui étaient cloués à des chaises au dossier dur – en passant devant la paillasse à côté de l'évier encombrée de piles de vaisselle sale et devant le grille-pain d'où émergeait encore un bagel. De flotter sous l'ouverture voûtée qui donnait accès au salon où deux hommes de main en T-shirt noir rassemblaient des pièces détachées d'ordinateur et traînaient des câbles et des cordons électriques emmêlés. Son esprit franchirait le seuil de la porte d'entrée derrière eux et les suivrait tandis qu'ils balanceraient le matériel dans la camionnette blanche, descendraient l'allée et emprunteraient l'autoroute. Le clair de lune vacillant à travers les branches des arbres, son esprit prend de la vitesse, les panneaux lumineux surgissent de l'obscurité, il s'élève comme un avion et les motifs dessinés par les lumières des maisons, les routes et les cours d'eau qui mouchettent la terre et s'entrecroisent deviennent tout petits. *Woooooooooooo* – comme un ballon que l'on dégonfle, le hurlement d'une sirène, le gémissement du vent. Comme une personne en train de crier.

Il ferma les yeux et serra la mâchoire quand on lui empoigna la main et qu'on l'abaissa sur la table. Il essaya de penser à autre chose.

À de la musique ? À un paysage, à un coucher de soleil ? Au visage d'une jolie fille ?

« Papa, s'entendit-il dire en claquant des dents. Papa, s'il te plaît, sois raisonnable, s'il te plaît, s'il te plaît, sois… »

Ne pas penser au truc à trancher que l'homme leur avait montré. Une simple longueur de fil de fer, de fil de rasoir très fin avec, à chaque extrémité, une poignée en caoutchouc.

Ne pas penser à la façon dont son père fuyait son regard.

Ne pas penser à sa main, au fil de fer enroulé autour de son poignet, à sa main garrottée, au fil tranchant qui se resserrait. Qui traverserait aisément la peau et les muscles. Il y aurait un accroc, un pépin, quand il atteindrait l'os, mais il parviendrait à le trancher, lui aussi.

5

Et Lucy sortit d'un sommeil peuplé de cauchemars. Elle rêvait qu'elle était encore emprisonnée dans son ancienne vie, qu'elle était encore dans une salle de classe du lycée, et elle n'arrivait pas à ouvrir les yeux alors qu'elle savait qu'il y avait un connard assis derrière elle qui lui balançait des trucs dans les cheveux – des crottes de nez, ou peut-être des minuscules boulettes de chewing-gum – mais elle ne pouvait pas se réveiller alors qu'on frappait à la porte, alors qu'une secrétaire était là, munie d'un mot qui disait, *Lucy Lattimore, veuillez vous rendre dans le bureau du proviseur. Vos parents ont eu un terrible accident…*

Mais non. Elle ouvrit les yeux, et en fait on était en juin, en début de soirée, dehors le soleil brillait encore, et elle s'était endormie dans l'alcôve de la maison des parents de George Orson, devant un vieux film en noir et blanc, une cassette vidéo qu'elle avait trouvée sur une pile près de l'ancien meuble de télévision…

« Pourquoi ne pas vous reposer un moment et écouter la mer ? » demanda la femme dans le film.

Elle entendait George Orson utiliser la planche à découper dans la cuisine – un tapotement rythmé et volontaire qui s'était immiscé dans son rêve.

« C’est tellement apaisant, poursuivit la femme dans le film. Écoutez-la. Écoutez la mer… »

Il fallut à Lucy un certain temps pour réaliser que le bruit s’était arrêté et, quand elle leva la tête, elle aperçut George Orson debout sur le seuil de la porte dans son tablier de cuisine rouge, balançant le couteau en argent au bout de ses doigts.

« Lucy ? »

Elle se redressa, s’efforçant d’émerger de son sommeil, tandis que George Orson inclinait la tête.

Il était élégant, se dit-elle, élégant dans sa tenue d’intellectuel, chemise et sweater, qu’on voyait rarement à Pompey, Ohio, avec ses cheveux bruns coupés ras, sa barbe taillée avec soin, et une expression qui pouvait être tout à la fois bienveillante et farouche. Il avait une dentition parfaite, un corps svelte et – même si ce n’était pas manifeste à première vue – athlétique bien qu’il ait, avait-il dit, « un peu plus de trente ans ».

Ses yeux étaient d’un vert d’eau incroyable, une couleur si rare qu’au début, elle l’avait crue artificielle, des lentilles de contact fantaisie.

Il cligna des yeux comme s’il avait l’intuition qu’elle pensait à eux.

« Lucy ? Tu vas bien ? » demanda-t-il.

Pas vraiment. Mais elle se redressa et sourit.

« Tu es comme hypnotisée.

– Ça va », répondit-elle en lissant ses cheveux.

Elle s’arrêta ; une fois de plus, George Orson la regardait comme s’il lisait dans ses pensées.

« Ça va bien, je t’assure », insista-t-elle.

George Orson et elle allaient vivre dans la vieille maison derrière le motel, juste un petit moment, jusqu’à ce qu’ils y voient plus clair. Juste le temps que l’agitation

« retombe un peu », lui avait-il dit. Dans tout ça, elle ne savait pas ce qui relevait de la plaisanterie. Il était souvent ironique quand il parlait. Il pouvait imiter des gens, des accents, citer le passage d'un livre ou les répliques d'un film.

Faisons comme si nous étions « partis en cavale », dit-il, l'air railleur, alors qu'ils étaient assis dans une espèce de salon avec des lampes somptueuses et des bergères recouvertes d'un drap, et il caressa sa jambe lentement pour la rassurer. Elle posa son Coca light sur la vieille table basse recouverte d'un napperon, et une perle de condensation coula sur la paroi de la canette.

Elle ne comprenait pas pourquoi ils ne pouvaient pas fuir à Monaco ou aux Bahamas, ou même dans la région de la Riviera Maya au Mexique.

Mais – « Sois patiente », lui dit George Orson et il la considéra de son air à la fois tendre et taquin, penchant la tête pour la regarder droit dans les yeux quand elle détourna le visage. « Fais-moi confiance », ajouta-t-il avec l'assurance qu'elle lui connaissait.

Bon, d'accord, elle devait bien reconnaître que les choses auraient pu être pires. Qu'elle aurait pu être encore à Pompey, Ohio.

Elle avait cru – avait été amenée à croire – qu'ils allaient être riches et oui, évidemment, ça faisait partie des choses dont elle avait envie. « Beaucoup d'argent », avait murmuré George Orson en baissant les yeux timidement avec un air de conspirateur. « Disons simplement que j'ai… investi », dit-il comme ci ce mot était un code que tous deux comprenaient.

C'était le jour de leur départ. Ils roulaient sur l'Interstate 80 en direction de cette propriété dont George Orson avait hérité de sa mère. « Le Phare », avait-il dit. Le Motel du Phare.

Ils étaient partis environ une heure plus tôt et George Orson était d'humeur badine. Autrefois, il avait appris à dire bonjour dans une centaine de langues et il voulait savoir s'il s'en souvenait.

« *Zdravstvouytié*, dit-il. *Ni hao*.

– *Bonjour*, poursuivit Lucy qui avait détesté ses deux heures obligatoires de français, son enseignante, la douce mais impitoyable Mme Fournier, répétant inlassablement ces voyelles imprononçables.

– *Päivää*, renchérit George Orson. *Konnichi-wa. Kehro haal aahei.*

– *Hola*, dit Lucy de cette voix blanche que George Orson trouvait si drôle.

– Tu sais, Lucy, dit gaiement George Orson. Si on compte voyager à travers le monde, il va falloir que tu apprennes d'autres langues. Tu ne veux quand même pas être comme tous ces touristes américains qui partent du principe que tout le monde parle l'anglais.

– Ah bon ?

– Sauf si tu veux que tout le monde te déteste. » Et il la gratifia de son petit sourire triste. Sa main était toujours délicatement posée sur son genou. « Tu vas être une vraie cosmopolite », ajouta-t-il tendrement.

Ça avait toujours été une des choses qu'elle aimait chez lui. Il avait du vocabulaire et, dès le début, il l'avait traitée comme si elle comprenait ce qu'il disait. Comme s'ils avaient un secret, tous les deux.

« Vous êtes une jeune fille remarquable, Lucy. » C'est l'une des premières choses qu'il lui avait dites.

Ils étaient assis dans la salle de classe après les cours, elle était venue le voir sous prétexte de lui parler de l'examen à préparer pour la semaine suivante mais, très vite, ce sujet était passé à l'arrière-plan.

« En toute honnêteté, je ne pense pas que vous ayez à vous inquiéter », lui avait-il dit, puis il avait attendu. Ce sourire, ces yeux verts.

« Vous êtes différente des autres », avait-il ajouté.

Et elle trouvait qu'il avait raison. Mais comment, lui, pouvait-il le savoir ? Personne d'autre, au lycée, n'était de cet avis. Même si elle avait mieux réussi que quiconque le test d'aptitude aux études supérieures, même si elle avait eu des A dans presque toutes les matières, personne, que ce soit parmi les enseignants ou les élèves, ne s'était jamais comporté comme si elle était une jeune fille « remarquable ». La plupart des professeurs lui en voulaient, ils n'aimaient pas trop les ambitieux, se dit-elle, ceux qui voulaient quitter Pompey, et les élèves la prenaient pour un phénomène – peut-être pour une folle. Elle ne s'était pas aperçue qu'elle avait la manie de débiter des sarcasmes à voix basse jusqu'à ce qu'elle découvre que beaucoup, au lycée, la croyaient atteinte du syndrome de Gilles de la Tourette. Elle ignorait totalement quand et où la rumeur avait commencé à circuler, même si elle soupçonnait sa professeur d'anglais, Mrs. Lovejoy, dont les interprétations littéraires étaient tellement insipides que Lucy avait difficilement pu cacher – ou avait, apparemment, échoué à cacher – son mépris.

Par contre, George Orson aimait écouter ce qu'elle avait à dire. Il encourageait son regard ironique sur les grands personnages de l'histoire des États-Unis, réagissait en gloussant de plaisir à certains de ses commentaires, tandis que les autres élèves la fixaient, l'air profondément las. « Il est évident que vous avez un esprit brillant », lui écrivit-il sur une de ses copies, et quand elle vint après le cours lui parler du prochain examen, il lui dit qu'il savait ce que c'était que d'être différent – incompris.

« Vous savez de quoi je parle, Lucy. Je sais que vous ressentez la même chose. »

Peut-être. Elle ne bougea pas et le laissa poser son regard vert et intense sur elle, un regard intime, étrangement pénétrant, tout à la fois ironique et sincère, et sa respiration se bloqua. Elle savait très bien qu'on ne la trouvait pas jolie – en tout cas, pas dans l'univers conformiste du lycée de Pompey. Elle avait des cheveux épais et ondulés et ne pouvait pas s'offrir une coupe qui les rendrait plus faciles à coiffer, sa bouche était trop petite et son visage trop allongé. Mais peut-être que dans un contexte différent, peut-être qu'à une époque différente, elle aurait pu être belle, se dit-elle avec optimisme. Une fille dans un tableau de Modigliani.

Mais elle n'avait pas l'habitude qu'on la regarde droit dans les yeux. Elle tripota son foulard de soie, un foulard déniché dans une friperie qui avait peut-être un petit quelque chose qui rappelait Modigliani, et George Orson l'observa pensivement.

« Avez-vous déjà entendu le terme *sui generis* ? » demanda-t-il.

Ses lèvres s'entrouvrirent – comme si c'était un test, un concours d'orthographe. Au mur étaient affichées des maximes tirées du cours d'éducation civique. ELEANOR ROOSEVELT, 1884-1962 : « PERSONNE NE PEUT VOUS OBLIGER À CROIRE À VOTRE INFÉRIORITÉ SANS VOTRE CONSENTEMENT. » Légèrement mal à l'aise, elle secoua la tête.

« Je ne sais pas. Je ne sais pas trop.

– C'est ce que vous êtes, d'après moi, dit George Orson. *Sui generis*. Cela signifie “unique en son genre”. Mais pas le truc bidon qu'on dit pour se sentir bien, pour s'encourager – chacun est unique, etc., etc., uniquement pour stimuler l'estime de soi des gens médiocres.

« Non, non, poursuivit-il. Cela signifie que nous nous inventons. Cela signifie que vous vous situez au-delà des catégories : au-delà des notes, au-delà de la sociologie de bas étage, d'où on vient, ce que fait notre père, dans quelle université on entre. Vous n'appartenez pas à ce monde-là. C'est ce que j'ai tout de suite vu en vous. *Vous vous inventez*, dit-il. Vous comprenez ce que je veux dire ? »

Ils se regardèrent longuement. Eleanor Roosevelt leur faisait signe de la main en souriant, et Lucy sentit en elle un espoir pareil à un poing serré, doux et chaud. « Oui », dit-elle.

Oui. Cette idée lui plaisait : *Vous vous inventez*.

Ils rompaient avec le passé. Une nouvelle vie. N'est-ce pas ce qu'elle avait toujours voulu ? Peut-être pourraient-ils même changer de nom, avait suggéré George Orson.

« Je me lasse d'être George Orson », avait-il dit pour engager la conversation. Ils traversaient l'Illinois dans sa Maserati, capote abaissée, ses cheveux rebelles ondulaient dans son dos et elle portait des lunettes de soleil. Elle se regardait dans le rétroviseur extérieur, l'œil critique. « Et toi ?

– Et moi quoi ? demanda-t-elle en levant la tête.

– Que serais-tu si tu n'étais pas Lucy ? »

C'était une bonne question.

Elle ne lui avait pas répondu même si elle s'était surprise à y penser, à imaginer, par exemple, qu'elle aimerait porter le prénom d'une ville célèbre. *Vienne*, ce serait joli. *Londres*, ironique et vaguement mystérieux, un peu garçon manqué. *Alexandrie*, fier et royal.

« Lucy », d'un autre côté, était le prénom d'une fille effacée. Un prénom comique. Qui évoquait aux gens l'actrice de la série télé *I Love Lucy* avec sa stupidité digne d'une grosse farce, ou la petite fille autoritaire des *Peanuts*. Ou encore l'horrible chanson country que son père fredonnait souvent : *You picked a fine time to leave me, Lucille.*

Elle aimerait beaucoup se débarrasser de son prénom si elle en trouvait un autre suffisamment bien pour le remplacer.

Anastasia ? *Eleanor* ?

Mais elle se tut car quelque chose en elle lui disait que ces prénoms pouvaient paraître un peu vulgaires et gamins. Des prénoms qu'une fille d'origine modeste, vivant à Pompey, Ohio, trouverait élégants.

Ce qu'elle appréciait aussi chez George Orson, c'est qu'il en savait très peu sur son passé.

Par exemple, jamais ils ne parlaient de ses parents, de l'accident de voiture qui avait eu lieu l'été précédant son entrée en terminale, un vieil homme brûlant un feu rouge alors qu'ils se rendaient au Home Depot pour acheter des plants de tomates. Tués, tous les deux, bien que sa mère soit restée un jour dans le coma.

Les gens, au lycée, l'avaient appris, et elle avait toujours vécu ça comme une intrusion dans sa vie privée. Une secrétaire lui avait présenté ses condoléances et Lucy avait hoché la tête, avec amabilité crut-elle, alors qu'elle trouvait répugnant que cette inconnue soit au courant de ses affaires. *Quel culot !* s'était-elle dit plus tard.

Mais George Orson ne lui avait jamais adressé le moindre témoignage de sympathie, alors qu'il était probablement au courant. De toute façon, il savait l'essentiel.

Il savait, par exemple, qu'elle vivait avec sa sœur Patricia, même si Lucy était soulagée qu'il ne l'ait jamais rencontrée. Patricia, vingt-deux ans seulement et pas très intelligente, Patricia qui travaillait pratiquement tous les soirs dans un petit magasin de quartier et avec qui, depuis l'enterrement, Lucy avait de moins en moins de contacts.

Patricia était une de ces filles qui n'ont toujours connu que les moqueries. Elle souffrait d'un zézaiement marqué facilement imité et caricaturé, la voix nasillarde d'un personnage de dessins animés. Elle n'était pas vraiment grosse mais trop ronde aux mauvais endroits avec, dès le lycée, l'air plus vieux que son âge et un postérieur imposant.

Un jour, alors qu'elles allaient ensemble à l'école primaire, des garçons les avaient poursuivies en leur lançant des cailloux et en chantant :

Patricia, Patrasha
Quel gros cul elle a !

Ce fut le dernier trajet que Lucy fit avec sa sœur. Après cet épisode, elles se mirent à rentrer de l'école chacune de leur côté, et Patricia ne fit jamais aucun commentaire ; elle avait simplement accepté le fait que même sa sœur refusait de marcher à côté d'elle.

Après la mort de leurs parents, Patricia était devenue la tutrice de Lucy – peut-être l'était-elle encore officiellement ? Bien que Lucy ait presque dix-neuf ans. De toute façon, qu'est-ce que ça pouvait bien faire puisque Patricia ignorait où elle se trouvait.

Son cœur se serra en y pensant.

Elle revoyait Patricia et ses rats apprivoisés – les cages sur le rebord de la fenêtre de sa chambre, sa sœur de retour du travail, agenouillée dans la veste rouge et bleue du magasin, avec son badge sur lequel était écrit PATARCIA, parlant aux rats de sa voix douce.

L'un d'eux, Mr. Niffler, avait une énorme tumeur au ventre, une protubérance qu'il traînait partout, et sa sœur avait payé pour que le vétérinaire la lui retire mais elle avait repoussé, la tumeur, et Patricia s'était obstinée. Comblant d'amour l'animal moribond, lui achetant des jouets en plastique, lui parlant comme à un bébé, prenant un autre rendez-vous chez le vétérinaire.

Lucy était contente de ne jamais avoir parlé de Mr. Niffler à George Orson, de même qu'elle était contente qu'il n'ait jamais vu la maison dans laquelle elle avait grandi et où Patricia et elle avaient continué à vivre. Son père l'appelait affectueusement la « bicoque ». « On se retrouve à la bicoque », disait-il en partant travailler le matin.

Ce n'est que plus tard qu'elle se dit que c'en était bel et bien une. Délabrée, aménagée au petit bonheur, un salon et une cuisine qui se confondaient, la salle de bains tellement exiguë que les jambes touchaient le bord de la baignoire quand on s'asseyait sur la cuvette des W-C. Un garage bourré de pièces détachées de voiture et de sacs pleins de canettes que son père n'allait jamais déposer au centre de recyclage, le trou dans le mur en Placoplâtre du salon par lequel on apercevait la charpente de la maison, le tapis qui faisait penser à une peluche usée. Quelques marches conduisaient au grenier où les filles, Lucy et Patricia, avaient leur lit. Avec la toiture pour plafond, inclinée dangereusement au-dessus d'elles quand elles dormaient. Si George Orson avait vu ça, se dit Lucy, il aurait été gêné pour elle et elle se serait sentie sale.

Et pourtant – elle ne pouvait pas non plus dire qu'elle était particulièrement heureuse d'être ici.

Elle s'était réveillée en pleine nuit. Ils étaient allongés dans le vieux lit des parents de George Orson, un lit immense, et elle ressentait la présence des autres pièces de la maison – les chambres vides du premier étage, l'eau qui coulait goutte à goutte dans un tuyau de la salle de bains, les rayonnages de la « bibliothèque », le battement d'ailes des oiseaux dans les arbres morts du jardin de derrière entouré d'une haute clôture. Un « jardin japonais », voilà comment l'appelait George Orson. Elle revit le petit pont de bois, le parterre d'iris chétifs qui ne fleurissaient jamais, étouffés par les mauvaises herbes. Un minicerisier pleureur quasiment mort. Une lanterne japonaise en granit. La mère de George Orson avait des « dispositions artistiques », lui avait-il appris.

Sans doute voulait-il dire qu'elle était un peu folle. Du moins c'est ce que Lucy en conclut. Les lieux – le motel et la maison – semblaient avoir été aménagés par quelqu'un souffrant d'un trouble de la personnalité. Un phare. Un jardin japonais. Le salon avec son vieux tissu d'ameublement horrible recouvert de draps, et la pièce avec la télévision et l'immense fenêtre panoramique qui donnait sur le jardin de derrière. La cuisine avec ses couleurs des années 70, la cuisinière et le réfrigérateur vert avocat, le carrelage jaune moutarde, les tiroirs et les placards remplis de vaisselle et d'ustensiles, un vieux billot de boucher et un assortiment de couteaux presque obscène – sans doute une obsession chez la mère de George Orson car il en existait de toutes les formes et de toutes les longueurs imaginables, depuis les minuscules lames de couteau à filet jusqu'aux énormes couperets. Très perturbant, songea Lucy. Dans l'office, elle avait découvert trois coffrets de vaisselle en porcelaine ainsi que des bocaux à conserve pleins d'une substance sombre et visqueuse.

Au premier étage, il y avait la salle de bains et trois chambres dont celle où elle se trouvait, la chambre même, le lit même, où les parents de George Orson avaient dormi, où sa mère âgée avait sans doute continué à dormir après la mort de son mari. Encore maintenant, des années plus tard, il se dégageait toujours une légère odeur de poudre parfumée. Quelques cintres restés dans le placard, la coiffeuse vide, masse sombre contre le mur, et les escaliers qui menaient au dernier étage – à la tourelle, une petite pièce hexagonale avec une seule fenêtre qui ne donnait pas sur le lac mais sur le phare factice et l'enceinte du motel. Sur la route. Sur les champs de luzerne. Et sur l'horizon lointain.

Et donc – elle n'arrivait pas à chasser ces pensées, elle n'arrivait pas à dormir, et elle resta là à fixer l'obscurité qui semblait tournoyer sans que son cerveau puisse distinguer des formes. Comme la porte était fermée et le store tiré, il n'y avait ni lune ni étoiles.

Elle eut l'impression de discerner de vagues formes flottant dans le noir, pareilles à des protozoaires examinés au microscope, mais il faisait trop sombre pour voir autre chose qu'une masse confuse.

Elle glissa sa main sous les draps jusqu'au corps de George Orson. Son épaule, son torse, le mouvement de ses côtes sous sa peau, son ventre chaud contre lequel elle se serra – jusqu'à ce qu'enfin il se retourne et l'entoure de son bras, bras le long duquel elle fit glisser ses doigts jusqu'à trouver le poignet, la main, l'auriculaire. Qu'elle tint.

D'accord.

Ça devrait aller, se dit-elle.

Au moins, elle n'était plus à Pompey.

6

Le frère jumeau de Miles, Hayden, avait disparu depuis plus de dix ans, bien que « disparu » ne soit pas exactement le terme approprié.

Il s'était « affranchi » ? Était-ce plus exact ?

Quand la dernière lettre de Hayden arriva, Miles avait pratiquement décidé d'abandonner. Il avait trente et un ans – ils avaient tous les deux trente et un ans – et il était temps, se disait-il, de laisser tomber. De tourner la page. Tant d'énergie et d'efforts, gaspillés, vains. Depuis un moment, Miles était décidé : il allait vivre sa propre vie.

Il était de retour à Cleveland où Hayden et lui avaient grandi. Il avait un appartement sur Euclid Heights Boulevard, pas loin de leur ancienne maison, et un travail comme gérant de Matalov Novelties, une maison de vente par correspondance sur Prospect Avenue, spécialisée dans le commerce de matériel de magie – papier flash et poudre fumigène, foulards et cordes, cartes et pièces truquées, hauts-de-forme, etc., mais aussi farces et attrapes, gadgets osés et sex toys. Le catalogue n'était pas clairement délimité mais ça lui plaisait. Il pourrait y mettre de l'ordre.

Est-ce ce qu'il avait souhaité faire de sa vie ? Pas vraiment, sans doute, mais il était à l'aise avec les reçus et les commandes, et il s'était attaché au stock qui garnissait les étagères et à l'atmosphère de carnaval qui émanait de ces gadgets ésotériques et de ces articles de magie en plastique de couleurs vives. Il y avait des moments où, assis devant l'ordinateur dans la pièce du fond sans fenêtre et faiblement éclairée, il se disait que ce ne serait pas un mauvais plan de carrière, après tout. Il s'était pris d'affection pour la vieille propriétaire, Mrs. Matalov, assistante d'un magicien dans les années 30 et qui, à quatre-vingt-treize ans, avait l'attitude digne et stoïque d'une très belle créature s'apprêtant à se faire couper en deux. Il avait de bonnes relations avec sa petite-fille, Aviva, jeune femme sarcastique aux cheveux teints en noir, aux ongles noirs, au visage étroit et à l'air triste, et il commençait à se dire qu'il pourrait peut-être l'inviter à sortir avec lui.

Il avait songé à retourner à l'université pour obtenir un diplôme en gestion. Et aussi à entreprendre une thérapie cognitive à court terme.

Et donc, quand la lettre de Hayden arriva, Miles fut surpris de constater à quelle vitesse il reprit ses anciennes habitudes. Il n'aurait jamais dû l'ouvrir, se dirait-il plus tard. Ce fameux jour de juin, quand il entra dans son immeuble, ouvrit sa boîte à lettres et l'aperçut au milieu des factures et des prospectus, il décida de ne pas y toucher. *Mets-la de côté*, se dit-il. *Attends un peu avant d'y toucher*.

Mais non, non. À peine était-il arrivé trois étages plus haut qu'il avait déjà décacheté l'enveloppe et déplié la lettre.

Mon cher Miles, lut-il.

Miles ! Mon frère, mon frère adoré, mon seul véritable ami, je suis confus de ne pas t'avoir donné de nouvelles depuis si longtemps. J'espère que tu n'éprouves pas de haine à mon égard. Je ne peux que prier pour que tu comprennes la situation critique dans laquelle je me trouve depuis notre dernière conversation. J'ai dû véritablement vivre caché mais il n'y a pas un jour où tu ne m'as manqué. C'est uniquement parce que je craignais pour ta sécurité que je ne t'ai pas contacté. Je suis quasiment sûr qu'on surveille tes lignes téléphoniques et ta messagerie et, en fait, même cette lettre peut te faire courir des risques importants. Il se peut que l'on t'espionne et cela m'ennuie beaucoup de devoir te dire que tu es peut-être en danger. Oh, Miles, j'aurais tellement voulu te laisser tranquille. Je sais que tu es las de tout ça, que tu veux vivre ta vie, et tu le mérites. Je suis désolé. Je voulais te faire le cadeau d'être débarrassé de moi, mais malheureusement ils savent que nous sommes parents. Je viens de perdre une personne qui m'était très chère, à cause de ma propre négligence, et maintenant toutes mes pensées se tournent vers toi et je suis très inquiet. Je t'en supplie, sois prudent, Miles ! Méfie-toi de la police, des fonctionnaires, du FBI, de la CIA et même des autorités locales. Évite tout contact avec H&R Block ou avec quiconque représentant J.P. Morgan, Morgan Stanley, Goldman Sachs, Lehman Brothers, Merrill Lynch, Chase ou Citigroup. Évite toute personne qui serait en relation avec l'université de Yale. Et puis, je sais que tu as été en lien avec les Matalov à Cleveland, et tout ce que je peux te dire c'est de surtout NE PAS LEUR FAIRE CONFIANCE *! Ne parle à personne de cette lettre ! Je suis désolé de te mettre dans cette position inconfortable mais je te demande instamment de quitter Cleveland dès que possible, aussi discrètement que possible. Miles, je suis vraiment navré de te mêler à tout ça. J'aimerais pouvoir revenir en arrière et agir différemment, j'aimerais être un meilleur frère pour toi. Mais j'ai laissé passer l'occasion, je le sais, et je crains de ne plus faire longtemps partie de ce monde. Te rappelles-tu la Grande Tour de Kallupilluk ? Ce sera peut-être mon ultime lieu de repos, Miles. Tu n'auras peut-être plus jamais de mes nouvelles.*

Je suis, comme toujours, ton seul véritable frère, et je t'aime éperdument.

Hayden

Donc.

Que fait-on quand on reçoit ce genre de courrier ? Miles s'assit un moment à la table de la cuisine, la lettre étalée devant lui, et versa un sachet d'édulcorant dans sa tasse de thé. *Que ferait une personne normale ?* se demanda-t-il. Il imagina la personne normale en train de lire la lettre et de secouer tristement la tête. *Que faire ?* se demanderait la personne normale.

Il examina le cachet de la poste : *Inuvik, NT, CANADA XOE OTO.*

« Malheureusement, je vais avoir besoin de temps pour moi, expliqua-t-il à Mrs. Matalov le lendemain matin, le combiné contre l'oreille, écoutant le silence de la vieille dame.

– Du temps pour vous ? s'exclama-t-elle avec son accent à la Dracula. Je ne comprends pas. C'est quoi, du temps pour vous ?

– Je ne sais pas. Deux semaines ? » Miles regarda sur son écran l'itinéraire qu'il avait soigneusement tracé au surligneur vert, ligne irrégulière et sinueuse à travers le Canada. Six mille cinq cents kilomètres qu'il pourrait parcourir en quatre-vingts heures environ, d'après ses calculs. S'il roulait quinze ou seize heures par jour, il pourrait arriver à Inuvik à la fin de la semaine. Ce serait sans doute difficile, mais n'était-ce pas le quotidien des routiers ? N'étaient-ils pas des marathoniens de la route ? « Enfin, peut-être trois semaines.

– Trois semaines ! s'exclama Mrs. Matalov.

– Je suis vraiment désolé. C'est juste que… il y a une urgence. » Miles s'éclaircit la voix. « Une affaire privée. » *Ne fais pas confiance aux Matalov*, avait écrit Hayden, ce qui était insensé, mais Miles se sentit hésiter. « C'est compliqué », finit-il par lâcher.

Et ça l'était bel et bien. À supposer qu'il soit totalement honnête, que pourrait-il dire ? Comment réussir à expliquer l'aisance avec laquelle ses anciennes aspirations avaient refait surface, la douleur persistante de l'amour et du devoir ? Aux yeux d'un psy, ce ne serait peut-être qu'une histoire de compulsion – après tout ce temps, après toutes ces années déjà gâchées – et pourtant, il y avait ce besoin impérieux, celui qu'il avait déjà ressenti lorsque Hayden s'était enfui pour la première fois, des années plus tôt. Cette même certitude quant à sa capacité à le trouver, à l'attraper, à l'aider, ou du moins à le faire enfermer en lieu sûr. Comment expliquer que c'était son souhait le plus cher ? Qui pourrait comprendre que lorsque Hayden était parti, c'était comme si une part de lui-même avait disparu en pleine nuit – sa main droite, ses yeux, son cœur – comme le petit bonhomme en pain d'épice du conte qui s'éloigne en courant. *Reviens ! Reviens !* S'il racontait ça à quelqu'un, on le trouverait aussi fou que son frère.

Il croyait avoir dépassé tout ça mais bon… Voilà qu'il était en train de faire ses bagages. De sortir la bouteille de lait du frigo et de la vider dans l'évier. De passer en revue ses notes et d'imprimer les mails que son frère lui avait envoyés des années plus tôt – les allusions et les indices concernant ses déplacements lâchés au milieu d'invraisemblables descriptions de paysages imaginaires, les tirades enragées sur la surpopulation humaine et le complot du système bancaire international, les plaintes suicidaires nocturnes. Miles s'assit ensuite à son bureau et, à l'aide d'une loupe, il examina le cachet de la poste, ce foutu cachet de la poste. Il vérifia de nouveau l'itinéraire. Il savait où son frère allait.

Et voilà qu'il était presque arrivé.

Garé au bord de la route, Miles parcourut négligemment un des journaux tenus par Hayden en attendant le ferry qui lui ferait traverser le Mackenzie. Une barrière s'étendait de la rive boueuse gris ardoise jusque dans les lobes verts et ridés de la toundra, mais à part ça, il y avait peu de traces de présence humaine. Des latrines. Un panneau indicateur en forme de losange. Le fleuve était une surface calme et réfléchissante, argent et bleu saphir. Une fois de l'autre côté, il ne lui resterait plus que cent trente kilomètres pour arriver à Inuvik.

Inuvik était l'une de ces villes qui obsédaient Hayden. Il les appelait les « villes mythiques », et il avait abondamment écrit sur Inuvik, entre autres, dans les journaux et cahiers que Miles avait désormais en sa possession. Depuis des années, Hayden s'était mis en tête que Inuvik était l'emplacement d'importantes ruines archéologiques, et qu'aux abords de cette ville se trouvaient les restes de la Grande Tour de Kallupilluk, une flèche de glace et de pierre, d'une hauteur d'environ quarante étages, construite vers 290 av. J.-C. sur ordre du puissant empereur inuit Kallupilluk – un personnage que Hayden croyait avoir connu dans une vie antérieure.

Bien évidemment, rien de tout cela n'était vrai. Les obsessions de Hayden étaient le plus souvent dénuées de tout fondement et, ces dernières années, il s'était égaré davantage dans un monde presque uniquement imaginaire. En réalité, il n'y avait jamais eu ni tour ni puissant empereur inuit du nom de Kallupilluk. En réalité, Inuvik était une petite ville des Territoires du Nord-Ouest qui comptait environ trois mille cinq cents habitants. Située sur le delta du Mackenzie, « nichée », d'après le site internet de la ville, « entre la toundra dépourvue d'arbres et la forêt boréale », elle avait moins d'un siècle d'existence. Elle avait été construite maison après maison par le gouvernement canadien en vue d'en faire un centre administratif dans l'Arctique occidental, et fut enfin dotée du statut de village en 1967. Contrairement à ce que Hayden semblait croire, elle n'était même pas située au bord de l'océan Arctique.

Pourtant, Miles ne pouvait s'empêcher de penser aux dessins que Hayden avait faits de cette tour imposante, à son croquis au crayon simple mais saisissant, évocateur de la tour de porcelaine de Nankin, et il fut saisi d'un léger frisson d'impatience qui l'étourdit un instant lorsque le ferry apparut à l'horizon. Miles avait passé une bonne partie de son existence plongé dans les écrits de son frère, et il avait passé encore plus de temps à vivre avec ses délires. Malgré tout, restait un minuscule noyau de crédulité qui rougeoyait un peu plus tandis qu'il s'approchait de la ville des fantasmes de Hayden. Miles pouvait presque s'imaginer l'endroit où la Grande Tour avait autrefois jailli des plis de la toundra, se détachant, austère, sur l'infini du ciel lumineux.

Ça avait toujours été un problème. C'était peut-être une explication possible. Des années durant, il avait adhéré aux fantasmes de son frère jumeau. *Folie à deux*[1], était-ce l'expression appropriée ?

Depuis l'enfance, Hayden avait cru dur comme fer aux mystères de l'inconnu – phénomènes parapsychiques, vies antérieures, OVNI, lignes d'énergie cosmo-telluriques et chemins de l'âme, astrologie et numérologie, etc. Et Miles était son plus fervent disciple et partisan. Son public. Il n'avait jamais cru à ce genre de choses – en tout cas, pas de la façon dont Hayden semblait y croire – mais à une certaine période, il avait été content de jouer le jeu, et pendant un temps, cet univers parallèle avait peut-être représenté la part de cerveau qu'ils avaient en commun. Un rêve qu'ils faisaient ensemble.

Des années plus tard, quand il entra en possession des papiers et des journaux de son frère, Miles comprit qu'il était sans doute l'unique personne au monde capable de traduire et de comprendre ce que celui-ci avait écrit. Il était le seul à même de saisir la signification de ces piles de cahiers – cette minuscule écriture en majuscules d'imprimerie, le texte et les calculs qui remplissaient chaque page de gauche à droite et de haut en bas ; les enveloppes en papier kraft remplies de dessins et de photos truquées ; les cartes que Hayden

1. En français dans le texte. *(N.d.T.)*

avait arrachées à diverses encyclopédies et couvertes de ses projections géodésiques ; les traits tracés à travers l'Amérique du Nord et qui convergeaient à certains endroits comme Winnemucca dans le Nevada, Kulm dans le Dakota du Nord et Inuvik dans les Territoires du Nord-Ouest ; les théories, à chaque fois plus retorses et complexes, un salmigondis de cryptoarchéologie et de numérologie, d'holomorphisme et de cosmologie branaire, de régression dans des vies antérieures et de paranoïa liée à la théorie du complot.

Mon travail, comme Hayden avait commencé à l'appeler à un certain moment.

Miles avait souvent essayé de se rappeler à quel moment exact Hayden avait commencé à parler de son « travail ». Au départ, ce n'était qu'un jeu entre eux, et bien évidemment, il se souvenait du jour où ça avait commencé. C'était l'été de leurs douze ans, et ils s'étaient plongés dans les livres de Tolkien et de Lovecraft. Miles avait particulièrement aimé les cartes qui se trouvaient dans les trois volumes du *Seigneur des anneaux* tandis que Hayden avait été plus attiré par les mythologies et les endroits mystérieux de l'œuvre de Lovecraft – la cité extra-terrestre enfouie sous les montagnes glacées de l'Antarctique, les villes préhistoriques à l'architecture cyclopéenne, et celles, maudites, de la Nouvelle-Angleterre.

Sur l'étagère du salon, ils avaient déniché un de ces vieux atlas reliés, 50 × 65, la tranche dorée à la feuille d'or, étonnamment lourd, à côté du *World Book Encyclopedia*, et ils avaient adoré le toucher, sentir son poids considérable, avoir l'impression d'être en possession d'un livre ancien. C'est Miles qui avait eu l'idée de transformer certaines cartes de l'Amérique du Nord en mondes fantastiques. Cités naines dans les montagnes. Terres brûlées des gobelins dans les plaines. Ils pouvaient imaginer des monuments, des histoires et des batailles, et faire comme si, jadis, avant l'arrivée des Indiens, l'Amérique avait été un royaume de grandes cités et d'anciennes races de magiciens. Miles s'était dit que ce serait amusant de créer leur propre jeu de Donjons et Dragons avec un mélange de lieux réels et de lieux fantastiques ; il avait des idées bien précises quant à la façon dont ça évoluerait mais Hayden était déjà penché sur une carte, muni d'un stylo plume. « Voilà où se trouvent les pyramides », déclara-t-il en indiquant le Dakota du Nord, et Miles le vit dessiner trois triangles sur la page. À l'encre noire !

« Hayden, s'écria-t-il. On ne pourra jamais effacer ça. On va se faire attraper.

– Non, non, répondit calmement son frère. Ne fais pas ta chochotte ! Il suffit qu'on cache l'atlas. »

Ce fut l'un de leurs premiers secrets – le vieil atlas caché sous une pile de jeux de société sur une étagère du placard de leur chambre.

Miles était encore en possession de cet atlas, et alors qu'il attendait le ferry sur la rive du fleuve, il le sortit et le feuilleta une fois de plus. Là, sur la côte septentrionale du Canada, se trouvait la tour dessinée par Hayden et sa propre tentative de calligraphie, plutôt maladroite : LA TOUR INATACABLE DU ROI NOIR !

C'est vraiment ridicule, se dit-il. Vraiment déprimant que lui, adulte, suive les pas de l'enfant de douze ans qu'il avait été. Au cours des années passées à rechercher son frère, il avait souvent songé à tenter d'expliquer sa situation. Aux autorités par exemple, ou à des psychiatres. Aux gens avec qui il s'était lié d'amitié, aux filles qui lui avaient plu. Mais il se surprenait toujours à hésiter à la dernière minute. Tout était tellement ridicule, irréel, artificiel. Comment quelqu'un pourrait croire à ce genre de truc ?

« Mon frère est vraiment dérangé. » C'est ce qu'il réussissait à dire aux autres. « C'est un – malade. Un malade mental. » Mais il ne savait pas quoi ajouter.

Hayden commença à montrer des signes de schizophrénie quand ils étaient au collège, mais Miles n'y avait pas vraiment cru. Il fait semblant, se disait-il. C'est une farce. Comme ce conseiller d'orientation, un vrai charlatan, qui affirma que son frère était un « génie ». Hayden trouva ça hilarant.

« Gééééénie », dit-il en étirant la première syllabe et en prenant l'air rêveur. Ils venaient d'entrer en 6e, il était tard, et ils étaient couchés dans leurs lits superposés. « Hé Miles, lança-t-il, pince-sans-rire, d'une voix amusée qui flottait dans l'obscurité. Miles, comment ça se fait que je suis un génie et pas toi ?

– Je ne sais pas. » Miles était perplexe, peut-être légèrement blessé et il enfonça sa tête dans l'oreiller. « Je m'en fiche un peu.

– Mais on est identiques. On a exactement le même ADN. Alors, comment c'est possible ?

– Ce n'est sans doute pas génétique, répondit Miles d'une voix triste, et Hayden éclata de rire.

– C'est peut-être simplement que je suis plus fort que toi pour faire marcher les gens. Toute cette histoire de QI, c'est une blague. Tu y as déjà réfléchi ? »

Quand leur mère commença à faire appel à un psychiatre, Miles se rappela cette conversation. *C'est une blague*, songea-t-il. Connaissant Hayden, il ne put s'empêcher de penser que le thérapeute était particulièrement crédule. Il ne put s'empêcher de penser que les prétendus symptômes de Hayden lui donnaient l'impression d'être étudiés, tape-à-l'œil, et faciles à simuler. À l'époque, leur mère s'était remariée, et Hayden détestait son beau-père, leur nouvelle famille. Miles ne pouvait s'empêcher de penser que son frère était capable d'aller jusqu'à utiliser un habile stratagème – jusqu'à imiter une maladie grave – uniquement pour provoquer des remous, uniquement pour blesser leur mère, uniquement pour s'amuser.

Simulait-il ? Miles n'en fut jamais certain même quand le comportement de son frère commença à devenir fantasque, anormal, impénétrable. Le plus souvent, sa « maladie » ressemblait à un spectacle, à une version exagérée de leurs jeux. Les « symptômes » que Hayden était censé manifester d'après le thérapeute – « univers fantastiques complexes », « obsessions fébriles », « pensées incohérentes », « changements perceptifs hallucinatoires » – n'étaient pas très éloignés de la façon dont Hayden se comportait lorsque les deux frères s'adonnaient à leurs aventures. Il était peut-être un peu plus excessif et théâtral que d'habitude, se disait Miles, un peu trop *extrême* pour que lui-même se sente à l'aise mais, encore une fois, il y avait des raisons. La mort de leur père, par exemple. Le remariage de leur mère. Et Mr. Spady, le beau-père haï.

Quand Hayden fut hospitalisé pour la première fois, les jumeaux travaillaient encore très régulièrement à leur atlas. Ils étaient dans une phase particulièrement délicate – les grandes pyramides du Dakota du Nord et la destruction de la culture sioux – et Hayden n'arrêtait pas d'en parler. Miles se souvint d'un dîner au cours duquel sa mère et son beau-père avaient froidement observé Hayden alors qu'il repoussait la nourriture sur le bord de son assiette comme s'il alignait des soldats sur un champ de bataille miniature. « Alfred Sully », dit-il d'une voix basse et pressée, comme s'il récitait une leçon apprise par cœur avant un examen. « Général Alfred Sully de l'armée des États-Unis, 1er régiment d'infanterie du Minnesota, 1863. Whitestone Hills, Tah-kah-ha-kuty, et il y a les pyramides. La neige tombe sur les pyramides et il rassemble ses hommes au pied de la colline. 1863. » Hayden pointa sa fourchette vers son blanc de poulet. « Khufu, la deuxième pyramide. C'est là qu'il a attaqué pour la première fois. Alfred Spady, 1863…

– Hayden, l'interrompit sa mère d'un ton brusque. Ça suffit. » Elle se redressa et leva la main comme si elle s'apprêtait à le gifler, de la manière dont on gifle une personne hystérique qui délire. « Hayden ! Arrête ! Tu racontes n'importe quoi. »

Ce qui n'était pas tout à fait exact. Il ne racontait pas tout à fait n'importe quoi – aux yeux de Miles en tout cas. Son frère évoquait la bataille de Whitestone Hill, près de Kulm, Dakota du Nord, au cours de laquelle le général Alfred Sully avait détruit un campement sioux. Bien évidemment, il n'y avait pas de pyramides et pourtant Miles trouva plutôt claire et même intéressante la description que venait de faire Hayden.

Mais leur mère était déstabilisée. Le thérapeute lui avait signalé des choses qui l'avaient contrariée et, plus tard dans la soirée, une fois Hayden monté à l'étage et alors qu'elle faisait la vaisselle avec Miles, elle murmura : « Miles, il faut que tu me rendes un service. »

Elle l'effleura et de la mousse de savon se posa sur son avant-bras, les bulles disparaissant lentement.

« Il faut que tu arrêtes de le laisser faire. Il ne serait pas aussi excité si tu ne l'encourageais pas…

– Je ne l'encourage pas », s'écria Miles, mais il abdiqua devant le regard réprobateur de sa mère. Il passa ses doigts sur son bras, là où elle l'avait touché. Hayden était-il malade ? se demanda-t-il. Faisait-il semblant ? Il songea avec gêne à certaines choses que son frère disait depuis peu.

« Je vais peut-être finir par devoir les tuer, avait-il déclaré un soir, sa voix flottant dans l'obscurité de la chambre. Ou leur gâcher la vie, mais en fait, il se peut qu'ils doivent mourir.

– Qu'est-ce que tu racontes ? » avait demandé Miles, même s'il était évident qu'il savait de qui Hayden parlait. Il avait eu un peu peur, avait senti battre son pouls et perçu un léger battement dans ses oreilles. « Dis donc, pourquoi faut-il que tu racontes ce genre de conneries ? Tu fais croire aux gens que tu es fou. C'est tellement *extrême*.

– Hum. » La voix de Hayden, sinueuse, traversa l'obscurité. Flotta. Rêveuse. « Tu sais quoi, Miles, finit-il par lâcher. Je connais plein de trucs dont tu ignores tout. J'ai des pouvoirs. Tu t'en rends compte, non ?

– Ferme-la », rétorqua Miles et Hayden lâcha un rire étouffé, ce gloussement mélancolique et moqueur que Miles trouvait à la fois réconfortant et irritant.

« Tu sais, Miles. Je suis vraiment un génie. Je ne voulais pas te faire de la peine avant mais il faut bien l'admettre. Je suis bien plus intelligent que toi, alors tu dois m'écouter, d'accord ? »

D'accord, songea Miles. Il y croyait et, en même temps, il n'y croyait pas. C'était ainsi. Hayden était schizophrène, et il simulait. C'était un génie, et il était atteint de délire de grandeur. Il était paranoïaque, et on cherchait sa perte. Tout cela était en partie vrai.

Depuis sa disparition – il s'était échappé de l'hôpital psychiatrique où on l'avait confiné – il était devenu de plus en plus insaisissable, de plus en plus difficile à reconnaître comme le frère que Miles avait jadis aimé si tendrement. Ce frère qui finirait peut-être par disparaître tout à fait.

Pour un schizophrène – s'il en était un – Hayden avait un sens pratique exceptionnel. Il brouillait les pistes avec soin, passait discrètement d'un endroit à l'autre, changeait de nom et d'identité tout en réussissant à occuper différents emplois et à apparaître, aux yeux des gens qu'il rencontrait, comme une personne éminemment normale. Et même qui présentait bien.

Miles, au contraire, avait été celui qui menait une existence de quasi-vagabondage. Il avait été celui qui donnait l'impression d'être « fébrile », « confus », « maniaque », tandis qu'il suivait la piste des différents pseudonymes de son frère. C'est trop tard qu'il était arrivé à Los Angeles où Hayden avait travaillé comme « consultant en revenus d'appoint » sous le nom de Hayden Nash. C'est trop tard qu'il était arrivé à Houston, Texas, où Hayden avait été employé comme technicien de maintenance informatique pour JPMorgan Chase & Co. sous le nom de Mike Hayden. C'est trop tard qu'il était arrivé à Rolla, Missouri, où Hayden s'était fait passer pour un étudiant de troisième cycle en mathématiques sous le nom, cruel, de Miles Spady.

C'est trop tard qu'il était arrivé à Kulm, Dakota du Nord, non loin du site historique de la bataille de Whitestone Hill, non loin de l'endroit où Hayden avait jadis imaginé *les grandes pyramides du Dakota... Giza, Khufu et Khafre...* On était en février, des flocons de neige s'écrasaient sur le pare-brise, les essuie-glace évoquaient d'immenses ailes d'oiseau et Miles imagina la forme des pyramides émergeant de cette atmosphère neigeuse, grise et confuse. Elles n'étaient pas vraiment là, bien sûr, et Hayden non plus, mais au Broken Bell Inn, dans la petite ville voisine de Napoleon, une réceptionniste – une jeune femme enceinte plutôt morose – fronça les sourcils devant la photo granuleuse de Hayden que Miles avait fait agrandir.

« Hum », fit-elle.

D'après la photo, il aurait été difficile de dire qu'ils étaient de vrais jumeaux. Elle avait été prise des années plus tôt, peu après leur dix-huitième anniversaire, et Miles avait pris du poids depuis. Qui sait, peut-être que Hayden aussi. Mais même enfants, on ne les avait jamais véritablement confondus. Il y avait quelque chose chez Hayden – un regard plus brillant, plus avide, plus amical – qui faisait réagir les gens et que Miles n'avait pas. Il le constata devant l'expression de la réceptionniste.

« Je crois que je le reconnais, lâcha-t-elle et son regard furtif passa de Miles à la photo. C'est difficile à dire.

– Examinez-la de plus près. Elle n'est pas très bonne. Elle date, et il a dû changer au cours des années. Est-ce que ça vous rappelle quelqu'un que vous auriez vu ? »

Miles baissa les yeux sur la photo pour tenter de voir ce que la jeune femme y voyait. C'était une photo prise à Noël. Pendant ces vacances épouvantables. Ils étaient en terminale et l'année s'était conclue par l'hospitalisation de Hayden, une fois de plus, mais sur la photo il avait l'air sain d'esprit – un adolescent souriant, l'air aimable, devant un arbre orné de guirlandes, les cheveux un peu hirsutes, mais sans nul signe sur son visage des ennuis qu'il causait – et qu'il continuerait de causer. Les lèvres de la réceptionniste remuèrent et Miles se demanda si Hayden l'avait embrassée.

« Prenez votre temps, dit-il d'une voix ferme en se rappelant un épisode d'une série policière qu'il avait vue à la télévision.

– Vous êtes de la police ? Je ne suis pas sûre que nous ayons le droit de vous révéler ce genre d'informations.

– Je suis de sa famille, la rassura Miles. C'est mon frère, et on est sans nouvelles de lui. J'essaie juste de le retrouver. »

La jeune femme examina la photo un peu plus longuement et finit par se décider.

« Il s'appelle Miles », dit-elle en lui jetant un coup d'œil, paupières mi-closes, et Miles se demanda si elle était tout simplement récalcitrante, préférant lui cacher quelques détails croustillants uniquement parce que Hayden lui plaisait plus que lui. « Son nom de famille, c'était Cheshire, je crois. Miles Cheshire. Il avait l'air super. »

Il se rappela combien son cœur s'était serré en entendant ça, en entendant prononcer son propre nom. Ça ne pouvait être qu'une blague, s'était-il dit – une mauvaise farce que son frère lui jouait. *Qu'est-ce que je suis en train de faire ?* se dit-il. *Et pourquoi ?*

Ce voyage dans le Dakota du Nord avait eu lieu presque deux ans plus tôt. Il avait plié bagage et il était rentré, tristement conscient du fait que toute cette aventure à Kulm n'avait été qu'une plaisanterie très élaborée. Hayden souffrait certainement de désordres bipolaires à l'époque, et quand Miles était entré dans son appartement, un livre l'attendait – *No Tears for the General : The Life of Alfred Sully* – ainsi qu'une enveloppe en papier kraft format A4 qui renfermait un article qu'on avait arraché à la revue *The Professional Journal of American Schizophrenia*, avec un passage surligné en jaune. « Si l'un des jumeaux est atteint de schizophrénie, l'autre a 48 % de risque d'être concerné par cette pathologie, et les premiers symptômes sont diagnostiqués dans l'année qui suit l'apparition de la maladie chez le premier. » Il y avait aussi un mail qui l'attendait en provenance de generalsully@hotmail.com, autre joyeux petit coup de griffe : « Oh, Miles, disait ce message. T'es-tu déjà demandé ce que les gens pensent de toi lorsqu'ils te voient te balader avec tes affiches, tes vieilles photos minables et la triste histoire de ton jumeau fou et méchant ? Penses-tu vraiment que, devant le spectacle que tu offres d'une personne bizarre et dépenaillée, ils vont t'adresser la parole ? Ils se diront : *Eh bien, en fait, c'est Miles qui est fou.* Ils se diront : *Peut-être même qu'il n'a pas de frère jumeau ! Peut-être qu'il n'a plus toute sa tête !* »

C'est terminé, s'était dit Miles en lisant le mail, les joues rouges d'humiliation. Il était tellement furieux qu'il avait jeté le livre sur Alfred Sully par la fenêtre – livre qui atterrit sur le parking après avoir voltigé lamentablement. C'est terminé ! s'était-il juré. C'est fini entre nous. Je ne donnerai plus de mon temps – ni de mon cœur !

Il allait oublier Hayden. Il allait vivre sa vie.

Cette résolution lui revint en mémoire. Elle lui revint avec force alors qu'il était dans sa voiture, pas rasé, pas douché, en train de mettre de l'ordre dans les affiches qu'il avait imprimées. M'AVEZ-VOUS VU ? inscrit tout en haut. Puis la photo de Hayden. Et enfin : RÉCOMPENSE ! Même si c'était un peu exagéré.

Il orienta le rétroviseur vers lui et s'examina d'un œil critique. Ses yeux. Son expression. Avait-il l'air fou ? L'était-il bel et bien ?

On était le 11 juin. 68° 18' N, 133° 29' O. Le soleil ne se coucherait pas au cours des cinq prochaines semaines.

7

En attendant son tour chez Enterprise Auto Rental, Ryan vérifia une fois de plus ses papiers. Carte de Sécurité sociale. Permis de conduire. Cartes de crédit.

Tous ces petits riens qui font de vous, officiellement, une personne.

Dans ce cas particulier, Ryan était officiellement Matthew P. Blurton, vingt-quatre ans, originaire de Bethesda, Maryland. Ryan n'avait pas l'impression de faire cet âge-là mais comme personne n'avait semblé en douter, il se dit qu'il ne devait pas avoir l'air louche.

Il attendit poliment en pensant à une chanson qu'il apprenait à la guitare. Il pouvait visualiser la tablature et la position de ses doigts sur les cordes, le dos de sa main posé sur ses cuisses, et ses doigts remuaient discrètement en formant diverses combinaisons comme pour le langage des signes.

Il savait qu'il devrait être plus vigilant ; il allait tout faire foirer s'il ne faisait pas davantage attention. C'est probablement ce que Jay – son père – lui dirait.

Et donc il leva la tête pour voir ce qui se passait autour de lui.

Au guichet, il y avait une Afro-Américaine d'une cinquantaine d'années qui portait un manteau bleu marine et un petit chapeau violet, et Ryan l'observa à la dérobée alors qu'elle sortait un portefeuille de son sac à main.

« Ma grand-mère a quatre-vingt-dix-huit ans », disait-elle. Sourcils froncés, elle contemplait son portefeuille comme si elle jouait au rami puis elle en sortit une carte de crédit légèrement déformée qui avait l'air d'avoir vécu. « Quatre-vingt-dix-huit ans !

– Mmm-hum », fit le jeune homme derrière le guichet, afro-américain lui aussi. Il fixait l'écran de l'ordinateur et tapa une salve de lettres sur le clavier. « Quatre-vingt-dix-huit ans, répéta-t-il. Une durée de vie exceptionnelle !

– C'est bien vrai », répondit la femme, et Ryan sentit qu'ils étaient sur le point d'amorcer une agréable conversation. Il jeta un coup d'œil à sa montre.

« Je me demande quelle est la longueur de ma ligne de vie, rêvassa le jeune homme, et la femme hocha la tête.

– Dieu seul le sait. »

Elle posa sa carte de crédit et son permis de conduire sur le comptoir.

« Vous savez, reprit-elle. Ce n'est pas facile à cet âge. Elle ne parle presque plus mais elle chante beaucoup. Et elle prie. Elle prie, vous savez.

– Mmm-hum, fit le jeune homme, et il recommença à taper sur son clavier. Elle est amnésique ?

– Oh, non. Elle a une bonne mémoire. Elle reconnaît les gens qu'elle veut bien reconnaître en tout cas ! »

Ils rirent et Ryan se surprit à sourire avec eux. Puis – en partie parce que cette conversation le faisait bêtement sourire – il se sentit seul.

Dans l'Iowa, où il avait grandi, il n'y avait pratiquement pas de Noirs, et depuis qu'il se déplaçait plus à l'est, il avait remarqué que les Noirs étaient toujours aimables les uns avec les autres, qu'il y avait entre eux un certain esprit de camaraderie. C'était peut-être une vision stéréotypée, et pourtant il se sentit envieux en les entendant rire. Il avait une vague notion de ce que pouvait être le bien-être, la chaleur, ce sentiment intime d'être lié à quelqu'un. Ça ressemble vraiment à ça ? se demanda-t-il.

Depuis quelque temps, il songeait à contacter ses parents et il avait préparé une lettre dans sa tête. « *Chers maman & papa* », bien évidemment.

« *Chers maman & papa. Je suis désolé d'être resté si longtemps sans vous faire signe, et je pensais qu'il fallait que je vous dise que tout allait bien. Je suis dans le Michigan...* »

Et alors, ils voudraient savoir ou ils en déduiraient quelque chose. « *Je suis dans le Michigan avec oncle Jay et je sais qu'il est mon père biologique, donc je pense que sur ce point on peut arrêter de faire semblant...* »

Mais déjà le ton devenait hostile. « *Je suis dans le Michigan avec oncle Jay. Je vais y rester un petit moment jusqu'à ce que j'y voie plus clair. J'écris des chansons, je gagne un peu d'argent. Oncle Jay a monté une affaire et je lui donne un coup de main...* »

Mauvaise idée que de mentionner cette « affaire ». Ça avait tout de suite l'air louche. *Jay ?* s'interrogeraient-ils. Quelle était la nature de cette « affaire » ? Ils penseraient aussitôt à un trafic de drogue, à quelque chose d'illégal, et il avait déjà promis à Jay de n'en parler à personne.

« Jure-le, Ryan, lui avait dit Jay alors qu'ils jouaient à des jeux vidéo sur le canapé, dans la cabane du Michigan. Je ne plaisante pas. Tu dois jurer de ne jamais rien dire à personne.

– Tu peux me faire confiance. À qui veux-tu que je le dise ?

– À personne ! Parce que c'est un truc hyper, hyper-sérieux. Des gens importants pourraient y être mêlés, si tu vois ce que je veux dire.

– Jay. Je t'assure que je comprends.

– J'espère, mon pote », conclut Jay et Ryan hocha gravement la tête même si, à la vérité, il ne comprenait pas très bien le projet dans lequel ils étaient embarqués.

Il savait que c'était illégal, manifestement, une arnaque en quelque sorte, mais le véritable but lui échappait. Un jour, il serait Matthew P. Blurton, louerait une voiture à Cleveland, la rendrait à l'aéroport de Milwaukee avant d'embarquer sur un vol pour Detroit en utilisant une carte d'identité au nom de Kasimir Czernewski, vingt-deux ans, et plus tard, il effectuerait un transfert de fonds en ligne d'un montant de quatre cents dollars du compte de Czernewski à Milwaukee sur celui de Frederick Murrah, cinquante ans, de West Deer Township, Pennsylvanie. Est-ce que ce n'était qu'un tour de passe-passe très sophistiqué, un individu se glissant dans la peau d'un autre individu et ainsi de suite ? Il y avait certainement des profits à la clef mais si c'était le cas, il n'en avait pas encore vu la couleur. Jay et lui vivaient plus ou moins dans une cabane, un petit pavillon de chasse dans les bois, beaucoup de matériel informatique de qualité mais, à part ça, peu de choses de valeur pour autant qu'il puisse en juger.

Jay avait eu l'air sérieux, le regard sévère. Ses cheveux raides lui arrivaient aux épaules, des cheveux de surfeur – hirsutes, en désordre – noirs avec quelques mèches prématurément grises, et il s'habillait avec des surplus militaires déformés dignes d'un adolescent rebelle. Il était difficile de l'imaginer présentant autre chose que l'image de la douceur même, mais il avait brusquement affiché une expression d'une férocité saisissante.

« Jure-le, Ryan. Je ne plaisante pas », et Ryan avait hoché la tête.

« Jay, fais-moi confiance. Tu me fais confiance, j'espère ?

– Bien sûr. Tu es mon fils, non ? » Puis il avait gratifié Ryan de ce large sourire que, malgré lui, Ryan trouvait toujours éblouissant, stupéfiant même, presque comme si Jay avait le béguin – *Tu es mon fils* –, accompagné de ce regard direct et décidé, tout à la fois troublant et flatteur, et Ryan, confus, avait répondu :

« Oui, je crois bien. Je suis ton fils. »

C'était un truc qu'ils essayaient encore de résoudre – comment aborder le sujet – et ça les mettait encore très mal à l'aise, ils commençaient à en parler mais ni l'un ni l'autre ne savait quoi dire, ça exigeait un langage soit trop analytique soit trop ringard ou gênant.

Les faits étaient les suivants : Jay Kozelek était le père biologique de Ryan mais Ryan ne l'avait découvert que récemment. Quelques mois plus tôt, il croyait encore que Jay était son oncle. Le petit frère de sa mère avec qui elle était depuis longtemps brouillée.

L'existence de Ryan était le fruit des égarements de l'adolescence ; c'était la version courte. Deux jeunes de seize ans qui s'étaient laissés aller à l'arrière d'une voiture après avoir vu un film. Ça se passait dans l'Iowa et la famille de la fille – la mère de Ryan – était stricte et croyante, contre l'avortement, et la sœur aînée de Jay, Stacey, voulait un enfant mais il y avait un problème avec ses ovaires.

Jay avait toujours voulu que la vérité soit dite, mais Stacey pensait que c'était une très mauvaise idée. Elle avait dix ans de plus que son frère et n'avait pas une haute opinion de lui – quant à sa moralité, son regard sur la vie, la drogue, etc.

Il y a un temps pour tout, avait-elle déclaré quand Ryan était un bébé.

Et plus tard : *Qu'est-ce que ça peut bien te faire, Jay ? Pourquoi faut-il que tout tourne autour de toi ? Tu ne peux donc pas penser à autre chose qu'à toi-même ?*

Il est heureux, ajoutait-elle. *Je suis sa maman et Owen est son papa et il est heureux comme ça.*

Un peu plus tard, ils avaient coupé les ponts. Jay avait eu quelques accrochages avec la loi, ils s'étaient disputés, et voilà. Pendant son enfance, Ryan avait rarement entendu parler de lui, ou alors uniquement comme d'un exemple à ne pas suivre. Ton *oncle Jay, le récidiviste*. Le vagabond. Qui ne possédait que ce qu'il avait sur lui. Qui avait été mêlé à des petits trafics à l'adolescence et ça avait gâché sa vie. Que cela te serve d'avertissement. Personne ne sait où il est.

Et donc Ryan n'avait jamais appris la vérité – que Stacey était sa tante biologique, que cet oncle Jay qu'il avait à peine entrevu était son « père de sang », que sa mère biologique s'était suicidée alors qu'elle était étudiante en deuxième année. Ryan, trois ans, vivait alors à Council Bluffs, Iowa, avec ceux qui étaient censés être ses parents, Stacey et Owen Schuyler, tandis que Jay, sac au dos, faisait le tour de l'Amérique du Sud…

Ryan n'avait rien su de tout ça avant qu'il entre lui-même à l'université. Un soir, Jay lui avait téléphoné et lui avait tout raconté.

Ryan était alors étudiant en deuxième année, comme l'avait été sa véritable mère, et c'est peut-être la raison pour laquelle cette annonce lui avait porté un tel coup. *Ma vie entière est un mensonge*, s'était-il dit, conscient de l'accent mélodramatique et puéril qu'il y mettait, mais le lendemain matin, quand il se réveilla, il se retrouva dans sa chambre de la résidence universitaire, une pièce d'angle au quatrième étage de Willard Hall ; son camarade de chambre, Walcott, dormait sous un énorme édredon dans son lit étroit situé sous la fenêtre d'où filtrait une lumière grise.

Il devait être six heures et demie ou sept heures. Le soleil n'était pas encore levé, et Ryan se retourna contre le mur – vieux plâtre froid recouvert d'une peinture beige fissurée en de nombreux endroits – et il ferma les yeux.

Il n'avait pas beaucoup dormi après sa conversation avec Oncle Jay. *Son père.*

Au début, il avait cru à une blague, puis il s'était demandé, *Pourquoi fait-il ça ? Pourquoi me raconte-t-il ça ?* mais il s'était contenté de répondre par monosyllabes – Oh. Oui, oui. Ouah – d'une voix polie et réservée frisant le ridicule. « Ah bon, c'est vrai ?

– Je me disais qu'il fallait que tu saches, lui avait dit Jay. Il vaut peut-être mieux que tu ne dises rien à tes parents, mais c'est à toi de voir. C'est juste que… je ne trouvais pas ça bien. Tu es un homme, tu es un adulte, et il me semble que tu as le droit de savoir.

– Ça me touche », lui avait répondu Ryan.

Mais après quelques heures de sommeil agité, après avoir ressassé ces informations encore et encore dans sa tête, il ne savait pas très bien ce qu'il était censé en faire. Il s'assit dans son lit et tripota le bord de ses couvertures. Il imagina ses parents – ses « parents » ! – Stacey et Owen Schuyler, endormis dans la maison de Council Bluffs, et il se représenta sa propre chambre à l'autre bout du couloir, les livres restés sur les étagères, ses vêtements d'été restés dans le placard et sa tortue, Veronica, installée sur sa pierre sous la lampe chauffante, l'ensemble pareil au musée de son enfance. Peut-être que ses parents ne se considéraient même pas comme des imposteurs, peut-être que, la plupart du temps, ils oubliaient que l'univers qu'ils avaient créé était totalement fabriqué.

Plus il y songeait, plus la situation lui apparaissait comme une imposture. Il ne s'agissait pas que de sa famille mais de la « structure familiale » en général. Du tissu social lui-même, semblable à une pièce de théâtre dans laquelle chacun était embarqué. Oui, il comprenait maintenant ce que sa prof d'histoire voulait dire quand elle parlait de « constructions mentales », d'« enchevêtrements de signes » et de « lacunes ». Assis dans son lit, Ryan avait conscience des autres chambres, des enfilades de chambres, des autres étudiants, tous logés ici en attendant d'être triés et transformés dans le but de trouver un emploi, puis renvoyés de l'université pour suivre leur propre chemin. Il avait conscience de tous ces adolescents qui avaient dormi dans cette même chambre, des décennies d'étudiants, la résidence tel un wagon de marchandises rempli et re-rempli année après année, et il aurait pu, l'espace d'un instant, sortir de son corps, sortir du temps, et observer l'image générique de ce flot de jeunes qui entrent, sortent et sont remplacés.

Ryan se leva, prit sa serviette de toilette posée au pied de son lit et se dit qu'il ferait bien de descendre dans la salle de bains commune pour prendre une douche. Il fallait qu'il se secoue car il devait préparer son partiel de chimie, il obtiendrait un D, au mieux un C – *Oh mon Dieu*, se dit-il…

Et c'est peut-être à cet instant qu'il s'affranchit de sa vie. Sa « vie » : elle lui parut soudain particulièrement abstraite et ténue.

Au départ, il était juste parti prendre un café. Il était environ sept heures et demie mais le campus était encore endormi. Tout en marchant, il percevait les gammes et les exercices d'échauffement des étudiants en musique, qui se mêlaient en une véritable cacophonie – clarinettes, violoncelles, trompettes, bassons s'enchevêtrant, comme une bande sonore s'accordant à son état d'esprit, comme la musique d'un film au moment où le personnage, angoissé, sur le point de craquer, se prend la tête entre les mains.

Ryan ne se prit pas la tête entre les mains mais se dit, une fois de plus

Ma vie entière est un mensonge.

Cette situation avait de quoi le perturber, le mettre en colère, lui donner l'impression d'avoir été trahi, mais ce qui l'atteignait le plus était le décès de sa mère biologique. *Mon Dieu !* se dit-il. *Un suicide. Elle s'est donné la mort.* Cette tragédie le submergea alors que c'était de l'histoire ancienne. Et le fait que Stacey et Owen ne s'étaient pas souciés de savoir s'il était au courant le mettait hors de lui. Ils avaient appris la nouvelle, avaient fait claquer leur langue alors que lui, âgé de trois ans, était sans doute dans le salon en train de regarder une émission éducative à la télévision, et ils avaient peut-être secoué la tête en se disant qu'ils lui avaient rendu un fier service – ils l'avaient élevé comme leur propre enfant, avaient investi beaucoup d'argent et d'énergie pour qu'il soit à même d'obtenir une bourse pour la Northwestern University, à même de prendre place parmi les meilleurs, et ils avaient énormément travaillé pour le façonner. Mais rien ne dit qu'ils aient jamais songé à lui dire la vérité quant à ses origines, rien ne dit qu'ils aient réalisé l'importance d'une telle révélation et le tort qu'ils lui avaient fait en gardant le silence.

Peut-être était-ce une réaction un peu théâtrale mais Ryan sentit dans le creux de son ventre comme une décharge d'adrénaline. C'était aussi dû au partiel de chimie à venir, qu'il allait sans doute rater, et à l'une de ces matinées d'octobre, froides, insignifiantes et très venteuses. Des feuilles mortes, telle une bande de lemmings, détalèrent dans Clark Street et furent écrasées par une voiture roulant à vive allure. Tout cela lui évoqua une expression utilisée lors de son cours de psycho. « État de fugue ». C'était peut-être la combinaison des arpèges discordants en provenance du conservatoire et des feuilles dans la rue. « Fugue ». Un état psychique dissociatif marqué par un départ soudain loin du foyer ou du lieu de travail, une amnésie totale, une confusion quant à sa propre identité ou bien l'adoption d'une nouvelle identité, un désarroi important ou une détérioration significative des facultés.

Ce qui semblait très intéressant, très séduisant, même si Ryan savait que quelqu'un qui prenait la décision d'être dans un état de fugue ne pouvait pas l'être véritablement.

Il n'avait pas non plus de bons résultats en psychologie.

Il y avait également quelques problèmes concernant un léger détournement de fonds, son prêt étudiant, et il y avait cette lettre du bureau des inscriptions : ÉCHÉANCE DÉPASSÉE. PAIEMENT EXIGÉ. Il allait avoir beaucoup de mal à expliquer à ses parents ce qu'il avait fait de ce prêt, comment, au lieu de payer ses frais de scolarité, il avait dépensé l'argent en s'achetant des vêtements, des CD, et en allant dîner au restaurant mexicain sur Forest Avenue. Comment cela s'était-il produit ? Il était bien incapable de le dire.

Et voilà qu'il se retrouvait, fin janvier, au volant de sa Chevrolet Aveo de location, filant le long de l'Interstate 80, étroit couloir enveloppé d'obscurité, tout en se disant qu'il allait écrire une chanson sur ce trajet en solitaire, personne ne connaît mon nom et je suis si loin de toi, ou quelque chose du genre. Mais pas aussi ringard.

Chers maman et papa, je me rends bien compte que les choix que j'ai faits récemment n'ont pas été particulièrement délicats à votre égard, et je suis désolé de vous avoir blessés. Je sais que j'aurais dû vous contacter plus tôt. À ce stade, la police est sans doute intervenue, je suis probablement considéré comme une « personne disparue », et je veux que vous sachiez que je n'avais nullement l'intention de vous causer des ennuis et du chagrin. Mais c'est pourtant ce que j'ai fait.
En ce moment même, je suis dans l'entrée d'un motel de ________, et sur le mur du minuscule bureau du gérant, il y a cette affiche avec une maxime écrite dessus, le genre de truc que les gens collent toujours sur le mur au-dessus de leur ordinateur.
Et voilà ce que dit cette maxime :

Les circonstances de la vie
Les événements de la vie
Les gens qui m'entourent
Ne font pas ce que je suis.
Ils révèlent ce que je suis.

Et je me dis, maman, que tu aurais aimé cette maxime ; ce serait peut-être ce que tu me dirais si tu pouvais entendre toutes les excuses que j'ai à vous faire. Je me suis sans doute révélé à vous subitement, et il s'avère que la surprise est plutôt désagréable. Je ne suis pas devenu le fils dont vous rêviez lorsque vous m'avez adopté bébé et que vous m'avez élevé comme votre propre enfant en essayant de faire de moi une belle personne. Je suis sans doute quelqu'un d'autre. Je ne sais pas encore qui mais…

Mais il était en train de remplir la fiche du motel car il était censé régler une chambre avec la MasterCard de Matthew P. Blurton. L'Holiday Inn offrait un accès Wifi gratuit ; il devait vérifier les mails de Matthew P. Blurton et se connecter sur sa messagerie instantanée pour voir si Jay avait essayé d'entrer en contact avec lui.

Il avait aussi un téléphone portable au nom de Matthew P. Blurton, mais Jay se méfiait des portables et donc il était censé ne jamais appeler Jay, ne jamais appeler chez lui.

Ryan ne cessait de s'inquiéter à l'idée que sa mère le retrouve. Elle avait affirmé pendant des années qu'elle ne savait même pas où se trouvait Jay mais si son fils avait disparu, s'il avait vraiment disparu, ne finirait-elle pas par craquer et par essayer de localiser son frère ? N'aurait-elle pas le sentiment que Jay – le véritable père – était en droit d'être au courant ? Ryan avait passé une grande partie de ces derniers mois avec lui, dans la cabane du Michigan, dormant sur le canapé et partant pour des « quêtes » comme les appelait Jay, sans trop comprendre ce qu'ils fabriquaient avec les cartes de crédit, les numéros de Sécurité sociale et les diverses listes dénichés sur internet ; ça avait l'air d'être la chose à faire même si parfois Ryan se représentait Stacey et Owen à Council Bluffs.

Assis à la table de la cuisine, piquant leur fourchette dans un morceau de viande avant de le porter à la bouche. Ils avaient toujours fait partie de ces familles qui prennent leur repas en silence ; pendant toutes ces années, sa mère avait insisté pour qu'ils mangent ensemble comme si ça pouvait les rapprocher d'enfourner la nourriture, assis côte à côte, jusqu'à ce que Ryan finisse par s'écarter de son assiette parfaitement nettoyée et demande à son père s'il pouvait sortir de table.

Était-elle triste ? se demanda Ryan. Était-elle inquiète, terrifiée, au bord des larmes ? Ou était-elle furieuse ?

Il y avait eu cet unique épisode au lycée où il avait merdé. Il était tombé amoureux d'une fille que Stacey considérait comme « pas convenable », il avait séché les cours, raconté des mensonges, agi sournoisement, et elle avait réagi avec une rapidité implacable, l'inscrivant à un camp en pleine nature pour adolescents rebelles, le mettant à la porte au beau milieu de la nuit avec pour seul bagage un sac de marin, les hommes, des « éducateurs spécialisés », l'attendant devant la porte, prêts à le pousser dans le minibus et à l'embarquer pour une session de lavage de cerveau de deux semaines afin qu'il apprenne l'autonomie et la discipline.

Il pensait aussi à ça. Il imaginait la détermination de sa mère, sa colère, envoyant des sbires pour le faire redescendre sur terre et le ramener de force à la vie qu'il avait fuie.

Dans sa chambre de l'Holiday Inn, Ryan s'installa au bureau et ouvrit son ordinateur portable. Il était sans doute vain de s'attarder là-dessus et pourtant il se surprit à taper son propre nom dans le moteur de recherche et à relire certains articles déjà parus. Par exemple :

RIEN DE NOUVEAU
DANS L'AFFAIRE DE L'ÉTUDIANT PORTÉ DISPARU

CHICAGO – La police de Chicago est dans une impasse dans l'affaire de l'étudiant de Northwestern qui a disparu sans laisser de traces dans la matinée du 20 octobre. Suite à un témoignage anonyme, des plongeurs ont fouillé les eaux glacées du lac Michigan près du campus mais sont remontés bredouilles. Le brigadier Rizzo a déclaré que l'enquête était au point mort et qu'il n'y avait aucun fait nouveau.

– ce qui provoquait chez lui un sentiment de culpabilité, mais également de la déception. Les flics étaient vraiment nuls. « Sans laisser de traces ! » Merde alors ! Ce n'est pas comme s'il s'était déguisé. Ce n'est pas comme si on lui avait mis un sac en toile sur la tête et qu'on l'avait fait disparaître comme par enchantement. Ce jour-là, il était sorti du campus, il avait pris le métro aérien jusqu'à la gare routière et plein de gens avaient dû le voir. Étaient-ils à ce point distraits ? Était-il à ce point quelconque ?

La version du suicide l'ennuyait aussi – envoyer aussi vite des plongeurs dans le lac ! Sa mère y était pour quelque chose, se dit-il. Elle savait que sa mère biologique s'était suicidée, est-ce que ça n'expliquait pas que ce soit la première chose à laquelle elle ait pensé ?

Elle y pensait depuis un moment, se dit-il. Dès qu'il lui parlait au téléphone, elle lui demandait comment ça allait, pourquoi il était si peu bavard, s'il y avait quelque chose qui n'allait pas, et il découvrait maintenant le rapprochement qu'elle avait fait depuis le début.

Il y eut un petit bruit quand quelqu'un se connecta et Ryan jeta un coup d'œil vers son écran car c'était à peu près l'heure à laquelle Jay devait le joindre – ils avaient toujours une brève conversation lorsqu'il était en déplacement, juste pour garder le contact, mais quand il ouvrit sa messagerie, il découvrit un véritable charabia.

En fait, quelqu'un était en train de taper quelque chose. Il crut reconnaître des caractères cyrilliques. Du russe ?

490490 : Раскрытие способностей к телекинезу с помощью

гипноза . . . данном разделе Вашему вниманию предлагается фрагменты видеозаписей демонстраций парапсихологических явлений.

Il considéra la succession de caractères. Jay avait-il un problème avec son ordinateur ? Lui faisait-il une blague qu'il ne comprenait pas ? Alors il tapa :

BLURTON : Et si tu me la faisais en anglais, mec ?

Le curseur clignotait. Respirait. Puis :

490490 : Господин Ж??? J ???

C'est bizarre, se dit Ryan.

BLURTON : Jay ??

Pas de réponse. 490490 s'était tu, mais ce silence semblait aller de pair avec une certaine vigilance, aucun bruit dans la chambre, rideaux tirés et le regard ardoise du téléviseur braqué froidement sur le lit, le bruit lointain de semi-remorques passant sur l'autoroute. Ryan se dit qu'il devrait peut-être se déconnecter.

Mais 490490 avait recommencé à taper sur son clavier :

490490 : Mr. J. Quel plaisir de trouver Mr. J. Je C ou T.

8

Quand Lucy se réveilla, elle était seule dans le lit. La place où George Orson avait dormi était vide – les draps froissés, l'oreiller au contour dentelé, les couvertures repoussées – et elle s'assit, et la chambre lui apparut indistinctement, presque menaçante. La lumière du soleil filtrait autour des rideaux et elle distingua la porte de la penderie qui semblait l'observer, la forme sombre et sévère de la coiffeuse et, dans le demi-jour, les reflets dans le miroir ovale, des mouvements qui, réalisa-t-elle, n'étaient autres qu'elle-même, seule dans le lit.

« George ? »

Près d'une semaine s'était écoulée et pourtant, ils étaient toujours là, dans la vieille maison du Nebraska, et elle commençait à se sentir légèrement angoissée même si George Orson s'était efforcé d'être rassurant – « Il n'y a pas de quoi s'inquiéter, lui avait-il dit. Je dois juste régler certaines choses… »

Mais il ne lui en dit pas plus. Depuis leur arrivée, il disparaissait souvent. Des heures et des heures enfermé dans la pièce du rez-de-chaussée qu'il appelait le « cabinet de travail ». Elle s'était bel et bien agenouillée devant la porte verrouillée, elle avait posé son œil contre le trou de la serrure, sous la poignée en cristal taillé, et elle l'avait vu comme à travers le chas d'une aiguille, assis derrière le grand bureau en bois, penché sur son ordinateur portable, le visage caché par l'écran.

Et, bien évidemment, elle s'était dit qu'un truc dans leurs projets avait foiré.

Quels que soient ces « projets ».

Dont, réalisa-t-elle, elle ne savait pas grand-chose.

Elle écarta les rideaux, la lumière entra dans la pièce et elle se sentit un peu mieux. Il y avait une odeur de sol desséché et de cave particulièrement perceptible le matin, au réveil, un goût de souterrain dans sa bouche, de tissu moisi, les fenêtres ne s'ouvraient pas à cause de la peinture, et il était évident que la maison marinait dans sa crasse depuis longtemps. « J'ai fait venir le service de désinfection, ne t'inquiète pas, lui avait dit George Orson, et une femme de ménage passe… tous les deux ou trois mois. Cette maison n'a jamais été laissée à l'abandon », ajouta-t-il, un peu sur la défensive, mais tout ce qui intéressait Lucy, c'était de savoir depuis combien de temps la maison était inhabitée, depuis combien de temps sa mère était morte.

Il donna une estimation, à contrecœur.

« Je ne sais pas. Disons… huit ans ? » Elle ne comprenait pas pourquoi il se comportait comme si même une simple question représentait une atteinte à sa vie privée.

Mais, dernièrement, la plupart de leurs conversations ressemblaient à ça et, vêtue d'un T-shirt trop grand et d'une culotte, elle s'attarda derrière la fenêtre, les yeux fixés sur l'allée de gravier qui partait du garage, passait devant la maison, la tour du phare et la cour du motel avant d'arriver à la route à deux voies bitumée qui, tel un ruban, finissait par rejoindre l'autoroute.

« George ? » répéta-t-elle, d'une voix plus forte.

Elle avança dans le couloir à pas feutrés, descendit à la cuisine et il ne s'y trouvait pas non plus, mais elle remarqua que son bol à céréales et sa cuillère avaient été lavés et posés avec soin dans l'égouttoir.

Et donc, elle sortit de la cuisine, traversa la salle à manger et se dirigea vers le « cabinet de travail »…

« Le cabinet de travail ». Un terme qui faisait anglais, prétentieux, se dit-elle, comme dans un vieux roman policier.

Le Cabinet de Travail. La Salle de Billard. Le Jardin d'Hiver. La Salle de Bal.

Mais il n'était pas là non plus.

La porte était ouverte, il y avait des rideaux aux fenêtres, un tapis par terre et un lustre en cuivre auquel pendaient comme des gouttes de rosée en verre.

« C'est l'idée que ma mère se faisait de l'élégance, avait dit George Orson quand il lui avait montré la pièce pour la première fois, et Lucy, les bras croisés sur la poitrine, l'avait embrassée du regard. L'"idée" que sa mère se faisait de l'élégance n'était pas la véritable élégance, pensa-t-elle – même si elle trouvait l'endroit plutôt impressionnant. Un magnifique tapis d'Orient, du papier peint à la feuille d'or, d'imposants meubles en bois, des rayonnages de livres – et pas de quelconques livres de poche mais de vrais livres avec une reliure à nerfs, des pages épaisses et une odeur puissante de bois.

Y a-t-il une différence, se demanda-t-elle, une distinction subtile liée au bon goût ou aux bonnes manières qui ferait que l'on pourrait appeler une pièce un « cabinet de travail » mais que l'on ne pourrait pas utiliser le mot « lustre » pour une lampe au plafond ?

Elle avait encore beaucoup à apprendre sur les classes sociales, lui avait dit George Orson que son séjour à Yale avait sensibilisé à ce genre de choses.

Que révélait donc chez elle le fait que sa propre expérience en terme de lustre, de cabinet de travail, etc., soit aussi limitée ? Elle-même venait d'une longue, très longue lignée d'hommes de peine, de paysans irlandais, polonais et italiens – des générations entières de rien du tout.

On pouvait dessiner sa famille en deux dimensions, comme des personnages de bande dessinée. Voici son père, plombier, un petit homme bienveillant, sale, à la bedaine de buveur de bière, aux mains velues et au crâne chauve. Sa mère : cheveux ébouriffés et air sévère, buvant du café à la table de la cuisine avant d'aller travailler à l'hôpital, infirmière mais seulement infirmière auxiliaire, avec juste une licence professionnelle. Sa sœur, simple et ronde comme son père, lavant la vaisselle ou pliant le linge consciencieusement sans jamais se plaindre tandis que Lucy, nonchalamment installée sur le canapé, l'air maussade, lisait des romans écrits par des jeunes femmes avant-gardistes, en s'efforçant de prendre un air d'exaspération étudié.

En regardant autour d'elle dans la pièce vide, elle ne put s'empêcher de penser à sa famille perdue, tristement digne d'une bande dessinée. À son ancienne vie de ratée, qu'elle avait abandonnée pour celle-ci.

Dans la pièce, il y avait un vieux bureau en chêne, six tiroirs de chaque côté, tous verrouillés. Et un meuble à tiroirs pour dossiers suspendus également verrouillé. Et l'ordinateur portable de George Orson, protégé par un mot de passe. Et un coffre-fort mural, caché derrière un portrait encadré des grands-parents de George Orson.

« Grand-père et Grand-mère Orson », avait-il dit en évoquant ce couple à la mine sinistre, visages pâles et tenues sombres, la femme avec un iris clair et l'autre foncé – « On parle d'hétérochromie. Très rare. Un œil bleu. Un œil marron. Sans doute héréditaire, même si ma grand-mère a toujours affirmé que c'était parce que son frère lui avait donné un coup dans l'oeil quand elle était petite.

– Hum », avait fait Lucy, et maintenant qu'elle se retrouvait seule dans la pièce, elle considéra de nouveau le tableau, le regard hétérochrome de la femme fixé sur le photographe. Un regard assurément malheureux et presque suppliant.

Puis elle tira le loquet comme George Orson le lui avait montré et la vieille photo pivota, telle la porte d'un petit meuble, pour découvrir le renfoncement dans le mur où se trouvait le coffre-fort.

« Alors ? » avait dit Lucy quand elle l'avait vu pour la première fois. Il lui avait paru très vieux, avec une combinaison à disque pareille au cadran d'une radio ancienne. « Tu ne l'ouvres pas ? » Et George Orson avait ri – non sans un certain embarras.

« En fait, je ne peux pas. »

Leurs regards s'étaient croisés et elle n'avait pas très bien su comment interpréter l'expression de son visage.

« Je n'ai pas réussi à trouver la combinaison », avait-il affirmé. Puis il avait haussé les épaules avant d'ajouter : « De toute façon, je suis sûr qu'il est vide.

– Tu es sûr qu'il est vide. » Lucy avait regardé George Orson et il avait soutenu son regard, un de ces moments qu'elle connaissait bien où ses yeux à lui disaient *Tu ne me crois pas ?* Et où ses yeux à elle répondaient *J'hésite*.

« C'est que… Je doute fort qu'il soit plein de doublons et de pierres précieuses. »

Il avait alors esquissé ce fameux sourire qui faisait apparaître une fossette sur sa joue.

« Je suis sûr que l'on va tomber sur la combinaison quelque part dans les dossiers, avait-il assuré en caressant sa jambe avec son index, l'air espiègle, comme s'il caressait un porte-bonheur.

« Quelque part, si on trouve la clef du meuble à tiroirs. »

Mais maintenant qu'elle se retrouvait là, elle ne put s'empêcher d'examiner de plus près le coffre-fort. Elle ne put s'empêcher de jouer avec la poignée en cuivre et ivoire juste pour s'assurer qu'effectivement, il était encore verrouillé, scellé, impénétrable.

Non pas qu'elle ait l'intention de voler George Orson. Non pas qu'elle soit obsédée par l'argent…

Mais elle devait bien reconnaître que ça la préoccupait. Elle devait bien reconnaître qu'elle avait eu hâte de quitter Pompey, Ohio, et d'être riche avec George Orson, et il était sans doute juste de dire que c'était un des charmes de cette aventure.

En septembre, alors qu'elle entrait en terminale deux mois après la mort de ses parents, Lucy n'était qu'une élève dépressive qui suivait le cours renforcé d'histoire des États-Unis dispensé par George Orson.

C'était un nouvel enseignant, un nouveau venu à Pompey et, dès le premier cours, il était évident qu'il avait véritablement de la présence avec ses vêtements noirs et la façon étonnante qu'il avait de regarder les gens bien en face, ces yeux verts, et de sourire à ses élèves comme s'ils faisaient tous ensemble quelque chose d'interdit.

« L'histoire des États-Unis – l'histoire que vous avez apprise avec acharnement jusqu'à maintenant – est bourrée de mensonges », leur dit-il, et il s'arrêta sur le mot « mensonges » comme s'il en aimait le goût. Elle s'était dit qu'il devait être de New York, de Chicago ou d'une ville comme ça, qu'il ne resterait pas longtemps, mais en fait elle lui prêta plus d'attention qu'elle ne s'y attendait.

Et puis, dans la salle de permanence, elle entendit des garçons parler de la voiture de George Orson. C'était une Maserati Spyder, elle-même l'avait remarquée, une minuscule décapotable gris métallisé avec deux places seulement, presque un jouet.

« Tu l'as vue ? » demanda un garçon – c'était Todd Zilka que Lucy détestait. Joueur de football au corps musclé et imposant, il était malgré tout fils d'avocat et avait des résultats scolaires suffisamment bons pour être introduit dans la National Honor Society[1], après quoi Lucy cessa d'assister aux réunions. Si elle avait été plus courageuse, elle aurait démissionné, refusé cet honneur. Au collège, c'est Todd Zilka qui avait commencé à l'appeler « Lice-y[2] » – ce qui n'était pas bien méchant sauf que sa sœur et elle avaient bel et bien attrapé des poux dans les cheveux – une pédiculose – et avaient été renvoyées de l'école, honteuses, jusqu'à ce qu'elles n'en aient plus ; et des années plus tard, on continuerait à l'appeler « Lice-y », c'était sans

1. Association d'étudiants choisis par leurs enseignants pour leur excellence. *(N.d.T.)*

2. Jeu de mots intraduisible. « Lice » signifie « pou » en anglais. *(N.d.T.)*

doute la seule chose que les gens se rappelleraient la concernant quand ils fêteraient le 20e anniversaire de la remise de leur diplôme de fin d'études secondaires.

« Toddzilla » était le surnom que Lucy donnait à Todd Zilka mais elle n'eut pas le pouvoir de faire que ce surnom lui reste.

Le fait qu'une créature comme Toddzilla puisse réussir et devenir populaire était une raison suffisante pour quitter Pompey définitivement.

Cependant, elle écouta discrètement quand il débita ses idées stupides à ses crétins d'amis dans la salle de permanence. « J'aimerais savoir où un minable prof de lycée trouve l'argent pour s'acheter ce genre de voiture. C'est que c'est importé d'Italie. Elle doit coûter dans les soixante-dix mille dollars ! »

Et, malgré elle, ça lui donna à réfléchir. Soixante-dix mille dollars, c'était une sacrée somme. Elle se rappela George Orson debout devant eux dans la salle de cours, George Orson avec sa chemise noire ajustée déclarant que Woodrow Wilson était un partisan de la suprématie de la race blanche, et citant Anaïs Nin :

« *Nous ne voyons pas les choses telles qu'elles sont, nous les voyons telles que nous sommes. Car c'est le "je" derrière les "yeux" qui voit.* »

Quelques jours plus tard, un après-midi, Toddzilla leva la main et George Orson fit un geste vers lui, l'invitant à parler. Comme s'ils s'apprêtaient à discuter de la Constitution.

« Oui… ? Ah… Todd ? dit-il et Toddzilla arbora un large sourire qui révéla ses larges dents baguées.

– Dites donc Mr. O », commença-t-il. C'était un de ces crétins de sportifs qui trouvaient ça cool d'affubler leurs professeurs, et les adultes en général, d'un surnom débile et banal. « Dites donc, Mr. O. Elle sort d'où, votre voiture ? Elle est super.

– Oh, répondit George Orson. Merci.

– C'est quelle marque ? Une Maserati ?

– Effectivement. » George Orson observa les autres élèves et Lucy eut l'impression que, pendant une fraction de seconde, lui et elle s'étaient regardés droit dans les yeux, qu'ils avaient été en communion, reconnaissant tous deux par accord tacite que Toddzilla était un homme de Neandertal. Puis George Orson fixa son attention sur son bureau, sur le programme peut-être.

« Dites donc, pourquoi devenir prof dans un lycée si vous pouvez vous offrir une voiture pareille ? insista Toddzilla.

– Eh bien, c'est sans doute que je trouve ce métier très épanouissant », répondit George Orson. Impassible. Puis il se tourna de nouveau vers Lucy, et les commissures de ses lèvres se soulevèrent suffisamment pour qu'une fossette apparaisse brièvement. Il y avait une certaine espièglerie, un éclair d'hilarité muette que peut-être elle seule pouvait percevoir. Lucy sourit. Il était drôle, se dit-elle. Vraiment intéressant.

Mais ça n'avait pas plu à Todd. Plus tard, dans la salle de permanence, à la cafétéria, elle l'entendit répéter cette même question, d'un ton critique. « Comment un prof de lycée peut s'offrir une voiture pareille ? » Toddzilla voulait savoir. « Foutrement épanouissant, mon cul ! À mon avis, c'est un pervers friqué ou un truc du genre. Qui aime tout simplement être entouré d'adolescents. »

Ce fut sans doute la première fois qu'elle se dit : *Hum*. L'idée d'un George Orson fortuné l'intriguait elle aussi, ses mains veineuses, douces mais masculines.

Ils avaient quitté Pompey dans la Maserati et c'est peut-être ce qui expliquait qu'elle se soit sentie à ce point sûre d'elle. Elle avait fière allure dans cette voiture, se disait-elle, sur l'autoroute les automobilistes les regardaient, un type dans un 4 × 4 l'observa quand ils le doublèrent et il ne cessa de lui faire des clins d'œil, tel un acteur de film muet ou un mime. Des clins d'œil. De son côté, elle fit semblant de ne rien remarquer alors qu'en fait, elle s'était acheté un tube de rouge à lèvres d'un rouge brillant, comme pour rigoler, mais quand elle se regardait dans le rétroviseur extérieur, elle était satisfaite du résultat.

Qui serais-tu si tu n'étais pas Lucy ?

Une question qu'ils se surprenaient à aborder fréquemment, quand George Orson ne se retirait pas dans le « cabinet de travail ».

Qui serais-tu ?

Un jour, George Orson trouva un arc et des flèches dans le garage, et ils se rendirent sur la plage pour s'exercer. Comme il n'avait pas pu dénicher de véritable cible, il avait passé beaucoup de temps à disposer différents objets pour que Lucy puisse tirer. Une tour pyramidale de canettes de soda, par exemple. Un vieux ballon de plage qui se gonflait sans enthousiasme. Un gros carton sur lequel il dessina des cercles avec un feutre indélébile.

Et tandis que Lucy encochait la flèche et bandait l'arc en essayant de viser, George Orson lui posa des questions.

« Tu préférerais être un dictateur impopulaire ou un président populaire ?

– C'est facile.

– Tu préférerais être pauvre et habiter dans un endroit magnifique ou être riche et vivre dans un endroit très laid ?

– Les pauvres ne vivent pas dans des endroits magnifiques.

– Tu préférerais te noyer, mourir de froid ou mourir dans un incendie ?

– George, pourquoi es-tu toujours aussi morbide ? » Et un rictus lui contracta la bouche.

« Aimerais-tu aller à l'université même si tu avais suffisamment d'argent pour ne jamais avoir à travailler ?

« C'est-à-dire, poursuivit George Orson. Vas-tu à l'université pour t'instruire ou y vas-tu uniquement parce que tu veux suivre une vague carrière ?

– Hum, répondit Lucy en essayant de viser le ballon de plage qui pendait, comme hébété, dans le vent. En fait, je crois que je veux simplement être quelqu'un d'instruit. Mais peut-être que si j'avais suffisamment d'argent pour ne pas avoir à travailler, je choisirais sans doute une autre matière principale. Quelque chose d'inutile.

– Je vois. » George Orson était debout derrière elle ; elle sentit son torse contre son dos quand il essaya de l'aider à viser. « Comme quoi ? demanda-t-il.

– Histoire », répondit Lucy, et elle le gratifia d'un sourire en coin au moment où elle décocha la flèche qui progressa, vacillante, incertaine, décrivant un arc avant d'atterrir dans le sable à une trentaine de centimètres du ballon.

« Pas mal », murmura George Orson – toujours serré contre elle, sa main autour de sa taille, sa bouche près de son oreille. Elle sentait ses lèvres bouger, telle une plume qui l'effleurerait. « Vraiment pas mal. »

Elle repensa à cet épisode quand elle sortit dehors dans son T-shirt de nuit, ses cheveux aplatis de chaque côté de la tête, et vraiment rien d'attirant chez elle, en cet instant.

« George ? » cria-t-elle – une fois de plus.

Elle s'avança pieds nus, à petits pas précautionneux, sur l'allée de gravier en direction du garage. C'était une structure en bois, semblable à une grange, avec des hautes herbes qui poussaient le long des murs, et quand elle approcha, une nuée de sauterelles se dispersa, surprises par sa présence. Leurs ailes sèches firent un bruit de maracas comme celui que font les serpents à sonnette ; elle noua ses cheveux en queue-de-cheval et les tint avec son poing.

Ils n'avaient pas utilisé la Maserati depuis leur arrivée. « Trop voyant, avait dit George Orson. À quoi bon attirer l'attention ? » et le lendemain, quand elle se réveilla, il était déjà levé, il n'était pas dans la maison, et elle avait fini par le trouver dans le garage.

Il y avait deux véhicules à l'intérieur. À gauche, la Maserati entièrement recouverte d'une bâche vert olive. À droite, un vieux pick-up Ford Bronco rouge et blanc, datant sans doute des années 70 ou 80. Le capot était ouvert et George Orson était penché dessous.

Il portait une vieille salopette de mécanicien, et elle faillit éclater de rire. Elle se demanda où il avait bien pu dénicher une tenue pareille.

« George, dit-elle. Je t'ai cherché partout. Qu'est-ce que tu fabriques ?

– Je répare le camion.

– Oh. »

Et même si, en gros, c'était bien lui, il avait l'air – quoi ? – déguisé dans la salopette sale, avec ses cheveux hirsutes, dressés sur sa tête, les doigts noircis par l'huile de vidange, et elle ressentit comme un pincement.

« J'ignorais que tu savais réparer les voitures », dit-elle et George Orson la regarda longuement. Tristement, songea-t-elle, comme s'il se remémorait une erreur datant d'un passé lointain.

« Il y a sans doute beaucoup de choses que tu ignores me concernant », dit-il.

Ce qui lui donnait à réfléchir, maintenant, alors qu'elle hésitait à l'entrée du garage.

Le pick-up avait disparu et un frisson d'inquiétude la traversa quand elle fixa le sol en ciment, une tache d'huile à l'endroit où était garé le vieux Bronco.

Il était sorti – il l'avait laissée seule – il l'avait laissée…

La Maserati était toujours là, toujours recouverte d'une bâche. Elle n'était pas totalement abandonnée.

Même si elle savait qu'elle n'avait pas la clef.

Et même si elle l'avait, elle était incapable d'utiliser un levier de vitesses.

Elle réfléchit à tout ça et jeta un coup d'œil sur les étagères : bidons d'huile, bouteilles remplies d'un liquide bleu électrique pour laver les pare-brise, et bocaux pleins de vis, de boulons, de clous et de joints.

Le Nebraska était pire encore que l'Ohio – si tant est que ce soit possible. Dans le garage, il y avait une absence de bruit, se dit-elle, même si parfois le vent faisait bourdonner les vitres et passait à travers les mauvaises herbes, la poussière, le lit asséché du lac en une longue expiration, et parfois, subitement, il y avait un bang supersonique qui faisait sursauter quand un avion militaire passait le mur du son, et il y avait le bruit de crécelle des sauterelles sautant dans l'herbe…

Mais le plus souvent, le silence régnait, comme un silence de fin du monde, et on sentait le ciel se refermer au-dessus de soi tel le verre d'une boule à neige.

Elle était toujours dans le garage quand George Orson rentra.

Elle avait retiré la bâche et s'était installée sur le siège conducteur de la Maserati, regrettant de ne pas savoir la démarrer en faisant se toucher les fils de contact. Comme ça tomberait bien que George Orson, en rentrant, découvre que sa Maserati chérie avait disparu, ce serait bien fait pour lui, et elle se plut à imaginer l'expression de son visage quand il la verrait revenir au volant de la voiture après la tombée de la nuit…

Elle fantasmait encore là-dessus quand George Orson gara son vieux pick-up à côté d'elle. Il eut l'air perplexe quand il ouvrit la portière – pourquoi la bâche n'était plus sur sa Maserati ? – mais quand il l'aperçut assise dans la voiture, une expression de peur, gratifiante, se lut sur son visage.

« Lucy ? » Il portait un jean et un T-shirt noir, très quelconques, et elle dut reconnaître qu'il ne ressemblait pas à un homme fortuné. Il ne ressemblait même pas à un enseignant avec son visage pas rasé, ses cheveux trop longs et sa mâchoire crispée par le soupçon, en fait, on aurait pu lui trouver l'air menaçant et lui donner la cinquantaine. L'espace d'un instant, elle se rappela le père de son amie Kayleigh, qui était divorcé et vivait à Youngstown et buvait trop, et qui les avait emmenées au parc d'attractions de Cedar Point quand elles avaient douze ans, et elle le revit sur le parking en train de fumer une cigarette, adossé au coffre de la voiture, quand elles s'approchèrent de lui, elle se souvint qu'elle avait remarqué ses bras musclés, ses yeux fixés sur elle et qu'elle s'était dit *est-ce qu'il mate mes nichons ?*

« Lucy, qu'est-ce que tu fabriques ? » demanda George Orson et elle le dévisagea.

Bien sûr, le vrai George Orson était toujours là, sous la surface, s'il se lavait.

« Je m'apprêtais à partir avec ta voiture, à te la voler pour aller au Mexique. »

Et son visage retrouva l'expression qu'elle connaissait, celle du George Orson qui aimait quand elle était sarcastique.

« Ma puce. J'ai fait un rapide tour en ville, c'est tout. J'avais des courses à faire – et je voulais te préparer un délicieux dîner.

– Je n'aime pas qu'on m'abandonne, rétorqua Lucy durement.

– Tu dormais. Je ne voulais pas te réveiller. »

Il se passa une main sur la nuque – oui, il réalisa qu'il devenait hirsute – puis il ouvrit la portière de la Maserati et s'installa sur le siège passager.

« J'ai laissé un message. Sur la table de la cuisine. J'imagine que tu ne l'as pas trouvé.

– Non. » Ils se turent et elle n'y pouvait rien, cette impression de vide qui s'ouvrait dans sa poitrine, cette solitude de fin du monde, et elle posa ses mains sur le volant comme si elle allait quelque part.

« Je n'aime pas être laissée seule ici », dit-elle.

Ils se regardèrent.

« Je suis désolé », dit George Orson.

Sa main se posa sur la sienne, elle sentit la douce pression de sa paume et, après tout, il était sans doute la seule personne au monde qui l'aimait vraiment.

9

Avant que Hayden se mette à croire qu'il était sur écoute, à l'époque où Miles et lui avaient une petite vingtaine d'années, il appelait assez souvent. Une fois par mois, parfois plus.

Le téléphone sonnait en pleine nuit. Deux heures du matin. Trois heures du matin. « C'est moi », disait-il même si, évidemment, qui d'autre que lui aurait pu appeler à une heure pareille ? « Dieu merci, tu as fini par décrocher, disait-il. Miles, il faut que tu m'aides, je n'arrive pas à dormir. »

Parfois, il était dans tous ses états à cause d'un article qu'il avait lu concernant certains phénomènes parapsychiques, la réincarnation, les vies antérieures, le spiritualisme. Comme d'habitude.

Parfois, il commençait à délirer en évoquant leur enfance, en racontant des histoires sur des événements dont Miles n'avait aucun souvenir – des événements que Hayden avait inventés, il en était presque sûr.

Mais on ne pouvait pas discuter avec lui. Si Miles émettait la moindre réserve ou exprimait le moindre doute, Hayden pouvait facilement se mettre sur la défensive, devenir agressif, et alors comment savoir ce qui pourrait arriver ? La seule fois où ils s'étaient échauffés à cause d'un différend qui les opposait sur ses « souvenirs », Hayden avait violemment raccroché et n'avait pas rappelé pendant plus de deux mois. Miles avait été hors de lui. À l'époque, il croyait encore que ce n'était qu'une question de temps avant qu'il retrouve Hayden, avant que ce dernier soit pris ou incité à rentrer. En imagination, il voyait son frère apaisé, peut-être sous traitement, et tous deux partageraient un petit appartement, jouant calmement à des jeux vidéo quand Miles rentrerait du travail. Ils ouvriraient un commerce ensemble. Il savait que c'était ridicule.

Et pourtant, quand Hayden finit par refaire surface, Miles se montra très conciliant. Il était tellement soulagé qu'il se dit que jamais plus il ne se disputerait avec son frère, quoi qu'il dise.

Il était quatre heures du matin et Miles était assis dans son lit, la main serrée sur le combiné, le cœur battant la chamade. « Dis-moi juste où tu te trouves, Hayden. Ne bouge pas.

– Miles, Miles. J'adore quand tu te fais du souci. »

Il déclara qu'il vivait à Los Angeles, dans un petit pavillon, non loin de Sunset Boulevard, sur Silver Lake. « Tu ne me trouveras pas si tu viens me chercher, mais si ça peut t'aider à te sentir mieux, voilà où j'habite.

– Je suis soulagé », répondit Miles. Il avait toujours des post-it sur sa table de nuit, il en prit un et nota : « Sunset Blvd » et « Silver Lake ».

« Moi aussi, je suis soulagé, dit Hayden. Tu es la seule personne à qui je peux vraiment parler, tu le sais, hein ? » Miles écouta son frère inspirer longuement et se dit qu'il devait être en train de fumer un joint. « Tu es la seule personne au monde qui m'aime encore. »

Hayden avait beaucoup pensé à leur enfance – ou plutôt à son enfance car, à vrai dire, Miles ne se rappelait aucun de ces événements qui obsédaient son frère. Mais il n'exprima aucune objection. C'était la première fois que Hayden l'appelait depuis leur dispute et il fixa son petit papier adhésif en silence tandis que son frère pérorait.

« J'ai beaucoup pensé à Mr. Breeze, disait-il. Tu te souviens de lui ? »

Miles hésita. « Eh bien… » et Hayden émit un grognement d'impatience.

« Un hypnotiseur, tu ne t'en souviens pas ? Un bon ami de papa et maman – il venait à toutes les soirées à l'époque. Et je crois qu'il est sorti avec tante Helen pendant un certain temps.

– Oui, oui, fit Miles, évasif. Et il s'appelait "Mr. Breeze" ?

– C'était sans doute son nom de scène », répondit Hayden. Sa voix devint cassante. « Merde alors, Miles, tu ne te souviens de rien. Tu sais quoi ? Tu n'as jamais fait attention à quoi que ce soit.

– Sans doute. »

D'après Hayden, cet incident avec Mr. Breeze avait prétendument eu lieu lors d'une de ces soirées que leurs parents donnaient régulièrement. Aux petites heures du matin, Hayden était descendu dans la cuisine en pyjama, il n'arrivait pas à dormir, en sueur dans le lit du haut, la bouche d'air chaud du plafond lui soufflait dessus – de toute façon, la musique, les rires et le bourdonnement sourd des conversations qui traversaient le parquet et flottaient jusque dans ses rêves l'empêchaient de dormir. Quant à Miles, il dormait certainement paisiblement dans le lit du bas. *Inconscient*.

Les deux garçons, Miles et Hayden, avaient huit ans mais ils étaient petits pour leur âge, et Hayden était mignon quand, l'air grave, il but son verre d'eau dans la cuisine. Mr. Breeze le souleva et l'installa sur un tabouret, derrière le comptoir.

« Dis-moi, mon garçon, demanda-t-il de sa voix très très grave. Sais-tu ce que signifie le mot "cryptomnésie" ? »

Il plongea dans le regard de Hayden comme s'il admirait son propre reflet dans un étang, lui prit l'index qu'il laissa en suspens près du milieu de son front, sans jamais l'effleurer.

« T'arrive-t-il de te souvenir de certaines choses qui ne te sont pas vraiment arrivées ?

– Non », répondit Hayden. Il considéra Mr. Breeze sans sourire, de la manière dont il fixait les adultes : avec insolence. Leur tante Helen était entrée dans la cuisine et les observait.

« Portis, dit-elle. N'embête pas ce gamin.

– Je ne l'embête pas. » Mr. Breeze portait un jean noir, une chemise de cow-boy à fleurs et il avait des rides autour de la bouche comme si on avait repassé des plis à cet endroit-là. Il regarda l'enfant avec bienveillance.

« Tu n'as pas peur, hein, jeune homme ? » dit-il. Dans la pièce adjacente, il y avait les bruits de la fête, une chanson rock aux accents de blues, des gens dansaient un slow ; dehors, dans le jardin, une femme ivre pleurait amèrement tandis qu'un homme éméché essayait de la consoler.

« On va juste jeter un petit coup d'œil à ses vies antérieures », dit Mr. Breeze à tante Helen. Et il regarda Hayden, le visage rayonnant. « Qu'en dis-tu, Hayden ? Toutes ces personnes que tu as été, un jour ! » Mr. Breeze, avide, inspira doucement, un souffle à peine audible.

« J'ai tellement peu l'occasion de travailler avec un enfant. »

Ce Mr. Breeze est complètement bourré, se dit Hayden. Tante Helen aussi, probablement. Et tous les adultes présents dans la maison.

Mais même bourré, Mr. Breeze parvint à captiver rapidement son attention, uniquement avec ses pupilles. « Tu veux être hypnotisé, hein, Hayden ? » Les lèvres de Hayden s'écartèrent, et sa langue le picota.

« Oui », s'entendit-il répondre.

Mr. Breeze accrocha son regard comme un aimant attire le fer.

« J'aimerais que tu me racontes ce que tu as ressenti quand tu es mort, dit Mr. Breeze. Ce moment précis. Raconte-moi ce moment précis. »

Mr. Breeze avait attrapé Hayden et l'avait éventré comme un pêcheur l'aurait fait avec une truite. C'est ce qu'il raconta à son frère. « Je ne parle pas de mon corps, expliqua-t-il. Mais de mon esprit. Ou quel que soit le nom que tu veux lui donner. Mon âme. Mon moi intime.

– "Éventré", qu'est-ce que tu veux dire ? demanda Miles, gêné. Je ne pige pas.

– Je ne parle pas de sexe. Tu crois toujours qu'il y a du sexe, Miles, espèce de pervers. »

Miles bougea le combiné qui avait dessiné une marque désagréable et mouillée de sueur sur son oreille. Il était bientôt cinq heures du matin.

« Et alors… ? dit-il.

– Et alors c'est comme ça que ça a commencé. Mr. Breeze m'a dit que j'avais plus de vies antérieures qu'aucune des personnes qu'il avait jamais rencontrées… »

Une moisson, avait dit Mr. Breeze à Hayden. *Tu produis une moisson étonnamment importante*. Ses vies antérieures étaient agglutinées en lui comme du frai…

« Des œufs de poisson. C'est ça, le frai.

– Oui, je sais, répondit Miles, et Hayden soupira.

– Le problème, Miles, c'est que personne ne se rend compte qu'une fois que ces trucs ont été ouverts, tu ne peux plus les refermer. C'est ce que j'essaie de t'expliquer. Si les gens devaient vivre avec les souvenirs avec lesquels j'ai dû vivre, beaucoup se suicideraient.

– Tu veux parler de tes cauchemars.

– Oui. C'est le mot qu'on emploie. Mais je ne suis plus dupe.

– Comme l'histoire de pirates.

– *L'histoire de pirates*, répéta Hayden avant de se réfugier dans un silence méprisant. À t'entendre, on dirait une petite virée à Neverland. »

La – prétendue – histoire de pirates avait été l'un des cauchemars récurrents de son enfance mais ça faisait des années que les deux frères n'en avaient pas parlé. C'est vrai que Hayden se réveillait en hurlant. Des hurlements épouvantables. Miles les entendait encore.

Dans son rêve, il était un petit garçon sur un bateau de pirates. Un mousse, supposait Miles. Hayden se rappelait un rouleau de lourds cordages près duquel il se pelotonnait pour dormir. Il y avait le claquement sourd des voiles et le grincement des mâts alors qu'il essayait de se reposer, l'odeur de bois mouillé et de bernaches, et quand il entrouvrait les yeux, il apercevait les pieds nus et sales des pirates, aux plaies toujours infectées. Il se recroquevillait en espérant ne pas se faire remarquer car il arrivait qu'ils lui donnent un coup de pied. Parfois ils l'attrapaient par le dos de sa chemise ou par les cheveux et le mettaient debout sans ménagement.

« Ils veulent toujours que je les embrasse », raconta Hayden à Miles. Il avait huit ou dix ans et s'était réveillé en hurlant. « Ils veulent toujours que je les embrasse sur la bouche. » Il grimaça : leur haleine, leurs dents gâtées, leur barbe crasseuse.

« C'est dégoûtant », dit Miles. Et il se rappela que, même à l'époque, il avait trouvé qu'il y avait quelque chose de pervers dans les rêves de son frère. Les pirates l'embrassaient, parfois ils lui coupaient une mèche de cheveux – « en souvenance de tes bécots, gamin » – et l'un d'eux lui avait même coupé un bout du lobe de l'oreille.

Ce pirate s'appelait Bill McGregor, et c'est celui que Hayden craignait le plus. Bill McGregor était le pire de tous – et la nuit, quand tout le monde dormait, il venait retrouver Hayden, son pas lent et caverneux sur les planches du pont, sa voix, un profond murmure.

« Moussaillon, chuchotait-il. Où es-tu, moussaillon ? »

Une fois qu'il lui eut coupé un bout du lobe de l'oreille, il décida qu'il en voulait plus. Dès qu'il attrapait Hayden, il lui prélevait quelque chose. La peau du coude, le bout d'un doigt, un morceau de lèvre. Il tenait fermement Hayden qui se tortillait, lui coupait un morceau de chair et le mangeait.

« Et quand j'aurai fini de jouer avec toi, murmurait Bill McGregor, je me glisserai derrière toi et… »

Et c'est exactement ce qu'il fit, d'après Hayden. On était au printemps, c'était la nuit, et Bill McGregor était arrivé par derrière, il avait plaqué ses mains sur les yeux de Hayden, l'avait égorgé et jeté par-dessus bord, et Hayden, gesticulant, s'était retrouvé dans la mer, les mains serrées autour de son cou comme s'il essayait de s'étrangler, le sang gargouillant entre ses doigts. En plongeant la tête la première dans l'océan, il avait aperçu des gouttes de sang couler vers le haut – il avait remarqué la lune et le ciel étoilé disparaissant sous ses pieds, le bruit que fit la mer quand elle l'engloutit, les poissons s'esquivant quand il coula, des filaments d'algues, des tourbillons de sang jugulaire, sa bouche qui s'ouvrait et se refermait, ses membres gagnés par l'inertie.

Le moment exact de sa mort.

Oui, bien sûr, Miles était au courant. Quand ils étaient petits, Hayden faisait ce cauchemar régulièrement – jusqu'à une ou deux fois par semaine à certains moments. Il sautait dans le lit du bas et se glissait sous les couvertures – et si Miles n'était pas encore réveillé, il le secouait jusqu'à ce qu'il le soit. « Miles ! hurlait-il. Miles ! Des cauchemars ! Des cauchemars ! » Et il se pelotonnait contre son frère comme s'ils étaient de nouveau dans le ventre de leur mère.

Miles s'était toujours enorgueilli d'être un bon frère. Il ne se mettait jamais en colère, quel que soit le nombre de fois qu'il entendait l'histoire de Bill McGregor.

Mais quand il dit quelque chose dans ce sens, Hayden se tut pendant un long moment.

« Bon, d'accord. Tu as été un frère merveilleux. »

Ils étaient là, au téléphone, à s'écouter respirer. Miles percevait le gargouillis d'une pipe à eau chez Hayden. Rien d'étonnant à cela.

Oui, Miles savait où son frère voulait en venir. Hayden trouvait qu'il aurait dû le soutenir quelles que soient les circonstances. Qu'il aurait dû tout simplement rompre les ponts avec leur mère et les autres membres de la famille et prendre son parti, même si ses histoires, ses disputes et ses accusations prenaient des proportions démesurées.

Ce n'était pas un sujet que Miles aimait aborder mais avec Hayden, il était difficile d'y échapper. Tôt ou tard, la moindre conversation finissait par tourner autour de ses obsessions, de ses cauchemars, de ses souvenirs, de son ressentiment à l'égard de leur famille…

« Ses mensonges pathologiques », comme les appelait leur mère. « C'est quelqu'un de très très perturbé, Miles », disait-elle à la moindre occasion. Régulièrement, elle le mettait en garde : il se laissait trop facilement duper, il se mettait trop au service de son frère – il était « son petit factotum », concluait-elle d'une voix corrosive.

C'est à cette période qu'elle essaya de faire hospitaliser Hayden. « Attends, Miles, mon chéri, dit-elle, parce qu'un jour il te trahira comme il a trahi tout le monde. Ce n'est qu'une question de temps. »

Et donc, quand Hayden appela pour lui dire qu'il avait besoin d'aide, qu'il avait besoin de l'aide de son frère – « Juste pour parler un peu, je n'arrive pas à dormir, Miles, je t'en prie, parle-moi » – eh bien, Miles ne put s'empêcher de penser à la mise en garde de sa mère.

C'était particulièrement dur quand Hayden insistait avec force sur sa version de leurs vies, sa version des événements. Des événements qui, Miles en était pratiquement sûr, n'avaient jamais eu lieu.

« Ce qui me perturbe », dit-il à son frère – ils parlaient maintenant depuis des heures de vies antérieures et de pirates et malgré son épuisement, Miles essayait d'être accommodant et pondéré. « Je suis un petit peu déconcerté par ce type. Mr. Breeze. Parce que je ne me souviens pas que tu m'en aies jamais parlé avant, alors qu'on dirait que si.

– Oh, je t'en ai déjà parlé. Sans aucun doute. »

C'est quelques semaines plus tard que Hayden se mit à être hanté par cette histoire d'« hypnotiseur dans la cuisine ». Miles se trouvait sur une aire d'autoroute, la vitre baissée, et téléphonait d'une borne. Il devait être deux heures du matin. Une carte des États-Unis était étalée sur le volant.

Hayden disait : « … peut-être que le problème, c'est que tu refoules pratiquement tout ce qui touche à notre enfance. Tu y as déjà pensé ?

– Eh bien », dit Miles. Il avala une gorgée d'eau.

« On ne peut pas faire comme si ça n'avait pas été une épreuve incessante pour moi, dit Hayden. Tu te rappelles Bobby Berman ? Tu te rappelles Amos Murley ?

– Oui », répondit Miles – et c'était vrai, c'étaient des noms familiers de leur enfance, des personnes familières des cauchemars de Hayden. Bobby Berman était le garçon qui aimait jouer avec les allumettes et qui avait été brûlé vif dans une cabane à outils derrière sa maison ; Amos Murley était l'adolescent qui avait été appelé sous les drapeaux pendant la guerre de Sécession et qui était mort en se traînant sur un champ de bataille, les jambes arrachées en dessous du genou. Les « personnages imaginaires » de Hayden, comme leur mère les appelait.

« Oh, Hayden, disait-elle, exaspérée. Pourquoi es-tu incapable d'inventer des histoires avec des gens heureux ? Pourquoi tout doit être aussi morbide ? »

Et Hayden, amer, rougissait et haussait les épaules. Il ne répondait pas. Ce n'est que bien plus tard qu'il se mit à affirmer que c'était bel et bien de ses vies antérieures qu'il rêvait. Que ces « personnages » étaient, en fait, des personnes qu'il avait lui-même été. Que l'horrible existence qu'il menait avec sa famille n'était qu'une parmi toutes les horribles existences qu'il avait menées.

Mais il fallut attendre la mort de leur père pour qu'il commence à comprendre la véritable nature de ses souffrances.

C'était du moins sa version des événements. Il fallut attendre que leur père soit parti, que leur mère se soit remariée et que le détestable Marc Spady habite sous leur toit. Ce ne fut qu'à partir de ce moment-là qu'il commença à saisir l'étendue de ce que Mr. Breeze avait « ouvert » en lui.

« C'est ce à quoi je n'étais pas préparé, tu vois, dit Hayden. J'ai fini par comprendre que ce n'était pas juste moi – *c'était tout le monde.* »

Progressivement, il avait commencé à comprendre, expliqua-t-il. Il avait réalisé qu'il n'était pas le seul à avoir vécu ces vies antérieures. *Bien sûr que non !* Peu à peu, au milieu d'une foule, dans un restaurant, sur des visages entrevus à la télévision, dans des petits gestes de ses camarades d'école ou des membres de sa famille – peu à peu il avait commencé à percevoir de vagues signes de reconnaissance. Un regard oblique – les doigts d'un caissier effleurant la paume de sa main – la dent de devant jaunie de leur prof de géométrie – la voix de leur beau-père, Marc Spady, qui, d'après Hayden, ressemblait exactement à la voix râpeuse du pirate Bill McGregor.

À la mort de leur père, Hayden commença à établir des ressemblances dès qu'il voyait le moindre visage. Où avait-il déjà rencontré celui-là ? Dans laquelle de ses vies ? Nul doute que quasiment chaque âme avait rencontré les autres lors de quelque permutation, toutes étant connectées, emmêlées, leurs chemins s'entrecroisant dès la préhistoire, dans l'espace et l'infini, telle une effroyable formule mathématique.

De toute évidence, c'était en rapport avec la mort de leur père, pensait Miles. Avant cet événement, Hayden n'était qu'un enfant particulièrement imaginatif qui faisait des cauchemars, et Mr. Breeze, s'il existait, n'était qu'une connaissance atypique de leur père, sans doute ivre au cours d'une soirée.

« Oh, lâche-moi, dit Hayden quand Miles lui suggéra cette vision des choses. C'est trop facile. C'est maman qui t'a raconté ça, hein ? Qui t'a dit que j'étais un soi-disant schizophrène parce que j'étais incapable de faire face à la mort de papa ? Je sais que tu as horreur que je dénigre ton intelligence, mais enfin ! C'est tellement ridicule.

– Eh bien », dit Miles. Il ne voulait pas se disputer avec son frère à ce sujet mais il était clair que Hayden avait changé au cours des mois qui avaient suivi le décès de leur père, changement qu'il refusait d'expliquer. À l'époque, ils avaient treize ans, ils travaillaient sur l'atlas depuis un an, et Hayden était de plus en plus mal luné, en colère, renfermé. Miles avait l'impression que son frère devenait particulièrement sensible à ce qui rappelait le mort – tous les objets insignifiants dispersés dans la maison, rendus incandescents par l'absence paternelle, qu'il s'était mis à accumuler. Ici, un papier de chewing-gum dont leur père avait fait un oiseau en origami posé sur sa commode au milieu de pièces de monnaie. Là, un crayon avec la marque de ses dents, une chaussette dépareillée, une carte de rendez-vous du cabinet dentaire.

Sa voix sur le répondeur, qu'ils avaient oublié d'effacer jusqu'à ce que Hayden appelle un jour et que la voix de son père réponde après plusieurs sonneries.

« Bonjour. Vous êtes bien chez les Cheshire… »

Ce qui était clairement un enregistrement ; c'était évident au bout d'une seconde.

Mais pendant cette seconde ! Pendant cette seconde, un cœur pouvait bondir, on pouvait croire que tout n'avait été qu'un cauchemar, qu'un miracle avait eu lieu.

« Papa ? » dit Hayden en reprenant son souffle.

Miles et lui se trouvaient à la patinoire, ils appelaient leur mère pour qu'elle vienne les chercher, et Miles se trouvait à côté de son frère quand il parla dans le combiné.

« Papa ? » Il aperçut la brève lueur d'espoir surnaturel passer sur le visage de Hayden avant de disparaître définitivement, une lumière de joie étonnée qui s'évanouit presque aussitôt quand il comprit : il avait été berné. Leur père était toujours mort, plus mort que jamais.

Miles sentit tout ça, tout ça lui traversa l'esprit comme par télépathie, il partagea les émotions de Hayden comme lorsqu'ils étaient petits, quand Miles pouvait hurler de douleur au moment où Hayden se coinçait le doigt dans une porte, quand Miles riait d'une blague avant même que Hayden l'ait racontée, quand il connaissait l'expression qui se lisait sur le visage de Hayden même s'ils ne se trouvaient pas dans la même pièce.

Mais les choses avaient changé.

Les traits de Hayden se crispèrent – il lança à Miles un regard furieux comme si l'empathie qu'il lui témoignait était abjecte, immonde. Comme si, ayant été témoin de l'exaltation de son frère à l'état brut, il méritait une punition. « Ta gueule, espèce de taré », lâcha-t-il alors que Miles n'avait pas ouvert la bouche, et il détourna la tête, refusant de regarder son frère droit dans les yeux.

Il a été statué : ne jamais plus être heureux.

Était-il naïf de croire qu'avant la mort de leur père ils avaient tous été relativement heureux ? Miles y réfléchissait alors qu'il roulait sur l'autoroute, traversant l'Illinois, l'Iowa, le Nebraska – Los Angeles étant encore à des milliers de kilomètres.

La vie était belle, se disait-il. *Non ?*

Quand ils étaient petits, Cleveland était une ville plutôt idyllique, en tout cas à ses yeux. C'est là que leurs parents s'étaient installés peu après leur mariage, dans l'est de la ville, une vieille maison confortable à deux étages dans une rue bordée d'imposants érables argentés. Un vieux quartier bourgeois au charme fatigué, situé légèrement au nord des hôtels particuliers de Fairmount Boulevard, légèrement au sud des taudis situés de l'autre côté de Mayfield Road, et Miles se rappelait avoir pensé que c'était plutôt pas mal. En grandissant, Hayden et lui se firent des amis qui étaient soit sensiblement plus pauvres soit sensiblement plus riches qu'eux, et leur père les incitait à s'intéresser à eux. « Apprenez ce que c'est que de mener une existence différente, disait-il. Réfléchissez-y sérieusement, les garçons. Chacun *choisit* sa vie ; retenez bien ça. Et quelle vie allez-vous choisir pour vous-même ? »

Il était évident que leur père avait souvent réfléchi à la question. Il était propriétaire de ce qu'il appelait une « agence de talents », bien qu'en fait il en fût l'unique employé. Parfois il animait l'anniversaire d'un enfant ou l'inauguration d'un centre commercial sous le nom de Clown Pervenche – il réalisait des animaux à l'aide de ballons, jonglait, maquillait, faisait chanter les gens, etc. À d'autres moments, il était le Surprenant Cheshire, un magicien. (« Surprenez vos clients et amis en leur offrant un Spectacle de Magie ! Expositions ! Fêtes d'Entreprise ! Noces et Banquets ! ») On le connaissait aussi sous le nom de Dr Larry Cheshire, hypnotiseur certifié, spécialiste du sevrage tabagique et coach personnel ; ou encore sous celui de Lawrence Cheshire, docteur en hypnothérapie.

De toute leur existence, Miles et Hayden ne l'avaient jamais vu dans aucun de ces rôles, même s'il leur arrivait de tomber sur des photos de leur père sous ses diverses apparences, et même sur des ébauches de brochures publicitaires sur lesquelles il travaillait : « Le Clown Pervenche et ses amies les marionnettes vous invitent à une heure magique… » ou « Les Ateliers d'Hypnose Cheshire vous aideront à découvrir le pouvoir de votre esprit… »

De temps en temps, ils l'entendaient parler au téléphone, assis à la table de la cuisine devant son grand cahier de rendez-vous noir, marquant un temps d'arrêt pour mordiller pensivement son stylo. Ils trouvaient ça désopilant de l'entendre prendre une voix différente suivant son interlocuteur. Une voix de gamin, idiote et chaleureuse, quand il était le Clown Pervenche ; une voix directoriale doucereuse quand il était le Dr Larry Cheshire ; une voix de baryton d'un snobisme travaillé quand il parlait au nom de l'Étonnant Cheshire ; une voix plutôt impassible, apaisante et monotone quand il était Lawrence Cheshire.

Ils entendaient ce genre de choses, mais ils avaient l'impression que ça n'avait rien à voir avec l'homme au crâne chauve qu'ils connaissaient, un homme à l'opposé des personnages costumés et maquillés avec postiche et chapeau. Miles ne se rappelait pas l'avoir jamais vu faire quoi que ce soit de « théâtral » et, en fait, au quotidien, il était peut-être même anormalement silencieux et mélancolique. Pour Miles, c'était simplement que lorsqu'il rentrait du travail, il était las de se donner en spectacle.

Néanmoins, c'était un bon père. Discrètement attentif.

Ils jouaient aux cartes ensemble, Miles, Hayden et lui, à des jeux de société, à des jeux vidéo. Ils avaient campé à plusieurs reprises et fait des randonnées pédestres. Quand ils étaient petits, Miles et Hayden étaient particulièrement attirés par l'univers des insectes, et leur père les aidait à en trouver en retournant des grosses pierres et des rondins. Identifiant chaque bestiole en déclamant le passage du guide Peterson la concernant.

Il aimait lire à haute voix. *Bonsoir Lune* était le premier livre dont Miles se souvenait. *Le Retour du roi* était le dernier ; leur père avait fini de le lire à peine une semaine avant sa mort.

Même s'ils avaient presque treize ans, ils aimaient dormir avec lui quand il faisait la sieste. Tous les trois, Miles, Hayden et leur père, allongés côte à côte sur le grand lit, en chaussettes, Hayden d'un côté, Miles de l'autre, le chien couché en rond au pied du lit, le museau posé sur la queue. Leur mère avait pris des photos. Parfois, elle se contentait de rester là, dans l'embrasure de la porte, et de les regarder. Elle aimait le calme qui se dégageait d'eux, disait-elle. Ses fils. Elle aurait pu être une bonne mère, songeait Miles, si leur père avait vécu.

Leur père avait cinquante-trois ans lorsqu'il mourut. C'était totalement inattendu, bien sûr, même s'il s'avéra qu'il souffrait d'hypertension et qu'il ne prenait pas soin de son corps. Il fumait régulièrement, bien que discrètement, il était en surpoids, et ne se préoccupait pas de savoir ce qu'il mangeait. « Un excès de cholestérol », avait murmuré leur mère aux gens présents à l'enterrement, et Miles avait senti qu'elle se frayait un chemin à travers des fourrés, des dédales de regrets, d'éventuelles mesures préventives qui auraient pu être prises, et d'avenirs différents, pensées désormais stériles mais qui continuaient à occuper son esprit. « Je lui disais que j'étais inquiète, avait-elle plaidé avec insistance devant les gens venus à l'enterrement comme si elle s'attendait à être condamnée. Je lui en parlais. »

Au cours des semaines suivantes, Miles passa beaucoup de temps à penser à ça. À la mort de son père. L'avaient-ils négligé, avaient-ils été distraits, auraient-ils pu agir de telle sorte que le cours des événements en soit changé ? Il fermait les yeux et essayait d'imaginer ce que l'on ressentait en cas de « crise cardiaque foudroyante ». Est-ce qu'on avait juste un blanc, se demandait-il, la tête vide comme un verre d'eau qui s'est renversé ?

Il tenta d'imaginer ce qui avait pu se passer, il tenta d'imaginer son père debout sur scène quand les premiers élancements s'étaient fait sentir. Une douleur dans le bras gauche, peut-être. Une contraction du cœur. *Brûlures d'estomac*, s'était-il sans doute dit. *Épuisement*. Miles le vit appuyer fortement les mains sur son postiche.

Il se disait qu'il savait, en gros, comment cela s'était passé. Il se rappelait en avoir parlé avec Hayden la nuit qui avait suivi le décès.

Leur père était parti le week-end pour participer à une manifestation à Indianapolis, et il était mort pendant une séance d'hypnose.

Ça aurait fait un article amusant dans les journaux, avait dit Hayden. Une de ces histoires ridicules, très ironiques, sans lien avec l'actualité internationale, qu'on pouvait lire dans *News of the Weird*.

La séance avait lieu dans la salle de conférences d'un centre d'affaires situé à la périphérie de la ville ; c'était un exercice visant à renforcer l'esprit d'équipe, une idée brillante probablement sortie du cerveau d'un directeur des ressources humaines. *Super*, s'étaient dit les employés. Leur père les avait sans doute convaincus en leur servant son baratin – « aider les gens à découvrir le pouvoir de leur esprit », il avait fait appel à des volontaires, des gens qui avaient courageusement accepté d'être hypnotisés, il les avait invités à venir près de lui et leur avait demandé de s'asseoir sur une chaise pliante pendant que leurs collègues les observaient, et tout le monde attendait avec avidité tandis que leur père les faisait entrer en transe l'un après l'autre.

Les spectateurs étaient ravis. C'était vraiment drôle. Ils gloussaient de voir leurs collègues totalement détendus, profondément vulnérables, là, devant tout le monde.

Leur père transpirait un peu en parlant. Il posa sa main sur son front puis sur sa nuque.

« Mesdames et Messieurs », dit-il, et il déglutit car il avait la bouche sèche.

« Mesdames et

« Mesdames et Mes… sieurs. »

Le silence se fit lorsqu'il leva un doigt – *un instant, s'il vous plaît*, signifiait ce geste – et il s'assit sur une chaise pliante à côté des volontaires. Le public riait. Le type assis au bout de la rangée était un informaticien un peu cinglé, aux cheveux bouclés, à la mâchoire relâchée, et il amusait particulièrement l'auditoire car il était entré dans une transe profonde.

Les spectateurs attendaient de voir ce qui allait se passer. Leur père porta sa main à son menton et parut réfléchir. Il ferma les yeux comme s'il était plongé dans de profondes méditations.

De nouveaux gloussements.

C'est sans doute à ce moment-là qu'il mourut.

Assis sur une chaise pliante – le corps parfaitement en équilibre, et son public qui continuait à attendre.

Quelques rires mais surtout un silence impatient. Chacun retenant son souffle.

Le corps de leur père s'affala légèrement. Puis pencha. Et – enfin – tomba par terre, et la chaise métallique se replia en émettant un claquement métallique qui résonna sur le sol carrelé.

Une femme poussa un cri de surprise, mais l'auditoire resta là, indécis. Cela faisait-il partie du numéro ? Cela faisait-il partie de l'exercice visant à renforcer l'esprit d'équipe ?

Et dans l'intervalle, les personnes qui avaient été hypnotisées ne l'étaient plus. Au fond, il est impossible de rester figé dans un état de transe. C'est tout simplement un mythe.

Elles avaient commencé à bouger, à ouvrir les yeux et à jeter un coup d'œil autour d'elles.

Réveillez-vous ! Réveillez-vous ! criait le père de Miles et Hayden, le matin, quand ils étaient petits. *Réveillez-vous, mes petits loirs*, murmurait-il, et du bout des doigts, il leur effleurait l'oreille.

À vrai dire, aucun d'eux – que ce soit Miles, Hayden ou leur mère – n'avait été témoin de la scène, mais Miles avait toujours cru qu'il l'avait vue en imagination. Qu'il l'avait visionnée comme un de ces films éducatifs poussiéreux, aux images granuleuses, que les enseignants de la Roxboro Middle School époussetaient avant de les projeter les jours de pluie. *Martin Luther King. Le Système de reproduction. Les Momies égyptiennes.*

Plus tard, il se trouve que Miles mentionna cette scène, la scène de la mort de leur père, et sa mère l'observa attentivement.

« Mais qu'est-ce que c'est que cette histoire ? » Elle était assise à la table de la cuisine, très calme, bien que sa cigarette tremblât entre ses doigts. « C'est ce que Hayden t'a raconté ? » demanda-t-elle en regardant son fils, l'air soucieux. Ses impressions sur Hayden se renforçaient peu à peu.

« Ton père est mort dans sa chambre d'hôtel, mon chéri. Une femme de chambre l'a découvert. Il était descendu à l'Holiday Inn. Et ça s'est passé à Minneapolis, pas à Indianapolis, si tu veux le savoir, et il assistait au congrès de l'Association nationale des hypnotiseurs. Il n'était pas sur scène. »

Elle but une petite gorgée de café puis leva brusquement la tête quand Hayden entra dans la cuisine en caleçon et T-shirt ; il venait de se réveiller alors qu'il était deux heures de l'après-midi.

« Tiens, tiens, fit-elle. Quand on parle du loup… »

À cette époque, Miles avait commencé à comprendre que nombre de ses « souvenirs » n'étaient que des histoires que Hayden lui avait racontées – des suggestions plantées dans sa tête, des graines autour desquelles son cerveau s'était mis à échafauder un « cadre », des « détails » et une « action ». Des années plus tard, c'est la version de Hayden sur les derniers instants de son père qui était restée gravée le plus profondément dans sa mémoire.

Dans son souvenir, c'est comme s'il avait vécu deux existences – l'une racontée par Hayden, et l'autre, celle qu'il vivait de son côté, celle d'un adolescent plus ou moins normal. Pendant que Hayden s'enfonçait de plus en plus dans l'univers des vies antérieures que Mr. Breeze lui avait ouvert, pendant que Hayden était de plus en plus isolé, Miles travaillait sur l'album-souvenir de son année de terminale et jouait à la crosse dans l'équipe de réserve de la Hawken School, l'université où Marc Spady dirigeait le service des admissions. Pendant que Hayden suivait une thérapie et ne se couchait pas de la nuit, Miles obtenait tranquillement des B et des C et allait s'exercer sur un parking avec Marc Spady en vue de l'examen du permis de conduire, roulant en marche arrière entre des cônes orange avec Spady qui, à quelques mètres de la voiture, criait : « Attention, Miles ! Attention ! »

En attendant, la vie de Hayden prenait une autre direction. Son sommeil était de plus en plus peuplé de cauchemars – pirates, batailles sanglantes de la guerre de Sécession, et cette cabane en feu où Bobby Berman avait joué avec des allumettes, où les flammes avaient aspiré l'oxygène de ses poumons – ce qui signifiait que Hayden arrivait rarement à dormir. Leur mère lui installa une nouvelle chambre dans le grenier et un lit adapté avec des sangles de tissu pour ses poignets et ses chevilles afin de lui éviter des accès de somnambulisme et de l'empêcher de se faire mal. Il y avait eu la nuit où il avait brisé les vitres de la cuisine avec la paume de ses mains, mettant du sang partout. Il y avait eu la période où sa mère et Marc Spady, en se réveillant, le trouvaient penché sur eux, un marteau à la main, vacillant, parlant tout seul.

Et donc c'était pour sa propre sécurité, pour leur sécurité à tous, ce n'était pas un châtiment, mais Miles avait été surpris par la bonne volonté avec laquelle son frère avait accepté ces nouvelles dispositions. « Ne t'en fais pas pour moi, Miles », lui avait-il dit, mais Miles ne savait pas très bien pour quoi exactement il était censé s'en faire. Hayden avait des jeux vidéo et la télévision par câble dans sa nouvelle chambre, et Miles en était un peu jaloux. Il se rappelait les soirs où, allongés tous les deux sur le lit de son frère, ils jouaient à Super Mario sur une vieille console Nintendo, les mains serrées sur la manette, les yeux fixés sur la minuscule télévision posée sur la commode. « Ne t'en fais pas, Miles. Je m'occupe de tout.

– Tant mieux. »

Hayden était déjà passé devant une « armée » de psychologues et de thérapeutes, comme disait leur mère. Un éventail de prescriptions. Olanzapine, halopéridol. Mais ça n'avait aucune importance, disait-il.

« Ce n'est pas comme si je pouvais dire la vérité à n'importe qui, dit-il à Miles pendant que la musique de Super Mario bredouillait. Tu es le seul à qui je puisse parler, Miles.

– Oui, oui », répondit Miles, concentré sur le périple de Mario. Ils étaient installés côte à côte sous les couvertures et Hayden glissa ses pieds glacés contre la jambe de son frère. Ses pieds et ses mains étaient toujours pâles et gelés, une mauvaise circulation, et il les glissait toujours sous les vêtements de Miles.

« Ça suffit ! cria Miles et, dans le jeu, un monstre-champignon le tua. Oh ! Regarde ce que tu m'as fait faire ! »

Mais Hayden se contenta de fixer son frère. « Fais attention, Miles, dit-il et Miles vit les mots “FIN DE PARTIE” apparaître sur l'écran de télévision.

– Quoi ? » demanda-t-il et leurs regards se croisèrent. Ce regard expressif comme si, se dit Miles, comme s'il était censé *savoir*.

« Je leur ai parlé de Marc Spady, expliqua Hayden en poussant un léger soupir. Je leur ai dit qui il était vraiment et ce qu'il nous avait fait.

– Qu'est-ce que tu racontes ? » dit Miles et Hayden leva brusquement la tête. Leur mère était debout sur le pas de la porte. Il était l'heure pour eux d'aller se coucher, et elle était venue attacher Hayden.

Miles arriva enfin en Californie. C'était la première fois depuis longtemps qu'il pouvait localiser son frère. Plus de quatre années s'étaient écoulées. Miles ne savait même plus quelle tête il avait bien que, étant jumeaux, il se disait qu'ils devaient encore beaucoup se ressembler, évidemment.

On était fin juin, ils venaient d'avoir vingt-deux ans, leur mère et Marc Spady étaient morts, et Miles était passé d'un boulot à l'autre depuis qu'il avait laissé tomber la fac. Il arriva au bout de l'Interstate 70 au centre de l'Utah et emprunta la 15 qui descendait vers Las Vegas.

Quand il finit par arriver aux abords de Los Angeles, c'était le matin.

Il y avait un motel Super 8 près de Chinatown et il dormit d'un sommeil agité toute la journée, sur le matelas peu épais de son lit, les rideaux tirés pour se protéger du soleil californien, pendant que le minuscule réfrigérateur ronronnait. Il se réveilla après la tombée de la nuit et en tâtonnant, il trouva sur sa table de nuit ses clefs de voiture, le réveil et, enfin, le téléphone.

« Allô ? » fit Hayden. Il était difficile de croire qu'il ne se trouvait qu'à quelques kilomètres de là. Miles avait tracé l'itinéraire qu'il prendrait pour arriver dans le quartier où il habitait – longer Elysian Park en direction de Silver Lake Reservoir.

« Allô ? répéta Hayden. Miles ? » Et Miles réfléchit.

« Oui, répondit-il. C'est moi. »

10

Un intrus s'introduit dans votre ordinateur et commence à glaner dans le plancton les minuscules diatomées qui constituent votre identité.

Votre nom, votre adresse, etc. ; les sites que vous visitez en naviguant sur internet, vos identifiants et mots de passe, votre date de naissance, le nom de jeune fille de votre mère, votre couleur préférée, les blogs et les sites d'information que vous consultez régulièrement, les articles que vous achetez, les numéros des cartes de crédit que vous entrez dans les bases de données…

Tout cela n'est pas forcément *vous*, bien évidemment. Vous restez un être humain, un individu avec une âme et une histoire, des amis, des parents et des collègues qui sont attachés à vous, qui peuvent répondre de vous : ils reconnaissent votre visage, votre voix et votre personnalité, et vous voyez votre existence comme un fil ininterrompu, l'histoire véridique de vous-même telle que vous vous la racontez, vous vous réveillez en vous sentant plutôt heureux – un bonheur fade et ordinaire qui ne se reconnaît même pas comme tel – et vous abordez les heures vides qui ne seront sans doute rien de plus qu'une succession d'actions machinales : prendre une douche, se verser du café, s'habiller, tourner la clef de contact et rouler dans des rues qui vous sont tellement familières que vous ne vous rappelez même pas avoir tourné ou marqué le stop même si, bien sûr, vous êtes bel et bien présent, même si votre esprit a consciemment suivi la procédure – freiner au virage, faire tourner le volant sous vos mains et prendre à gauche pour vous engager sur l'autoroute – mais vous ne vous rappelez absolument pas avoir fait tout ça. Si vous vous faisiez hypnotiser, peut-être seriez-vous capable de vous souvenir de ces moments insignifiants, ils sont inscrits et mémorisés sur un fichier, inutilisés et inutiles, dans l'antichambre de quelque employé du système nerveux. Est-ce important ? Vous êtes toujours vous, au fond, après la traversée de toutes ces heures et de toutes ces journées ; vous êtes toujours intact…

Mais imaginez-vous en morceaux.

Imaginez tous ceux que vous ne connaissez que depuis un an, un mois, ou que vous n'avez rencontrés qu'une fois, imaginez ces gens réunis dans une pièce pour essayer de faire un portrait de vous à la manière d'un archéologue qui assemble les fragments d'une façade en ruine ou les ossements d'un homme des cavernes. Vous rappelez-vous l'histoire des sept aveugles et de l'éléphant ?

Il n'est pas facile, après tout, de savoir de quoi on est fait.

Imaginez-vous en pièces ; imaginez, par exemple, qu'il ne reste de vous qu'une main sectionnée dans une glacière. Parmi les personnes que vous aimez, peut-être l'une d'elles sera-t-elle capable de vous identifier à partir de cette seule main. Les lignes de la paume. La texture des jointures, les plis de la peau au niveau des articulations. Des durillons, des cicatrices. La forme des ongles.

Pendant ce temps, les intrus s'activent pour s'emparer des petits morceaux de vous, des détails croustillants vous concernant auxquels vous ne pensez guère, pas plus que vous pensez aux cellules mortes de votre épiderme qui sont continuellement éliminées, pas plus que vous pensez aux millions de microscopiques acariens qui rampent sur vous et se nourrissent de vos cellules graisseuses et épidermiques.

Vous ne vous sentez pas particulièrement vulnérable avec votre pare-feu et la mise à jour permanente de votre antivirus, et la plupart des prédateurs sont d'une inexpérience affligeante. Au travail, vous recevez un mail tellement grotesque que vous le transférez à certains de vos amis. *Miss Emmanuela Kunta, Dans l'attente de votre réponse*, est-il écrit dans la case objet, et la maladresse de ces mots a quelque chose de presque émouvant. « Très cher », dit Miss Emmanuela Kunta.

Très cher,

Je sais que ce courrier va être une surprise puisque nous ne nous connaissions pas, mais j'ai cru que c'est la volonté de Dieu de nous connaître aujourd'hui et je l'ai remercié de me permettre de vous informer de mon immense désir d'avoir une longue relation avec vous et une transaction financière dans notre intérêt mutuel. Je m'appelle Emmanuela Kunta, je réside à Abidjan, alors que j'ai 19 ans, je suis aussi la fille unique des défunts Mr. et Mrs. Godwin Kunta, avec mon plus jeune frère Emmanuel Kunta qui a aussi 19 ans car nous sommes jumeaux.

Mon père était Agent en Or à Abidjan (Côte d'Ivoire). Avant sa mort, brutale le 20 de février dans un hôpital privé ici à Abidjan, il m'a appelé à son chevet et m'a parlé de la somme de (USD$20 000 000,00) Vingt Millions de Dollars Us qu'il a déposé dans une société de sécurité ici à Abidjan (Côte d'Ivoire) pour investissement commercial et qu'il a utilisé mon nom sa fille adorée et son fils unique comme le parent le plus proche en déposant l'argent, parce que notre mère est morte il y a 13 ans dans un accident de la route mortel. Et que nous devrions chercher un partener étranger dans un pays de notre choix où nous transfèrerons cet argent pour l'investir pour notre vie future.

Je demande humblement votre assistance pour nous aider à transférer et à sécuriser cet argent dans votre pays pour investissement et pour être le gardien de ce fond puisque nous sommes encore étudiants, de prendre une disposition pour nous faire aller dans votre pays pour continuer notre éducation. Merci car vous êtes décidé à aider des orphelins comme nous.

Je vous offre 20 % du total de la somme pour votre humble assistance et 5 % est planifié pour rembourser les dépenses incourues durant la transaction.

S'il vous plaît, cette transaction doit rester confidente dans votre cœur pour raisons de sécurité. Et s'il vous plaît répondez à mon adresse privée.

Sincèrement,

Miss Emmanuela Kunta

Et c'est plutôt comique. Miss Emmanuela Kunta est probablement un gros type blanc d'une trentaine d'années, installé dans le sous-sol de la maison de sa mère, entouré d'un matériel informatique crasseux, qui essaie d'hameçonner des gogos. « Qui peut bien se laisser avoir ? » aimeriez-vous savoir, et tous vos collègues se mettent à évoquer des arnaques par internet dont ils ont entendu parler, s'ensuit une conversation décousue – et il est presque cinq heures de l'après-midi…

Mais sans trop savoir pourquoi, en rentrant chez vous en voiture, vous vous surprenez à penser à elle. Miss Emmanuela Kunta d'Abidjan, Côte d'Ivoire, la fille orpheline d'un riche courtier en or, elle déambule à travers un marché, des gens en masse et de magnifiques étalages de fruits, une immense coupe bleue remplie de papayes et un homme en chemise rose qui la hèle – elle se retourne, et ses yeux bruns expriment une profonde tristesse. Dans l'attente de votre réponse.

Ici, dans le nord de l'État de New York, il commence à neiger. Vous quittez l'autoroute et allez vous garer devant une station-service, vous introduisez votre carte de crédit et il y a un temps d'arrêt (*Veuillez patienter*) en attendant l'autorisation qui finit par être accordée, et vous pouvez alors commencer à actionner la pompe. Une rafale de neige vous transperce au moment où vous insérez le pistolet dans votre réservoir, et il est agréable de penser aux lumières étincelantes des hôtels et des phares des voitures qui passent sur l'autoroute longeant la lagune Ébrié – lagune encerclée par Abidjan – les palmiers se détachant sur le ciel indigo, etc. *Dans l'attente de votre réponse.*

Pendant ce temps-là, dans un autre État, on a peut-être déjà commencé à assembler une nouvelle version de vous, quelqu'un utilise votre nom et vos numéros, une partie de vous-même dispersée et se dispersant…

Vous vous frottez les cheveux pour faire tomber la neige, vous remontez en voiture et vous acheminez vers votre lot habituel d'occupations quotidiennes – préparer le dîner, faire la lessive, aider les enfants à faire leurs devoirs, regarder la télévision sur le canapé, le museau du chien sur vos genoux, passer un coup de téléphone que vous devez à votre sœur, vous préparer à aller vous coucher, brosse à dents, fil dentaire, cachets qui vous aident à réguler pression artérielle et thyroïde, exfoliant pour le visage, et tous les rituels qui sont – vous en êtes de plus en plus conscient – des unités de mesure en fonction desquelles vous morcelez votre propre existence.

DEUXIÈME PARTIE

> Je ne sais quel fut son secret à lui, mais j'ai moi aussi appris un secret à savoir : que l'âme n'est qu'une manière d'être, non un état constant, que toute âme peut être vôtre, si vous découvrez et suivez son ondoiement. L'au-delà, ce n'est peut-être que la pleine aptitude à vivre consciemment en toute âme choisie, en autant d'âmes que l'on veut, toutes inconscientes de ce qu'elles portent d'interchangeable.
>
> Vladimir Nabokov[1]

1. *La Vraie Vie de Sebastian Knight*, Gallimard/Folio, 1979, traduit du russe par Yvone Davet.

11

Ryan venait juste de rentrer de son périple à Milwaukee quand il apprit par les médias qu'il était mort.

Noyé, c'est ce qu'ils disaient.

Des amis affirment que Schuyler, un étudiant boursier, était découragé à cause de ses mauvaises notes, et maintenant la police se demande si

Jay s'assit sur le canapé et hacha une tête de marijuana séchée en mettant les graines de côté pendant que Ryan lisait l'article.

« C'est intéressant, non ? » dit Jay. Quand il se pencha sur la table basse, il était déjà défoncé – un état qui l'incitait à la réflexion. Il possédait une planche de Ouija ancienne qu'il utilisait pour hacher la marijuana, et Ryan la regarda fixement – les lettres de l'alphabet inscrites au milieu, le soleil et la lune aux angles – comme s'il pouvait y avoir un message qui l'attendait.

« C'est le genre de trucs sur lesquels pratiquement tout le monde fantasme, non ? *Que se passerait-il si on se réveillait un matin et que les autres nous croient mort ?* Un scénario classique, hein ? Que ferait-on si on pouvait définitivement laisser derrière soi son ancien moi ? C'est un des grands mystères de l'âge adulte. Pour la plupart des gens.

– Hmm », fit Ryan, et il baissa la feuille de papier que Jay avait imprimée et lui avait donnée. Sa notice nécrologique. Il la plia en deux, sans trop savoir quoi en faire, puis la glissa dans une de ses poches.

« Ce n'est pas aussi facile que ça d'y arriver, tu sais, expliquait Jay. En fait, c'est dur de se faire officiellement déclarer mort.

– Ouais, répondit Ryan, et Jay le regarda en plissant les yeux.

– Crois-moi, fiston. Je me suis renseigné et ce n'est pas simple. Surtout de nos jours, avec les tests ADN, l'identification dentaire et tout ça. C'est une supercherie plutôt difficile à cacher, pour être honnête. Mais voilà que toi, tu t'es glissé dans ton nouveau rôle. En douceur.

– Ouais », répondit Ryan, mais il ne savait pas quoi dire. Jay était là, vautré sur le canapé, avec son survêtement et ses sabots fourrés, et il l'examinait attentivement, dans l'attente d'une réaction de sa part.

Ça faisait beaucoup à encaisser.

Il ne comprenait pas comment ils pouvaient affirmer ce genre de choses en l'absence de corps mais apparemment, d'après l'article, un témoin s'était présenté et avait déclaré l'avoir vu sur les rochers, au bord du lac, juste derrière la résidence universitaire. Le témoin l'avait vu plonger – un jeune homme correspondant à son signalement, debout sur les gros rochers couverts de graffitis longeant la rive, qui brusquement avait sauté…

Ce qui était fort improbable et pouvait facilement être démenti, se dit Ryan. Mais apparemment, les policiers avaient décidé que ça s'était produit de cette façon-là, apparemment ils étaient pressés d'en finir et de passer à des affaires plus importantes.

Et donc maintenant, pensa-t-il, ses parents étaient en route pour Evanston en vue d'assister à la « cérémonie commémorative », et peut-être que deux ou trois amis du lycée y seraient aussi. Ainsi que des étudiants de la résidence universitaire – Walcott, bien sûr, et d'autres de son étage avec qui il avait traîné, et peut-être des copains de première année qu'il n'avait pas vus récemment. Certains enseignants. Des gens du service administratif, des directeurs de département ou leurs assistants, des fonctionnaires dont le boulot consiste à se montrer et à prendre l'air affligé.

Inutile de dire que Jay lui-même – oncle Jay – n'y assisterait pas.

« Honnêtement, je suis bien content que ta mère ne sache pas comment me joindre. Elle se sentirait obligée de m'appeler. Après toutes ces années, elle finirait par vouloir faire la paix. Elle me demanderait même de venir à l'enterrement. Mon Dieu ! Tu imagines ! Je ne l'ai pas vue depuis ta naissance. Je n'ose pas imaginer sa tête si je me pointais après toutes ces années. Elle n'a certainement pas besoin de ça en ce moment, avec tout ce qu'elle a sur les bras.

– C'est sûr », répondit Ryan.

Lui-même essayait de ne pas imaginer la tête de sa mère.

Il essayait de ne pas se représenter l'expression de ses parents quand ils arriveraient enfin à Chicago et passeraient à leur hôtel pour mettre leurs vêtements sombres en vue de la cérémonie. Il tenta de chasser cette image de son esprit.

« Hé mec, dit Jay. Pourquoi tu ne viens pas t'asseoir ? Tu m'inquiètes. »

Ils étaient dans la véranda de la cabane, le poêle à bois en fonte répandait des vagues de chaleur léthargiques, et du fond du vieux canapé, Jay leva la tête en repoussant la frange qui lui cachait les yeux. Il posa sur Ryan un regard circonspect et compatissant – celui que l'on pose sur quelqu'un à qui l'on vient d'apprendre une mauvaise nouvelle – mais ce n'était pas le genre de regard que Ryan voulait croiser.

« Tu es contrarié. Tu fais semblant de ne pas l'être mais je le vois bien.

– Hum », fit Ryan. Et il réfléchit. *Contrarié ?*

« Pas vraiment, dit-il. C'est juste que… ce n'est pas rien d'essayer de piger tout ce que ça implique.

– Je veux bien le croire », dit Jay et quand Ryan finit par s'asseoir à côté de lui, il passa son bras autour de ses épaules. Il le serra étonnamment fort et l'attira à lui comme un lutteur lui immobilisant les bras. Au début, c'était plutôt pénible, mais le poids et la force de ce bras apportaient aussi un certain réconfort. Il aurait été un bon père pour un enfant, songea Ryan, et il s'essaya à poser sa tête sur l'épaule de Jay. Juste une seconde. Il frissonna un peu et Jay resserra l'étreinte.

« Il va te falloir du temps pour assimiler ça, sans aucun doute, dit-il avec douceur. C'est quand même un truc énorme, non ?

– Probablement.

– Écoute, reprit Jay. Il faut que tu comprennes que… psychologiquement, c'est une perte. C'est une mort. Et peut-être que tu ne vois pas les choses comme ça mais il faut que tu fasses comme s'il s'agissait d'une vraie mort. Que tu passes par les stades du deuil de Kübler-Ross. Le déni, la colère, le marchandage, la dépression… Tu vas devoir passer par pas mal d'émotions.

– Oui », répondit Ryan.

Il ne savait pas très bien quelle émotion il ressentait en cet instant précis. Par quel stade il passait. Il regarda Jay sortir une bière de la glacière posée à leurs pieds. Il prit la canette quand Jay la lui tendit. Il retira la languette, et Jay l'observa quand il fit couler le liquide dans sa bouche.

« Mais tu ne flippes pas, dit Jay au bout d'un certain temps. Ça va bien, hein ?

– Oui. »

Ryan avait les yeux fixés sur le vieux Ouija posé sur la table basse. Les lettres de l'alphabet étaient étalées dessus comme sur un ancien clavier. Un soleil souriant en haut à gauche. Une lune renfrognée en haut à droite. Et dans les angles inférieurs, des nuages, et il ne l'avait pas remarqué avant mais à l'intérieur de ces nuages il y avait un visage. Sans traits distincts mais, devina-t-il, émergeant lentement d'un quelconque au-delà. Attendant, à l'écart, que quelqu'un l'invite à se manifester.

« Tu sais que je suis là pour toi, dit Jay. Je suis ton père après tout. Si tu as envie de parler.

– Je sais », répondit Ryan.

Ils burent encore quelques bières puis se passèrent une pipe à eau, et au bout d'un moment Ryan sentit qu'il commençait à assimiler le concept. Il était mort. Il avait laissé derrière lui son ancien moi. Il colla sa bouche contre l'embout pendant que Jay allumait le foyer. Cette prise de conscience se fit progressivement, comme un de ces films en accéléré sur la nature où de jeunes plants percent la terre, déroulent leur tige chétive, déplient leurs feuilles et balancent lentement leur tête alors que le soleil traverse le ciel.

Pendant ce temps-là, Jay continuait à parler sur le ton de la conversation, d'une voix calme et apaisante. Il avait toujours une histoire à raconter et Ryan resta là à l'écouter pérorer.

Apparemment, Jay lui-même avait un jour tenté de se faire passer pour mort.

C'était à l'époque où il vivait dans l'Iowa, avant de rencontrer la fille qui finirait par être enceinte de Ryan.

C'était l'été après sa troisième, et il avait passé beaucoup de temps à tout organiser dans les moindres détails. On retrouverait ses vêtements et ses chaussures dans le parc qui longeait la rivière, et il s'assurerait que quelqu'un l'entende crier à l'aide. Il se cacherait jusqu'à la tombée de la nuit puis marcherait en direction du sud, toujours en se cachant, jusqu'à ce qu'il soit suffisamment loin de la ville pour essayer de se faire prendre en stop par des routiers, et une fois en Floride, il embarquerait clandestinement sur un bateau en partance pour l'Amérique du Sud, pour une ville côtière près de la forêt tropicale humide ou dans les Andes, et où il escroquerait les touristes.

« Maintenant que j'y repense, je trouve ça vraiment ridicule, dit Jay. Mais à l'époque, j'avais l'impression que ce projet tenait la route. »

Il gloussa, son bras détendu toujours autour du cou de Ryan. Il pencha affectueusement son visage contre lui, et Ryan sentit sur son cou l'odeur chaude, sombre et végétale de son haleine.

« Je ne sais pas, reprit Jay. J'imagine qu'à l'époque j'étais plutôt désespéré – ça se passait mal à l'école. Je n'étais pas très bon élève. Pas comme Stacey. Je m'ennuyais à mourir et je sentais que je décevais tout le monde et je détestais vraiment ma vie…

« Mes parents mettaient toujours Stacey sur un piédestal. Comme si elle était un exemple à suivre. Je ne cherche pas à cracher sur sa réussite mais tu sais, c'était difficile à encaisser. Mon père et ma mère la portaient aux nues comme si c'était une déesse. Stacey

Kozelek ! Stacey Kozelek accumulait les A ! Elle était tellement appliquée ! Elle avait un véritable projet de vie ! Et j'étais censé réagir en faisant : "Ouah, total respect. Je suis trop impressionné." »

Il haussa les épaules, sans enthousiasme. « Pas question de dénigrer ta mère. Ce n'était pas de sa faute – c'était une bûcheuse. Tant mieux pour elle, non ? Mais moi, ce n'était pas ce que je voulais. Je n'ai jamais voulu arriver à un moment de ma vie où je saurais ce qui m'attend, et j'avais l'impression que la plupart des gens étaient impatients de s'installer dans la routine sans devoir penser au jour suivant, à l'année suivante, à la décennie suivante, parce que tout dans leur vie était minutieusement organisé.

« Je ne comprends pas qu'on puisse se contenter d'une seule vie. Je me souviens d'un cours d'anglais, on discutait d'un poème de… ce type. David Frost. *Deux routes divergeaient dans un bois jaune*… Tu connais ce poème, hein ? *Deux routes divergeaient dans un bois jaune, et désolé de ne pouvoir prendre les deux et de n'être qu'un seul voyageur, longtemps j'ai suivi la première des yeux jusqu'au sous-bois touffu où elle disparaissait*…

« J'adorais ce poème. Mais je me souviens m'être dit : *Pourquoi ?* Comment ça se fait qu'on ne puisse pas emprunter les deux routes ? Ça me paraissait vraiment injuste. »

Jay marqua un temps d'arrêt, tira sur sa cigarette et Ryan, qui avait écouté distraitement, attendit. Dehors, il neigeait, et il sentait son cœur chuchoter doucement dans ses oreilles.

« Mais je ne suis pas allé très loin. Les flics m'ont cueilli peu après minuit au bord de l'autoroute – après le couvre-feu, et quand je suis arrivé à la maison, mon père et ma mère m'attendaient. Furax.

« Personne n'a cru que j'étais mort. Ils n'avaient même pas trouvé mes affaires au bord de la rivière. J'y suis allé le lendemain et elles étaient là, par terre, mes chaussures, ma chemise, mon pantalon. »

Tout en écoutant Jay parler, Ryan s'adossa au vieux canapé et ferma les yeux.

C'était un soulagement. C'était en fait un soulagement d'être mort, c'était bien mieux que de se suicider, ce qu'il avait envisagé cet automne avant le coup de fil de Jay. Pendant tout le semestre, il avait su qu'il allait être renvoyé de l'université. Une « exclusion temporaire », comme ils disaient, et ça arriverait sans doute au moment où ses parents découvriraient qu'il avait dépensé l'argent de son prêt étudiant au lieu de le rembourser. Pendant tout l'automne, il avait senti se préciser la menace que représentaient ces inévitables révélations, c'était une question de semaines ou de mois avant les humiliations et les entretiens avec l'administration et enfin, la surprise et la déception de ses parents quand ils apprendraient qu'il avait vraiment merdé.

Un jour, en fin de soirée, dans sa chambre de la résidence universitaire, il avait tapé « suicide indolore » dans le moteur de recherche et découvert une association d'aide au suicide qui recommandait le suicide par asphyxie en inhalant de l'hélium, la tête dans un sac en plastique.

Il pensait particulièrement à la difficulté qu'il aurait à devoir faire face à sa mère. Elle avait été tellement heureuse qu'il soit accepté dans une bonne université. Il se rappelait combien elle avait été obsédée par tout le parcours pour y arriver. Depuis la classe de seconde, elle avait conservé ses notes, sa moyenne générale, et s'était demandé comment l'améliorer. Quelles activités impressionneraient le plus le jury ? Les résultats de ses tests de niveau soutenaient-ils la comparaison et en quoi des cours d'été pourraient-ils les améliorer ? Quels enseignants – éventuellement à même d'appuyer sa candidature – l'appréciaient ? Que faire pour qu'ils l'apprécient encore plus ? Quel sujet choisirait-il pour sa lettre de motivation ? Qu'était-ce qu'une lettre de motivation réussie ?

Longtemps, il avait craint l'expression de son visage quand elle découvrirait qu'il avait encore merdé – son regard buté et silencieux quand il retournerait dans son ancienne chambre, quand ils parleraient des facs de seconde zone où il pourrait éventuellement s'inscrire ou du boulot qu'il pourrait trouver pour un an…

Il était sans doute plus facile pour elle, d'une certaine façon, d'organiser son enterrement.

Plus facile pour beaucoup de monde. Sa notice nécrologique avait été mise en ligne et quand il tapa son nom dans le moteur de recherche, il constata que beaucoup de ses amis lui avaient rendu hommage sur leur blog, et il y avait plusieurs messages d'adieu touchants sur sa page Facebook. « Repose en paix », « Je ne t'oublierai pas », « Je suis désolé qu'un événement aussi terrible soit arrivé à un type super comme toi », disaient-ils.

Ce qui, il devait bien le reconnaître, était sans doute préférable à la dispersion, désagréable et gênée, de ses amis qu'aurait entraînée son retour en disgrâce à Council Bluffs, les mails et les messages instantanés diminuant au fur et à mesure qu'il partagerait de moins en moins de choses avec eux, certains, il en était convaincu, médisant de lui ou le rayant carrément de leur vie, ce type qui s'était fait *virer*, puis au bout d'un certain temps, ils ne penseraient sans doute plus du tout à lui, leur existence continuerait à se dérouler, et un an plus tard, ils auraient du mal à se rappeler son nom.

Il était préférable pour tous les gens concernés que les choses se terminent ainsi.

Il était préférable, se dit-il, de repartir véritablement de zéro.

Il avait travaillé à l'élaboration de nouvelles identités. Matthew Blurton en était une. Kasimir Czernewski une autre.

« Des clones », les appelait Jay. Ou parfois : « Des avatars ». C'est comme quand tu joues à un jeu vidéo, avait dit Jay qui passait beaucoup de son temps libre à se promener dans les paysages virtuels infinis de *World of Warcraft*, *Call of Duty* ou *Oblivion.* « En gros, c'est pareil, avait-il expliqué, les yeux fixés sur le grand écran de télévision où il avançait vers l'ennemi en brandissant une épée. En gros, c'est la même idée. Tu crées tes personnages. Tu les guides à travers le monde. Tu fais attention, tu observes bien ce que tu fais et tu es récompensé. » Et ses pouces s'étaient mis à appuyer frénétiquement sur les boutons de sa manette pour engager la bataille.

L'idée se tenait, songea Ryan, même si lui-même ne jouait pas autant aux jeux vidéo.

Pour Ryan, un nom était comme une coquille – c'est comme ça qu'il le concevait – une enveloppe creuse dans laquelle vous entriez et qui se solidifiait avec le temps. Au début, l'identité était aussi fine que de la gaze : un nom, un numéro d'assuré social, une fausse adresse. Mais bientôt s'y ajoutaient une pièce d'identité avec photo, un permis de conduire, un CV, des antécédents bancaires, des cartes de crédit, des achats, etc.

Le personnage commençait à avoir une vie propre, à prendre consistance. Une *présence* dans le monde – qui, en fait, était déjà sans doute plus importante que les légers clapotis qu'il avait provoqués durant ses vingt années d'existence en tant que Ryan Schuyler.

En fait, Ryan avait déjà commencé à s'attacher à Kasimir Czernewski, né en Ukraine, et le jour où il se fit faire une photo pour son permis de conduire, il porta la raie au milieu et des lunettes noires. Jay lui montra la facilité avec laquelle on pouvait établir d'autres données : une fausse adresse – un appartement à Wauwatosa, juste à la périphérie de Milwaukee ; un boulot – travail à domicile en tant que « détective privé » spécialisé dans l'usurpation d'identité ; un numéro de contribuable ; un site internet fictif pour ce travail fictif ; et il arrivait même que des gens envoient des mails sur le site de Kasimir.

Cher Mr. Czernewski,

Je suis tombé sur votre site internet et je cherche de l'aide quant à une éventuelle usurpation d'identité. Je crois qu'une ou plusieurs personnes utilisent mon nom pour m'escroquer. J'ai reçu des factures pour des achats que je n'ai jamais faits, de l'argent manque sur certains de mes comptes d'épargne, des retraits que je n'ai jamais effectués...

Quant à Jay, il avait peut-être déjà créé plusieurs centaines d'« avatars » – un village entier de personnes fictives dirigeant discrètement différents types d'affaires depuis des adresses fictives à Fresno et Omaha ; à Lubbock, Texas ; et à Cape May, New Jersey. Pratiquement dans tout le pays, et disposées, entrelacées de telle façon, disait Jay, que même si l'on découvrait que l'une d'elles était fausse, ça ne conduirait qu'à une autre fausse adresse, à un autre clone, à une succession de labyrinthes ne menant qu'à des impasses.

Qui pourrait deviner que ces dizaines de vies naissaient dans une cabane au milieu des bois, au nord de Saginaw, Michigan ?

La neige tombait plus dru maintenant et Ryan avait de la chance d'être rentré avant la tempête. La cabane était plutôt isolée – pour l'atteindre il fallait quitter l'autoroute, suivre un dédale de routes à deux voies, emprunter un étroit chemin asphalté, rien qu'un enchevêtrement d'arbres et d'ombres jusqu'à ce qu'elle apparaisse enfin, avec la vieille Ford Econoline de Jay garée dans l'allée.

La cabane en rondins était quelconque. Une modeste habitation de plain-pied avec une seule chambre et une véranda protégée par des stores où l'on avait installé un vieux canapé et un poêle à bois ; elle ressemblait à ces cabanes de pêcheurs des années 70, et il s'en dégageait une odeur de bois de cèdre humide et de couvertures moisies que Ryan associait avec la période presque oubliée des camps scouts.

Devant la véranda, il y avait une clairière, et les flocons de neige voletaient négligemment, étrangement, telles des petites traînées de vent finissant par s'accumuler. Il ne neigeait pas à Milwaukee quand il avait quitté la ville mais c'était peut-être le cas maintenant. Il neigeait peut-être aussi à Chicago, à Evanston où ses parents arriveraient bientôt pour assister à la cérémonie commémorative, une couverture de neige indolente se posant sur le tarmac de l'aéroport pendant que l'avion tournait en rond au-dessus de la piste.

Jay s'était assoupi dans la chaleur du poêle, une cigarette coincée entre les doigts, que Ryan retira doucement, et un cylindre de cendre froide tomba par terre. « Mmm », fit Jay et il appuya sa joue sur son épaule comme s'il enfouissait sa tête dans un oreiller.

Ryan se leva et se rendit dans le salon où un nuage de fumée flottait encore au-dessus des tables encombrées – des dizaines d'ordinateurs, de scanners, de fax et autres matériels informatiques – et il prit une couverture en mohair qu'il étendit sur Jay.

Lui-même était légèrement ivre, légèrement défoncé, et il prit une autre bière dans la glacière. Il essayait de ne pas trop angoisser mais il réalisait de plus en plus que ce qui s'était passé était bel et bien définitif.

Il s'assit devant un ordinateur, posa sa canette près du clavier, se connecta à internet et tapa son nom pour voir si quelqu'un parlait de sa mort sur un blog.

Mais il n'y avait rien de nouveau.

Bientôt, se dit-il, son nom générerait de moins en moins de résultats. En l'espace de quelques jours, les hommages se réduiraient à presque rien, et très vite, la moindre mention de son nom serait archivée et enfouie sous des couches sédimentaires d'informations, de potins et de blogs jusqu'à disparaître totalement.

Il pensa à son père.

Son père – son père adoptif, Owen – était passé par des sautes d'humeur l'année de sa terminale, une espèce de déprime que connaissent les hommes qui approchent de la cinquantaine, et tandis que sa mère était obnubilée par son entrée à l'université, Owen se contentait d'être spectateur et n'ouvrait pas la bouche. Il avait pris l'habitude de pousser de profonds soupirs.

« Qu'est-ce qui se passe ? » demandait Ryan.

« Oh… rien », répondait-il. Soupir.

Un soir, alors qu'ils étaient tous les deux en train de faire la vaisselle dans la cuisine pendant que sa mère regardait sa série préférée à la télévision, Owen avait une nouvelle fois exhalé un de ses soupirs mélancoliques.

Ryan était en train d'essuyer les assiettes et de les ranger dans le placard. « Qu'est-ce qui se passe ? »

Owen secoua la tête. « Oh… rien », dit-il puis il s'arrêta pour examiner la casserole qu'il était en train de récurer. Il haussa les épaules.

« C'est idiot, finit-il par lâcher. Je me demandais juste combien de fois encore nous nous retrouverons à faire la vaisselle ensemble.

– Hum », fit Ryan – en fait, cette activité ne lui manquerait pas – mais il sentit que son père était en plein calcul morbide.

Owen bougea. Grimaça devant une nouille têtue qu'il essayait de faire partir. « J'imagine…, dit-il. Je ne pense pas te voir beaucoup une fois que tu seras parti à l'université. C'est tout.

« Je vois bien que tu es fébrile, mon pote, reprit-il. Et il n'y a pas de mal à ça – je ne suis pas en train de te dire le contraire ! Je regrette de ne pas avoir été aussi fébrile quand j'avais ton âge. Au train où je vais, je ne parviendrai sans doute jamais à voir la mer avant de mourir. Mais je te parie que tu les verras toutes. Les sept mers – et tous les continents – et je veux juste que tu saches que je trouve ça super.

– Peut-être », répondit alors Ryan, et il sentit qu'il se raidissait, qu'il était mal à l'aise et gêné de voir son père se dénigrer et s'apitoyer sur son sort en larmoyant comme beaucoup de gens de son âge. « Je ne sais pas. Je suis sûr qu'il y aura encore de la vaisselle à laver », ajouta-t-il d'un air dégagé.

Mais en y repensant, il ne put s'empêcher de songer à de tels instants – la cuisine dans la maison de Council Bluffs, la vaisselle dans l'évier, des couverts bien particuliers qu'il essuyait et dont il se souvenait maintenant avec une inexplicable tendresse, des assiettes bien particulières…

Tout ce qu'il avait laissé derrière lui. La guitare électro-acoustique Dreadnought Takamine de couleur noire que Owen et Stacey lui avaient achetée pour son anniversaire ; les carnets avec les grilles d'accords et les paroles des chansons qu'il essayait d'écrire ; même des compils qu'il avait gravées, ces compils incroyables qu'il ne serait plus capable de faire. C'était idiot – une nostalgie puérile et morbide – qu'une douleur puisse se réveiller quand il pensait à cette guitare ; ou quand il pensait à sa tortue, Veronica, qui n'était même pas vraiment un animal de compagnie. Qu'est-ce qu'elle en avait à faire de lui, qu'est-ce qu'elle se rappelait ?

Tous ces objets, qui étaient eux-mêmes comme des avatars – contenant en eux son ancien moi, son ancienne vie.

D'accord, se dit-il. Il resta là, les yeux fixés sur l'écran de l'ordinateur, devant la photo et la notice nécrologique parues dans le *Daily Nonpareil* de Council Bluffs. D'accord.

L'existence qu'il avait menée jusque-là était effectivement terminée.

On ne le verrait plus, on n'entendrait plus parler de lui. Du moins, plus en tant que lui.

12

Lucy et George descendaient le chemin de terre qui menait au réservoir où le lac se trouvait jadis. La période de sécheresse se poursuivait au Nebraska. Il n'avait pas plu depuis Dieu sait quand, et leurs semelles soulevaient des nuages de poussière.

Une autre semaine s'était écoulée et pourtant rien n'indiquait qu'ils allaient partir malgré les promesses de George Orson. Quelque chose avait dû foirer, se disait Lucy. Il y avait un problème d'argent même s'il refuserait de l'admettre. « Ne t'inquiète pas, ne cessait-il de répéter. Tout va parfaitement bien, c'est juste un peu plus lent que ce que je pensais, un peu plus… récalcitrant. » Puis il éclatait de rire, un de ses rires mélancoliques qui ne la rassuraient pas du tout. Ça ne lui ressemblait tellement pas.

Depuis environ une semaine, George Orson n'était pas lui-même. Et ceci, de son propre aveu : « Je suis désolé », lui disait-il quand il était dans la lune, quand il s'égarait dans une lointaine galaxie, totalement absorbé dans ses calculs.

« George, disait-elle, à quoi tu penses ? À quoi tu penses en ce moment ? »

Alors il sortait de sa torpeur. « À rien, répondait-il. À rien d'important. Je ne suis pas dans mon assiette. Je ne suis pas moi-même ces temps-ci, j'imagine… »

Ce qui n'était qu'une façon de parler, elle le savait bien, mais ça l'obsédait. *Pas lui-même*, songeait-elle, et effectivement, elle avait remarqué un certain glissement – comme un acteur qui aurait commencé à oublier la motivation de son personnage, se disait-elle, et elle avait même l'impression que son accent avait légèrement changé. Ses voyelles étaient plus relâchées – était-ce pure imagination de sa part ? – et sa prononciation n'était plus aussi claire et élégante.

C'était bien normal que son ton devienne plus flegmatique puisqu'il n'enseignait plus, puisqu'il ne se donnait plus en représentation devant une classe. Et c'était bien normal qu'une personne s'avère légèrement différente quand on arrivait à la connaître vraiment. Les autres n'étaient jamais exactement ce que l'on croyait.

Mais quand même, elle avait commencé à faire davantage attention à ce genre de choses. Peut-être était-ce de sa faute à elle si elle ignorait ce qui se passait. Elle avait vécu dans un monde imaginaire pendant bien trop longtemps, elle avait passé presque deux semaines à regarder des films, à lire, à rêver de voyages. Tellement concentrée sur les endroits où ils iraient plus tard qu'elle s'était désintéressée du présent.

Par exemple : ce matin, elle était entrée dans la salle de bains et George Orson était penché au-dessus du lavabo, et lorsqu'il avait levé les yeux, elle avait remarqué qu'il s'était rasé la barbe. En fait – l'espace d'un instant – elle ne l'avait même pas reconnu, c'était comme si un étranger se trouvait là, et elle avait bel et bien poussé un cri étouffé, elle avait bel et bien tressailli.

Puis elle avait vu ses yeux, ses yeux verts, et le visage s'était reconstitué : George Orson.

« Oh, mon Dieu, George, s'exclama-t-elle en posant sa main sur sa poitrine. Tu m'as fait peur ! Je t'ai à peine reconnu.

– Hum », fit-il d'un ton maussade. Sans sourire, sans même adoucir l'expression de son visage. Il se contenta de fixer le fond du lavabo où ses poils formaient un nid.

« Désolé, dit-il, l'air troublé, et il passa ses doigts sous ses yeux, il passa lentement la paume de sa main sur ses joues nues. Désolé de t'avoir fait peur. »

Lucy le regarda attentivement – son nouveau visage –, indécise. Était-il en train de… avait-il pleuré ?

« George, il y a un problème ? »

Il secoua la tête. « Non, non. C'est juste que… j'ai trouvé qu'il était temps de changer, c'est tout.

– Tu as l'air… perturbé.

– Non, non. Je suis juste de mauvaise humeur. Ça va passer. »

Il continua à s'examiner dans le miroir et elle continua à hésiter sur le seuil de la porte, l'observant avec méfiance quand il prit une paire de ciseaux et se coupa les cheveux juste au-dessus de l'oreille.

« Tu sais, ce n'est pas une bonne idée de se les couper soi-même. J'en sais quelque chose.

– Hum. Tu sais ce que je t'ai toujours dit. Je ne crois pas aux regrets. » Il leva le menton, étudiant son profil comme une femme étudierait son maquillage. Il se fit une grimace. Puis sourit, le visage radieux. Et s'efforça d'avoir l'air surpris.

« “Les regrets sont vains, finit-il par ajouter. Et pourtant, l'histoire n'est qu'un long regret. Le monde aurait pu être tout autre.” »

Il sourit à son reflet, un petit sourire mélancolique. « C'est une bonne citation, non ? Charles Dudley

Warner, une vieille buse que l'on cite beaucoup. Un ami de Mark Twain. Totalement tombé dans l'oubli aujourd'hui. »

Il continua à se couper les cheveux, cette fois au-dessus de l'autre oreille, les ciseaux ruminant lentement.

« George, viens ici et assieds-toi. Je vais le faire. »

Il haussa les épaules. Quelle que soit son humeur, elle avait commencé à se dissiper – la citation, se dit-elle, l'avait égayé, le fait d'être capable de citer le nom d'un homme célèbre et de dire des futilités. Ça le rendait heureux.

« D'accord, dit-il enfin. Juste un petit peu. Sur les côtés. »

Et maintenant, quelques heures plus tard, ils marchaient en silence, George Orson lui avait pris la main alors qu'ils avançaient le long des sillons encore visibles creusés par des pneus, même s'il était évident qu'aucune voiture n'était passée par là depuis longtemps.

« Écoute, finit-il par dire après un long silence. Je voulais juste te remercier d'être patiente avec moi. Je sais que tu t'es sentie frustrée, et il y a des choses dont je n'ai pas pu te parler. Pas autant que je l'aurais souhaité. Il y a juste des éléments que je n'ai moi-même pas encore réussi à comprendre. Pas totalement. »

Elle attendit qu'il poursuive, mais il n'ajouta rien. Il continua à marcher et à faire jouer ses doigts sur sa paume, comme pour la rassurer.

« *Des éléments ?* » Elle avait oublié ses lunettes de soleil, il avait pensé aux siennes, et elle plissa les yeux, exaspérée, en regardant les cercles sombres et réfléchissants qui cachaient ses yeux. « Je ne comprends toujours pas de quoi tu parles.

– Je sais, dit-il en penchant la tête d'un air piteux. Je sais, on dirait des conneries, et je suis sincèrement désolé. Je sais que tu es inquiète, et je ne t'en voudrai pas si tu décides de… faire tes bagages et partir. Tu sais, je te suis reconnaissant de ne pas être déjà partie. Et c'est pour ça que je voulais te dire que ta confiance me touche vraiment.

– Hum », fit Lucy. Mais elle ne réagit pas. Elle n'avait jamais été du genre à se contenter de paroles lénifiantes. Si, par exemple, sa mère lui avait tenu un discours pareil avec cette voix posée, douce et encourageante, Lucy se serait mise aussitôt dans une colère noire. Elle avait de quoi s'inquiéter – bien évidemment ! C'était ridicule qu'ils soient ici depuis deux semaines et qu'il ne lui ait pas encore expliqué ce qu'il fabriquait. Elle avait le droit de savoir ! D'où provenait l'argent ? Pourquoi était-ce « récalcitrant » ? Que devait-il « réussir à comprendre » exactement ? Si sa mère l'avait traînée à l'autre bout du monde sans un mot d'explication, elles se seraient constamment disputées.

Mais elle ne dit rien.

George Orson n'était pas sa mère, et elle ne souhaitait pas qu'il le soit. Elle ne voulait pas qu'il se la représente comme sa mère se l'était représentée. Une sale gosse. Exigeante. Un vrai moulin à paroles. Une mademoiselle je-sais-tout. Immature. Impatiente. Entre autres qualificatifs dont sa mère l'avait affublée au cours des années. Et c'est aux paroles de sa mère qu'elle pensait quand il finissait par émerger du cabinet de travail en fin d'après-midi. Elle passait ses journées à regarder de vieux films ennuyeux, à lire des livres, à jouer au solitaire, à traîner dans la maison, etc., mais quand il montrait enfin le bout de son nez, elle s'évertuait à cacher son irritation.

« Je vais te préparer un délicieux dîner, avait dit George Orson. *Ceviche de Pescado*. Tu vas adorer. »

Et Lucy, qui regardait *My Fair Lady* pour la seconde fois, avait levé les yeux comme si elle était totalement prise par le film. Comme si elle n'avait pas éprouvé une terrible angoisse pendant une bonne partie de la journée. Elle l'avait laissé se pencher et poser ses lèvres sur son front.

« Tu es l'élue de mon cœur, Lucy », murmura-t-il.

Elle voulait le croire.

Même maintenant, aussi indécise soit-elle, il y avait sa main qui serrait la sienne, leurs épaules qui s'effleuraient parfois, et l'extrême robustesse de son corps. Son attention fixée sur elle. Un réconfort naïf, peut-être, qui pourtant suffisait à la calmer.

Il était encore possible qu'il prenne soin d'elle. *Ce n'était peut-être pas une bêtise d'être venue ici avec lui*. Une idée qui jaillit et embrasa l'immensité du ciel entièrement gris. *Ils allaient peut-être quand même être riches ensemble*.

Elle baissa les yeux sur les traces jumelles laissées par les roues qui traversaient les broussailles, se protégeant les yeux du vent et de la poussière en mettant sa main en visière.

« Tiens », dit George Orson, et il lui tendit ses lunettes de soleil, qu'elle accepta.

Les filles se croient toujours très intelligentes, lui avait dit sa mère un jour. *Ce sont toujours les plus sottes, en fin de compte*.

Ce qui expliquait en partie pourquoi elle était toujours là. La morsure infligée par ces mots persistait : *les filles se croient toujours très intelligentes*. Et l'idée même de retourner dans l'Ohio, de retourner vivre dans la bicoque avec Patricia. Pas d'université, rien de rien. Les gens riraient de son ego. De son arrogance.

Ce n'était pas comme si elle était retenue ici contre son gré. George Orson ne lui avait-il pas toujours dit qu'elle pouvait partir quand elle voulait ? « Écoute, Lucy », lui avait-il dit – et cela au beau milieu d'une de ces conversations évasives qu'ils avaient concernant leur situation. « Écoute. Je comprends que tu sois inquiète et je veux juste que tu saches que si un jour tu sens que tu n'as plus confiance en moi, si tu trouves que ça ne marche pas, tu peux toujours rentrer chez toi. Toujours. C'est à regret mais avec respect que je t'achèterai un billet d'avion pour l'Ohio. Ou pour n'importe quel endroit où tu voudrais aller. »

Donc.

Donc il y avait des alternatives, et au cours des derniers jours et des dernières semaines, elle les avait examinées.

Elle pouvait presque s'imaginer montant dans un avion ; elle pouvait s'imaginer avançant dans le couloir de l'appareil et finissant pas se glisser dans un siège étroit près d'un hublot sale. Mais pour aller où ? Pour retourner à Pompey ? Pour aller dans une autre ville ? À Chicago ou à New York ou

Dans une ville où elle

Un blanc.

Avant, elle avait plein d'idées sur ce que serait son avenir. Au fond, elle avait du sens pratique, elle faisait des projets longtemps à l'avance. « Ambitieuse », l'avait qualifiée sa mère, et ce n'était pas un compliment.

Elle se souvenait d'un soir, peu avant la mort de ses parents, leur père taquinait Patricia au sujet de ses rats, des rats qui pourraient l'empêcher d'avoir un petit ami, disait-il en plaisantant, et leur mère, qui faisait la vaisselle à l'arrière-plan en les écoutant attentivement, était intervenue sans cérémonie.

« Larry, dit-elle d'une voix sévère, tu ferais mieux d'être gentil avec Patricia. » Elle se retourna en brandissant une spatule couverte de mousse. « Parce que je vais te dire une chose : Patricia est celle qui s'occupera de toi quand tu seras vieux. Continue à fumer comme ça et à cinquante-cinq ans, tu te trimballeras avec une bonbonne d'oxygène, et ce n'est pas Lucy qui t'emmènera chez le médecin ou te fera tes courses, c'est moi qui te le dis. Une fois qu'elle aura fini le lycée, elle partira, et tu regretteras d'avoir autant embêté Patricia.

– Ouah, fit leur père, et Lucy, qui faisait ses devoirs sur la table de la cuisine, leva la tête.

– Qu'est-ce que j'ai à voir là-dedans ? » demanda-t-elle, même si sa mère avait fondamentalement raison. Il n'était pas question qu'elle s'éternise à Pompey et s'occupe d'un père malade. Elle paierait la maison de retraite, songea-t-elle. Mais quand même – c'était étrange de la part de sa mère de la comparer ainsi à Patricia, et elle braqua sur elle un regard offensé. « Je ne vois pas ce qu'il y a de mal à vouloir aller à la fac et à vouloir faire peut-être quelque chose de différent. »

À l'époque, elle envisageait de faire du droit, du droit des sociétés, c'est là où était l'argent, avait-elle entendu dire. Ou bien de travailler dans une banque d'affaires : Merrill Lynch, Goldman Sachs, Lehman Brothers, ce genre d'endroit. Elle imaginait leurs bureaux resplendissants, tout en verre, bois poli et lumière bleutée, avec baies vitrées ouvrant sur la ligne des toits de Manhattan. Elle avait même trouvé, sur le site internet de certaines sociétés, des renseignements concernant les stages en entreprise bien que, en y repensant, il était évident qu'on n'accepterait jamais de prendre en stage une fille sortie d'un lycée de l'Ohio.

Sa mère se montra incroyablement hostile à ce projet. « Je ne sais pas si je supporterai d'avoir une juriste dans la famille, déclara-t-elle avec désinvolture. Encore moins une banquière.

– Ne sois pas bête », dit Lucy.

Sa mère soupira alors malicieusement. « Oh, Lucy », dit-elle en rajustant sa blouse rose d'infirmière, au moment où elle s'apprêtait à aller prendre son poste. Ce n'était qu'une auxiliaire, pas une infirmière diplômée qui aurait fait des études dignes de ce nom. « "Qu'est-ce que ça me rapporte ?", il n'y a que ça qui compte. Tout tourne autour de l'argent, l'argent et encore l'argent. Ce n'est pas une façon de vivre. »

Lucy resta silencieuse un moment. Puis elle dit, d'une voix douce : « Maman, tu ne sais pas de quoi tu parles. »

Maintenant, alors que George Orson et elle approchaient de l'ancien appontement, elle songea une fois de plus à partir, elle vit une fois de plus l'avion s'envoler vers un espace totalement vierge – comme un avion de bande dessinée sortant de la page pour s'envoler vers le néant.

À moins qu'elle ne reste.

Elle devait réfléchir prudemment à ses choix. Elle savait que George Orson se livrait à une activité illégale ; elle savait qu'il y avait beaucoup de choses qu'il lui avait tues – beaucoup de secrets. Et alors ? C'était cette nature secrète qui l'avait attirée au début, pourquoi le nier ? Et tant que l'argent était bien réel, tant que, sur ce plan-là, tout allait bien…

Au bout du chemin, ils arrivèrent devant un bâtiment. Une devanture d'un seul tenant au-dessus de laquelle une enseigne indiquait : ÉPICERIE GÉNÉRALE & ESSENCE en lettres anciennes, et en dessous, certains articles étaient en promotion : APPÂTS… GLACE… SANDWICHS… BOISSONS FRAÎCHES…

Le magasin semblait être fermé depuis l'époque du Pony Express. C'était le genre d'endroit où, dans un vieux western, une diligence s'arrêterait.

Mais les choses étaient comme ça ici, commençait-elle à comprendre. Le vent sec, le climat hostile, la poussière. Tout se transformait en antiquité.

George Orson, la tête penchée, écoutait le léger craquement d'une vieille enseigne qui faisait de la publicité pour une marque de cigarettes. Son visage était inexpressif, comme la façade de la devanture. La vitrine, brisée, était obstruée par du carton, et il y avait des détritus, un papier de bonbon décoloré, une tasse en polystyrène, des feuilles d'arbre, etc., qui dansaient en cercle sur l'asphalte taché d'huile. Les pompes à essence étaient là, bêtement.

« Ohé ! Il y a quelqu'un ? » cria George Orson.

Il attendit, comme si quelqu'un allait effectivement répondre, une voix fantomatique peut-être.

« *Zdravstvouytié ?* » dit-il. Sa vieille blague. « *Konnichi-wa ?* »

Il se saisit d'un pistolet à essence et tenta de l'actionner. Il appuya sur la gâchette mais rien ne sortit du tuyau, bien évidemment.

« Voilà ce à quoi ressemblera la fin de la civilisation, déclara-t-il. Tu ne crois pas ? »

Quand George Orson était petit, le lac – le réservoir – représentait le plus important volume d'eau de la région. Plus de trente kilomètres de long, plus de six kilomètres de large, et plus de quarante mètres de profondeur au niveau du barrage.

« Il faut que tu comprennes, lui dit George Orson. Les gens venaient de partout – d'Omaha, de Denver, ils pouvaient faire des centaines de kilomètres en voiture pour venir jusqu'ici. Quand j'étais petit, c'était incroyable. C'est difficile à imaginer aujourd'hui : c'était plein de vie. Je me rappelle l'époque où depuis le barrage, on ne pouvait même pas voir l'extrémité du lac. C'était tout simplement gigantesque, surtout pour un pauvre gamin du Nebraska qui n'avait jamais vu la mer. Maintenant, on dirait des photos prises en Irak. Un ami géologue me racontait que l'Euphrate s'asséchait et il m'a montré des photos, ça ressemblait exactement à ça.

– Hum », fit-elle.

C'était le genre de choses dont il aimait parler. *Un ami géologue* – sûrement quelqu'un qui avait étudié avec lui à Yale, jadis. Il connaissait toutes sortes de gens, toutes sortes d'histoires et de fadaises, qu'il ressortait parfois pour l'impressionner et qu'elle trouvait, effectivement, irrésistibles. Elle-même aurait adoré connaître des gens qui, adultes, deviendraient géologues, auteurs célèbres ou hommes politiques comme les camarades de classe de George Orson.

Lucy avait envoyé une demande d'inscription à trois universités : Harvard, Princeton et Yale.

C'était les seules qui l'intéressaient, *les plus renommées*, se disait-elle, *les plus importantes*...

Et elle s'imaginait dans les différents campus – debout au pied de la statue de John Harvard devant University Hall ; en train de traverser précipitamment McCosh Courtyard à Princeton, des livres sous le bras ; ou encore de descendre Hillhouse Avenue à New Haven, « la plus belle avenue des États-Unis » d'après les brochures, pour se rendre à une réception dans la résidence du président de l'université...

Elle donnerait l'impression d'être timide, et le fait qu'elle ne porte pas de beaux vêtements ne poserait aucun problème. Elle serait habillée simplement, en couleurs sombres, une tenue sobre qui pourrait même sembler mystérieuse. En tout cas, les gens ne mettraient pas longtemps à l'apprécier, comme George Orson, pour son esprit subtil, son sens prononcé de l'absurde, ses commentaires incisifs. Celle qui partagerait sa chambre, se disait-elle, serait certainement quelque vague héritière, et quand Lucy finirait par timidement révéler qu'elle était orpheline, elle serait invitée à passer les vacances dans les Hamptons, à Cape Cod ou dans ce genre d'endroit...

Ce n'étaient pas des fantasmes qu'elle pouvait raconter à George Orson. Il avait fait ses études dans une grande université et était très critique à ce sujet – même s'il en faisait souvent mention. Il ne pensait pas beaucoup de bien des gens qu'il y avait rencontrés. « Ce spectacle grotesque des privilèges, disait-il. Tous les princes et les princesses se pomponnant en attendant de prendre légitimement les meilleurs places. Mon Dieu, qu'est-ce que j'ai pu les détester ! »

Il lui avait raconté ça après qu'ils eurent commencé à se fréquenter, pendant le troisième trimestre de son année de terminale, et allongée sur son lit, détournant les yeux, elle essayait de réfléchir à la façon dont elle allait sans doute devoir rompre quand elle partirait pour le Massachusetts, le Connecticut ou le New Jersey. Il faudrait qu'elle lui dise quand les lettres d'admission finiraient par arriver, ce serait douloureux mais ce serait probablement le mieux, en fin de compte.

Quelques jours plus tard, la première lettre de refus arriva. Elle la trouva en rentrant du lycée – Patricia était au travail – elle s'assit à la table de la cuisine et sentit, posé sur elle, le regard fixe des figurines dont sa mère faisait collection. Des enfants en porcelaine à la tête ronde et aux grands yeux, au nez et à la bouche presque inexistants, en train de lire un livre ensemble, ou assis sur un gâteau géant, ou encore tenant un chiot dans leurs bras. Tous disposés sur des étagères en plastique que sa mère avait achetées au drugstore. Elle lissa la lettre devant elle : ils auraient aimé prendre une autre décision, écrivaient-ils. Ils auraient aimé retenir sa candidature. Ils espéraient qu'elle accepterait leurs sincères salutations.

Avec du recul, elle ne comprenait pas comment elle avait pu être aussi confiante. C'est vrai qu'elle avait obtenu des A dans presque toutes les matières – sa moyenne n'avait été gâchée que par deux ou trois B+ en français, la douce mais impitoyable Mme Fournier n'ayant jamais aimé son accent ni sa prononciation. Elle avait consciencieusement adhéré à divers cercles – la *National Honor Society*, *Masque and Gavel*, *Future Business Leaders of America*, *Model United Nations*, etc. Et avait brillamment réussi le test d'aptitude aux études supérieures.

Ce qui, elle s'en rendait compte maintenant, était loin d'être suffisant. George Orson avait raison : il fallait apprendre très tôt à calculer ses coups, dès l'école primaire, ou avant l'école primaire ou, plus vraisemblablement, dès le début. Mais à l'âge de Lucy…

Les deux autres lettres de refus étaient arrivées la semaine suivante.

Elle sut avant même de voir les enveloppes. Elle perçut l'aboiement triste et étouffé du chien des voisins dehors, finit par en ouvrir une et, dès le premier mot, elle en devina le contenu :

« Après examen… »

Elle fit glisser sa main sur la feuille et ferma les yeux.

Elle s'en était très bien sortie. Malgré la mort de ses parents, malgré une vie de famille désastreuse, le frigidaire vide, les factures que sa sœur et elle parvenaient à peine à payer, le maigre salaire de Patricia et ce qu'il restait de l'assurance-vie de leurs parents, malgré les plats surgelés, les soupes en boîte, les hot-dogs et les nachos infects que Patricia rapportait du travail – malgré le fait qu'elle n'avait ni téléphone portable ni iPod ni même un ordinateur comme la plupart des jeunes de son âge…

Malgré tout, elle avait avancé, on pourrait même dire qu'elle avait fait preuve d'une certaine dignité, d'une certaine élégance, on pourrait même dire qu'elle avait été héroïque – elle était allée chaque jour au lycée, avait fait ses devoirs, rédigé ses dissertations, levé la main pendant les cours et *elle n'avait pas pleuré une seule fois, elle ne s'était jamais plainte de ce qui lui arrivait. Et ça, ça ne comptait pas ?*

Apparemment non. Elle regarda sa main, toujours posée à plat sur les mots, comme s'il s'agissait d'un gant abandonné sur un talus recouvert de neige.

Elle s'était trompée. Elle était en train de s'en rendre compte. La vie vers laquelle elle s'était orientée – qu'elle s'était imaginé vivre – ses idées et ses attentes encore si fortes à peine quelques semaines plus tôt – toute cette vie avait été effacée, et elle sentit un certain engourdissement se propager dans sa main, dans son bras et jusqu'à son épaule, et l'aboiement du chien des voisins parut se figer.

Son avenir ressemblait à une ville qu'elle n'avait jamais visitée. Une ville située à l'autre bout du pays, et elle roulait sur la route avec tous ses biens entassés sur la banquette arrière, et la route était bien indiquée sur la carte puis elle s'arrêtait sur une aire de repos et constatait que l'endroit vers lequel elle se dirigeait n'était plus là. La ville vers laquelle elle roulait avait disparu – n'avait peut-être jamais existé – et si elle demandait son chemin, le pompiste poserait sur elle un regard vide. Il ne saurait même pas de quoi elle parlait.

« Je suis désolé, mademoiselle, dirait-il d'une voix douce. Vous devez faire erreur. Je n'ai jamais entendu parler de cet endroit. »

L'impression d'être scindée.

Dans une vie, il existait une ville vers laquelle vous vous dirigiez. Dans une autre vie, ce n'était plus qu'un endroit que vous aviez inventé.

Ce n'était pas une période qu'elle aimait se rappeler mais elle se surprenait pourtant à y penser. C'était une chose que George Orson ne comprenait pas, une chose la concernant qu'elle n'aurait jamais pu lui confier. Elle ne pouvait pas s'imaginer lui racontant la conversation qu'elle avait eue avec un « conseiller » du bureau des admissions de Harvard – comment elle s'était mise à pleurer…

« Vous ne comprenez pas », avait-elle dit, et elle n'avait pas juste laissé échapper un sanglot ou un gémissement étouffé – c'était comme si tout son corps se vidait et devenait creux, comme si elle ressentait des fourmillements dans le cuir chevelu et sur le visage, et elle avait eu le cœur serré, la poitrine oppressée. « Je n'ai rien. Je suis orpheline », avait-elle ajouté, et elle n'avait plus senti ses lèvres et elle avait cru qu'elle allait peut-être devenir aveugle. Ses doigts tremblaient.

« Ma mère et mon père sont morts », et l'angoisse lui avait serré la gorge.

C'était ça, le véritable chagrin – elle n'avait jamais réellement éprouvé ça avant. Chaque fois qu'elle avait été triste, chaque fois qu'elle avait pleuré, l'abattement et la mélancolie n'avaient été que des humeurs, des caprices passagers. Le chagrin était quelque chose de totalement différent.

Elle avait laissé glisser le combiné et avait mis sa main devant sa bouche au moment où un cri muet de douleur en était sorti.

Et quelques semaines plus tard, quand George Orson lui proposa de quitter la ville avec lui, ça lui parut être la seule chose raisonnable à faire.

Ils avaient atteint l'extrémité de la rampe à bateau, un plan incliné en ciment qui conduisait au lac, et un panneau endommagé indiquait :

BAIGNADE INTERDITE
À MOINS DE SIX MÈTRES DES RAMPES OU DES QUAIS

« Je voulais que tu voies ça », dit George Orson en désignant un point au milieu de l'étendue sableuse, plate et broussailleuse, là où jadis il y avait de l'eau.

« Je ne vois rien », dit Lucy.

Ça faisait un petit moment qu'elle était perdue dans ses pensées, devenant de plus en plus sombre au fur et à mesure qu'ils avançaient, mais bien sûr George Orson ne pouvait pas lire en elle. Il ignorait qu'elle était en train de se rappeler la grande humiliation de sa vie ; il ignorait qu'elle songeait à partir ; il ne pouvait pas l'entendre se demander s'il y avait de l'argent dans la maison.

Même si, naturellement, il devinait son état d'esprit ; elle voyait bien qu'il essayait de la divertir. Maintenant, c'était à lui d'essayer de lui remonter le moral. « Attends. Ça va te plaire », dit-il en resserrant sa main sur la sienne, sa voix devenant de plus en plus gaie.

Son professeur d'histoire particulier.

« Le village était par là, dit-il en faisant un geste, tel un conférencier. Lemoyne. C'est comme ça qu'il s'appelait. C'était un petit village et quand ils décidèrent d'installer un réservoir dans les années 30, l'État du Nebraska acheta les terres et les maisons, relogea les habitants puis inonda le village. En fait, ce n'est pas un phénomène unique. Je dirais qu'il y en a des centaines à travers les États-Unis. Des "villes englouties" – je crois que c'est le terme exact. Au fur et à mesure des progrès technologiques touchant aux réservoirs d'irrigation et aux retenues des barrages hydroélectriques, les gens devaient purement et simplement partir… »

Et il marqua un temps d'arrêt pour vérifier qu'elle lui accordait toujours son attention. « C'est le progrès », conclut-il.

Elle le voyait maintenant. Le village. Ou plutôt, ce qui en restait et qui, au fond, n'évoquait en rien un village. La poussière volait dans le réservoir et les édifices étaient indistincts, comme perdus dans le brouillard.

« Ouah. Ça donne le frisson.

– Le Nebraska a sa propre Atlantide », dit George Orson en lui jetant un coup d'œil pour mesurer sa réaction. Elle vit qu'il réfléchissait à ce qu'il allait dire et qu'il se ravisa.

« Il y a beaucoup d'énergie ici », dit-il en la gratifiant d'un de ses sourires irrésistibles et discrets. Il la taquinait, mais il y avait quelque chose de sérieux chez lui qu'elle ne comprenait pas.

« Énergie », répéta-t-elle.

Il arbora un large sourire – comme si elle savait exactement où il voulait en venir. « Une énergie surnaturelle. C'est ce qu'ils disent. Ils en parlent dans tous ces livres ringards sur les lieux hantés et les endroits mystérieux, si tu vois ce que je veux dire. Non pas que je la minimise en bloc. Mais s'il y a de l'énergie, elle est sans doute en grande partie négative. Pas loin d'ici a eu lieu le massacre de Ash Hollow. En 1855, le général William Harney et six cents de ses hommes ont déferlé sur un camp sioux et massacré quatre-vingt-six Indiens, des femmes et des enfants pour la plupart. Ça faisait partie du plan du Président Pierce, tu vois, la conquête de l'Ouest, la Piste de l'Oregon, l'expansion de l'armée américaine… »

Lucy se renfrogna. Elle avait espéré davantage d'explications quant à leur situation, mais apparemment ce n'était qu'un autre de ses divertissements. Que du verbiage sur ce qui le fascinait – une philosophie new age bon marché mêlée à une analyse historique des conspirations antigouvernementales – même si, à une époque, elle aimait l'écouter disserter sur ce genre de choses, entre autres parce qu'elle pouvait jouer le rôle de la sceptique.

« Ah, d'accord », dit-elle et elle retrouva le ton badin de leurs conversations, la façon dont ils se parlaient avant, l'enseignant sérieux et l'étudiante provocatrice et sarcastique.

« J'imagine que les extraterrestres font secrètement atterrir leurs OVNI dans le coin, dit-elle.

– Ha, ha. »

Il lui indiqua alors quelque chose et elle sentit les poils de sa nuque se hérisser.

Devant eux, il y avait peut-être une douzaine de bâtiments qui se dressaient au milieu du limon et du sable, des buissons pareils à des boules d'amarante et de l'herbe rase, encore que « bâtiments » ne soit pas le terme exact.

Des ruines, se dit-elle. Des morceaux d'édifices à différents stades de délabrement – fondations et dalles en ciment dispersées – un gros bloc hexagonal, une colonne oblongue, un coin d'angle triangulaire – tous entourés de traînées de sable apportées par le vent. Il y avait un seul mur en pierre avec, découpé dedans, le rectangle d'une porte. Les débris de latrines ou d'une vieille remise s'étaient entassés pour former un amoncellement de planches en décomposition, le tout recouvert de limon et d'algues et, au-delà, une plaque tordue et rouillée était toujours à sa place. À l'extrémité de ce qui lui parut être une ancienne rue se trouvaient quatre murs imposants formant une charpente avec quelques marches conduisant à la façade.

« Merde, George ! » s'exclama-t-elle.

Ce qui avait aussi toujours fait partie de leur relation. Elle était la cynique et il était le croyant, mais elle pouvait se laisser convaincre. Elle pouvait être saisie d'une sorte d'émerveillement s'il était suffisamment convaincant.

Et cette fois-ci, il y était parvenu.

« C'était l'église », dit George Orson. Ils étaient là, côte à côte, et elle se dit qu'il avait bien raison de parler d'« énergie négative ».

« N'est-ce pas l'endroit idéal pour célébrer un rituel ? » demanda-t-il.

Et il y eut de nouveau cette sensation, ce silence de fin du monde. Elle songea à ce que George Orson lui avait dit alors qu'ils traversaient l'Indiana et l'Iowa en voiture et qu'elle avait vaguement parlé d'aller à la fac : elle poserait de nouveau sa candidature dans un an à peu près, avait-elle déclaré.

« Si j'étais toi, je ne m'en ferais pas, avait dit George Orson en lui jetant un coup d'œil, et son petit sourire était apparu. Quand tu auras quarante ans, peu importe que tu sois ou non diplômée d'université. L'université de Yale n'existera sans doute même plus. »

Lucy l'avait regardé durement. « Ah, d'accord ! Et les singes règneront sur la terre.

– Pour être honnête, avait dit George Orson, je ne suis même pas sûr que les États-Unis existeront encore. En tout cas, pas tels que nous les connaissons.

– George. Je ne vois absolument pas de quoi tu parles. »

Mais maintenant, au fond du réservoir asséché, debout sur les marches de la vieille église où une carpe s'était momifiée au milieu d'un nid de mousse pareil à une toile d'araignée – maintenant, elle pouvait facilement s'imaginer que les États-Unis avaient disparu ; les villes étaient brûlées et les routes engorgées de voitures qui, mangées par la rouille, n'avaient jamais réussi à s'en éloigner.

« C'est drôle, était en train de dire George Orson. Ma mère nous racontait souvent que l'on pouvait apercevoir le clocher quand l'eau était limpide – ce qui était un mythe, naturellement, mais mon frère et moi, on venait souvent ici, sur le ponton, et on plongeait pour essayer de le repérer. Nous sommes sans doute très près du centre du lac, et il faut se figurer qu'il était plutôt profond à l'époque. Vingt-deux ou vingt-trois mètres ? »

Il était dans son monde, et elle regarda son doigt quand il le tendit vers le ciel. « Tu imagines ! Vingt à vingt-cinq mètres au-dessus de nos têtes, il y aurait le bateau et tu pourrais nous voir plonger. Tu serais comme un requin en train d'observer nos jambes qui s'agitent, et tu apercevrais la surface de l'eau… »

Oui. Elle l'apercevait. Elle pouvait s'imaginer au fond du lac – la membrane de l'eau planant au-dessus d'eux comme une voûte céleste, les ombres ridées du bateau-ponton et, dans la lumière diffuse d'un vert bleuté, la silhouette des garçons pareils à des oiseaux effleurant l'air.

Elle frissonna, et le fantasme de l'eau et la nostalgie de l'enfance s'épuisèrent.

La poussière pâle volait en vagues horizontales près du sol, étroits sentiers ondulants formant des tombolos reliés aux plantes broussailleuses. La poussière et la lumière éblouissante avaient gommé toutes les couleurs alentour, comme si un photographe avait mal réglé la luminosité et le contraste.

Il n'y avait rien de tout ça dans sa propre enfance, ni vacances idylliques à la plage, ni bateau-ponton, ni mystérieuses villes englouties. Elle se rappelait les journées estivales passées à nager dans la piscine de Pompey ou à courir sous l'arroseur du jardin avec Patricia, une petite fille grassouillette en maillot de bain une pièce, la bouche ouverte pour attraper les gouttelettes d'eau.

Pauvre Patricia, songea-t-elle.

Pauvre Patricia qui faisait la vaisselle et la lessive et qui observait tristement sa sœur assise sur le canapé en train de regarder la télévision. Comme si Lucy méritait mieux que de nettoyer après elle. C'était peut-être préférable pour elles deux qu'elle soit partie, se dit Lucy. Patricia était peut-être plus heureuse.

« Dis donc, dit-elle. Où habite ton frère ? Il t'arrive de lui téléphoner, de lui parler ? »

George Orson cligna des yeux. Lui aussi s'était perdu dans ses souvenirs, devina-t-elle, car au début, il parut troublé. Comme si la question le décontenançait. Puis il se ressaisit.

« Il est – en fait, il n'est plus », finit par dire George Orson. Il fronça les sourcils. « Il s'est noyé. Quelque part – à environ huit kilomètres au nord d'ici, je crois. Il avait dix-huit ans. Il venait d'entrer à l'université, j'étais encore à New Haven, et apparemment… » Il marqua un temps d'arrêt comme si, dans sa tête, il redressait un tableau accroché au mur.

« Apparemment, il est allé nager un soir et – c'est tout. Ce qui s'est passé, c'est impossible à savoir parce qu'il était seul, mais ils n'ont jamais compris pourquoi. C'était un excellent nageur.

– Tu ne plaisantes pas ?

– Bien sûr que non, dit-il en la regardant d'un air légèrement réprobateur. Pourquoi est-ce que je plaisanterais sur un truc pareil ?

– Mon Dieu, George ! » dit-elle, et ils se turent, les yeux tournés vers les étroits cirrus couleur ardoise qui trouaient le ciel. Ce qui était jadis la surface de l'eau, à vingt-deux mètres au-dessus de leur tête.

Elle ne savait pas quoi penser. Depuis combien de temps étaient-ils ensemble ? Presque cinq mois ? Ces conversations interminables, ces discussions de toutes sortes sur l'histoire, le cinéma, ses années à Yale, son ami géologue, son ami magicien et les informaticiens fous d'Atlanta, tous ces petits riens, et pourtant elle aurait été incapable d'assembler les éléments fondamentaux de sa vie.

« George, dit-elle, tu ne trouves pas ça bizarre que tu ne m'aies jamais dit que tu avais un frère qui était mort ? »

Elle s'efforçait de conserver ce ton badin qui leur était familier, mais sa voix se brisa, et elle eut l'horrible sentiment qu'elle allait peut-être succomber à une crise de larmes, comme le jour où elle avait téléphoné au conseiller du bureau des admissions. Elle marqua une pause ; se mordit la lèvre. « Moi, je t'ai parlé de mes parents.

– Oui, effectivement, dit George Orson. Et tu sais, j'ai toujours été sensible à ta franchise. » Il haussa légèrement les épaules ; il ne voulait pas de dispute, il ne voulait pas la contrarier. Hésitant, il cilla, et elle se demanda s'il pouvait être surpris en flagrant délit de vérité – comme d'autres sont surpris en flagrant délit de mensonge.

« Honnêtement ? reprit-il. Il me semblait que tu n'avais pas besoin d'entendre parler d'autres morts tragiques. Avec la perte de tes parents qui t'accablait encore beaucoup ? Tu avais besoin de laisser tous tes ennuis derrière toi, Lucy. Tu m'as parlé de tes parents, c'est vrai. Mais tu n'as jamais voulu t'étendre sur le sujet.

– Hum », fit-elle – parce qu'il avait peut-être raison ; peut-être la comprenait-il, après tout. Était-ce possible qu'elle soit aussi perdue qu'il semblait le penser ?

« En plus, dit-il, mon frère est mort il y a longtemps. Je n'y pense pas souvent. Sauf quand je suis ici.

– Je vois, dit-elle et ils s'assirent sur les marches délabrées de l'église. Je vois », répéta-t-elle, et dans sa voix il y avait ce léger tremblement. Elle pensa à cette unique fois où son père les avait emmenées,

Patricia et elle, pêcher sur le lac Erié, le bateau avec le sonar qui les aiderait à trouver de gros poissons. Elle imaginait George Orson en train de sonder sa mémoire et de localiser l'ombre de son frère, glissant à travers l'eau sombre.

« Mais… il ne te manque pas ?

– Je ne sais pas, finit par répondre George Orson. Il me manque, bien sûr, d'une certaine façon. Sa mort m'a beaucoup affecté, naturellement ; c'était une tragédie effroyable. Mais…

– Mais quoi ? demanda Lucy.

– Mais c'est long, quatorze ans. J'ai trente-deux ans, Lucy. Tu ne t'en rends peut-être pas encore compte, mais on traverse différentes phases au cours d'une si longue période. J'ai été bien des personnes depuis.

– Bien des personnes ?

– Des dizaines.

– C'est vrai ? » s'étonna-t-elle. Et elle sentit cette ombre vacillante passer sur elle une fois de plus, toutes ces différentes personnes qu'elle-même avait voulu être, la tristesse et l'angoisse auxquelles elle s'était efforcée de ne pas penser flottant au-dessus d'elle comme la partie visible d'un iceberg. Étaient-ils en train de badiner ? Ou étaient-ils au beau milieu d'une conversation sérieuse ?

« Et donc – reprit-elle. Et donc – tu es qui en ce moment ?

– Je ne sais pas bien », répondit George Orson et il la regarda longtemps, ces yeux verts, vifs et perçants, étudiant son visage. « Mais je crois que ça va. »

Elle le laissa promener sa main sur la sienne. Sur ses jointures, ses doigts, ses ongles. Il caressa sa jambe, comme il le faisait quand son attention était particulièrement fixée sur elle.

Il l'aimait vraiment, se dit-elle. Elle avait l'impression qu'il était probablement la seule personne à la connaître. À connaître celle qu'elle était vraiment.

« Écoute, dit George Orson. Et si tu laissais derrière toi ton ancien moi ? Là, tout de suite. Et si on enterrait George Orson et Lucy Lattimore, ici même. Dans cette petite ville morte. »

Il n'était pas dangereux, songea-t-elle. Il ne lui ferait pas de mal. Et pourtant, son visage, son regard, avaient une étrange et troublante intensité. Elle n'aurait pas été étonnée de l'entendre lui raconter qu'il avait fait quelque chose d'horrible. Tué quelqu'un peut-être.

L'aimerait-elle encore, resterait-elle avec lui, s'il avait commis un crime odieux ?

« George, dit-elle, et elle remarqua combien sa voix était rauque et incertaine, au fond de cette vallée. Cherches-tu à me faire peur ?

– Pas du tout », répondit George Orson, et il prit ses mains entre les siennes, les tint fermement, approcha son visage du sien afin qu'elle voie combien son regard était vif, avide, sérieux. « Non, ma chérie, je le jure, je ne chercherai jamais à te faire peur. Jamais. »

Puis il lui sourit, enthousiaste.

« C'est juste que – oh, mon amour, je ne pense pas pouvoir continuer longtemps à être George Orson. Et si nous décidons de rester ensemble, tu ne peux pas non plus continuer longtemps à être Lucy Lattimore. »

De l'autre côté du fond herbeux du lac, les nuages s'amoncelaient sur la rive, passant d'un blanc sale à un gris sombre sans éclat au fur et à mesure qu'ils prenaient de l'altitude. De la poussière se souleva au-dessus de la vallée où il y avait jadis des mètres d'eau de profondeur.

13

Miles était installé dans un bar d'Inuvik quand son téléphone sonna. Il s'attardait devant sa quatrième bière, et au début il ne comprit pas d'où provenait le bruit – un minuscule gazouillis d'oiseau, un son synthétique qui semblait émaner d'un lieu secret, quelque part autour de lui. Il jeta un coup d'œil au barman puis par-dessus son épaule et sur le sol sous son tabouret, pour enfin réaliser que le pépiement provenait du téléphone qui se trouvait dans la poche de sa veste.

Un téléphone qu'il avait acheté à la boutique de téléphonie sans fil du coin – Ice Wireless, c'était son nom – quand il avait compris que son portable ne passait pas. Un des nombreux éléments qu'il n'avait pas pris en compte quand il avait quitté Cleveland. Un des nombreux montants dont on l'avait débité au cours des années, alors qu'il entreprenait des recherches pour retrouver Hayden.

Mais voilà : cette fois-ci, ça s'avéra efficace. Le téléphone sonnait bel et bien.

« Allô ? » dit-il et il y eut un blanc. « Allô ? Allô ? » répéta-t-il. Il n'était pas encore habitué à ce portable, n'était pas sûr de savoir correctement s'en servir.

Puis il y eut une voix de femme. « J'appelle au sujet de l'affiche ? » dit-elle, et au début il était tellement troublé d'entendre une voix à l'autre bout du fil que les synapses de son cerveau s'affolèrent.

« L'affiche... ?

– Oui. Il y avait une affiche – une personne disparue – et c'est le numéro de téléphone qui était indiqué. Je crois que j'ai des renseignements sur cette personne. » La femme avait un accent américain, un accent qu'il n'avait pas entendu depuis bien longtemps, et il se ressaisit, tapotant ses poches à la recherche d'un stylo.

« Je crois connaître la personne que vous recherchez », dit-elle.

Il faisait un bien mauvais détective.

C'est une des choses auxquelles il avait réfléchi sur le trajet qui l'avait conduit à Inuvik. Entre vingt et trente ans, il n'avait pas cessé de chercher Hayden – travaillant ici ou là et s'essayant aux études supérieures en somnambule – tout en pensant que sa « véritable » vocation était ailleurs. Sa véritable vocation était d'être « détective », sa véritable vocation était de retrouver son frère, se disait-il, ses moindres tentatives de normalité étant ponctuées – ponctionnées – par des périodes durant lesquelles Hayden devenait son unique obsession : réunir des données et les examiner, dépenser son argent et s'endetter dans le but de poursuivre ces longues et vaines expéditions.

Bien qu'en fait, à vrai dire, il n'eût pas fait grand-chose d'autre que d'accumuler à n'en plus finir des carnets remplis de questions sans réponse.

Hayden est-il schizophrène ? Souffre-t-il d'une maladie mentale ou joue-t-il la comédie ?
Aucune idée.

Hayden croit-il vraiment à ses « vies antérieures » et, dans l'affirmative, en quoi est-ce lié à ses recherches sur les « lignes d'énergie cosmo-telluriques », la « géodésie » et les « villes mythiques » ? À moins que tout ça aussi soit une arnaque ?
Aucune idée.

Hayden était-il responsable de l'incendie de la maison qui avait causé la mort de notre mère et de Mr. Spady ?
Aucune idée.

Pourquoi Hayden se trouvait-il à Los Angeles, et quelle était la nature de son travail de « consultant en revenus d'appoint » ?
Aucune idée.

Quelle était la nature de ses études de troisième cycle en mathématiques à l'université du Missouri ? Comment avait-il pu être admis en troisième cycle alors qu'il n'avait même pas obtenu de licence ?
Aucune idée.

Qu'était devenue la jeune femme avec qui il sortait dans le Missouri ?
Aucune idée.

S'il en existe une, quelle est la relation de Hayden avec H&R Block, Morgan Stanley, Lehman Brothers, Merrill Lynch, Citigroup, etc. ?
Aucune idée.

Pourquoi Hayden l'a-t-il mis en garde contre Mrs. Matalov/Matalov Novelties ?
Aucune idée.

Pourquoi Hayden se trouve-t-il à Inuvik ? S'y trouve-t-il vraiment ?
Aucune idée.

Il était assis au comptoir, les yeux fixés sur son bloc-notes de reporter à spirales dans lequel il avait noté ces questions et beaucoup d'autres, en lettres majuscules soignées, de son écriture qui, depuis l'enfance, n'avait été qu'une pâle imitation de celle, plus élégante, de son jumeau.

Il avait le combiné collé à l'oreille.

« Oui, dit-il. Vous avez des renseignements sur la – la personne – l'affiche ? » Il avait conscience de paraître quelque peu incrédule et il vacilla. La femme ne dit rien.

« Nous sommes – comme le dit l'affiche, nous sommes, heu – prêts à offrir une récompense », dit Miles.

Une récompense. Il pensait obtenir une nouvelle avance de trésorerie.

Il avait encore l'esprit brumeux. Quatre-vingt-quatre heures de conduite avec quelques pauses pour dormir, dans la voiture, au bord de la route, pelotonné sur la banquette arrière, les poings devant la bouche, une mince couverture remontée jusqu'au cou. Une fois, il s'était réveillé et il avait eu l'impression d'assister à une aurore boréale, une forme fine et sinueuse pareille à un ruban de fumée dans le ciel, un vert fluorescent incandescent, même s'il croyait que c'était aussi la couleur que dégagerait un OVNI qui planerait au-dessus de nos têtes.

Quand il finit par arriver à Inuvik, il était comme sorti de son corps. Il avait pris une chambre dans un motel du centre-ville – l'Eskimo Inn – certain qu'il s'endormirait dès qu'il s'allongerait sur le lit.

Il était tard mais le soleil brillait encore. Le soleil de minuit, se dit-il – une lumière pâle et terne tirant sur le jaune, comme si l'univers était une pièce en sous-sol éclairée par une simple ampoule de quarante watts – et il tira les rideaux opaques et s'assit sur le lit.

Ses oreilles sifflaient et il avait l'impression que sa peau chatoyait légèrement. La vibration des roues de sa voiture sur l'asphalte était petit à petit entrée dans son corps, mouvement vers l'avant, mouvement vers l'avant, mouvement vers l'avant, et il regretta de ne pas avoir eu la présence d'esprit d'acheter de la bière avant de se présenter à la réception…

Au lieu de rester assis là, à cligner bêtement des yeux, le vieil atlas posé sur ses genoux. Un bien mauvais détective, se dit-il. *Dominion du Canada*, voilà ce qu'indiquait l'atlas, des rectangles, pareils à des cubes de construction, représentant l'Alberta, le Saskatchewan, le Manitoba, couleur lilas, mandarine et rose bonbon, les Territoires du Nord-Ouest s'élevant au-dessus d'eux en vert menthe à l'eau. Sur cette carte, le Nunavut n'existait pas encore. Sur cette carte, le jeune Hayden avait tracé des runes le long de la péninsule de Tuktoyaktuk puis à travers la mer de Beaufort jusqu'à Sachs Harbour.

En imagination, Miles vit Hayden enveloppé dans un manteau esquimau avec une capuche fourrée, en train de traverser l'immensité d'une mer gelée sur un traîneau à chiens, et derrière lui la plaque de glace se découpait pour former des pièces de puzzle irrégulières. Les oiseaux marins, livides, formaient des cercles au-dessus de sa tête en criant : *Tekeli-li ! Tekeli-li !*

Il s'était déjà dit que ce n'était qu'une autre impasse…

Qu'un autre Kulm, Dakota du Nord…

Qu'un autre Rolla, Missouri…

Qu'une autre humiliation comme celle qu'il avait ressentie dans la tour JPMorgan Chase de Houston – l'agent de sécurité l'avait escorté depuis le Sky Lobby jusqu'à l'extérieur. *Monsieur, nous vous avions déjà mis en garde*, avait dit l'agent…

À chaque fois, alors qu'il était convaincu d'être sur le point d'attraper enfin Hayden.

Il avait pris des cachets de caféine pendant la dernière partie du voyage, sur la route Dempster, et maintenant son cœur ne voulait pas ralentir. Il sentait battre son pouls dans ses globes oculaires, sur la plante de ses pieds, dans les racines de ses cheveux. Et bien qu'il soit très fatigué – incroyablement fatigué – bien qu'il se soit allongé sur le mince matelas de la chambre et qu'il ait posé sa tête sur l'oreiller, il ignorait s'il allait réussir à s'endormir.

Il essaya de méditer. Il s'imagina de retour dans son appartement de Cleveland, les fins rideaux blancs remuant dans la brise matinale, son visage enfoui dans l'oreiller bien moelleux qu'il s'était acheté chez Bed Bath & Beyond, et il allait se réveiller, partir travailler à Matalov Novelties, ayant renoncé à jamais à ses activités de détective.

Il avait vingt-neuf ans quand il était retourné vivre à Cleveland – c'était après sa dernière expédition, son voyage dans le Dakota du Nord – et il s'était dit que retrouver la ville de son enfance lui redonnerait un sentiment d'équilibre et de stabilité. Des mois s'étaient écoulés, il n'avait pas eu de nouvelles de Hayden, et il avait eu l'impression de se vider la tête. Il allait aborder une nouvelle étape de sa vie.

Cleveland n'était pas en grande forme. Au premier coup d'œil, la ville semblait en proie aux affres de la mort. Effondrement de l'infrastructure. Magasins fermés et condamnés. Démantèlement de Euclid Avenue – l'artère centrale – asphalte arraché et empilé le long du trottoir, le côté gauche, une tranchée boueuse bordée de balises de chantier orange, les magnifiques bâtiments anciens – May Company, Higbee's – éventrés. Alignements de terrains nus et d'entrepôts que l'on aurait dits hantés.

Au plus loin que remontaient ses souvenirs, ça avait toujours été le cas – année après année, Cleveland avait glissé vers la ruine et le désespoir, les habitants parlaient toujours avec nostalgie de la splendeur de son passé, et il n'avait jamais pris particulièrement au sérieux de tels propos.

Mais maintenant, Cleveland ressemblait à une ville qui aurait été bombardée puis désertée. En retournant en voiture dans le centre-ville pour la première fois, il eut une vision apocalyptique, l'impression d'être l'ultime survivant, même si d'autres véhicules roulaient à quelques centaines de mètres devant lui, même s'il aperçut une silhouette sombre disparaître à l'intérieur d'une taverne délabrée. L'impression de se réveiller et de constater que tous les gens que l'on aimait étaient morts. Tout le monde était mort, et pourtant la terre continuait à tourner, austère et inconséquente, le ciel agité par une multitude de mouettes et d'étourneaux. Un dirigeable flottait, léthargique, dans la brume au-dessus du terrain de baseball, tel un vieux ballon abandonné dans un lac boueux.

Mais il fallait qu'il essaie d'être plus positif ! Tout ne devait pas être aussi morbide, comme le répétait sa mère.

Il avait loué un appartement sur Euclid Heights Boulevard, non loin du quartier de University Circle, non loin, en fait, de la rue où Hayden et lui avaient grandi.

Mais il n'allait pas penser à ça.

Son appartement se trouvait dans un immeuble de grès brun appelé Hyde Arms. Un deux-pièces au troisième étage, parquet massif, cuisine rénovée, eau et chauffage compris, chats bienvenus.

Il avait songé à s'acheter un chat puisque, après tout, il s'installait. Un gros chat noir et blanc affectueux, un souricier, songea-t-il, un compagnon – et l'idée lui plut, entre autres parce que Hayden avait toujours eu horreur des chats, faisant preuve de superstition quant à leurs « pouvoirs ».

Il avait retrouvé un vieux copain de lycée dans l'annuaire – John Russell – et il avait été surpris et même ému de constater combien John Russell était content d'avoir de ses nouvelles. Ils jouaient de la clarinette dans la fanfare de l'école, traînaient tout le temps ensemble, et John Russell dit : « Pourquoi ne pas aller prendre un verre ? J'aimerais tellement rattraper le temps perdu ! »

C'est exactement ce que Miles avait espéré quand il était retourné vivre à Cleveland. Sortir un soir avec un vieux pote, renouer des amitiés, retourner dans des lieux familiers, avoir des conversations agréables mais pas légères. Deux jours plus tard, dans la soirée, ils se retrouvèrent au Parnell, un pub sympa situé près du cinéma d'art et d'essai, où il y avait un vrai barman irlandais – « Que puis-je vous servir, messieurs ? » demanda-t-il avec un accent prononcé plutôt agréable. Deux télévisions posées discrètement dans des alcôves, au-dessus des bouteilles d'alcool, retransmettaient un match de base-ball que les gens commentaient régulièrement pendant que du rock vaguement alternatif sortait du juke-box, la clientèle à la fois réservée et détendue, ni trop bruyante, ni trop distante.

Ce pourrait être *mon* pub, songea Miles – imaginant un scénario dans lequel il retrouverait régulièrement son groupe d'amis pour boire un verre, et leur existence aurait le rythme cadencé et les péripéties divertissantes d'une bonne série télé. Il serait le type drôle, légèrement névrosé, qui a une liaison avec une fille plus jeune que lui, une fille intelligente, tendance – sans doute avec tatouages et piercings – qui bousculerait sa vie de manière drôle et intéressante.

« C'est super de te voir, Miles, dit John Russell tandis que Miles avait bien du mal à s'imaginer vivre une telle existence. Ça alors ! Je n'arrive pas à croire que ça fait dix ans ! Bon sang ! Plus de dix ans ! » Et John Russell posa ses mains sur ses joues, mimant avec drôlerie la surprise. Miles avait oublié ses gestes étranges, balourds, comme si John Russell avait étudié les émotions à partir des dessins animés et des jeux vidéo qu'il affectionnait particulièrement.

« Alors, qu'est-ce que tu as fait pendant tout ce temps ? » demanda John Russell, les yeux écarquillés, comme si Miles allait lui révéler une histoire extraordinaire. « Homunculus ! » s'écria-t-il comme il le faisait lorsqu'ils étaient adolescents – sa façon de dire : « Incroyable ! »

« Miles, reprit-il. Où as-tu bien pu aller pendant toutes ces années ?

– Bonne question. Je me la pose moi-même parfois. »

Il hésitait. Il ne voulait pas entrer dans les détails concernant Hayden – ce qui, de tout façon, paraîtrait ridicule et excessif, pensait-il. Que dire ? *En gros, j'ai passé les dix dernières années de ma vie à rechercher mon aliéné de jumeau. Tu te souviens de Hayden, non ?*

Le fait même de mentionner le prénom de son frère portait probablement malheur.

« Je ne sais pas, dit-il à John Russell. J'ai été quelque peu… nomade, en fait. Embarqué dans pas mal de trucs. J'ai mis environ six ans à finir mes études universitaires. Il y a eu… certains problèmes…

– J'en ai entendu parler, répondit John Russell, et il adopta une expression que Miles interpréta comme de la commisération. La mort de tes parents. Je te présente mes condoléances.

– Eh bien, répondit Miles. Merci. » Mais que pouvait-il dire ? Comment réagir à des manifestations de compassion si longtemps après les faits. « Je me sens mieux maintenant. » C'était une bonne réponse, jugea-t-il. « Ça a été dur mais – je me suis repris en main, ça fait un moment et – je songe à me fixer. À chercher un travail, etc.

– Absolument », dit John Russell en hochant la tête comme si Miles avait été très clair. Quel soulagement ! John Russell avait toujours été un enfant merveilleusement gai et tolérant – l'ami parfait quand on a un frère fou, une vie familiale perturbée et des difficultés relationnelles – et il était resté égal à lui-même même s'il avait beaucoup vieilli physiquement : son front s'était dégarni, son crâne nu paraissait plus allongé, son menton était devenu plus fuyant, et il avait pris du ventre, des hanches et des fesses si bien qu'il ressemblait un peu à une quille. Il était avocat fiscaliste.

« Je ne cherche rien en particulier », disait Miles. Il se sentait encore vaguement gêné et – il ne pouvait s'en empêcher – sur la défensive. « Un boulot et… pourquoi pas, retourner à la fac ? Il faut que je me concentre davantage sur ma vie, j'imagine. J'ai perdu beaucoup de temps. »

Mais John Russell se contenta d'incliner la tête avec bienveillance. « Qui sait ? dit-il. En fait, il m'arrive de regretter de ne pas avoir davantage voyagé, de ne pas m'être un peu moins posé. » Et il tapota son ventre bedonnant, l'air ironique.

« Je pense que la plupart des gens ratent leur vie d'une façon ou d'une autre, reprit-il. Tu sais – un jour j'ai essayé d'évaluer le temps que j'avais passé à regarder la télé et à jouer à des jeux vidéo. Ça représente approximativement quatre-vingt-onze mille heures. Une estimation sans doute a minima, mais qui correspond à plus de dix ans. Ce qui est plutôt effrayant, je dois dire – même si ça ne m'a pas freiné pour autant, mais… c'est triste, je trouve.

– Eh bien. Ça ne doit pas être facile de calculer ce genre de chose.

– En fait, je me suis servi d'un tableur. Je te le montrerai un jour.

– Ce serait super », dit Miles en hochant la tête, et il ne put s'empêcher de penser que cette idée de « tableur » aurait ravi Hayden.

« Ce gamin est encore plus paumé que nous, Miles », disait souvent Hayden.

Et Miles protestait. « On n'est pas paumés. Et lui non plus.

– Oh, je t'en prie », répliquait Hayden.

Ça l'amusait beaucoup que le nom et le prénom de John Russell puissent s'intervertir. « Quelle afféterie ridicule, avait-il dit. Mais en fait, ça me plaît bien. » Puis il avait imité, en le parodiant, le gracieux dandinement de John Russell. Spectacle que, malgré lui, Miles avait trouvé hilarant, et même maintenant, il était difficile de ne pas considérer John Russell comme un sacré numéro.

Mais il n'était pas question de penser à Hayden.

« Bref », fit-il.

John Russell et lui avaient commandé un demi et tous deux portèrent leur verre à leur bouche et burent une gorgée de bière. Ils se sourirent et Miles sentit qu'il brûlait d'envie qu'ils soient amis, des amis ordinaires, au lieu de quoi il y eut un silence gêné qu'il ne sut combler. John Russell s'éclaircit la voix.

« De toute façon, les gens prennent des chemins différents. Comme – par exemple – tu sais ce que Clayton Combe est devenu ? Tu te souviens de lui, non ?

– Bien sûr », répondit Miles même si ça faisait des années qu'il n'avait pas pensé à Clayton Combe.

Il était scolarisé comme eux à la Hawken School, un établissement secondaire fréquenté par les enfants de familles aisées, et John Russell et lui l'avaient pris en aversion : un élève brillant, populaire, sportif, qui avait une bonne tête, était aimé de presque tout le monde, mais qu'ils tenaient pour un connard condescendant. Il avait le sourire suffisant le plus hideux que Miles ait jamais vu.

« Tu ne vas pas le croire, dit John Russell sur le ton de la confidence. Tout le monde pensait qu'il allait super bien réussir ? Eh bien, il s'est suicidé. Il travaillait pour la banque d'investissement ING et il y a eu un scandale, une histoire de détournement de fonds. Il a clamé son innocence mais on l'a déclaré coupable et il était censé faire environ quinze ans de prison, mais il s'est… »

John Russell haussa les sourcils de manière expressive. « … pendu.

– C'est horrible », dit Miles.

Et ça l'était bel et bien, même si ça ne l'affectait pas particulièrement. Hayden détestait souverainement Clayton Combe et il imitait la façon qu'il avait de rejeter la tête en arrière quand il souriait, comme si on l'applaudissait. Hayden levait alors la main et l'agitait en direction d'une foule imaginaire admirative, telle une reine de beauté sur un char, et Miles et John Russell trouvaient cette parodie désopilante.

Et puis, Miles ne put s'en empêcher, le détective en lui se réveilla et cligna des yeux.

ING n'était-elle pas une de ces sociétés, se dit-il, une de ces nombreuses sociétés à qui Hayden en voulait ?

Ne l'avait-il pas mentionnée dans l'un de ses mails ? Dans l'une de ses invectives ?

Mais il ne fallait pas qu'il se laisse entraîner dans cette direction.

« Pauvre Clayton, s'entendit-il murmurer. C'est tellement... Tellement bizarre. »

Mais est-ce que ça l'était vraiment ? Est-ce que c'était bizarre ?

Miles y réfléchit au cours de la semaine qui suivit sa discussion avec John Russell. Pourquoi fallait-il que tout le ramène à Hayden ? Pourquoi ne pouvait-il pas, tout simplement, discuter agréablement avec un vieux copain ? Pourquoi l'histoire de Clayton Combe ne pouvait-elle pas se résumer à un ragot pur et simple ? Et il refusait d'enquêter. Il n'allait pas rechercher des articles de presse sur Clayton Combe ; il n'allait pas devenir parano.

Mais, finalement, il nota dans son carnet :

Hayden a-t-il détruit la vie de Clayton Combe et l'a-t-il poussé au suicide ?
Aucune idée.

Il se sentait très vulnérable. Très vulnérable, perturbé, déprimé, et il n'arrêtait pas de penser à ce que John Russell lui avait dit : *la plupart des gens ratent leur vie d'une façon ou d'une autre.*

Il faut que je prenne une autre direction, songea Miles. On peut vivre sa vie judicieusement si l'on prend le temps de la réflexion. Si l'on fait des projets et que l'on s'y tient.

Pourtant, bien qu'il fût animé des meilleurs intentions, il se surprit, une fois de plus, à éplucher ses dossiers.

Il se surprit à regarder par la fenêtre de son appartement, en direction du nord-est, au-delà de la cime des arbres qui délimitait la banlieue. À quelques centaines de mètres se trouvait la rue où sa famille avait vécu, et il sentait la vieille maison lui lancer des signaux qu'il était incapable d'interpréter, lui télégraphier son absence puisque, bien sûr, elle n'existait plus.

Il songea à se rendre sur place.

Que restait-il ? se demanda-t-il. N'était-ce qu'un terrain herbeux ? Y avait-il une nouvelle maison là où se trouvait la leur ? Restait-il des choses qu'il reconnaîtrait ?

La maison avait brûlé quand il était en première année à l'université de l'Ohio. À l'époque, Hayden avait disparu depuis plus de deux ans, et Miles n'avait jamais pu se résoudre à retourner sur les lieux. À quoi bon ? Son père, sa mère et même son beau-père, Mr. Spady, étaient morts, il n'y avait aucune raison d'y retourner si ce n'est une curiosité morbide, à laquelle il finit par résister. Il ne voulait pas voir les ruines de l'édifice, poutres brûlées, toit effondré, meubles calcinés ; il ne voulait pas imaginer les fenêtres éclairées par le feu, les voisins se rassemblant sur la pelouse au moment où les pompiers et les ambulanciers arrivaient.

Il ne voulait pas envisager la possibilité que Hayden ait pu être là, caché par le bosquet de lilas, à la lisière du jardin, peut-être avec ses outils de pyromane dans un sac à dos porté à l'épaule.

Il n'existait aucune véritable preuve – rien si ce n'est un instantané, fruit de son imagination, une photo si nette que parfois, il ne pouvait pas s'empêcher d'ajouter la maison à la liste des victimes de Hayden. La maison, et sa mère, et Mr. Spady.

Et maintenant, se dit-il, il y avait ce pauvre Clayton Combe, qui s'était pendu dans sa cellule. Il songea à l'imitation caricaturale qu'en faisait Hayden : menton relevé, yeux révulsés, bouche contractée par un rictus prétentieux.

Depuis sa fenêtre du troisième étage, il aperçut le toit du bâtiment voisin ; un journal encore enroulé autour d'un élastique mais se détériorant lentement ; quelques feuilles d'arbre voltigeant dans la ruelle, pareilles à une volée d'oiseaux ; puis un hélicoptère apparut, planant péniblement au-dessus de la cime des arbres, ses lourdes hélices fendant l'air. En route pour l'hôpital, sans aucun doute, même si Miles posa sur lui un regard sévère. Pendant des années, Hayden avait cru que des hélicoptères l'espionnaient.

Quelques jours plus tard, Miles avait trouvé un travail. Ou plutôt (se disait-il parfois) le travail l'avait trouvé.

Il était dans le centre-ville, avait réussi à regrouper plusieurs entretiens d'embauche : programmation bas niveau et assistance technique, un poste d'« associé » à la bibliothèque municipale, rien de spectaculaire, mais qui sait ? Il se fixait, se dit-il, et il devait persévérer et faire preuve d'optimisme – bien qu'il fût difficile d'être optimiste quand on descendait Prospect Avenue. Tant de vitrines vides avec leur panneau « BAIL À CÉDER » qui avait depuis longtemps perdu son éclat, tant d'immeubles silencieux. C'était sans doute une erreur d'être revenu, se dit-il une fois de plus.

C'est ce qu'il pensait quand il aperçut le vieux magasin de farces et attrapes, Matalov Novelties, à l'angle de 4th Street, niché au milieu d'anciennes bijouteries et de magasins de prêteurs sur gages.

Il était stupéfait qu'il soit encore là. C'était le dernier endroit qu'il aurait cru capable de survivre à la spirale économique qui avait englouti la plupart des commerces du centre-ville. Il n'avait pas un seul instant pensé à lui depuis des années – en tout cas, pas depuis la mort de son père, quand ils avaient treize ans.

Quand ils étaient petits, leur père les y emmenait régulièrement. Un régal – aller avec leur père dans cette boutique bizarre et vétuste. *Le magasin enchanté*, voilà comme il l'appelait.

Ils n'avaient jamais été autorisés à assister à une représentation de leur père – ni en tant que clown, ni en tant que magicien, et encore moins comme hypnotiseur. À la maison, leur père avait une attitude réservée, pas du tout théâtrale, ce qui avait rendu d'autant plus mémorables ces moments passés à Matalov Novelties. Leur père les tenait par la main : « Ne touchez à rien, les garçons. Contentez-vous de regarder avec les yeux. » Ce qui était très difficile car il s'agissait, après tout, d'un magasin qui vendait des accessoires de magie – des rangées et des rangées d'étagères, du sol au plafond, tout un fatras d'accessoires datant d'une autre époque et d'appareils étranges : figurines en bois en forme de gargouille semblables à des pièces d'échecs, menottes siamoises, boas, hauts-de-forme et capes, et un macaque d'un certain âge enfermé dans une cage argentée…

Puis la vieille femme apparaissait. Mrs. Matalov. Âgée mais solide sur ses jambes, même si son dos formait comme un point d'interrogation, une bosse distendant son corsage en soie de couleur vive. Ses cheveux teints, couleur pêche, ressemblaient au duvet du pissenlit, et ses lèvres étaient soulignées d'un rouge à lèvres épais et gras, pareil à celui que portaient les actrices du cinéma muet.

« Larry ! » s'exclamait-elle avec son accent. Russe. « Ça fait tellement plaisir de vous voir ! » Leur père s'inclinait légèrement.

Quand Mrs. Matalov apercevait Miles et Hayden, elle marquait un temps d'arrêt et, théâtrale, haletait entre ses dents, les yeux écarquillés.

« Oh, Larry ! disait-elle. Ils sont vraiment adorables. Ils me brisent le cœur. »

Quand Miles repensait à ces moments-là, il avait davantage l'impression qu'il s'agissait de souvenirs tirés d'un recueil de contes que d'événements qui avaient bel et bien eu lieu. Comme les mensonges que Hayden inventait. Et donc il ne fut guère surpris de constater que Matalov Novelties semblait fermé. Une grille métallique en barrait l'entrée et la vitrine de l'étroit magasin était couverte de papier kraft.

Et pourtant – derrière la grille, à travers le verre dépoli de la porte, il s'aperçut que l'endroit n'était pas vide. Il distingua des étagères, et quand il tapota sur la porte, il crut voir du mouvement. Il resta là, hésitant, et bientôt, suffisamment de temps s'était écoulé pour qu'il commence à se sentir bête d'attendre.

Mais la vieille femme ouvrit brusquement la porte et le regarda attentivement à travers la grille.

« Pas de vente au détail ! dit-elle d'une voix stridente. Pas de souvenirs des clubs des Cleveland Indians ou des Cleveland Browns. Pas de souvenirs de la ville. Ceci n'est pas un commerce de détail. » Son accent, encore plus prononcé que dans son souvenir, rendait ses paroles confuses. Il resta là, bouche bée, pendant qu'elle agitait la main dans sa direction : *Partez, partez*.

« Mrs. Matalov ? »

Inutile de dire qu'elle avait vieilli depuis la dernière fois qu'il l'avait vue, dix-sept ans plus tôt. Quand il était petit, c'était déjà une vieille femme ; maintenant, elle n'était quasiment plus qu'un squelette. Elle s'était tassée, avait maigri. Son dos était tellement voûté que ses vertèbres saillaient, et sa tête était penchée vers le sol si bien qu'elle devait la relever comme une tortue pour le voir. Ses cheveux étaient clairsemés, juste quelques touffes ici ou là, mais toujours couleur pêche. Il était inconcevable qu'elle soit encore en vie, se dit Miles. Elle avait largement dépassé les quatre-vingt-dix ans.

« Mrs. Matalov ? » répéta-t-il. Il s'efforça de parler fort et distinctement, et il arbora ce qu'il pensait être un sourire engageant. « Je ne sais pas si vous me reconnaissez. Je suis Miles Cheshire ? Le fils de Larry Cheshire ? Je suis à Cleveland et…

– Un instant, répliqua-t-elle avec humeur. Vous bredouillez. Je n'entends pas ce que vous dites. Un instant, s'il vous plaît. »

Il lui fallut plus d'un instant pour déverrouiller et ouvrir la grille métallique, mais quand ce fut fait, elle parut disposée à le laisser entrer.

« Je suis vraiment désolé de vous déranger », dit Miles en regardant autour de lui, les rangées d'étagères comme dans son souvenir, et cette odeur de tabac, de poussière, de bois de santal et de carton mouillé caractéristique d'une brocante. « Je… ne veux pas être importun, dit-il, l'air gauche. Ça fait des années que je n'étais pas venu à Cleveland et je ne faisais que passer. La nostalgie, sans doute. Mon père était un de vos anciens clients.

– Larry Cheshire, oui. Vous l'avez déjà dit, répondit durement Mrs. Matalov. Je m'en souviens. Je ne suis pas moi-même une personne nostalgique mais entrez, entrez. Dites-moi ce que je peux faire pour vous. Vous aussi, vous êtes magicien ? Comme votre père ?

– Oh. Non, non. » Au fur et à mesure que ses yeux s'habituaient au faible éclairage, il s'aperçut que, finalement, la boutique avait changé depuis son enfance. Elle ressemblait davantage à un vieux garage ou à un grenier, et les étagères s'étendaient jusqu'aux allées du fond qui étaient plongées dans l'obscurité et obstruées par un amoncellement de cartons à moitié ouverts. Regroupés devant les étagères, il y avait un certain nombre de tables et de bureaux avec, sur chacun d'eux, un certain nombre de vieux ordinateurs pouvant remonter à plusieurs générations ; d'écrans et d'enchevêtrements de fils électriques et de câbles pareils à des nids d'oiseaux. À l'un de ces bureaux était assise une jeune fille aux cheveux foncés – vingt ou vingt et un ans peut-être ? – portant des vêtements noirs, du rouge à lèvres noir, et des boucles d'oreilles en argent pointues semblables aux dents de quelque carnivore préhistorique. Elle jeta un coup d'œil à Miles, et l'ironie transparut à travers son visage impassible.

« Non, non, répéta Miles. Je ne suis absolument pas magicien. Je n'ai jamais vraiment exercé… » Et il se sentit rougir, il ignorait pourquoi. « Je ne suis rien, pour tout dire », ajouta-t-il en observant Mrs. Matalov se déplacer dans ce labyrinthe de bureaux, l'air arrogant – un pas chancelant mais étonnamment vif, comme quelqu'un qui se hâterait sur une fine couche de glace.

« Quel dommage », dit-elle. Elle se laissa tomber dans un fauteuil de bureau à roulettes, où plusieurs coussins lui soutenaient le dos. Elle fit signe à Miles d'approcher et de s'asseoir aussi. « Ton père, je l'aimais beaucoup. Un esprit tellement bon et affable.

– C’est vrai », dit Miles. Elle avait raison : mais depuis combien de temps n’avait-il pas pensé à son père ? Une ancienne douleur se réveilla, qui lui serra la poitrine.

« Pauvre homme, dit Mrs. Matalov. C’était un artiste très talentueux ; tu le sais. S’il avait vécu à une autre époque, il aurait pu gagner beaucoup d’argent, au lieu d’animer des anniversaires d’enfants. » Elle claqua de la langue, une suite de doux points d’exclamation, et Miles eut l’impression qu’elle allait lui faire des reproches, lui, un jeune homme qui gâchait sa vie. Mais elle se contenta de le regarder, l’air perspicace.

« Et qu’en est-il de ton frère ? Il n’est pas magicien, non plus, je suppose ?

– Non, répondit Miles. Il… »

Mais qu’était Hayden ? Un vague magicien, peut-être.

« Je me souviens de vous deux, poursuivit Mrs. Matalov. Des jumeaux. Très mignons. Tu étais le timide, je crois. Miles. Un nom de petite souris. Mais ton frère… » Et à cet instant précis, elle leva un doigt et l’agita, sans but précis. « C’était une sacrée fripouille. Un voleur ! Je l’ai vu me voler, plusieurs fois, et je l’aurais bien attrapé par la peau du cou ! Mais… » Elle haussa les épaules. « Je ne voulais pas mettre ton père dans l’embarras. »

Miles, gêné, hocha la tête tout en jetant un coup d’œil à la jeune femme aux cheveux foncés qui l’observait avec, dans le regard, un amusement presque imperceptible.

« Oui, dit Miles. Il pouvait être… espiègle.

– Hum, fit Mrs. Matalov. Espiègle ? Non. Pire que ça, je crois. » Et elle regarda Miles pendant ce qui lui parut être un long moment. « Je te plaignais. Si timide, et avec un frère pareil ! »

Miles ne répondit pas. Il ne s'était pas attendu à se retrouver dans une telle situation – dans cet endroit terne, sans fenêtre, éclairé au néon, avec cette vieille femme et cette fille aux cheveux foncés qui l'examinaient attentivement. Il ne s'était pas attendu à ce que l'on se souvienne aussi bien de son père – et de lui. Que dire ?

Mrs. Matalov prit une cigarette dans la poche de son fin cardigan, et Miles la regarda jouer avec, mais elle ne l'alluma pas. « J'avais une sœur, dit-elle. Pas une jumelle mais nous étions très proches en âge. Une horrible m'as-tu-vu. Si elle n'était pas morte, je n'aurais jamais échappé à son ombre. » Elle haussa les épaules, levant doucement ses fins sourcils. « Donc… j'ai eu de la chance. »

Mrs. Matalov fouilla encore dans la poche de son cardigan et en sortit un briquet en plastique transparent, qu'elle tenta, les mains tremblantes, de faire marcher. Miles ébaucha un geste. Devait-il l'aider ?

Mais avant qu'il se décide, la fille aux cheveux foncés prit soudain la parole. « Grand-mère, dit-elle d'un ton acerbe. Ne fume pas ! » Et Miles s'enfonça dans son siège.

« Ah », fit Mrs. Matalov. Elle regarda Miles tristement. « Celle-ci, dit-elle – elle faisait allusion à la fille, devina-t-il. Une fripouille, elle aussi. Elle est contre le tabac – mais la drogue ! La drogue, elle aime. Elle aime tellement que la police est venue et lui a mis un appareil de surveillance à la cheville. Un bracelet électronique. Qu'en dis-tu ? Et maintenant, pauvre petite, elle est ma prisonnière. Je la retiens ici, et elle a intérêt à se mêler de ses affaires, sinon je risque de poser un torchon sur sa cage comme sur celle d'un perroquet. »

Miles resta sans voix. Trop de choses, trop d'étranges révélations se bousculaient dans sa tête, même si la fille et lui échangeaient des coups d'œil – son rideau de cheveux noirs et son regard mystérieux communiquant des messages insaisissables.

Pendant ce temps-là, Mrs. Matalov avait réussi à faire marcher son briquet, et elle porta sa cigarette à ses lèvres, marquant le filtre d'un tatouage de rouge à lèvres.

« Alors, dit-elle en le jaugeant. Miles Cheshire. Qu'est-ce qui t'amène à Cleveland ? Que fais-tu donc, si tu n'es pas magicien ? »

Miles réfléchit à la question. Qu'était-il ? Il contempla le mur quadrillé de photos en noir et blanc encadrées, différents artistes des années 30 et 40 portant smoking et cape, turban et bouc, leur regard d'une intensité toute théâtrale. Il y avait Mrs. Matalov elle-même – Mrs. Matalov, vingt ans peut-être, guère différente de la beauté aux yeux sombres qu'était sa petite-fille, portant les collants pailletés d'une artiste de cirque et une coiffure de plumes de paon. L'assistante d'un magicien qui donnait des représentations au fabuleux Hippodrome Theater, trois mille cinq cents places, une scène magnifique, désormais disparu, converti en parking sur la 9th East.

Il y avait également une photo de son père. Son père, grand et auguste dans sa cape, un trait de maquillage sous le nez en guise de moustache, une baguette magique brandie au bout de sa main droite, des bouquets de roses et de lis à ses pieds. Son regard doux et triste – comme s'il savait que, bien des années plus tard, Miles regarderait cette photo et qu'une fois de plus, il lui manquerait.

« Tu t'y connais en informatique ? était en train de lui demander Mrs. Matalov. Nous sommes très présents sur le Web. Nous travaillons presque exclusivement via internet. Je n'ouvre plus le magasin, à vrai dire. Ça fait vingt ans maintenant, et je peux compter sur les doigts d'une main le nombre de clients qui sortent en ayant payé. Maintenant, il n'y a plus que des sans-abri, des voleurs à l'étalage et des touristes et leurs terribles enfants.

« J'ai toujours détesté les enfants, ajouta Mrs. Matalov, et sa petite-fille, Aviva, tiqua et fixa Miles.

– C'est vrai », confirma-t-elle.

Alors Miles dit : « Je m'y connais vraiment bien en informatique. En fait, je… je cherche un travail. »

Plus tard, il eut du mal à expliquer pourquoi cette rencontre lui avait semblé extraordinaire sans paraître céder au mélo, sans faire comme s'il croyait que quelque chose de – de quoi ? – de *surnaturel* s'était produit.

« Ça m'a fait un peu flipper », dit-il plus tard à John Russell. Ils étaient de nouveau au Parnell, et Miles songeait à certaines des paroles de Mrs. Matalov.

Je te plaignais, avait-elle dit. Et : *Si elle n'était pas morte, je n'aurais jamais échappé à son ombre.* Puis : *C'était une sacrée fripouille ! Un voleur !* Et enfin : *Il finira mal, ton frère. Je peux te le certifier*.

« Je trouve ça génial, dit John Russell. Donc tu perpétues la tradition familiale. C'est vraiment super, d'une certaine façon.

– Oui, répondit Miles. Sans doute. »

Et maintenant, assis dans un autre bar, à plus de six mille kilomètres du Parnell, tels étaient les souvenirs qui affleuraient à sa conscience. Telles étaient les images qui lui apparaissaient alors qu'assis dans le bar d'Inuvik, il avait le portable collé à l'oreille.

La maison en flammes. L'hélicoptère. Le drap noué autour du cou de Clayton Combe. John Russell levant sa chope de bière. Mrs. Matalov portant sa cigarette à ses lèvres d'un rouge gras.

Chaque image distincte et concise, comme les cartes d'un jeu de tarot étalées l'une après l'autre.

« Bien sûr, dit-il à l'Américaine. Oui, tout à fait. J'aimerais vous rencontrer. Je voudrais parler de cette affaire plus en détail. Pourrions-nous… »

Il avait passé une bonne partie de la journée à traîner dans Inuvik. Il faisait jour, encore jour, quand il se réveilla, et quand il sortit, le ciel était d'un bleu foncé qui s'atténuait puis devenait blanc sur la ligne d'horizon. Les nuages qui s'amoncelaient ressemblaient à des montagnes. À moins que ce soient des montagnes qui ressemblaient à des nuages, il ne savait pas trop. Des dalles de béton avaient été posées en guise de trottoir entre la route et les lotissements à l'aspect cubique – le tout évoquant une galerie marchande bas de gamme, bâtie à la hâte, revêtement extérieur en tôle ondulée, antennes paraboliques penchant leur lourde tête au-dessus des toits. Il avait pris un grand nombre d'affiches, il s'arrêta pour en agrafer une sur un poteau téléphonique, et le papier, hésitant, éphémère, ondula dans le vent.

Il allait couvrir toute la ville, se dit-il. Il avait feuilleté le luxueux *Inuvik Attraction and Service Guide* mis gratuitement à disposition à l'accueil de l'hôtel. Où Hayden aurait-il pu être aperçu ? Dans la librairie Borreal Bookstore ? Dans la très célèbre église en forme d'igloo, Our Lady of Victory ? Dans l'antenne d'Aurora College ? Il avait parcouru la liste des cours, et un léger doute l'avait envahi. Microsoft Excel :

Niveau 1, avec George Doolittle ; Certificat de réflexologie plantaire, avec Allain St Cyr ; Soins d'urgence en milieu extrême, avec Phoebe Punch. Ne dirait-on pas des noms inventés ?

Et pourquoi pas dans le magasin de vins et spiritueux d'Inuvik ? Dans les bars – le Mad Trapper Pub, peut-être, ou le Nanook Lounge ? Peut-être Hayden avait-il loué une voiture à Arctic Chalet, ou passé du temps dans la bibliothèque, peut-être avait-il engagé un guide pour sortir de la ville et se diriger vers – vers quoi ?

Mon Dieu ! C'est ce qui lui arrivait toujours. Il commençait en faisant preuve d'une détermination impérieuse, mais quand il arrivait à destination, sa confiance s'évanouissait.

D'ailleurs, que savait-il encore de son frère ? Au bout de dix ans, Hayden n'était guère plus qu'une conjecture – une accumulation de postulats et de projections, de lettres et de mails paranoïaques pleins de sous-entendus, d'appels téléphoniques en pleine nuit au cours desquels il divaguait à propos de ses obsessions du moment. Quelques biens laissés derrière lui dans les différents appartements qu'il avait occupés à travers le pays, quelques inconnus qui avaient vu ou connu une version de lui.

À Los Angeles, par exemple, Miles avait découvert l'appartement déserté de Hayden Nash que ses voisins décrivirent comme un type « aux cheveux bruns », « peut-être hispanique », « solitaire », à qui apparemment personne n'avait parlé, et dont l'appartement crasseux était encombré de piles de tabloïds, de listings indéchiffrables sortis d'une imprimante à aiguilles, et d'une bonne vingtaine d'ordinateurs au disque dur démagnétisé et irrécupérable. À Rolla, Missouri, les enseignants parlèrent de Miles Spady comme d'un jeune mathématicien très brillant, un Anglais aux fins cheveux blonds qui prétendait avoir passé sa licence dans le laboratoire informatique de l'université de Cambridge. Il y avait quelques condisciples, quelques connaissances, à qui Hayden avait raconté des mensonges que Miles avait assidûment notés :

Son père était célèbre en Angleterre pour ses spectacles de magie, dit une de ces connaissances.

Son père était archéologue et il avait étudié des ruines indiennes dans le Dakota du Nord, dit une autre.

Ses parents étaient morts dans l'incendie de leur maison quand il était petit, raconta une troisième.

C'était vraiment un excentrique, racontèrent-elles à Miles. Mais c'était marrant de l'écouter.

« Il avait cette théorie sur les lignes d'énergie cosmo-telluriques. La géodésie, vous voyez ce que je veux dire ? On avait l'habitude d'aller voir la réplique de Stonehenge dans le campus nord, et il apportait toujours la vieille carte du monde qu'il avait lui-même dessinée… »

« Je pense qu'il était peut-être fou. C'était un bon mathématicien mais… »

« Il m'a raconté cette étrange histoire : il avait été hypnotisé et tout à coup, il s'était rappelé toutes ses vies antérieures, une histoire grotesque de pirates, d'anciens rois et d'univers fantastiques… »

« Il m'a dit qu'il avait fait une dépression nerveuse quand il était adolescent, que sa mère l'avait forcé à s'installer dans le grenier, qu'elle l'attachait à son lit à l'heure du coucher et qu'il ne fermait pas l'œil de la nuit car il croyait qu'il y avait un incendie en bas, il avait l'impression de sentir une odeur de fumée. C'était difficile de ne pas avoir pitié de lui, il était d'un naturel tellement doux. On ne savait pas quoi penser quand il racontait ces horreurs sur son passé… »

« Il avait un frère jumeau qui était mort en faisant du patin à glace quand ils avaient douze ans. Et j'ai cru comprendre qu'il s'en voulait encore. J'avais mal pour lui, en fait… Il y avait beaucoup de… enfin… de profondeur… sous la surface… »

Apparemment, il y avait eu aussi une petite amie, une certaine Rachel, étudiante en deuxième année, mais elle avait refusé de parler à Miles, elle ne lui avait même pas ouvert la porte quand il s'était présenté sur la véranda de la petite maison délabrée qu'elle partageait avec d'autres condisciples, se contentant de le regarder par la porte entrebâillée, retenue par une chaîne de sûreté, un unique œil bleu et un fragment de visage.

« Je vous en prie, avait-elle dit. Partez. Je ne veux pas avoir à appeler la police.

– Je suis désolé, avait répondu Miles. J'essaie juste de trouver des informations sur. Euh. Miles Spady. On m'a dit que vous pourriez peut-être m'aider.

– Je sais qui vous êtes », rétorqua-t-elle. Son œil, encadré et désincarné, cligna rapidement. « Je vais devoir appeler la police. »

Il n'avait pas le courage – la pugnacité, l'imposante force de persuasion – d'un véritable détective. Il était parti comme elle lui en avait donné l'ordre, avait marché un moment, et il avait senti sa détermination le quitter, s'estomper dans la bruine de cette fin octobre.

Il y avait effectivement une réplique de Stonehenge sur le campus. Une reproduction à l'échelle 1/2, la découpe par jets d'eau à haute pression des blocs de granite ayant été effectuée par le laboratoire de l'université. Il les observa, les quatre arches en forme de pi se tournant le dos, Nord, Sud, Est, Ouest.

Oh, à quoi bon, se dit-il, à quoi bon s'acharner sur cette pauvre fille ? Pourquoi même faisait-il ça ? Il ferait mieux de vivre sa vie !

Ce n'est que des semaines plus tard, bien après qu'il eut quitté Rolla, qu'une idée lui avait traversé l'esprit : *Hayden était peut-être là.*

Et si Hayden était là, dans la maison de Rachel Barrie, quand Miles était venu ? Est-ce la raison pour laquelle elle avait refusé de le laisser entrer ? Est-ce la raison pour laquelle elle n'avait fait qu'entrebâiller la porte ? Il s'imagina Hayden, sa silhouette, quelque part non loin de l'entrée, Hayden en train d'écouter, sans doute à moins d'un mètre de la véranda, là où Miles se tenait.

Trop tard, il était en train d'assimiler cette découverte. Un frisson. La nausée.

« Allô ? dit la voix à l'autre bout du fil. Allô ? Vous êtes toujours là ? »

Et Miles se ressaisit. Retomba sur terre. Il était dans le bar. À Inuvik. Ses souvenirs avaient défilé devant ses yeux, telle une succession de hiéroglyphes, et il lui fallut respirer une ou deux fois avant de réintégrer son corps physique.

« Oui, dit-il. Oui, tout à fait. »

Il s'efforça de retrouver le détective qui était en lui.

« Je…, dit-il. Nous… Je suis impatient de discuter avec vous. Pouvons-nous fixer une heure pour se voir en tête à tête ?

– Et pourquoi pas maintenant ? proposa la femme. Dites-moi où je peux vous retrouver. »

14

Le message arriva sur son ordinateur au cours de la première soirée qu'il passa à Las Vegas, et une fois de plus, Ryan ne put s'empêcher de se sentir un peu fébrile.

C'était la troisième ou la quatrième fois qu'un inconnu le contactait de façon inattendue, en lui écrivant en russe ou dans une autre langue d'Europe de l'Est. L'expéditeur de ce dernier mail s'appelait « новый друг », Ryan perçut le signal sonore de sa messagerie instantanée.

новый друг : добро пожаповать в лас – вегасе

Et il ferma aussitôt la fenêtre, éteignit l'ordinateur, s'immobilisa et sentit ses poils se hérisser le long de ses bras et de son dos. Pourquoi s'était-il laissé empoisonner par ce truc ?

« Merde », dit-il en croisant les mains sur le plateau de verre du bureau de l'hôtel, les yeux fixés sur l'écran noir et vierge de son portable.

Il s'en était tellement bien sorti jusque-là. Il avait intégré assez vite les tenants et les aboutissants des combines, y avait pris goût, et il était « comme un poisson dans l'eau », avait dit Jay ; très vite, il en était arrivé à jongler avec une petite centaine de personnages différents.

« On voit bien que tu es mon fils, disait Jay. Tu es doué pour ça. »

Et, la plupart du temps, il s'amusait bien. Il adorait voyager – en voiture, en avion, sur un train de l'Amtrak – chaque semaine une ville différente, un nouveau nom, une nouvelle personnalité qu'il testait, un nouveau *rôle*, comme si chaque expédition était un film dont il était la vedette. Il flottait, c'est l'impression qu'il avait parfois. Il flottait. Se sentait libre et infiniment soulagé, personnage d'un film de cape et d'épée, gentleman cambrioleur, avec l'impression de partir à l'aventure, de violer les règles et de frôler un danger quelque peu attrayant.

Et pourtant, il arrivait qu'il perde son calme pendant de courts instants – un message instantané mystérieux, un employé méfiant au service des permis de conduire, un paiement par carte de crédit refusé brutalement – et soudain il sentait cette panique lui raidir la nuque, une ombre l'avait suivi depuis le début et tout à coup il comprenait que s'il se retournait pour regarder pardessus son épaule, elle serait là.

Dans ces moments-là, il se demandait si, après tout, il était assez courageux pour mener ce genre d'existence.

C'était peut-être juste qu'il était parano.

Il avait signalé cette anomalie avant, ces messages inexpliqués en lettres cyrilliques, et Jay ne s'était pas du tout inquiété.

« Oh, ne fais pas ta mauviette, lui avait-il dit.

– Tu ne trouves pas que ça a l'air… suspect ? avait-il demandé mais Jay n'était pas inquiet.

– Ce n'est qu'un spam. Mets-le dans ton courrier indésirable et change de nom d'utilisateur. Il y a tellement de conneries qui atterrissent là. »

Jay expliqua qu'il avait utilisé des serveurs internet à Omsk et à Nijni Novgorod pour brouiller leurs adresses IP et donc, dit-il, il n'y avait rien d'étonnant à ce qu'ils reçoivent de temps en temps des spams en russe. « Sans doute de la pub pour des médicaments bon marché normalement délivrés uniquement sur ordonnance, ou pour se faire agrandir le pénis, ou des sites d'adolescentes lesbiennes sexy.

– OK, dit Ryan.

– Ne sois pas aussi coincé, fiston », dit Jay. Et Jay était quelqu'un de fondamentalement prudent, songea Ryan. Si Jay n'était pas inquiet, pourquoi le serait-il ?

Et pourtant, il ne ralluma pas l'ordinateur.

Posté à la fenêtre du trente-troisième étage du Mandalay Bay, le téléphone portable collé à l'oreille, il attendait que Jay réponde.

Las Vegas s'étendait devant lui : la pyramide du Luxor, les tourelles de l'Excalibur, la lumière émeraude du MGM Grand. Le Mandala Bay lui-même ressemblait à une immense brique dorée le long du Strip. De l'extérieur, en tout cas, les fenêtres étaient en verre réfléchissant d'un or chatoyant si bien que Ryan ne pouvait pas être vu. C'était un paysage urbain qui donnait l'impression d'avoir été inventé, des formes architecturales qui pouvaient être prises pour la couverture d'un de ces romans d'heroic fantasy qu'il lisait quand il était lycéen, ou pour l'imagerie numérique d'un film de science-fiction à gros budget. Il serait plus facile de croire qu'il s'était posé sur une autre planète, ou qu'il avait voyagé dans le futur, et il appuya sa main sur la vitre, laissant ces idées fantasques, agréables et apaisantes l'habiter.

Le mur extérieur de sa chambre était une verrière, et avec les rideaux ouverts, il pouvait se tenir au bord du bâtiment comme un nageur sur un plongeoir.

« Allô ? dit Jay, et Ryan marqua un temps d'arrêt.

– Salut, finit-il par dire.

– Salut. » Puis il y eut un silence pesant. Ryan n'était pas censé appeler sauf urgence, mais Jay avait l'air trop relax – sans doute trop défoncé – pour prendre ses préoccupations au sérieux. Parfois, ça faisait bizarre de se dire que Jay était son vrai père, ça faisait bizarre de se dire que Jay n'avait que quinze ans quand il était né, et même aujourd'hui, il ne faisait pas suffisamment vieux pour avoir un fils de vingt et un ans. On ne lui donnait guère plus de trente ans. C'était plus logique, se disait souvent Ryan, de le considérer comme un oncle.

« Alors…, dit Jay. Quoi de neuf ?

– Je voulais juste faire le point », dit Ryan. Il pressa l'écouteur sur son autre oreille. « Dis donc, est-ce que tu viens de m'envoyer un message ?

– Hum. Je ne crois pas.

– Oh. »

Ryan perçut le gargouillement de la pipe à eau quand Jay aspira de la fumée, puis le cliquetis arythmique de son clavier pendant qu'il tapait.

« Alors, qu'est-ce que tu penses de Las Vegas ? demanda Jay au bout d'un moment.

– Ça va, répondit Ryan. Pour l'instant, ça va.

– C'est superbe, non ?

– Oui, répondit Ryan et il baissa les yeux sur l'immensité sombre de la ville. En bas, une file de taxis avançait lentement par à-coups en direction de l'entrée principale de l'hôtel, et à proximité, l'énorme pilier en forme de pylône avec son écran LED géant présentant des images de chanteurs et d'acteurs clignotait au-dessus de la haie de feux longeant Las Vegas Boulevard…

« C'est… », dit-il.

… et dans l'autre direction, en tournant le dos au Strip, il y avait l'aéroport juste derrière un vieux motel condamné ; il y avait une étendue de terre nue et désertique, quelques galeries marchandes et des maisons qui s'étalaient en deux dimensions en direction des montagnes.

« C'est génial, dit-il.

– Tu vois la statue de la Liberté ? Tu vois la tour du Stratosphère ?

– Oui », répondit Ryan. Il avait conscience de son reflet de l'autre côté du rebord de la fenêtre, flottant dans l'air.

« J'adore Las Vegas », dit Jay, puis il se tut, pensif. Peut-être songeait-il aux consignes qu'ils avaient passées en revue, peut-être se demandait-il s'il avait besoin de les répéter – mais il se contenta de s'éclaircir la voix. « L'essentiel, c'est que tu en profites bien. N'hésite pas à t'envoyer en l'air, d'accord ?

– D'accord », répondit Ryan.

Derrière lui, sur le lit, il avait étalé ses cartes de retrait, par groupes de dix, chacun entouré d'un élastique.

« J'insiste, ajouta Jay. Fais appel à…

– Oui, dit Ryan. J'ai bien compris. »

On était en avril. La mort de Ryan datait de plusieurs mois et il le vivait bien. Il était, en gros, passé par les différentes phases du deuil selon Kübler-Ross, se disait-il. Les phases de déni et de marchandage avaient, en fait, été relativement courtes, et la colère qu'il avait ressentie lui avait fait du bien. Il éprouvait du plaisir à voler, comme une bouffée de chaleur quand il transférait l'argent d'un compte bancaire bidon à un autre alors qu'une nouvelle carte de crédit arrivait par courrier.

Dans la salle de bains, il mit du ruban adhésif sur son crâne nu et arrangea sa perruque – les cheveux blonds en bataille de Kasimir Czernewski. Il se rasa, se sécha la lèvre supérieure puis étala de la colle dessus afin d'y poser une moustache. Il reconnaissait que c'était marrant de se déguiser, l'instant où, dans la glace, un nouveau visage le regardait.

Ça faisait un bon moment qu'il voyageait loin de lui-même, songeait-il – depuis des années et des années, peut-être, il essayait d'imaginer des moyens de fuir – et c'est ce qu'il était en train de faire. Et c'était même plutôt glamour dans une salle de bains comme celle-ci : la glace qui recouvrait un mur entier et les magnifiques lavabos en porcelaine, le jacuzzi encastré, la cabine de douche avec sa paroi en verre dépoli, les toilettes à part dans leur propre petit espace avec un téléphone mural à côté du dérouleur de papier toilette. Tout était très sophistiqué, se dit-il, et il ajusta les lunettes noires de Kasimir Czernewski et se lava les dents.

N'hésite pas à t'envoyer en l'air, lui avait dit Jay.

Et il se dit : *D'accord. Je vais peut-être le faire.*

La dernière fois que Ryan avait fait l'amour, il était en première, et ça avait mal tourné.

Le prénom de la fille était Pixie – elle se faisait appeler comme ça –, elle avait quitté Chicago avec son père pour s'installer à Council Bluffs, et bien qu'elle ait quinze ans, bien qu'il ait deux ans de plus qu'elle, c'était une vraie citadine – elle avait bien plus d'expérience que Ryan.

Elle avait un piercing à la lèvre, un autre à un sourcil, des cheveux blond platine avec quelques mèches roses, et ses yeux étaient soulignés d'eye-liner noir. Elle ne faisait qu'un mètre cinquante – d'où « Pixie », un surnom de lutin, au lieu de son véritable prénom, Penelope – et son corps était celui d'un chérubin ou d'une poupée aux formes avantageuses, magnifique peau mate, seins superbes, lèvres charnues, et avant même la fin de la première semaine de cours, tout le monde l'appelait Goth Hobbit, et Ryan avait ri avec tous les autres.

Et donc il n'avait jamais vraiment compris ce qu'elle lui trouvait, sauf qu'elle était assise derrière lui lors des répétitions de la fanfare du lycée, en fin de journée. Il jouait du trombone et elle de la grosse caisse, et s'il se retournait, il pouvait la regarder du coin de l'œil, et la première chose qu'il remarqua fut l'expression de son visage, l'attention soutenue avec laquelle elle fixait sa partition, son ravissement, la façon dont ses lèvres s'écartaient, la façon dont les baguettes bougeaient entre ses mains comme si elle ne faisait même pas attention à elles, le relâchement gracieux de ses poignets et de ses avant-bras. Et, oui, le léger tremblement de ses seins quand elle frappait violemment sur son instrument.

Et donc, il ne pouvait pas s'empêcher de lui jeter un coup d'œil furtif de temps à autre jusqu'à ce qu'un jour, alors qu'il démontait son trombone après le cours pour lubrifier la coulisse, il la vit qui le fixait, la tête penchée sur le côté. Il avait rangé les pièces de son instrument dans les cases en velours de son étui et avait fini par lever les yeux.

« Je peux t'aider ? demanda-t-il, et elle haussa un sourcil, celui avec l'anneau fin en métal.

– Ça m'étonnerait. J'essaie juste de comprendre pourquoi tu me fixes continuellement, à moins que tu sois autiste ou un truc du genre. »

Il n'était pas très populaire ; il était habitué à ce que certaines personnes se moquent de lui et donc il pinça les lèvres et inséra son écouvillon à l'intérieur de la coulisse. « Je ne vois pas de quoi tu parles », dit-il.

Elle haussa les épaules. « OK, Archie. »

Archie. Il ne savait pas ce qu'elle voulait dire par là, mais ça lui déplut. « Je m'appelle Ryan.

– OK, Thurston, dit-elle en le jaugeant une fois de plus, l'air dubitatif. Je peux te poser une question ? », et comme il continuait à ranger son instrument, elle sourit, avança les lèvres, ce qui lui donna un air moqueur, provocant. « C'est ta maman qui t'achète tes habits ou est-ce que c'est un choix de t'habiller comme ça ? »

Ryan leva les yeux de son étui et posa sur elle un regard qu'il imagina particulièrement glacial. « Puis-je t'aider ? »

Et Pixie examina la question comme s'il s'agissait d'une offre véritable. « Peut-être, répondit-elle. Je voulais juste te dire que si tu t'arrangeais un peu, tu pourrais sans doute, en fait, être baisable. » Puis elle lui offrit de nouveau ce demi-sourire, le petit sourire satisfait d'un gangster.

« Je me disais juste que ça t'intéresserait de le savoir », conclut-elle.

Ryan y repensa dans l'ascenseur de l'hôtel puis chassa de nouveau ce souvenir dans un coin de sa tête, jusque dans son subconscient où Pixie avait traîné ces dernières années.

Dans l'ascenseur, des extraits de comédies musicales style Broadway défilaient à plein volume sur un écran LED miniature, et la fille debout devant lui se balançait d'un pied sur l'autre en regardant la vidéo. Elle avait une jupe très courte et des jambes nues incroyablement longues – elles semblaient remonter jusqu'à sa cage thoracique, de magnifiques jambes tannées et duvetées – et Ryan les contempla en silence. Le bas de sa jupe arrivait juste sous l'arrondi de ses fesses et il laissa son regard glisser sur ses cuisses, ses mollets, ses chevilles et ses pieds chaussés de sandales à la semelle rose. Il la regarda sortir de l'ascenseur, et l'homme à côté de lui émit un son grave et guttural.

« Hum, fit-il. Vous avez vu ça ? » C'était un Noir d'une cinquantaine d'années, vêtu d'un polo rose et d'un pantalon vert tirant sur le jaune, et il portait un sac de clubs de golf. « Quel spectacle !

– Oui, répondit Ryan, et l'homme secoua la tête, manifestant un étonnement excessif.

– Putain ! fit-il. Vous êtes célibataire ?

– Oui, répondit Ryan, je crois bien, et l'homme secoua de nouveau la tête.

– Si vous saviez comme je vous envie », dit-il – et avant qu'il puisse ajouter quelque chose, la porte de l'ascenseur s'ouvrit et trois adolescentes encore plus belles pénétrèrent dans la cabine.

Que se passerait-il s'il rencontrait effectivement une fille ? se demanda-t-il. C'est ce que les gens faisaient à Las Vegas, c'est ce qu'une bonne partie des gens venaient chercher ici. Dans toute la ville, se dit-il, on se pelotait, on usait de séduction pour une aventure d'un soir ou, ivre, on se laissait aller à avoir une liaison avec une inconnue. Lui-même n'avait jamais dragué quelqu'un dans un bar ou dans un casino, même si, manifestement, c'était possible. On voyait ça tout le temps à la télé : un homme abordait une femme séduisante ; ils flirtaient ou échangeaient de menus propos suggestifs ; et peu après, ils faisaient l'amour. Ça devrait être facile. S'il était capable de tirer deux mille deux cents dollars à un distributeur de billets, il devrait être capable de baiser à Las Vegas.

Mais une fois arrivé au rez-de-chaussée, dans le casino, l'idée même de « rencontrer quelqu'un » lui parut extrêmement complexe. Comment réussir ne serait-ce qu'à parler à quelqu'un dans un endroit pareil ? Il scruta ce qui semblait être une immense galerie de jeux vidéo, des rangées et des rangées de jeux et de machines à sous éclairés au néon qui s'étendaient à perte de vue, des centaines et des centaines de personnes alimentant un écran qui affichait des cartes à jouer, des chiffres ou des personnages de dessin animé, et il se surprit à penser aux photos d'ateliers clandestins qu'il avait vues – hangars industriels caverneux, files interminables de travailleurs en train de coudre des chemisiers ou de fixer des œillets de chaussures, une ruche dans laquelle chaque travailleur était plongé dans une activité solitaire. Pendant ce temps, tout autour de lui, les gens flânaient dans les allées avec ce regard vide qu'ont les touristes mis à l'épreuve dans leur quête de divertissements, une marche nonchalante et sans but que les gens adoptent dans les centres commerciaux, les musées, etc.

Finalement, Ryan se retrouva au milieu de la foule, autour de la principale aire de jeux. Devant lui, deux blondes portant le même pantalon capri discutaient en néerlandais, en norvégien ou dans une autre langue. Encore plus loin, un léger attroupement se formait devant un homme d'un certain âge qui portait un chapeau de cow-boy et une chemise western à fleurs, et qui faisait des tours de cartes. L'homme brandit le dix de pique pour le montrer à la foule, et les applaudissements crépitèrent. Le magicien s'inclina légèrement avec grâce, les deux blondes s'arrêtèrent et tendirent le cou pour voir ce qui se passait.

Mais Ryan poursuivit son chemin tout en fouillant dans ses poches pour s'assurer que son paquet de cartes de crédit, qui était presque aussi gros qu'un jeu de cartes, s'y trouvait toujours.

Il devait retirer beaucoup d'argent avant l'aube.

Ça l'embêtait de penser encore à Pixie.

Au cours des dernières années, il avait plutôt bien réussi à la laisser en dehors du champ de sa conscience, et ça le perturbait de constater qu'elle s'attardait non loin de lui. Elle avait sa façon à elle de presser son nez et ses lèvres contre son cou, juste sous sa mâchoire ; elle avait sa façon à elle de faire glisser sa main sur son bras, comme si elle voulait que sa peau adhère à sa paume.

Ce n'est pas comme s'il avait été amoureux d'elle. C'est ce que sa mère lui avait dit plus tard.

« C'est tout simplement du désir, mais à ton âge, on ne fait pas la différence. »

Et sa mère avait sans doute raison. Pixie n'était pas ce à quoi il avait pensé quand il s'était vu « tomber amoureux » – et de fait, il ne se rappelait pas si le mot « amour » avait jamais été prononcé. Ce n'était pas le genre de mot que Pixie aurait utilisé.

« Baiser » – c'était plus conforme à son vocabulaire, et c'est ce qu'ils firent quelques semaines après cette première rencontre dans la salle de musique, ils baisèrent d'abord dans un motel lors d'une tournée de l'orchestre à Des Moines, puis il baisèrent après les cours, chez Pixie pendant que son père était à son travail, et enfin ils baisèrent à l'école, dans un réduit du sous-sol, près de la chaufferie, sur des cartons remplis de rouleaux d'essuie-tout.

« Tu sais ce qui est drôle ? dit Pixie. Mon père est persuadé que je suis vierge et innocente. Le pauvre, il est comme un zombie depuis la mort de ma mère. Il ne se rend pas compte que je n'ai plus douze ans.

– Mince alors ! Ta mère est morte ? » Il n'avait jamais rencontré quelqu'un ayant vécu ce genre de drame, et il se sentit encore plus embarrassé de se retrouver nu dans la chambre de Pixie, avec son dessus-de-lit rose et sa collection de peluches qui les fixaient depuis leur étagère.

« Elle avait une saloperie aux poumons, dit-elle en faisant apparaître un paquet de Marlboro caché derrière un Harry Potter dans sa bibliothèque. Bronchiolite oblitérante, voilà comment ça s'appelle. Ils ne savent pas comment elle l'a attrapée. Ils ont dit qu'elle avait peut-être été exposée à des émanations toxiques, ou qu'elle avait été contaminée par un virus. Mais personne ne savait ce qu'elle avait. Les médecins pensaient qu'elle avait de l'asthme ou un truc du genre. » Elle regarda Ryan, l'air mystérieux, et il la regarda prendre une cigarette et l'allumer. Elle s'approcha de la fenêtre ouverte et rejeta la fumée.

« C'est horrible », dit-il. Hésitant. Qu'était-il censé dire ? « Je suis vraiment désolé. »

Elle se contenta de hausser les épaules. « J'ai souvent pensé à me suicider », dit-elle. Et elle rejeta un ruban de fumée bleu-gris dans le jardin, qu'elle fixa, l'air détaché. « Mais finalement j'ai décidé que ça n'en valait pas la peine. C'est trop angoissant, je trouve. À moins que, peut-être… Peut-être que je m'en moque, tout simplement. » Elle s'adossa au montant du lit, pétrissant le drap et la couverture froissés avec ses pieds, et il regarda ses orteils se serrer et se desserrer. Il était stupéfait de l'entendre parler ainsi.

« Écoute, dit-il. Tu ne devrais pas penser au suicide. Il y a tellement de gens qui… t'aiment, et…

– Ferme-la, dit-elle, mais sans méchanceté. Ne fais pas le nigaud, Ryan. »

Et donc il se tut.

Ce jour-là, au lieu de retourner à l'école après le déjeuner, ils restèrent chez elle et regardèrent des films que Pixie adorait. Quatrième cours : *À Bout portant* avec Lee Marvin et Angie Dickinson. Cinquième cours : *Dangereuse sous tous rapports* avec Jeff Daniels et Melanie Griffith. Sixième cours : de nouveau la baise.

Je suis vraiment en train de faire ça, se dit-il. *Je suis vraiment, vraiment, vraiment en train de faire ça...*

Les hôtels communiquaient entre eux. Il traversa une salle de machines à sous en sous-sol, prit un escalier mécanique et plusieurs tapis roulants qui, telle une rivière, passaient devant ce qui ressemblait à des galeries marchandes bordées de magasins de souvenirs, il se retrouva dans une réplique de tombe égyptienne, puis dans un autre casino de la taille d'un entrepôt où il devait repérer des distributeurs de billets, et enfin dans l'Excalibur, censé ressembler à un château médiéval, où des gens faisaient la queue pour dîner au buffet de la Table ronde, et il fit deux ou trois retraits d'argent supplémentaires.

Enfin, après avoir traversé les couloirs du Luxor et de l'Excalibur, il se retrouva dehors, à l'air libre, avec environ dix mille dollars dans son sac à dos. C'est ça qui était incroyable à Las Vegas – vous pouviez retirez cinq cents, mille ou trois mille dollars à un distributeur de billets sans que personne ne s'en étonne, même s'il savait qu'il lui faudrait faire disparaître Kasimir Czernewski après ce voyage. Ce qui l'attristait, d'une certaine façon. Il avait passé beaucoup de temps à lui inventer une existence, à tenter de concevoir à quoi ressemblerait la vie d'un étranger, d'un jeune homme parti de rien qui s'approcherait peu à peu du rêve américain. Kasimir : avant tout serein, mais aussi rusé à certains égards, déterminé, prenant des cours du soir et se démenant pour fonder sa petite agence de détective privé. On pourrait faire une série télévisée sur Kasimir Czernewski, une sorte de comédie dramatique, songea-t-il.

Dehors, les gens marchaient sur le trottoir par groupes de cinq, dix ou vingt, et ce flot humain était très déterminé, proche de la marée humaine qui déferlait dans les rues des grandes villes. À sa gauche les voitures roulaient lentement, et à sa droite des camelots distribuaient des prospectus aux passants. Des Mexicains pour la plupart, qui attiraient l'attention en les faisant claquer sur leurs avant-bras – *clap, clap, clap* – puis, d'une pichenette, en faisaient apparaître un seul qu'ils tendaient aux touristes.

« Merci », dit Ryan qui, après en avoir rassemblé une vingtaine, commença à répondre : « J'ai ce qu'il me faut. » « Non merci. » « Désolé. »

Les prospectus faisaient de la publicité pour des agences d'escort-girls, photos retouchées de filles nues avec des étoiles colorées imprimées sur leurs mamelons. Parfois, les lettres de leur nom cachaient leur sexe. Fantasie, Roxan, Natasha. *Superbe danseuse exotique dans l'intimité de votre chambre !* disait le prospectus. *39 $ seulement !* Et il y avait un numéro de téléphone.

Il traînait dans la rue en regardant sa collection d'escort-girls – en imaginant ce que ça ferait d'en appeler une – quand il entendit les Russes approcher.

Du moins croyait-il qu'ils étaient russes. À moins qu'ils ne parlent une autre langue d'Europe de l'Est. Le lituanien ? Le serbe ? Le tchèque ? En tous cas, ils parlaient bruyamment dans leur langue maternelle – *Zatruxa*, etc. *Baruxa ! Ha, ha, ha* – et Ryan, surpris, leva les yeux. Il y avait un chauve, un autre avec des cheveux blonds qu'une mousse coiffante avait transformés en piquants de hérisson, et un dernier avec une casquette de golf à carreaux. Ils portaient tous une chemise hawaïenne aux couleurs vives.

Chacun tenait un de ces énormes verre-souvenirs qui se vendaient en pagaille sur le Strip et qui ressemblaient à un vase ou à une pipe à eau – rond, bulbeux à la base, avec un long col et un bord qui s'évasait en forme de tulipe. Il se dit que ces verres avaient été conçus de telle sorte qu'on puisse difficilement les renverser mais qu'ils contiennent le maximum d'alcool autorisé.

Ils se dirigeaient vers lui, blaguant bruyamment dans une langue slave, et il ne put s'en empêcher. Il se figea sur place, les yeux fixés sur eux.

Quand il était étudiant en première année à Northwestern, Walcott, qui partageait sa chambre, le sermonnait régulièrement.

« Pourquoi tu fixes toujours les gens ? » lui demanda-t-il un soir, alors qu'ils descendaient Rush Street à Chicago, à la recherche d'un bar qui accepterait leurs faux papiers d'identité de piètre qualité. « Est-ce que c'est… un truc qu'on fait dans l'Iowa ? dit-il, critique. Parce que tu sais, en ville, ce n'est pas cool de regarder quelqu'un bouche bée. »

En fait, Walcott était originaire de Cape Code, Massachusetts, qui n'était pas une ville, mais il avait longtemps vécu à Boston et New York, et se croyait donc expert en la matière. Il avait aussi des opinions bien arrêtées sur ce à quoi devaient ressembler les habitants de l'Iowa, bien qu'il n'y soit jamais allé.

« Écoute, dit Walcott, je vais te donner un conseil. Ne regarde jamais quelqu'un en face. Jamais – je te le répète –, ne regarde jamais, *jamais*, *JAMAIS* dans le blanc des yeux un sans-abri, un ivrogne, ou quiconque ressemble à un touriste. C'est une règle super-facile à retenir et dont tu dois te souvenir : ne les regarde pas.

– Hum, fit Ryan, et Walcott lui tapota le dos.

– Que ferais-tu sans moi ?

– Je ne sais pas. » Ryan baissa les yeux sur ses pieds qui se frayaient un chemin sur le trottoir sale comme s'ils étaient télécommandés.

Il n'aurait jamais choisi Walcott comme ami mais le hasard et l'administration les avaient réunis, et comme ils avaient passé énormément de temps ensemble cette année-là, la voix de Walcott était bien ancrée dans sa tête.

Mais maintenant, il était trop tard. Il les dévisageait, il les fixait, et le chauve l'avait remarqué. Son regard s'éclaira, comme si Ryan tenait une pancarte avec son nom inscrit dessus.

« Yo, mec, dit-il dans un anglais confus mais étonnamment argotique, comme s'il l'avait appris en écoutant du rap. Yo, ça roule ? »

Et c'était ce contre quoi Walcott l'avait mis en garde. C'était le problème quand on était originaire de l'Iowa, parce qu'on lui avait appris pendant des années et des années à être poli et amical, et il ne pouvait pas s'en empêcher.

« Salut », dit Ryan alors que les trois hommes se rapprochaient de lui, un large sourire aux lèvres. Un peu *trop* près et, mal à l'aise, il se raidit, bien qu'il se surprît à prendre son air affable et chaleureux du Midwest.

L'homme aux cheveux hérissés laissa échapper une salve de syllabes en russe, et tous éclatèrent de rire.

« Nous… », commença-t-il, et il se démena un moment pour trouver les mots. « Nous – tois – alkolonauts. Nous venir avec paix ! »

Ils trouvèrent ça hilarant, et Ryan, désorienté, sourit. Il remua son épaule, le sac à dos contenant son ordinateur portable plutôt lourd et environ dix mille dollars en liquide fourrés dans l'une des poches. Reste calme. Il était au bord du trottoir et touristes, fêtards et autres piétons les contournaient, le regard terne ou l'air ébloui. Sans les regarder.

Il se demanda s'il devait avoir peur. Ils étaient dehors, songea-t-il. Ils ne pouvaient rien lui faire là, en plein milieu de la rue…

Et pourtant il se rappela un film dans lequel un assassin avait habilement sectionné la veine saphène de la cuisse de sa victime, et la victime s'était vidée de son sang au beau milieu d'une rue très animée.

Les hommes avaient formé un cercle autour de lui, et il sentait dans son dos les voitures passer sur Las Vegas Boulevard. Il fit un pas mais les hommes se rapprochèrent, comme pour l'imiter.

« Tu aimes les cartes ? demanda le chauve. Tu aimes les publicités, mec ? »

Et Ryan eut la certitude de s'être fait prendre. Il approcha automatiquement sa main de sa poche, là où il avait sa réserve de cartes de retrait. Et posa sa paume sur sa cuisse en repensant à la veine saphène.

« Les cartes ? » s'étonna-t-il d'une voix faible, et il tenta de jeter un coup d'œil par-dessus son épaule. S'il se précipitait sur Las Vegas Boulevard, y avait-il des chances pour qu'il se fasse renverser par une voiture ? De grandes chances, se dit-il. Il secoua la tête comme s'il ne comprenait pas. « Je… Je n'ai pas de cartes. Je ne vois pas ce que vous voulez dire.

– Vous ne comprenez pas ? dit le chauve et, un peu déconcerté, il éclata de rire, manifestant un étonnement bon enfant. « Des cartes ! articula-t-il lentement en indiquant la main de Ryan. Des cartes !

– Des cartes ! répéta l'homme aux cheveux hérissés, et il arbora un large sourire qui dévoila des dents de devant recouvertes d'une couronne dorée. Il brandit une douzaine de prospectus vantant les agences d'escortes, les étala en éventail comme un jeu de poker, un brelan de Britt, Kamchana, Cheyenne, Natasha et Ebony.

C'est alors que Ryan comprit ce dont ils parlaient. Il baissa les yeux sur la pile de photos qu'il avait lui-même récoltées en marchant sur le Strip. « Oh, fit-il. Oui, de toute façon, je…

– Oui, oui, dit le chauve, et de nouveau, ils éclatèrent de rire. Des cartes ! Des filles superbes, mec !

– Trente-neuf dollars des États-Unis ! Incroyable ! » ajouta l'homme à la casquette de golf, qui jusque-là n'avait fait qu'observer la scène. S'ensuivit un long commentaire en russe qui donna lieu à encore plus d'hilarité. L'homme tendit une des cartes à Ryan, la lui offrit.

« Tu aimes Natasha. Fille russe gros nichons. Très jolie.

– Oui, répondit Ryan en hochant la tête. Oui, très jolie », et il regarda devant lui – le Bally, le Flamingo, l'Imperial Palace, le Harrah's, le Casino Royale, le Venetian, le Palazzo – tous les endroits où il avait eu l'intention d'aller, tous les distributeurs auxquels il devait encore retirer de l'argent avant d'arriver enfin au Riviera où il se présenterait à la réception sous le nom de Tom Knott, un jeune comptable venu assister à un congrès.

« Je m'appelle Shurik, dit le chauve et il tendit la main.

– Vasya, dit l'homme aux cheveux hérissés.

– Pavel, dit l'homme à la casquette.

– Ryan », dit Ryan et il sentit presque aussitôt ses joues le brûler tandis qu'il serrait la main des trois individus, l'un après l'autre. C'était l'erreur la plus grossière – son propre nom, le vrai, donné à la légère, et il se sentit encore plus nerveux que d'habitude. *Mr. J. Quel plaisir de trouver*, se rappela-t-il. Était-ce important ? Ou pas ?

« Ryan, mec, dit Shurik. Ton venir avec nous, oui ? Ensemble. Venir. On trouve les meilleures filles. D'accord ?

– D'accord », répondit Ryan. Puis, alors que les trois types s'écartaient pour le laisser passer, alors qu'ils se préparaient à le suivre, avec leurs grands verres en forme de tulipes, leurs cartes et leur air aimable et enthousiaste, il feinta brutalement, zigzagua, se perdit dans le flot de touristes sur le trottoir.

Et partit en courant.

Il avait agi bêtement, se dit-il plus tard.

Il faisait la queue à la réception de l'hôtel Riviera, son cœur battait encore la chamade.

Pauvres mecs. Ils avaient été tellement surpris quand il avait détalé. Ils n'avaient pas tenté de le poursuivre. Étant donné leur mine stupéfaite en le voyant fuir, il ne concevait pas qu'ils soient autre chose que d'innocents touristes étrangers. Des types bourrés cherchant à se lier d'amitié avec un autochtone.

Jay avait raison : il fallait qu'il se calme.

Et pourtant, il était difficile d'arrêter la sécrétion d'adrénaline, cet état d'extrême tension et de nervosité, et il s'assit dans sa chambre du Riviera – Tom Knott, vingt-deux ans, résidant à Topeka, Kansas – pour regarder une fois de plus les escort-girls. *Natasha. Ebony.*

C'est ce qu'il détestait le plus chez lui, chez celui qu'il avait été – cette inquiétude, cette angoisse qui lui nouait la gorge. En première année à Northwestern, il passait tellement de temps à s'inquiéter pour tout le travail qu'il ne faisait pas qu'il n'avait pas le temps de travailler.

C'est sans doute la raison pour laquelle il repensait à Pixie. Malgré les événements, malgré les séquelles, les six semaines qu'il avait passées avec elle avaient sans doute représenté la période la plus heureuse de sa vie. Ils séchaient les cours assez régulièrement et il rentrait chez lui suffisamment tôt pour avoir le temps de détruire les lettres de l'école concernant ses absences et ses retards, d'effacer les messages laissés sur le répondeur téléphonique par la secrétaire chargée de la gestion des présences, et ses parents, guère attentifs, n'avaient rien remarqué d'insolite. Il se rendit compte qu'il jouait plutôt bien la comédie. Qu'il savait mentir. Pendant un certain temps, il n'avait pratiquement pas travaillé, et pour la première fois de sa vie, il avait passé un examen sans avoir la moindre idée de ce qui lui était demandé. C'était un partiel de chimie, il avait répondu au questionnaire à choix multiples au hasard, inventé des calculs qu'il était bien incapable d'effectuer, avec cette merveilleuse pensée en tête.

Je me fous de tout.

Comme les gamins évangélistes en train de parler de la régénération baptismale. « Jésus est entré dans mon cœur et m'a débarrassée de mes péchés », lui avait déclaré un jour une certaine Lynette, et c'était en quelque sorte ce qui lui arrivait. Il était libéré de ses fardeaux, se sentait léger et transparent, comme si la lumière du soleil pouvait traverser son corps.

Je me fous de tout, se disait-il. *Je me fous de l'avenir, je me fous de ce qui m'arrive, je me fous de ce que pense ma famille, je m'en fous, je m'en fous.* Et à chaque fois qu'il se disait ça, c'était comme si un poids se détachait de lui et s'éloignait en voletant comme un papillon.

Et puis, un jour, il rentra chez lui et sa mère était dans la cuisine, à l'attendre.

En fin de compte, ce n'était pas la secrétaire chargée de la gestion des présences ni l'un de ses enseignants qui avait contacté Stacey : c'était le père de Pixie. Il avait apparemment intercepté un des mails qu'ils s'étaient échangés et découvert le journal intime de sa fille, et alors – une perspective que Ryan n'avait jamais envisagée ni comprise – Pixie avait tout avoué à son père.

Qui était furieux. Qui voulait tuer Ryan.

« Avez-vous une fille, Mrs. Schuyler ? » avait-il demandé à la mère de Ryan qui se trouvait chez Morgan Stanley, à Omaha, où elle travaillait comme expert-comptable, et Mr. Pixie ajouta : « Si vous aviez une fille, vous comprendriez ce que je ressens.

« Je me sens violé. Je me sens souillé par votre pervers de fils. Et je veux que vous sachiez, je veux que vous sachiez que si ma fille se retrouve enceinte, je viendrai chercher votre fils et je lui défoncerai les dents jusqu'à ce qu'elles traversent son putain de crâne. »

Quand Ryan arriva chez lui, Stacey avait déjà appelé la police – qui inculpa le père de Pixie de menaces aggravées – et elle était en train de parler à un ami avocat pour obtenir une mesure d'éloignement, mais elle ne lui dit rien quand il entra dans la cuisine, ouvrit le réfrigérateur et regarda à l'intérieur. Il ne lui prêta pas beaucoup d'attention. Sa mère avait souvent l'air de mauvaise humeur. Elle s'installait toujours dans la cuisine, dans le salon-télé ou dans un endroit où il pourrait constater qu'elle était silencieuse, puis se dégageraient d'elle des ondes puissamment négatives. Et Ryan se gardait bien de la regarder quand elle était dans cet état-là.

Et donc, tandis qu'elle était assise à la table de la cuisine, il prit du lait dans le frigo. Il versa des céréales dans un bol, y ajouta le lait et s'apprêtait à manger son en-cas dans le salon-télé quand Stacey posa les yeux sur lui.

« Qui es-tu ? » demanda-t-elle.

Ryan leva la tête, à contrecœur. C'était aussi sa méthode, ces questions énigmatiques posées d'une voix douce. « Hmm, fit-il. Pardon ?

– J'ai dit : qui es-tu ? murmura-t-elle d'une voix tristement méditative. Parce que je crois que je ne te connais pas, Ryan. »

C'est alors qu'il commença à ressentir un léger malaise. Il comprit qu'elle était au courant – de quoi ? Jusqu'à quel point ? Il sentit ses traits se crisper, son regard devenir vide. « Je ne vois pas de quoi tu parles.

– Je croyais que tu étais digne de confiance. Je croyais que tu étais mûr et réfléchi, que tu avais des projets. C'est ce que je croyais. Mais maintenant, je ne comprends plus ce qui se passe en toi. Je n'en ai aucune idée. »

Il tenait toujours son bol et les céréales faisaient entendre comme un murmure presque inaudible quand elles s'imprégnaient de lait.

Il ne savait pas quoi dire.

Il ne voulait pas que son aventure avec Pixie prenne fin, et il se dit que s'il se contentait de se taire, ça durerait un peu plus longtemps. Il pourrait encore être heureux, il pourrait encore se foutre de tout, il pourrait encore la retrouver le matin, près de la fac, et la regarder fumer une cigarette et faire tourner l'anneau qu'elle avait à la lèvre.

« Tu veux gâcher ta vie ? était en train de lui demander Stacey. Tu veux finir comme ton oncle Jay ? Parce que c'est le chemin que tu es en train de prendre. Il a tout foutu en l'air quand il avait à peu près ton âge, et il ne s'est jamais ressaisi. Jamais. Il s'est transformé en loser, et tu prends la même direction, Ryan. »

Ce n'est que des années plus tard qu'il comprit de quoi elle parlait.

Tu vas finir comme ton père, voilà ce qu'elle voulait vraiment dire. Son père : Jay, qui avait mis une femme enceinte alors qu'il avait quinze ans, qui s'était enfui de chez lui, qui était passé de boulot louche en boulot louche, sans jamais se fixer quelque part, sans jamais mener une existence normale. Rétrospectivement, il comprenait pourquoi elle s'en était prise à lui si durement, il pouvait même d'une certaine manière comprendre son point de vue. Elle avait su quel genre de personne il deviendrait avant qu'il en ait lui-même conscience.

Et elle n'allait pas le laisser devenir comme Jay. Ryan avait passé quinze jours dans un camp pour adolescents rebelles pendant que sa mère recollait les morceaux de sa vie. Un de ces camps d'isolement à base de marche à pied, d'apprentissage du travail en équipe et de thérapie de groupe, pleins d'éducateurs à l'allure militaire qui accordaient leur amour au compte-gouttes, à coups de taloches, et diagnostiquaient les troubles du comportement. Ils s'étaient perdus ; ils portaient un regard faussé et malsain sur eux-mêmes ; il fallait qu'ils changent s'ils voulaient devenir des membres actifs de la société ; s'ils voulaient revoir leurs amis et leur famille…

Malgré tout, à son retour, il fut comme assigné à résidence et ce jusqu'à la fin de l'année scolaire. Stacey le priva de son téléphone portable et d'internet, elle contacta tous ses enseignants pour qu'il rattrape les cours, l'envoya voir un thérapeute une fois par semaine, l'inscrivit à des cours préparatoires en vue de passer le test d'admission à l'université ainsi qu'à l'Optimist Club, un chantier d'intérêt collectif où les membres se retrouvaient trois jours par semaine pour nettoyer les parcs, distribuer des jouets à des enfants défavorisés, faire des tournées de recyclage, etc. Elle l'obligea à quitter l'orchestre, la seule activité qu'il partageait avec Pixie mais en fait, ça n'avait pas d'importance puisque Pixie étudiait désormais à St Albert High, son père l'ayant changée d'école. Il ne l'avait jamais revue. Le père de Pixie fut déclaré coupable de menaces aggravées et bénéficia d'un sursis avec mise à l'épreuve.

Quant au père de Ryan, Owen, il n'intervint pratiquement pas pendant cette période, taciturne et morose comme il l'était toujours face au sens de l'organisation et à l'obstination de sa femme. Owen la persuada, à force d'arguments, de permettre à Ryan de prendre des cours de guitare, et ça avait été l'aspect agréable de ses dix-huit derniers mois d'études secondaires. Pixie et lui avaient eu le projet de former un groupe dans lequel elle jouerait de la grosse caisse et lui chanterait, et il aimait fantasmer là-dessus. Il aimait s'installer dans sa chambre et écrire des chansons sur la Takamine que Owen lui avait achetée. Il écrivit une chanson qui s'appelait « Oh, Pixie ». Très triste. Il en écrivit d'autres – « Menace Aggravée », « Bientôt je serai parti », et « Échopraxie » qui, s'il faisait un jour un album, finirait par être un tube.

C'était pathétique, se dit-il, de penser à ces piètres chansons.

C'était déprimant parce qu'il avait passé la nuit à penser à Pixie, à se souvenir d'elle, à se demander où elle était. Que lui était-il arrivé ? Et il n'était pas près de baiser.

C'était même triste que sa paranoïa concernant les Russes se soit trouvée réduite à rien, au bout du compte. Malgré sa rencontre dans la rue, il n'y avait eu ni complot ni aventure de gangsters, rien que des hordes de touristes, et les employés qui s'appliquaient à les rançonner, sombres et nonchalants, comme le vendeur d'une épicerie de quartier ouverte tard dans la nuit.

Peut-être serait-il toujours seul, se dit-il, et il étala sur le bureau les prospectus vantant des agences d'escortes et les examina. Fantasie. Roxan. Natasha.

Assis là, il réfléchit. Il tapa son nom et le numéro de sa chambre, et il y eut un souffle quand le cyberespace se connecta.

Il ouvrit la fenêtre de sa messagerie instantanée, et

Non, il n'y avait pas de nouvelles salutations en cyrillique.

Et donc il se contenta d'envoyer un message à Jay. « Mission accomplie », écrivit-il, et puis, se dit-il, il ferait bien d'aller se coucher.

15

Ils allaient peut-être partir bientôt. C'était déjà ça. Partir à New York puis à l'étranger.

Et ils allaient peut-être être riches aussi, si tout se passait comme prévu. Si elle était vraiment le genre de personne à faire ce genre de chose.

Les documents étaient étalés entre eux sur la table de la cuisine, et George Orson aligna des papiers devant lui, comme si des droites parallèles pouvaient faciliter la conversation. Elle remarqua qu'il avait levé les yeux, furtivement, et ça la mit presque mal à l'aise de voir cet air si sérieux et coupable – même si son mutisme était aussi un soulagement. Il n'essayait ni de la rassurer, ni de la convaincre, ni de lui enseigner quoi que ce soit, il attendait juste qu'elle se décide. C'était la première fois depuis longtemps que son avis comptait, c'était la première fois depuis des mois qu'elle n'avait pas l'impression de marcher dans un paysage imaginaire, amnésique, où tout rayonnait d'une aura de déjà-vu…

Mais maintenant ça avait pris corps. Ses projets. Ses combines. L'argent.

Elle souleva une seule feuille du tas qu'il avait posé devant elle. C'était une copie du virement bancaire. En haut était écrit *BICICI. Banque internationale pour le commerce et l'industrie de Côte-d'Ivoire*. Il y avait une date, un code, un cachet, plusieurs signatures et un montant. *4 300 000,00 $*. Et la lettre confirmant le dépôt. « Cher Monsieur Kozelek, vos fonds ont été déposés ici dans notre banque par votre partenaire, M. Oliver Akubueze. En outre, votre partenaire nous a donné l'ordre de transférer ces fonds sur votre compte bancaire en remplissant le formulaire de transfert, et il a également signé d'autres documents indispensables à cet effet… »

« Monsieur Kozelek, dit Lucy. C'est toi.

– Oui, répondit George Orson. Un pseudonyme.

– Je vois. » Lucy le regarda, brièvement, puis baissa les yeux sur le document : *4 300 000,00 $*.

« Je vois », souffla-t-elle. Elle s'efforçait de parler d'une voix calme, désintéressée, neutre. Elle songea à l'assistante sociale que Patricia et elle avaient dû rencontrer après la mort de leurs parents et qu'elles regardèrent feuilleter les documents posés sur son bureau encombré. *Je me demande si vous vous êtes jamais prises en charge ?* avait-elle dit.

Lucy tenait le document entre le pouce et l'index comme l'avait fait l'assistante sociale. Elle jeta un coup d'œil en direction de George Orson qui attendait patiemment de l'autre côté de la table, sa tasse de café serrée entre ses doigts comme pour les réchauffer, alors qu'il devait déjà faire 26 degrés.

« Qui est Oliver Aku… ? » demanda-t-elle en trébuchant sur la prononciation, comme elle achoppait presque à chaque mot pendant le cours de français de Mme Fournier. « Akubueze », tenta-t-elle de nouveau, et George Orson lui offrit un faible sourire.

« Il n'est rien du tout », répondit-il et, après un court instant d'hésitation, il inclina la tête, gêné. Il avait promis de répondre à toutes ses questions. « Il est – il n'est qu'un intermédiaire. Un contact. J'ai dû l'acheter, bien évidemment. Mais ce n'était pas un problème. »

Leurs regards se croisèrent, et elle se rappela que George Orson lui avait dit un jour qu'il avait pris des cours d'hypnose : ces yeux verts et brillants étaient parfaits pour ça, se dit-elle. Il l'étudiait et ses yeux lui disaient : *Détends-toi.* Ses yeux lui disaient : *Peux-tu me faire confiance ?* Ses yeux lui disaient : *Ne sommes-nous pas toujours amoureux ?*

Peut-être. Peut-être qu'il l'aimait vraiment.

Peut-être cherchait-il juste à prendre soin d'elle, comme il disait.

Mais c'était frustrant parce que même avec tous ces documents devant elle, il restait encore dans le vague quant à la vérité. C'était un voleur, ce qu'il avait reconnu, mais elle n'avait toujours pas compris d'où provenait l'argent, comment il s'y était pris pour l'obtenir, pas plus qu'elle ne savait qui, exactement, le recherchait.

« Je n'ai pas volé une *personne*, Lucy – il faut bien que tu comprennes ça, je n'ai pas volé d'argent à une adorable vieille dame fortunée, ni à un gangster, ni à une petite coopérative de crédit de Pompey, Ohio. J'ai pris de l'argent – détourné de l'argent, plutôt – appartenant à une *entité*. Une entité mondiale. Ce qui complique un peu les choses. Je me souviens que tu avais envie de travailler un jour pour une banque d'affaires internationale. Comme Goldman Sachs. C'est bien ça ?

« Et si, par exemple, tu trouvais le moyen de détourner de l'argent de Goldman Sachs, tu comprendrais vite qu'ils feraient tout ce qui est en leur pouvoir pour te retrouver et t'amener devant les tribunaux. Ils utiliseraient des moyens légaux, mais recourraient probablement aussi à d'autres méthodes. À des détectives privés. À des chasseurs de primes. Feraient-il appel à des assassins ? À des tortionnaires ? Sans doute pas. Mais tu vois ce que je veux dire.

– Non, en fait, je ne vois pas, répondit Lucy. Es-tu en train de me dire que tu as volé de l'argent à Goldman Sachs ?

– Non, non. Ce n'était qu'un exemple. J'essayais juste de… » Puis il soupira, résigné. Ce soupir ne lui ressemblait pas, se dit-elle, il était presque à l'opposé de son petit rire de conspirateur qu'elle avait, au début, trouvé tellement charmant. « Écoute, dit-il. J'aurais préféré qu'on n'en arrive pas là. J'ai toujours cru pouvoir régler ça tout seul, tu n'aurais pas été au courant de… de tout ça. J'ai cru que je pourrais tout arranger sans que tu sois impliquée. »

Puis il se tut et rumina en tapotant sa tasse de café. *Tap, tap, tap*. Ils étaient tous les deux gênés et anxieux. C'était déprimant, songea Lucy – et en fait, c'était peut-être mieux quand elle ne savait rien, quand elle s'en remettait à lui pour s'occuper de tout, convaincue qu'ils étaient en route pour un endroit merveilleux, une jeune femme timide mais pleine d'esprit et son mystérieux amant, courtois et plus âgé qu'elle, peut-être sur un navire de croisière en route pour Monaco ou Playa del Carmen.

Elle réfléchit, laissant cet ancien fantasme l'effleurer un court instant. Puis, enfin, elle baissa les yeux pour lire attentivement les autres documents que George Orson lui avait remis.

Leur itinéraire. De Denver à New York. De New York à l'aéroport Félix-Houphouët-Boigny d'Abidjan, Côte-d'Ivoire.

Les cartes d'assurés sociaux et les certificats de naissance qu'ils utiliseraient : David Fremden, trente-cinq ans, et sa fille, Brooke Fremden, quinze ans.

« Je peux faire faire les passeports rapidement ; ça ne posera pas de gros problèmes, lui expliquait George Orson. On peut obtenir un passeport d'urgence dans les deux à cinq jours. Mais il faudrait agir vite. Se rendre dans un tribunal ou un bureau de poste pour remplir les formulaires dès demain… »

Il s'arrêta de parler quand elle leva les yeux sur lui. Il n'était pas question qu'on lui mette la pression. Elle allait réfléchir scrupuleusement à tout ça, il fallait qu'il le comprenne.

« Qui sont-ils ? demanda-t-elle. David et Brooke ? »

Une fois de plus, George Orson fronça les sourcils d'un air réprobateur. Encore récalcitrant, même maintenant, à lui fournir des renseignements. Mais il avait promis de répondre.

« Personne en particulier, dit-il d'une voix lasse. Juste des gens. » Et il passa sa main dans ses cheveux. « Ils sont *morts*. Un père et une fille, morts dans l'incendie de leur appartement à Chicago il y a environ une semaine. Voilà pourquoi ces papiers nous sont utiles, *tout de suite*. Il y a un court laps de temps avant que ces décès soient officiellement enregistrés partout.

– Je vois », répéta-t-elle. C'était tout ce qu'elle trouvait à dire, et elle ferma brièvement les yeux. Elle ne voulait pas se les imaginer – David et Brooke, dans leur immeuble en flammes, suffoquant dans la fumée et la chaleur – et donc elle préféra se concentrer sur le certificat de naissance comme s'il s'agissait d'une liste de questions d'examen.

Acte de Naissance	**112-89-0053**
Brooke Catherine Fremden	15 Mars 1993
04 h 22 Sexe féminin	Swedish Covenant Hospital
Chicago	Cook County

Voilà le nom de jeune fille de la mère : Robin Meredith Crowley, née dans l'État du Wisconsin, âgée de trente et un ans à la naissance de Brooke.

« Bon, dit Lucy après avoir lu attentivement le document sans dire un mot. Et la mère ? Robin. Ils ne vont pas poser des questions sur elle ?

– En fait, elle est morte il y a un moment, répondit George Orson avec un léger haussement d'épaules. Quand Brooke avait dix ans, je crois. Tuée dans un, hum… » Il manifesta alors une certaine réticence, comme pour ménager Lucy – ou Brooke. « Bref, reprit-il. Le certificat de décès de la mère est là aussi, si tu veux… »

Mais Lucy secoua la tête.

Un accident de voiture. Elle se dit que ça devait être ça, mais peut-être qu'elle ne voulait pas savoir.

« Cette fille n'a que quinze ans, dit Lucy. On ne me donne pas quinze ans.

– Exact, reconnut George Orson. J'espère qu'on ne me donne pas non plus trente-cinq ans, mais on peut régler le problème. Crois-moi, d'après mon expérience, les gens ne sont pas doués pour estimer l'âge de quelqu'un.

– Hum », fit Lucy qui avait encore les yeux fixés sur le document. Qui pensait encore à la maman, Robin. À David et à Brooke. Avaient-ils essayé d'échapper au feu, étaient-ils morts dans leur sommeil ?

Les pauvres Fremden. La famille entière, disparue de la surface de la terre.

Dehors, le soleil de fin de matinée, accablant, brillait sur le jardin japonais. Les mauvaises herbes étaient hautes et épaisses, et il n'y avait aucune trace du petit pont et de la lanterne japonaise en granite. Le sommet du cerisier pleureur émergeait des mauvaises herbes comme s'il suffoquait, ses branches pendantes évoquant de longs cheveux mouillés.

Il y avait tant et tant de choses qui la perturbaient dans cette histoire, mais elle se rendit compte que ce qui l'ennuyait le plus était de faire semblant d'être la fille de George Orson.

Pourquoi ne pouvaient-ils pas être de simples compagnons de voyage ? Petit copain et petite copine ? Mari et femme ? Ou même oncle et nièce ?

« Je sais, je sais », dit George Orson.

C'était gênant parce qu'elle avait devant elle un George Orson sans entrain, une version appauvrie du George Orson qu'elle connaissait. Il remua sur sa chaise quand elle détourna son regard du jardin. « C'est regrettable, reconnut-il. À dire vrai, ça ne me plaît pas non plus particulièrement. Je trouve ça plutôt répugnant, moi aussi. Sans compter que je n'ai jamais eu à me considérer suffisamment vieux pour être le père d'une adolescente ! » Il s'efforça de lâcher un petit rire, comme si elle pouvait trouver ça amusant, mais ce n'était pas le cas. Elle ne savait pas très bien ce qu'elle ressentait mais elle n'était pas d'humeur à goûter à ses commentaires subtils. Il tendit le bras pour effleurer sa jambe puis changea d'avis, retira sa main, et elle vit son sourire se transformer en rictus.

Ce n'était pas non plus ce qu'elle voulait : la gêne palpable qui s'était installée entre eux depuis qu'il avait commencé à lui dire la vérité. Elle avait aimé la façon dont ils plaisantaient avant. De la repartie, c'était le terme employé par George Orson, et ce serait terrible que ça ait disparu, que les choses entre eux aient changé à ce point, que leur ancienne relation se soit évanouie, irrémédiablement. Elle avait adoré qu'ils soient Lucy et George Orson – « Lucy » et « George Orson » – et ils s'étaient peut-être joué la comédie, mais elle avait trouvé ça facile, naturel, amusant. C'était son véritable moi qu'elle avait découvert quand elle l'avait rencontré.

« Crois-moi, Lucy », était-il en train de lui dire, l'air très sérieux, rien à voir avec George Orson. « Crois-moi. Ce n'est pas ce que j'aurais choisi d'emblée. Mais je n'avais pas d'autre recours. Dans notre situation, ce n'était pas particulièrement facile d'obtenir les documents dont nous avions besoin. Il n'y avait pas une multitude d'alternatives qui s'offraient à moi.

– D'accord, dit Lucy. Je te suis.

– C'est pour rire, insista George Orson. On joue à faire semblant.

– Je te suis, répéta Lucy. Je comprends ce que tu veux dire. »

Même si ça ne facilitait pas nécessairement les choses pour autant.

George Orson devait « s'occuper de certains trucs » dans l'après-midi.

Ce qui était presque rassurant, d'une certaine manière. Depuis leur arrivée, il disparaissait des heures d'affilée – s'éclipsant dans le cabinet de travail et verrouillant la porte, ou s'éloignant sans dire un mot au volant du vieux pick-up, en direction de la ville – et aujourd'hui ne faisait pas exception à la règle. Après leur discussion, il avait eu hâte de retrouver son ordinateur, et elle était restée là, à l'entrée du cabinet de travail, à regarder l'imposant bureau et le vieux tableau avec le coffre caché derrière, tel l'accessoire d'un mauvais roman policier.

Il posa sa main sur la poignée. Elle voyait bien qu'il voulait fermer la porte – mais pas la lui fermer au nez, bien sûr – et il hésita, puis son sourire d'abord rassurant se crispa.

« Tu as sans doute besoin d'un peu de temps à toi, j'imagine, dit George Orson.

– Oui », répondit-elle. Elle regarda le bout de ses doigts tapoter nerveusement le cristal taillé de la poignée, et il suivit son regard, baissa les yeux sur sa main impatiente, comme si elle l'avait déçu.

« Tu sais que tu n'es pas obligée de le faire. Je ne t'en voudrais pas de vouloir partir. Je me rends compte que c'est beaucoup te demander. »

Elle ne savait pas comment réagir. Elle se dit :

Elle se dit :

Puis il ferma la porte.

Pendant un certain temps, elle fit les cent pas devant le cabinet de travail, puis elle s'installa à la table de la salle à manger avec un soda light – c'était un après-midi caniculaire – et elle passa la canette fraîche et humide sur son front.

On l'avait laissée toute seule depuis des semaines maintenant. Toute seule à regarder interminablement la télé, réglant la vieille antenne parabolique dont la tête tournait en émettant un lent bourdonnement métallique, comme le bruit que faisait un fauteuil roulant électrique ; à faire réussite sur réussite avec un vieux jeu de cartes appartenant à son père et qu'elle avait emporté avec elle pour des raisons sentimentales ; à parcourir les étagères de livres du salon, un ramassis de vieux bouquins dont personne n'avait jamais entendu parler, comme on en trouverait dans une brocante. *Les Cœurs brisés*, *Tant qu'il y aura des hommes*, *Marjorie Morningstar*.

Elle s'efforçait de réfléchir. D'imaginer ce qu'elle allait faire, ce qui était exactement ce qu'elle faisait depuis presque un an, depuis la mort de ses parents. Sonder son avenir, essayer de dessiner sa propre carte, scruter une vaste étendue comme un pilote scrute l'océan pour chercher un endroit où atterrir. Et pourtant aucun projet précis ne se dégageait.

Mais maintenant au moins, elle en savait plus.

4,3 millions de dollars.

Détail important et utile, si toutefois on pouvait s'y fier. Certains aspects de l'histoire de George Orson – de toute cette affaire – lui paraissaient exagérés, ou embellis, ou déformés. Une partie de la vérité se cachait dans ce qu'il lui avait raconté, comme ces tableaux-mystères qu'elle aimait enfant, des dessins de paysages ordinaires dans lesquels se cachaient de simples pictogrammes – cinq coquillages, huit chapeaux de cow-boy, ou treize oiseaux.

Elle choisit un vieux livre relié sur l'étagère et, une fois de plus, elle le feuilleta rapidement. Au cours des dernières semaines, elle avait parcouru tous les livres, pensant peut-être trouver un message glissé entre deux pages. Elle avait fouillé le moindre placard de la cuisine, la commode de chaque chambre ; elle avait tapé sur les murs comme s'il pouvait y avoir quelque part une porte dérobée ou un tiroir secret. Elle s'était même rendue dans le bureau en forme de phare du motel ; elle avait examiné les casiers poussiéreux garnis de brochures vantant des attractions locales depuis longtemps disparues, elle avait ouvert des cartons contenant des rouleaux de papier hygiénique hors d'âge, encore emballés dans du plastique, et des placards remplis de serviettes de toilette moisies ; elle était même entrée dans les chambres du motel. Elle avait pris les clefs accrochées derrière le comptoir de la réception et avait ouvert les portes les unes après les autres – les chambres avaient toutes été vidées, sans exception, plus de lits, plus de meubles, rien que des murs et des sols nus, rien qu'une couche de poussière banale.

Pendant tout ce temps, le seul indice qu'elle avait découvert était une pièce en or. Dans une boîte à cigares posée sur l'étagère supérieure d'un placard, dans une des chambres vides du deuxième étage de la maison, à côté de cailloux à la forme étrange, d'un minuscule aimant en fer à cheval, de quelques punaises, et d'un dinosaure en plastique. La pièce était lourde, on aurait dit un vieux doublon en or, très usé, même si ce n'était probablement que quelque vague souvenir d'enfant.

Et pourtant elle l'avait prise, elle l'avait cachée dans sa valise, et c'est à elle qu'elle avait pensé en voyant pour la première fois l'avis de virement : *4,3 millions de dollars*. Telle une enfant, elle avait, l'espace d'un instant, imaginé des coffres regorgeant de ces mêmes pièces d'or.

Bien sûr, elle savait que la cupidité n'était pas étrangère à sa décision. Oui, elle en avait conscience. Mais elle l'aimait aussi, songea-t-elle. Elle aimait ce qu'elle ressentait quand elle était avec lui, cette camaraderie légère, taquine, le sentiment qu'il lui donnait qu'eux deux, et uniquement eux deux, avaient leur propre pays, leur propre langue, comme si, ainsi que le lui répétait avant George Orson, ils s'étaient rencontrés dans une autre vie – et elle se dit qu'elle pourrait aller jusqu'à supporter d'être Brooke Fremden pendant un temps s'il était David…

Ça pourrait même être amusant.

Ça pourrait faire partie de ces aventures intimes qu'ils partageaient. De ces secrets qu'eux seuls connaissaient. Ils seraient conviés à un dîner, au Maroc peut-être, et quelqu'un leur demanderait comment ils s'étaient connus, et ils échangeraient des regards complices.

Il était presque quinze heures trente quand il finit par émerger de son cabinet de travail. Lucy était dans le salon, installée dans une des bergères à haut dossier recouvertes d'un drap, les yeux fixés une fois de plus sur l'acte de naissance de Brooke Fremden.

Des signatures étaient gribouillées au bas du document : *Je déclare en toute bonne foi que les informations indiquées sur cet acte de naissance sont, à ma connaissance, exactes.* C'était le père.

Je déclare que l'enfant susmentionné est né vivant au lieu, à l'heure et à la date indiqués ci-dessus. C'était le médecin – Albert Gerbie, docteur en médecine.

Et quand elle leva les yeux, George Orson était debout dans l'embrasure de la porte. Il s'était passé les mains dans les cheveux qui se dressaient maintenant sur sa tête, et il avait le regard de quelqu'un qui a lu des formules scientifiques ou des colonnes de chiffres pendant trop longtemps, l'air à la fois tendu et absent, comme s'il s'étonnait de la trouver là.

« Il faut que j'aille faire quelques courses, dit-il. Des choses dont on a besoin.

– D'accord, répondit-elle, et il parut se détendre un peu.

– Je veux te trouver des affaires qui te rajeunissent. Que dirais-tu d'un truc rose ? D'un truc qui fasse un peu gamine. »

Elle le regarda, l'air sceptique. « Je devrais peut-être venir avec toi. »

Mais il secoua énergiquement la tête : « Ce n'est pas une bonne idée. Il ne faudrait pas qu'on nous voie ensemble en ville. Surtout en ce moment.

– D'accord », dit-elle, et il lui jeta un coup d'œil reconnaissant en mettant la casquette de base-ball qu'il portait toujours quand il partait en balade. Il était soulagé qu'elle ne discute pas, se dit-elle – et il lui caressa la main, promenant ses doigts sur ses jointures, l'air distrait. Elle lui offrit un sourire hésitant.

Il n'avait pas verrouillé la porte du cabinet de travail.

Debout sur le seuil de la maison, elle regarda le vieux pick-up s'engager sur la route du comté. Le ciel était festonné de couches de cumulus gris pâle, et elle croisa les bras sur sa poitrine quand le véhicule grimpa une côte et disparut.

Avant même de se retourner, elle sut qu'elle irait directement dans le cabinet de travail, et elle accéléra le pas. Ce bureau fermé à clef avait été un sujet de dispute entre eux, dès leur arrivée. Son *intimité* – mais cela ne contredisait-il pas tout son discours, sa théorie sur le partage de leur univers secret, le *sanctum sanctorum*, comme il disait.

Mais quand elle avait soulevé la question, il s'était contenté de hausser les épaules. « Nous avons tous besoin de notre jardin secret. Même des gens comme nous, aussi proches. Tu ne trouves pas ? »

Lucy avait ouvert des yeux ronds. « Je ne vois pas pourquoi tu en fais toute une histoire. Tu regardes des films pornos là-dedans ou quoi ?

– Ne sois pas bête. C'est ça aussi, avoir une relation adulte, Lucy. Permettre à l'autre d'avoir son espace.

– Je veux juste voir si j'ai des mails… » En fait, il n'y avait personne pour lui envoyer de messages et, bien sûr, il le savait.

« Lucy, s'il te plaît. Accorde-moi quelques jours de plus. Je t'achèterai un ordinateur et tu pourras faire des mails à loisir. Patiente juste encore un peu. »

Le cabinet de travail était bien plus en désordre qu'elle l'aurait cru. Cela ne ressemblait guère à George Orson – qui aimait plier ses vêtements, faire des listes, un homme qui ne supportait pas de voir de la vaisselle sale dans l'évier.

C'était donc une facette de lui qu'elle n'avait jamais observée et, mal à l'aise, elle s'immobilisa dans l'embrasure de la porte. Il y avait une impression de fébrilité, de chaos, de panique. Quoi qu'il en soit, il était évident qu'il n'était pas resté les bras croisés pendant toutes ces heures qu'il avait passées, terré dans cette pièce. Il avait travaillé, comme il l'avait affirmé.

Il y avait plusieurs machines posées ici et là – des ordinateurs portables, une imprimante, un scanner, et d'autres qu'elle ne reconnaissait pas – toutes rattachées en un enchevêtrement de câbles et branchées sur une prise multiple. Des canettes vides de soda et de boisson énergisante étaient alignées sur le bord des étagères, et des vêtements avaient été jetés par terre – un caleçon, des T-shirts, une chaussette en boule – ainsi que beaucoup, beaucoup d'emballages de barres chocolatées, bien qu'elle n'ait jamais vu George Orson manger des friandises. Des livres aussi étaient éparpillés – les pages cornées ou signalées par un marque-page. *Le Pentacle sacré de Sedona. Fibonacci et la révolution financière. La Chose sur le seuil. Un guide pratique du mentalisme.*

Et il y avait des papiers partout – certains en piles, d'autres mis en boule et jetés, d'autres fixés aux murs, formant un collage fait au petit bonheur. Les tiroirs du meuble pour dossiers suspendus – celui dont il avait dit ne pas trouver la clef – avaient été retirés, et les dossiers pleins à craquer étaient empilés partout dans la pièce, formant des tours.

On pourrait croire à tort que c'est le bureau d'un fou, se dit-elle, et une certaine inquiétude l'envahit, une pierre douce et vibrante se forma juste sous son sternum au moment où elle entra dans la pièce.

« Oh, George », souffla-t-elle, incapable de dire si c'était effrayant ou triste ou encore touchant de le voir émerger jour après jour de cette pièce comme l'être normal et joyeux qu'elle connaissait. Émerger de ce tsunami avec les cheveux peignés, un sourire aux lèvres, et lui préparer à dîner, la rassurer, regarder un film avec un bras posé tendrement autour de son épaule, l'activité frénétique de la journée enfermée à clef derrière la porte du cabinet de travail.

Elle savait très bien qu'il ne fallait rien déplacer. Il était impossible de déceler le principe organisationnel qui était à l'œuvre ici, même si apparemment il en existait un. Elle avança prudemment, comme si elle se déplaçait sur un lac récemment gelé ou sur une scène de crime. Ça va, se dit-elle. Il avait promis de tout lui dire, et s'il ne l'avait pas fait, elle avait le droit de chercher à en savoir plus. Ce n'était que justice, songea-t-elle, même si elle avait à l'esprit, avec une certaine inquiétude, les contes de fées qui l'avaient épouvantée quand elle était petite. *Barbe bleue*. *Le Brigand bien-aimé*. Tous les films d'horreur dans lesquels des jeunes filles entraient dans des pièces où elles n'étaient pas censées aller.

Pure parano de sa part, elle le savait. Elle ne croyait pas George Orson capable de lui faire du mal. Capable de lui mentir, oui, mais elle était sûre – elle était absolument convaincue qu'il n'était pas dangereux.

Et pourtant, elle avança à pas de loup comme une intruse et sentit son pouls battre à son poignet tandis qu'elle posait silencieusement un pied devant l'autre, se frayant lentement un passage au milieu de cette pagaille, longeant à pas mesurés le pourtour de la pièce.

Les papiers collés sur les murs étaient en grande partie des cartes – cartes routières, topographies, quadrillages de rues en gros plan – des endroits qu'elle ne reconnaissait pas. Éparpillés au milieu de ces cartes, certains articles trouvés sur internet, que George Orson avait imprimés : « Des procureurs américains inculpent 11 personnes dans une affaire d'usurpation d'identité à grande échelle », « Pas d'éléments nouveaux dans l'affaire de l'étudiant porté disparu », « Tentative de vol d'agent biologique déjouée ». Elle jeta un coup d'œil à ces gros titres sans s'arrêter pour lire les articles. Il y en avait tellement ; tous les murs de la pièce étaient recouverts de feuilles A4. Peut-être avait-il bel et bien perdu la tête.

Et puis elle remarqua le coffre-fort. Le coffre-fort mural qu'il lui avait montré le premier jour, quand cette pièce n'était encore qu'une de ces curiosités poussiéreuses qu'il lui faisait visiter. Quand il lui avait affirmé, d'un ton enjoué, ne pas connaître la combinaison.

Mais maintenant le coffre-fort était ouvert. Le tableau qui le cachait, le portrait des grands-parents de George Orson, avait pivoté et l'épaisse porte métallique était entrouverte.

Dans un film d'horreur, ce serait le moment choisi pour que George Orson apparaisse sur le seuil de la porte, derrière elle. « Qu'est-ce que tu es en train de fabriquer ? » ronronnerait-il d'une voix basse, et elle sentit les poils de sa nuque se hérisser bien qu'il n'y eût personne derrière elle, bien que George Orson fût parti depuis longtemps en ville.

Et pourtant elle se dirigea vers le coffre-fort car il était plein d'argent.

Les billets étaient réunis en liasses comme on en voyait dans les films de gangsters à la télé, des liasses d'un peu plus d'un centimètre d'épaisseur, entourées d'un élastique, posées les unes sur les autres pour former d'impeccables piles, et elle en prit une. Des billets de cent dollars. Elle estima qu'il devait y avoir environ cinquante billets dans chaque petit paquet entouré d'un élastique, et elle en tint un en équilibre dans le creux de sa main. C'était léger, pas plus lourd qu'un paquet de cartes, elle effeuilla la liasse, s'arrêtant une seconde de respirer. Il y avait trente de ces petits paquets : environ cent cinquante mille dollars, calcula-t-elle, et elle ferma les yeux.

Ils étaient vraiment riches, se dit-elle. Il y avait au moins ça. Malgré ses doutes, malgré le chaos de documents, détritus, livres, cartes, articles de presse, il y avait au moins ça. Jusqu'à cet instant, comprit-elle, elle s'était presque convaincue qu'elle allait devoir partir.

Sans réfléchir, elle fit glisser la liasse sur son visage, comme s'il s'agissait d'un bouquet de fleurs. « Merci, murmura-t-elle. Merci, mon Dieu. »

16

Ils étaient convenus de se retrouver dans le hall de l'hôtel Mackenzie où la femme disait être descendue. « Je m'appelle Lydia Barrie, lui avait-elle dit au téléphone, et quand il lui dit son nom, il y eut un moment d'hésitation.

« *Miles Cheshire* », répéta-t-elle, une note de scepticisme dans la voix – comme s'il lui avait donné un nom de scène. Comme s'il lui avait dit s'appeler Mr. Breeze.

– Allô ? dit-il. Vous êtes toujours là ?

– Je peux être là dans quinze minutes, dit-elle – un peu sèchement, songea-t-il. Je suis rousse et je porte un manteau noir. Nous ne devrions pas avoir de mal à nous trouver.

– Oh, fit-il. D'accord. »

Sa voix était étrangement saccadée, tellement bizarre et cassante qu'il ressentit une pointe de doute. Quand il était allé coller ses affiches un peu partout, il s'était imaginé que – dans le meilleur des cas – il serait contacté par des adolescents du coin, peut-être un employé du magasin de vins et spiritueux, ou une serveuse, ou un retraité curieux et vigilant, ou encore un vagabond intéressé par la récompense. C'était le genre de personnes qui l'appelaient généralement.

C'est pourquoi l'impatience de cette femme le mit mal à l'aise.

Il aurait sans doute dû se montrer plus prudent, se dit-il. Il aurait dû réfléchir davantage avant de fixer un rendez-vous, il aurait dû ménager ses arrières.

Mais il y pensa trop tard. Et c'est trop tard qu'il se rappela la lettre de Hayden : *Il se peut que l'on t'espionne et cela m'ennuie beaucoup de devoir te dire que tu es peut-être en danger*, et il se dit qu'il n'aurait pas dû être si prompt à écarter la mise en garde de son frère.

Mais la femme était déjà entrée dans le hall. Elle était déjà en train de regarder autour d'elle, et il était la seule personne à se trouver là. Il jeta un coup d'œil par-dessus son épaule en direction de la réceptionniste qui, ayant une conversation animée au téléphone, était totalement ailleurs, tandis que la femme se dirigeait vers lui.

« Miles Cheshire ? » dit-elle, prononçant de nouveau son nom avec une légère pointe de scepticisme, et que pouvait-il faire ? Il fit signe que oui et tenta d'afficher un sourire sincère et désarmant.

« Oui, dit-il, et il bougea, l'air incertain. Merci d'être venue. »

Elle était un peu plus âgée que lui, estima-t-il – une femme entre trente-cinq et quarante ans, mince, d'une beauté saisissante avec des pommettes hautes, un nez pointu et des cheveux roux et lisses. Elle avait un regard profond, de grands yeux gris, pas exorbités, pas exactement, mais à fleur de tête, qui le déconcertaient.

Il réalisa aussi à quel point il avait l'air miteux avec son jean de qualité médiocre et sa chemise qui n'était pas rentrée dedans, qui n'était pas repassée, il était plus qu'un peu débraillé, songea-t-il, et il sentait probablement la bière et le poisson bon marché qu'il avait mangé dans un bar. Lydia Barrie, elle, portait un trench-coat léger d'un noir brillant, et il se dégageait d'elle un délicat parfum fleuri digne d'une femme d'affaires. Elle fixa son regard sur lui et haussa les sourcils en l'examinant de la tête aux pieds.

Puis elle retira un gant fin pour lui serrer la main, la sienne était douce et soignée, très froide. Mais c'est elle qui frissonna quand les doigts de Miles la touchèrent. Elle le fixa de ses grands yeux qu'une hostilité mêlée de soupçon arrondissait.

« C'est impressionnant, dit-elle. La personne de l'affiche s'appelle aussi Miles. » Il la regarda faire la moue : un mauvais souvenir. « Il s'appelle Miles Spady. »

Il s'immobilisa, l'air perplexe. « Eh bien ! »

De toute évidence, il aurait dû s'y préparer. Il avait déjà rencontré ce nom d'emprunt, dans le Missouri – c'était une invention de son frère, désagréable et lourde de sens, un direct sournois, mariant Miles avec le nom de famille de leur beau-père haï – et à un moment, dans le Dakota du Nord, Hayden était même allé jusqu'à remplir une fiche d'hôtel sous le nom de Miles Cheshire.

C'était idiot de sa part d'avoir donné à cette femme son véritable nom, une erreur stupide, et il s'efforça de réfléchir. Devrait-il lui montrer son permis de conduire pour lui prouver son honnêteté ?

« Eh bien ! » répéta-t-il.

Pourquoi ne s'était-il pas préparé davantage ? Pourquoi ne s'était-il pas habillé un peu mieux, pourquoi n'avait-il pas mémorisé une simple explication au lieu de se croire capable d'improviser ?

« En fait, ce n'est pas son véritable nom », finit-il par articuler. À part ça, il ne savait pas quoi dire et – oh, pourquoi pas ? Pourquoi ne pas simplement dire la vérité ? Pourquoi continuer à jouer à un jeu depuis longtemps éculé ? « Miles Spady – C'est juste un pseudonyme ; il fait ça tout le temps. Souvent, il utilise le nom de gens qu'il connaît. Miles est mon prénom, et

Spady le nom de famille de notre beau-père. C'est une blague, j'imagine.

– Une blague », répéta-t-elle. Ses yeux étaient posés sur lui, et son expression vacilla tandis que ses pensées décantaient.

« Vous êtes de la même famille, dit-elle. Il y a une ressemblance. »

Eh bien !

Il en resta tout interdit. C'était une étrange sensation, après tout ce temps.

Quand il avait montré cette ancienne photo de Hayden durant toutes ces années, personne n'avait jamais fait le rapprochement. Pendant un temps, ça l'avait sidéré, pour finalement lui inspirer un autre petit doute tenace.

Hayden et lui étaient de vrais jumeaux – de toute évidence, il y avait une ressemblance – alors pourquoi avait-il fallu tant d'années avant que quelqu'un le remarque ? Miles se dit que son frère et lui n'avaient pas vieilli de la même façon – lui avait grossi, ses traits s'étaient durcis, son visage s'était empâté – et pourtant, ça lui avait toujours fait un peu mal de constater que personne n'avait jamais semblé faire le lien entre son visage et le garçon sur l'affiche.

Et donc c'était un soulagement, et même une consolation, d'entendre Lydia Barrie prononcer le mot « ressemblance ». C'était comme si son corps se matérialisait pour la première fois depuis – il ne se rappelait pas depuis combien de temps.

Miles soupira.

« C'est mon frère, dit-il enfin, et c'était une telle libération de le dire, une telle délivrance. Je le recherche depuis longtemps.

– Je vois », dit Lydia Barrie. Elle le regarda et son

expression hostile s'atténua légèrement. Elle repoussa une mèche de cheveux derrière son oreille, ferma les yeux comme si elle méditait, et il l'observa.

« Alors je crois que nous avons quelque chose en commun, Miles, dit-elle. Moi aussi je le recherche depuis longtemps. »

Il se sentait seul ; c'est ce qu'il se dit plus tard quand il commença à s'inquiéter de ne pas s'être montré plus prudent, plus circonspect. Il se sentait seul, il était fatigué, désorienté, et il en avait assez qu'on le fasse marcher, et qu'est-ce que ça pouvait bien faire ? Qu'est-ce que ça pouvait bien faire ?

Ils s'installèrent au bar du Mackenzie, il but quelques bières de plus, Lydia Barrie des gin tonics, et il lui raconta tout.

Enfin – presque tout.

C'était déconcertant, songea-t-il, quand il commença à trouver les mots. Leur enfance incroyable qui – même sous la forme d'un résumé plutôt terne – ressemblait à une bande dessinée. Leur père magicien/clown/hypnotiseur. L'atlas. Les dépressions nerveuses de Hayden, les vies antérieures et les villes mythiques, ses différentes identités d'emprunt, les mails, lettres et indices qui jalonnaient une chasse au trésor à laquelle Miles participait depuis des années. C'était peut-être la chose la plus gênante à reconnaître, le fait qu'il ait suivi cette piste pendant plus d'une décennie sans se rapprocher le moins du monde du but.

Comment expliquer ça ? Suffisait-il de dire qu'ils étaient frères – que Hayden était la dernière personne vivante au monde qui partageait ses souvenirs, la dernière personne à se rappeler qu'ils avaient été très heureux à une certaine époque, la dernière personne à savoir que les choses auraient pu être différentes ? Suffisait-il de dire que Hayden était comme un canal qui lui permettait de remonter dans le temps, le dernier fil qui le reliait à ce qu'il considérait encore comme sa « véritable » vie.

Suffisait-il de dire, encore maintenant et malgré tout, qu'il aimait toujours Hayden plus que quiconque ? Il se languissait tous les jours de l'ancien Hayden, de ce frère qu'il avait connu enfant, même s'il savait que ça pouvait paraître fou. Désespéré. Pathologique.

« Honnêtement, je ne sais pas très bien ce que je suis en train de faire, dit-il, et il croisa ses mains sur le comptoir. Pourquoi suis-je ici ? En fait, je l'ignore. »

Au cours des années, il avait imaginé raconter cette histoire à quelqu'un – à un thérapeute avisé, peut-être ; à un ami dont il serait devenu proche – à John Russell, peut-être, si, le temps passant, ils s'étaient rapprochés ; ou à une petite amie, une fois qu'ils auraient appris à se connaître et qu'il serait convaincu que ça ne la ferait pas fuir. La fille de Matalov Novelties, Aviva, la petite-fille de Mrs. Matalov, avec ses cheveux teints en noir, ses boucles d'oreille en forme de squelette, et son regard pénétrant, bienveillant, entendu…

Mais jamais il n'aurait imaginé que la personne à qui il finirait par se dévoiler serait quelqu'un comme Lydia Barrie. Il n'y avait, se dit-il, que très peu de gens plus invraisemblables que cette femme vigilante, très sérieuse, avec ses yeux de hibou, ses gants et son trench-coat, sa peau laiteuse et délicate.

Mais il fut néanmoins facile de lui parler. Elle écouta très attentivement, et ne parut pas douter de ce qu'il racontait. Rien de tout cela ne la surprenait, lui dit-elle enfin.

Lydia Barrie recherchait Hayden depuis plus de trois ans – ou, pour être exact, elle recherchait sa petite sœur, Rachel.

Hayden était le fiancé de Rachel. Ou l'avait été.

« C'était dans le Missouri, dit Lydia Barrie. Ma sœur étudiait à l'université de Rolla, et votre frère était son professeur. Il disait s'appeler Miles Spady – il était étudiant de troisième cycle en mathématiques. Il était soi-disant anglais. Il affirmait avoir étudié à l'université de Cambridge où son père enseignait l'anthropologie, et je crois qu'il nous a un peu éblouies quand il est venu à la maison avec elle, en décembre.

« Nous étions cinq femmes. Rachel, moi, Emily qui est entre nous deux, ma tante Charlotte et notre mère. Notre père était mort quand nous étions petites et donc voilà : avoir un homme à la maison était quelque chose de nouveau.

« Et puis ma mère était très malade. Elle avait la maladie de Charcot, et à l'époque elle était en fauteuil roulant. Nous savions toutes qu'elle allait bientôt mourir et donc – je ne sais pas – on voulait que ce soit le plus beau des Noëls, et je suis sûre qu'il l'avait compris. Il s'est montré absolument charmant et bon avec elle. Elle n'était plus capable de parler mais il s'installait à côté d'elle et devisait, lui racontait sa vie en Angleterre, et…

« Je l'ai cru. En tout cas, il était plutôt convaincant. Avec le recul, je me rends compte que son accent sonnait légèrement faux, mais à l'époque je ne me suis pas appesantie là-dessus. Il avait l'air très intelligent, très gentil. Un peu excentrique, certes, un peu affecté, mais rien qui m'incite particulièrement à me méfier de lui.

« Je n'ai pas fait suffisamment attention, c'est indéniable. J'habitais à New York, je ne rentrais que quelques jours pour les fêtes, j'étais absorbée par ma propre vie, et je n'étais pas très proche de Rachel. Nous avons huit ans de différence, et c'était – toujours une fille très calme, très secrète, vous voyez ? De toute façon, je trouvais ça idiot de leur part de dire qu'ils étaient fiancés puisqu'ils ne projetaient pas de se marier avant qu'elle soit diplômée. À l'époque, elle était en deuxième année.

« Et puis, en octobre de l'année suivante – environ cinq mois après le décès de ma mère – ils ont tous les deux disparu. »

Lydia Barrie se tut. Les yeux fixés sur son verre. Miles se demanda s'il devait lui dire que son frère était obsédé par les orphelins. Qu'enfants, ils jouaient à se prendre pour des orphelins en danger, des orphelins fugueurs, et que Hayden adorait ce roman pour la jeunesse, *Le Jardin secret*, l'histoire d'une petite orpheline…

Mais ce n'était peut-être pas le meilleur moment pour en parler.

« J'étais vraiment furieuse après elle, finit par dire Lydia Barrie, d'une voix douce. On ne se parlait plus. J'étais en colère parce qu'elle n'était pas venue à l'enterrement de notre mère, on s'était perdues de vue et j'ai mis du temps avant de me rendre compte qu'elle n'allait plus à l'université. Et je n'avais aucun moyen de la joindre.

« Ils ont quitté la ville ensemble, apparemment, mais personne ne savait où ils allaient, et effectivement ils… Bon, ça ne vous paraîtra sans doute pas ridicule si je vous dis qu'ils se sont volatilisés. »

Elle posa sur Miles ses grands yeux saillants, et il constata que sa peau était particulièrement pâle, presque transparente, comme du papier pelure à travers lequel il apercevait ses veines délicates. Il la regarda repousser une mèche de cheveux derrière son oreille.

« Nous n'avons pas revu Rachel depuis », conclut Lydia Barrie.

Rachel, songea-t-il. Il se rappelait son nom, le nom que des amis de Hayden du département de maths lui avaient donné.

Cette fille, regardant par la porte entrebâillée de la maison délabrée, la porte-moustiquaire dont un morceau de grillage était déchiré, le canapé poussiéreux abandonné sous les fenêtres en saillie.

Il en frissonna. Sa propre apparition dans l'histoire que Lydia Barrie lui racontait. C'est presque détaché qu'il l'avait écoutée, visualisant cette scène de décembre, Hayden dans le salon auprès de la mère muette et tremblotante, leurs yeux posés sur le feu, à l'ombre d'un sapin aux lumières clignotantes ; Hayden à la table du petit déjeuner au milieu de ces femmes, beurrant des toasts et parlant en imitant l'accent anglais qui, Miles s'en souvenait, était l'un de ses préférés ; Hayden passant son bras autour de l'épaule de Rachel Barrie pendant qu'on distribuait les cadeaux et qu'un chant de Noël s'échappait de la chaîne stéréo.

Il visualisa tout ça en écoutant Lydia Barrie, comme s'il était en train de regarder une vidéo amateur à l'image granuleuse, à la fois douce et triste, tournée par des inconnus, et soudain l'œil de Rachel Barrie apparut dans l'entrebâillement d'une porte, et il le regardait.

Je sais qui vous êtes. Je vais appeler la police si vous ne partez pas.

Miles et Lydia restèrent assis au comptoir, calmes. Elle leva son verre, et malgré les autres clients du bar qui parlaient et riaient, et malgré la musique, il perçut le léger tintement de xylophone que firent les glaçons.

« Je crois que j'ai aperçu votre sœur, un jour », dit-il. Puis, voyant le visage de Lydia Barrie s'éclairer, il rectifia rapidement.

« À Rolla. Il y a environ cinq ans. Sans doute juste avant qu'ils…

– Je vois. »

Il haussa les épaules, attristé – il connaissait bien la façon dont ces étincelles d'information pouvaient jaillir puis s'éteindre. Les déceptions à répétition, le découragement.

« Je suis désolé.

– Non, non. Je ne voulais pas paraître… déçue. » Elle baissa les yeux sur son verre, effleura les gouttes de condensation sur le bord. « Il y a une éternité que je n'ai pas rencontré quelqu'un qui l'a réellement vue. Donc : dites-moi tout ce dont vous vous souvenez. C'est important, et utile, même les petites choses. Vous a-t-elle un peu parlé ?

– Eh bien… »

Il crut percevoir une certaine intimité dans la façon dont ses yeux s'étaient posés sur lui, impatients, humides, à la fois tristes et pleins d'attente. Que lui dire ? Il avait discuté avec certaines personnes, d'autres étudiants de troisième cycle à qui Rachel avait assurément parlé ; il était allé jusqu'à la maison où elle vivait, elle était venue un court instant à la porte mais n'avait presque rien dit. Elle avait juste menacé d'appeler la police – ce qui l'avait sans doute effrayé. Il était lâche face à l'autorité, il avait toujours eu l'impression que les flics prendraient parti contre lui, comment expliquer la conduite de quelqu'un comme Hayden, finalement, sans être pris pour un fou ? *Je sais qui vous êtes*, avait dit Rachel. *Je vais devoir appeler la police*.

Pourquoi n'avait-il pas persévéré ? Pourquoi n'était-il pas entré de force à l'intérieur pour dire à la pauvre fille qui il était, et qui était Hayden ?

Il aurait pu l'aider, se dit-il. Il aurait même pu la sauver.

Il regarda sa main. Même chez les vrais jumeaux, les

empreintes digitales et les plis palmaires sont différents, et l'espace d'un instant, il eut l'idée de mentionner à Lydia ce détail fortuit, sans trop savoir pourquoi.

Au début, Lydia avait essayé de contacter les autorités. Mais elles ne s'étaient montrées ni vraiment inquiètes ni disposées à l'aider.

Après ça, il y avait eu une succession de détectives privés.

« Mais ça me coûtait très cher. Je ne suis pas riche et de toute façon, je n'ai jamais réussi à engager quelqu'un d'intelligent. Ils n'aboutissaient qu'à des impasses, me facturaient à l'heure et à la journée, sans aucun résultat. Face à quelqu'un comme votre frère.

« Ces détectives dépensaient, je ne sais pas – des centaines et des milliers de dollars – puis ils revenaient me voir avec des informations ridicules. Une boîte postale à Sedona, Arizona. Un institut de sondages en ligne à Manada Gap, Pennsylvanie. Un motel abandonné dans le Nebraska. Et puis l'un d'entre eux a voulu de l'argent pour suivre des *pistes internationales*, comme il disait. Équateur. Russie. Afrique.

« Et pendant un moment, je me suis sans doute convaincue que j'avançais. Que je me rapprochais, même si… »

Elle sourit, les traits tendus, l'air las, et Miles hocha la tête.

« Oui », dit-il.

Il connaissait cet épuisement qu'on commençait à ressentir au bout de plusieurs années. Essayer de trouver Hayden exigeait une certaine endurance, de la patience dans la quête de petits détails qui pouvaient ne mener à rien, la persévérance d'un cartographe dessinant le tracé d'un littoral qui serpentait et s'effilochait à l'horizon, et dont on ne voyait jamais la fin.

Parfois il pensait à l'automne qui avait suivi la mort de leur père. À cette époque, Hayden était fasciné par les nombres irrationnels, les nombres de Fibonacci et le nombre d'or, il dessinait des rectangles, des coquilles de nautiles, et remplissait méticuleusement des pages et des pages avec la suite infinie des décimales de la divine proportion.

Pendant ce temps, Miles supportait difficilement son premier semestre d'algèbre. Il ne parvenait pas à donner aux équations qu'il avait sous les yeux une quelconque signification, comme si des araignées couraient dans sa tête, comme si les chiffres se transformaient en insectes dans son cerveau. Il posait un regard furieux sur les problèmes – ou, pire encore, il commençait à les résoudre, croyant avoir enfin trouvé une méthode, mais il empruntait inexplicablement une mauvaise piste et finissait par découvrir qu'en fait, x n'était pas égal à 41,7. Non, x était égal à -1, même s'il ignorait totalement comment c'était possible. S'asseoir jour après jour devant ces équations l'épuisait comme il ne l'avait jamais été, si bien qu'il avait l'impression que son cerveau était rongé et qu'il se réduisait à un entrelacs de fils ténus et presque impalpables.

« Oh, je t'en prie, disait Hayden et il lui prenait sa feuille et lui montrait, une fois de plus, que c'était très facile. Tu es un vrai bébé, Miles. Sois attentif. C'est simple si tu procèdes par étape. »

Mais Miles était souvent au bord des larmes. « Je n'y arrive pas, disait-il. Je n'arrive pas à penser comme il faut ! »

C'est cette frustration, cette impression d'inutilité qu'il se rappellerait plus tard quand il commencerait à rechercher Hayden. Il lisait la même chose sur le visage de Lydia Barrie.

Lydia passa doucement ses doigts dans ses cheveux et regarda d'un œil critique son verre, qui était vide, à l'exception d'une tranche de citron enroulée au fond. Elle était un peu ivre, se dit Miles, et elle avait l'air moins raffinée, moins digne. Ses cheveux n'avaient pas retrouvé leur forme sculptée par la laque et elle avait quelques mèches de travers. Quand le barman à la queue-de-cheval, plutôt réservé, s'approcha pour voir si elle voulait un autre verre, elle fit signe que oui. Miles n'avait pas fini sa bière.

Le bar était sombre, sans fenêtre, et il reproduisait l'agréable sensation que procure l'obscurité de la nuit, même si dehors le soleil brillait encore.

« C'est drôle », dit Lydia, et l'air morose, elle observa tandis que l'on posait devant elle d'abord une serviette en papier puis le verre à nouveau plein. « Honnêtement, ces détectives ont dû me coûter trente mille dollars, et au bout d'un moment, je crois que j'ai tout simplement continué à aller de l'avant parce que je ne voulais pas croire que tout cela n'était que gâchis.

« Je ne sais pas, poursuivit-elle avant de reprendre son souffle. Je peux sans doute comprendre pourquoi Rachel est partie sans jamais me recontacter. Je peux comprendre qu'elle n'ait pas souhaité me parler. Je lui ai dit des choses très désobligeantes quand j'ai constaté qu'elle n'était pas venue à l'enterrement de notre mère. J'ai dit des choses que je regrette.

« Mais elle n'a pas non plus contacté notre sœur Emily. Pas plus que tante Charlotte. Apparemment elle était très malheureuse et peut-être tellement anéantie par la mort de notre mère qu'elle n'a pas pu y faire face.

« Mais qui laisse tomber sa famille comme ça ? Qui peut décider de tout jeter et de… se réinventer. Comme si on pouvait se débarrasser des aspects de sa vie dont on ne veut plus.

« Parfois je me dis que la société en est là. Que c'est ce que nous sommes devenus. Nous n'attachons aucun prix aux relations avec les autres. »

Elle regarda Miles attentivement ; le sang-froid dont elle avait fait preuve en arrivant avait disparu. Il y avait une atmosphère d'insécurité, une pesanteur déstabilisante.

« J'ai fait certaines choses. J'ai couché avec des gens sans jamais leur reparler après. J'ai laissé tomber un travail. Je suis partie un vendredi et je n'ai pas appelé mon patron pour lui dire que je démissionnais. Je n'y suis jamais retournée, c'est tout. J'ai raconté à un collègue que j'étais allée à l'université de Wellesley – sans doute pour l'impressionner, et quand il m'a parlé de gens qu'il connaissait et qui y avaient étudié, je lui ai fait croire que je les connaissais. Parce que je voulais lui plaire.

« Mais je n'ai jamais *disparu.* » Sa main se referma sur son verre, ses ongles manucurés, et l'extrémité de ses doigts blanchit sous la pression. « Je n'ai jamais disparu au point qu'on ne puisse pas me retrouver. C'est un peu extrême, non ? Ce n'est pas normal ?

– Non, répondit Miles. Je ne pense pas que ce soit normal.

– Merci », dit-elle. Elle se ressaisit, se redressa, fit glisser ses paumes sur le devant de son chemisier. « Merci. »

Peut-être était-elle aussi folle que lui, se dit-il, tout en se demandant si c'était une pensée réconfortante. Peut-être existait-il des gens dans le monde entier dont Hayden avait gâché la vie, ils formaient un club, une matrice qui sillonnait le globe, qui pouvait dire combien ils étaient ? L'influence de Hayden s'étendant comme les nombres de Fibonacci qu'il récitait souvent - 1, 1, 2, 3, 5, 8, 13, 21, 34, 55, 89… et cætera.

Pendant ce temps-là, Lydia Barrie avait appuyé la

paume de sa main sur son front et fermé les yeux. Miles se dit qu'elle s'était peut-être endormie et il songea lui-même à dormir. Il était tellement fatigué – tellement fatigué – tant d'heures de conduite, tant d'heures de soleil et de réflexion, de réflexion.

Mais Lydia leva la tête.

« Pensez-vous qu'elle est toujours vivante ? » murmura-t-elle.

Miles ne comprit pas immédiatement la question.

« Heu… je ne vois pas ce que vous voulez dire.

– Il se peut qu'il l'ait tuée. Voilà ce que je veux dire. Elle est peut-être enterrée quelque part, n'importe où, dans un des endroits où j'ai essayé de les localiser, ou dans un endroit que j'ignore. C'est la raison pour laquelle… »

Mais elle ne termina pas sa phrase. Elle ne voulait pas nécessairement poursuivre dans cette direction, et elle resta là, le visage dans la paume de sa main.

« Bien sûr que non, dit Miles. Je ne crois pas qu'il… »

Alors qu'en fait, il le croyait bel et bien. Il imagina, une fois de plus, leur vieille maison en feu, il se représenta sa mère et Mr. Spady dans leur lit au premier étage, se réveillant peut-être trop tard, la chambre remplie de fumée – ou peut-être ne se réveillant pas du tout, juste quelques secondes de lutte peut-être, des battements de cils puis les paupières qui se referment tandis que l'oxygène se raréfie et que de petites flammes éclairent le papier peint.

Était-il exagéré d'envisager que Hayden ait fait quelque chose à Rachel Barrie ?

« J'ai des papiers en haut dans ma chambre, dit Lydia Barrie d'une voix pâteuse. J'ai des… documents. » Il la regarda lever son verre de gin tonic. Le porter à ses lèvres.

« Je crois qu'ils sont authentiques, ajouta-t-elle avant de boire une longue gorgée. Je crois qu'ils vous intéresseront. »

17

Parfois Ryan avait l'impression d'apercevoir des gens ayant appartenu à son passé. Depuis sa mort, cela se produisait régulièrement, ces hallucinations légères, ces menus troubles de la perception.

Sa mère, par exemple, à l'angle d'une rue très animée et de Hennepin Avenue à Minneapolis, qui lui tournait le dos et ouvrait un parapluie tout en se frayant à la hâte un chemin à travers la foule.

Ou Walcott, assis derrière la vitre d'un bus plein d'étudiants qui chantaient bruyamment. Ça se passait à Philadelphie, non loin de l'université, et Ryan resta là à les dévisager tandis que le véhicule passait devant lui, ils chantaient faux mais allègrement sur un air de Bob Marley.

Leurs regards se croisèrent, le sien et celui de Walcott, et pendant une seconde, Ryan aurait juré que c'était vraiment lui, même si le Walcott du bus se contenta de le regarder en remuant les lèvres. Ils chantaient « *Every little thing gonna be all right* », et Ryan perçut un mouvement au-dessus de sa tête, l'ombre d'un oiseau ou d'un nuage.

Voir un fantôme, ça devait ressembler à ça, se dit-il, alors que c'était lui qui était mort.

Il savait que ce n'était pas vraiment eux. Il n'ignorait pas que ce n'était que des traces enchevêtrées de son subconscient, une synapse de la mémoire qui foirait, un pan de son passé non digéré qui lui jouait des tours. Il avait trop laissé ses pensées vagabonder, songea-t-il ; c'est tout ce que ça voulait dire. Il fallait qu'il se concentre. Il fallait qu'il médite comme Jay le lui avait suggéré. « Il faut que tu trouves le silence en toi-même », lui avait-il conseillé, et un jour, alors qu'il revenait d'un déplacement particulièrement stressant, ils avaient écouté ensemble un de ses CD de relaxation. Ils s'étaient installés dans un fauteuil, dans la chambre du fond plongée dans l'obscurité, les pieds nus sur le sol. « Imaginez un cercle d'énergie à la base de votre colonne vertébrale, leur disait le CD. Inspirez… expirez… laissez votre respiration devenir plus profonde et même… »

Et c'était vraiment relaxant même si ça n'aidait pas trop. La semaine suivante, à Houston, il crut voir Pixie – les cheveux plus longs et plus foncés mais elle était reconnaissable – l'image même de Pixie, en fait, debout devant l'hôtel Marriott situé en centre-ville, en train de fumer une cigarette tout en tripotant le mince anneau qu'elle avait au sourcil, l'air las et mélancolique.

Non.

Ce n'était pas elle, comprit-il ; dès qu'il sortit du taxi, il constata que cette femme devait avoir une trentaine ou même une quarantaine d'années. Pourquoi était-il allé jusqu'à penser qu'il y avait une ressemblance ? C'était comme si elle n'avait été Pixie qu'une seule seconde, lui apparaissant au coin de l'œil le temps de déclencher deux ou trois fois l'obturateur d'un vieil appareil photo. Un de ces petits tours que lui jouait son cerveau.

Et pourtant.

Et pourtant, songea-t-il, ce n'était pas totalement impossible – même dans un pays de trois cents millions d'habitants – c'était même du domaine du possible qu'il finisse par rencontrer une vieille connaissance.

En fait, il était quasiment sûr d'avoir vu son ancienne prof de psycho, Miss Gill, dans un bar de l'aéroport international de Nashville. Son vol de correspondance avait du retard, et pour essayer de se distraire il avait traîné dans le terminal, tirant son bagage à roulettes devant des kiosques à journaux, des fast-foods, des boutiques de souvenirs, et soudain elle fut là. Assise dans le Gibson Café, sous différents modèles de guitares, elle l'avait regardé passer d'un air détaché. Puis leurs regards s'étaient croisés, il avait vu ses traits se crisper, un sursaut de concentration traverser son visage.

Comme si son visage lui disait quelque chose ; elle eut l'air perplexe. Il avait le crâne rasé, il portait des lunettes d'aviateur et un uniforme à manches courtes d'agent de sécurité, et donc il était surprenant qu'elle s'attarde à le regarder. Et pourtant, c'est ce qu'elle fit. N'était-il pas un de ses anciens élèves ? Ne ressemblait-il pas au garçon qui était mort – qui s'était suicidé –, celui qui avait eu des mauvaises notes en psycho et qui était venu la voir dans son bureau pour lui demander s'il n'y avait pas moyen de les rattraper ?

Non. Elle n'aurait pas fait le rapprochement. C'est juste que sa tête lui disait vaguement quelque chose, et elle l'examina pendant une seconde – enseignante triste et célibataire, à la coupe de cheveux ratée, légèrement prognathe, elle-même avait peut-être songé à se suicider, elle avait pensé à ce gamin qui s'était noyé dans le lac et s'était demandé quel effet ça faisait, elle qui avait toujours pensé que l'intoxication au monoxyde de carbone était la meilleure solution, du monoxyde de carbone et des somnifères, pas besoin de lutter…

Il passa devant le café, elle porta sa vodka canneberge à ses lèvres, et il songea aux CD de méditation de Jay.

« Le niveau d'énergie suivant se situe près de votre front, disait la voix monotone et apaisante. C'est le chakra du temps, le cycle du jour et de la nuit qui renaissent éternellement et qui vous guideront jusqu'à la conscience de votre âme. Libérez votre esprit et quand vous accepterez le pouvoir de votre âme et la profonde vénération qu'elle vous inspire, vous saurez pénétrer l'âme qui est en chaque être et en chaque chose. »

Il réfléchit à ces paroles quand il se glissa dans la queue devant le guichet d'enregistrement, et il effleura son front.

« C'est là que se trouve la glande pinéale, lui avait dit Jay. C'est elle qui sécrète ta mélatonine et qui régule les cycles de ton sommeil. C'est super, non ?

– Oui, avait répondu Ryan. Très intéressant. »

Mais maintenant, il se demandait ce que Miss Gill aurait pensé de tout ça. Il se rappela qu'elle était portée au scepticisme, que les absurdités New Age l'exaspéraient, et il regarda par-dessus son épaule.

Malgré ses discours sur la méditation et la relaxation, Jay aussi était angoissé ces derniers temps.

« Bon sang, Ryan, dit-il. Ta nervosité commence à déteindre sur moi. Putain, j'ai le tracair, mec. »

Assis devant un des ordinateurs portables, Ryan était en train d'ouvrir un compte pour l'une de ses nouvelles acquisitions – Max Wimberley, vingt-trois ans, domicilié à Corvallis, Oregon – et il leva les yeux tout en continuant à taper, à remplir les cases du formulaire.

« C'est quoi, le tracair ? demanda-t-il.

– Je ne sais pas », répondit Jay. Il était installé devant son propre ordinateur, appuyant sur la touche d'échappement avec son index, et il secoua la tête avec irritation. « C'est juste un mot qu'on employait autrefois dans l'Iowa et que mon père utilisait. C'est comme les avoir à zéro. Tu connais cette expression ?

– Pas vraiment, dit Ryan, et Jay lâcha soudain une bordée de jurons particulièrement orduriers.

– C'est pas vrai ! s'exclama-t-il en abattant sa main sur le clavier suffisamment fort pour que deux touches sautent et rebondissent sur le sol en émettant un petit bruit semblable à celui que ferait une paire de dés. Putain ! J'ai un virus dans cet ordinateur ! C'est la troisième fois cette semaine ! »

Jay repoussa ses cheveux, les coinça derrière ses oreilles et les lissa nerveusement sur les côtés.

« Il se passe quelque chose. J'ai un mauvais pressentiment, Ryan. Je n'aime pas ça. »

Ryan ne savait pas trop quoi penser. Par moments, Jay pouvait être d'humeur instable. Il aimait jouer au type relax, philosophe, qui s'est adouci avec l'âge, mais il avait ses propres superstitions, ses propres peurs et contradictions.

Par exemple, ils avaient eu cette dispute au sujet des permis de conduire. C'était à l'époque où Ryan venait d'abandonner ses études et commençait à travailler pour Jay, à l'époque où il allait au service des permis de conduire et où il voyageait dans plusieurs États.

À l'époque, Ryan ne comprenait pas vraiment ce qu'il faisait. Il devinait que c'était quelque peu illégal mais il faut dire que beaucoup de choses étaient illégales sans pour autant qu'elles fassent mal à qui que ce soit. Il était encore en train d'essayer de piger ce qui lui arrivait. La décision qu'il avait prise d'abandonner la fac ; son incapacité à téléphoner à ses parents ; les « recherches » entreprises pour le retrouver dont il avait, d'une certaine manière, perdu le contrôle. Il était encore en train d'essayer de se faire à l'idée que Jay était son véritable père, que Stacey et Owen lui avaient menti depuis le début.

Prendre part à une petite activité véreuse cadrait bien avec les mouvements troubles de sa pensée.

En plus, ce n'était pas comme s'il dévalisait une banque. Ce n'était pas comme s'il agressait des vieilles dames ou escroquait des orphelins. Non, il passait beaucoup de temps à attendre. À faire la queue. À rester assis sur une chaise en plastique contre le mur en face du guichet des permis de conduire. À lire des avis de recherche scotchés au mur ou d'autres documents touchant à la conduite en état d'ivresse et au port de la ceinture de sécurité.

Il observait les autres qui passaient l'écrit, remplissaient des formulaires, et il prêtait attention aux questions qu'on leur posait, aux anicroches qu'ils rencontraient – pas de carte d'assuré social, pas d'acte de naissance, pas de justificatif de domicile.

Au bout d'un moment, il avait fini par s'intéresser tout particulièrement au problème du don d'organes. Les fonctionnaires connaissaient la question par cœur : « Souhaiteriez-vous devenir donneur d'organes ? » demandaient-ils d'une voix monotone avant de réciter : « Vous inscrire sur le registre des donneurs est une manière de consentir légalement à faire don de vos organes, de vos tissus et de vos yeux au moment de votre mort, pour tout usage autorisé par la loi. En donnant vos organes, vous pouvez sauver jusqu'à sept vies, et en donnant vos tissus et vos yeux vous pouvez améliorer la qualité de vie de plus de cinquante personnes. Puis-je profiter de cette occasion pour vous inscrire au registre des donneurs ? »

Ryan était surpris de constater le nombre de gens pris de court par cette question. À Knoxville, par exemple, un vieux hippie, queue-de-cheval grisonnante et short taillé dans un jean, éclata de rire. Il regarda par-dessus son épaule en direction de ceux qui attendaient leur tour, comme si on lui faisait une blague. Puis Ryan vit son sourire vaciller quand il pensa un bref instant à sa propre mort. Être découpé et disséqué. « Hé, hé », dit l'homme, et il haussa les épaules en faisant un grand geste de la main. « Pourquoi… bien sûr ! Bien sûr, mon Dieu, pourquoi pas ? » Comme s'il agissait par bravade pour impressionner les autres.

À Indianapolis, une vieille femme vêtue d'une veste et d'un pantalon jaune citron prit un long moment pour y réfléchir. Puis, l'air grave, une main posée sur l'autre, elle dit : « Je suis désolée. Nous ne croyons pas à ces choses-là. »

À Baltimore, il y avait ce type à l'air dur, tendance hip-hop, débardeur moulant et jean baggy pour exhiber son caleçon. Il s'écarta de l'employé de bureau avec une expression d'horreur authentique, presque enfantine. « Non, madame. Non, non. » Comme si quelqu'un attendait dans la pièce du fond avec une scie et un scalpel.

Quant à Ryan, il n'avait pas hésité. C'était comme donner son sang, on faisait ça pour le bien commun. C'était ce qu'il fallait faire, se disait-il, jusqu'à ce qu'il rentre, ce week-end-là, avec ses faux documents.

« C'est quoi ce bordel ? » demanda Jay. Il avait été de bonne humeur jusqu'à ce qu'il commence à examiner les permis de conduire que Ryan lui avait donnés. « Ryan, mon pote, tu t'es engagé comme donneur d'organes sur chacun de ces foutus documents.

– Euh… Oui ?

– Merde ! » s'exclama Jay – et il rougit comme jamais. Jay cultivait un look de tire-au-flanc, cheveux noirs et raides jusqu'aux épaules, vêtements rétro. Mais son expression devint sévère et menaçante, impressionnante. « Putain, tu pensais à quoi, hein ? demanda-t-il et il serra les dents. Tu as perdu la tête ? Ils sont foutus !

– Mais… Je suis désolé, je ne comprends pas ce que tu racontes.

– Nom de Dieu ! Ryan, qu'est-ce qui se passe quand tu inscris ton nom sur le registre de donneurs d'organes d'un État ? » Il avait baissé la voix et parlait lentement, avec solennité, en prononçant Registre. Donneurs. Organes. Chaque mot pareil à un ballon qu'il piquait avec une aiguille.

« Je ne sais pas », dit Ryan. Il était sidéré, et il s'efforça de prendre un ton dégagé, avec un haussement d'épaules prudent pour s'excuser. Mais Jay continuait à poser sur lui un regard furieux.

« Tu te rends compte que tu as donné ton accord pour que le gouvernement puisse accéder à ton dossier médical et à ta vie privée. Toute confidentialité entre un médecin et toi est compromise maintenant. Légalement, ils ont le droit de tout éplucher depuis le début, analyses médicales, dons de sang…

– Je ne savais pas. » Ryan regarda Jay, l'air incertain. Blaguait-il ? « Tu es sûr ? Ça n'a pas l'air…

– Ça n'a pas l'air quoi ? hurla Jay.

– Je ne sais pas », répéta Ryan. Il songea : *Ça n'a pas l'air vrai.* Mais il ne le dit pas.

« Tu ne sais pas. Est-ce que tu as lu le contrat que tu as signé ?

– Je n'ai pas signé de contrat.

– Mais bien sûr que si, tu as signé un foutu contrat », dit Jay d'une voix étranglée par le dégoût. Par un mépris contenu. « Mais tu ne l'as pas lu, mon pote, tout simplement. Hein ? Ils t'ont montré la ligne où signer et tu as signé, c'est bien ça ? C'est bien ce que tu as fait ?

– Jay, ce n'était même pas mon propre nom.

– Tu crois que ça change quelque chose ? Les noms sur ces documents sont nos noms. On a travaillé dur pour les récolter. Ces noms, c'est de l'or pour nous. Et maintenant, le gouvernement y a accès. Totalement inutiles ! » Il secoua avec dégoût l'un des documents plastifiés et le lança à l'autre bout de la pièce où il heurta le mur en faisant un petit bruit. « Complètement. Foutus. Merde ! Tu piges ? »

Il y avait certaines choses concernant Jay qu'il n'arrivait toujours pas à comprendre – ses imprévisibles explosions de colère, ses bizarreries philosophiques, les prétendus faits qui avaient l'air inventés de toutes pièces et que Ryan suspectait d'avoir été glanés sur des sites internet touchant à la théorie du complot.

Jay croyait-il vraiment à toute cette histoire de chakras, par exemple ? Était-il sérieux quand il consultait la planche de Ouija sur la table basse, ou quand il commençait à disserter sur diverses organisations gouvernementales « fantômes » comme l'Omega Agency, sur des sociétés secrètes telles que le groupe Bilderberg ou la société secrète des Skull and Bones de l'université de Yale, ou encore sur Echelon, le réseau de surveillance planétaire…

« On n'a aucune idée de ce que peut bien fabriquer notre gouvernement, disait Jay, et Ryan hochait la tête, perplexe.

« C'est pour ça que je ne me suis jamais considéré comme un délinquant. Les vrais gangsters, ce sont les gens qui dirigent ce pays. Tu le sais, non ? Et si tu appliques leurs règles, tu deviens leur esclave.

– Oui, oui », disait Ryan, et il essayait de déchiffrer l'expression de Jay.

Est-ce qu'il plaisantait ? Est-ce qu'il était fou ?

À certains moments, Ryan réalisait que les choix qu'il avait faits pouvaient paraître incroyablement imprudents aux yeux d'un observateur extérieur. Pourquoi quitter des parents équilibrés et aimants pour unir sa destinée à celle de quelqu'un comme Jay ? Pourquoi abandonner des études universitaires de qualité pour devenir un escroc minable, un menteur et un voleur professionnels ? Pourquoi se sentir infiniment soulagé à l'idée de ne plus jamais faire partie de cette famille sympathique, de ne plus jamais devoir assister à un cours, faire un CV ou se présenter à un entretien d'embauche, de ne plus jamais devoir se marier, avoir des enfants et prendre part aux joies cycliques d'une vie bourgeoise à laquelle Owen était tellement attaché ?

La vérité, c'est qu'il ressemblait plus à Jay qu'il ne ressemblait à Stacey et Owen ; c'est ce dont ils ne s'étaient jamais rendu compte.

Leur vie, se disait-il, n'était pas plus réelle que les dizaines de vies qu'il avait créées au cours de l'année écoulée, elle n'était pas plus réelle que celle, virtuelle, de Matthew Blurton, de Kasimir Czernewski ou de Max Wimberley. La plupart des gens étaient tellement superficiels, se disait-il, que l'on pouvait facilement en gérer une centaine à la fois. Leur existence effleurait à peine la surface de la terre.

Bien sûr, si on le souhaitait, on pouvait habiter un ou deux personnages ayant plus d'épaisseur. Si on voulait, disait Jay, on pouvait avoir une femme, et même des enfants. Il avait entendu parler d'un type qui siégeait à un conseil municipal en Arizona, gérait une agence immobilière dans l'Illinois, et qui était aussi représentant de commerce, avec femme et enfants, dans le Dakota du Nord.

Et puis il y avait des personnages uniques et très riches. Il fallait commencer très tôt à travailler dessus, songeait Ryan, peut-être dès l'enfance. Il fallait avoir une grande confiance en soi, se concentrer sur un but, et avoir pour soi le hasard et des circonstances favorables. Devenir une rock star, par exemple, se construire un talent et un nom, exister peu à peu aux yeux du public. Il avait beaucoup réfléchi à la question, ça lui avait plu d'imaginer devenir un auteur-compositeur-interprète connu, respecté, mais il avait senti qu'il ne serait jamais suffisamment bon. Il connaissait ses limites, il pressentait les barrages qu'il rencontrerait sur le chemin de cette ambition, et à vrai dire, quand on sait que l'on va sans doute échouer, quel intérêt ? À quoi bon ? Une dizaine de vies de moindre importance ne valaient-elles pas une seule existence hors du commun ?

Il y réfléchit de nouveau en traversant l'aéroport de Portland, Oregon. La voiture de location abandonnée sans problème, le portable avec carte prépayée écrasé sous son talon et jeté dans une poubelle, le permis de conduire et le billet d'avion du tout nouveau Max Wimberley présentés à l'agent de sécurité devant la ligne jaune, son sac à dos, son ordinateur portable, ses chaussures, sa ceinture et son portefeuille déposés dans des bacs en plastique et passés aux rayons X sur un tapis roulant, et puis lui, Max Wimberley, invité à passer sous le portique de détecteur de métaux. Le tout, sans incident. Le tout, très simple, sans problème, pas d'inquiétude à avoir. Max Wimberley pouvait se déplacer à travers le monde avec beaucoup plus de facilité et de grâce que Ryan Schuyler aurait jamais pu le faire.

« OK, murmura-t-il. OK. »

Il s'installa dans la salle d'embarquement avec un milk-shake au chocolat et le magazine *Guitar*, son sac à dos posé sur le siège à côté de lui. Il promena discrètement son regard sur les voyageurs qui l'entouraient. Une femme d'affaires plutôt jeune, sérieuse, munie d'un PalmPilot. Un couple d'un certain âge se tenant la main. Un Asiatique, l'air sportif, avec une casquette des Red Socks sur la tête. Etc.

Pas un seul visage familier.

Il n'avait pas eu d'hallucinations pendant ce voyage, et il se dit que c'était un signe. Les ultimes vestiges de son ancienne vie finissaient par s'effacer. La transformation était presque achevée, et il se rappela ces jours anciens au cours desquels il se baladait en voiture pour essayer d'écrire, dans sa tête, une lettre à ses parents.

Chers maman et papa, se dit-il. *Je ne suis pas la personne que vous croyiez.*

Je ne suis pas cette personne, songea-t-il, et il se rappela ces stades du deuil selon Kübler-Ross dont Jay lui avait parlé. L'acceptation, c'était ça. Ce n'était pas juste le fait que Ryan Schuyler soit mort : Ryan Schuyler n'avait jamais existé. Ryan Schuyler n'était qu'une coquille qu'il avait utilisée, et il était peut-être encore moins réel que Max Wimberley.

Il baissa les yeux sur sa carte d'embarquement et sentit presque le résidu de Ryan Schuyler s'échapper de lui, petite chauve-souris fantomatique au visage humain qui se transforma en une pluie de minuscules moucherons puis disparut.

« OK, murmura-t-il, et il ferma les yeux un court instant. OK. »

Il était tard, 1 h 44, et il faisait chaud quand il arriva à Detroit Metro, après une correspondance à Phoenix, et il traversa avec détermination le terminal silencieux en direction du parking longue durée où la vieille Ford Econoline de Jay l'attendait. Il s'arrêta à la station-service pour s'acheter une boisson énergisante et, une fois sur l'autoroute, il se sentit très calme et écouta de la musique. Il baissa les vitres et chanta pendant un moment.

Au nord de Saginaw, il prit la direction de l'ouest, emprunta une route à deux voies, passa sur une voie ferrée, les maisons devenaient de plus en plus espacées, ses phares illuminaient les voûtes de verdure, certains arbres commençaient à bourgeonner, d'autres, morts, étaient réduits à l'état de squelette, leurs branches momifiées dans une gaze de vieux cocons, avec quelques rares carrés d'habitations humaines le long de la route. D'après Jay, dans les années 20, les membres du Purple Gang de Detroit avaient une de leurs planques dans les parages.

Il s'engagea enfin sur l'étroite route de bitume qui se transformait en chemin de terre, et roula jusqu'à la cabane, au fin fond de la forêt. Il était environ quatre heures du matin. La véranda était éclairée et quand il se gara, il constata que Jay écoutait de la musique, du hip-hop *old-school* avec ses « boum-boum ». Deux ordinateurs gisaient sur le chemin de gravier. À les voir, on avait l'impression que quelqu'un s'était défoulé sur eux avec une batte de base-ball.

Au moment où il coupait le moteur, Jay sortit sur la véranda, une batte en aluminium dans une main et un revolver Glock dans l'autre.

« Putain de merde, dit-il en enfonçant son arme sous la ceinture de son pantalon alors que Ryan descendait du véhicule. Pourquoi t'as mis si longtemps ? »

En général, Jay ne se trimballait pas avec une arme, même s'il y en avait un certain nombre dans la cabane, et Ryan ne sut pas trop comment réagir. Il voyait bien que Jay était passablement bourré, passablement défoncé et de mauvaise humeur, et il s'approcha à pas prudents de la maison.

« Jay ? Qu'est-ce qui ne va pas ? »

Il le suivit sur la véranda, passa devant le poêle à bois en fonte et les meubles de jardin bon marché, jusqu'au salon où Jay était en train de démonter un autre ordinateur. Il débranchait les câbles et les clefs USB, et quand Ryan se trouva sur le seuil de la porte, il s'arrêta et passa ses doigts dans ses cheveux longs.

« Tu ne vas pas le croire, dit-il. J'ai l'impression qu'un salopard m'a piqué mon identité !

– Tu te fous de moi », dit Ryan. Il était là, hésitant, et il regarda Jay tirer vers lui l'ordinateur débranché et le laisser tomber lourdement par terre, comme un bloc de ciment.

« Piqué ton identité ? Qu'est-ce que tu veux dire ? reprit Ryan. Et laquelle ? »

Jay, qui tenait dans la main un câble comme s'il s'agissait d'un serpent qu'il venait d'étrangler, leva vers lui un regard dénué de toute expression. « Merde ! Je n'en sais rien. Je commence à me dire qu'elles sont peut-être toutes contaminées et ça m'inquiète.

– Contaminées ? » s'étonna Ryan. Même si Jay se trimballait avec un revolver et avait démonté plusieurs ordinateurs, il avait encore l'air relativement calme. Il n'était pas non plus aussi bourré que Ryan l'avait cru, ce qui rendait les choses encore plus sérieuses. « Contaminées ? Qu'est-ce que tu veux dire ? »

– J'ai perdu deux de mes personnages aujourd'hui », expliqua Jay, et il se pencha pour sortir un vieil ordinateur portable d'un carton qui avait été fourré sous une des tables au fond du salon. « Toutes mes cartes de crédit au nom de Dave Deagle ont été bloquées, donc quelqu'un a dû prendre son identité il y a quelques jours. J'ai commencé à m'inquiéter, je suis allé vérifier les autres, et il se trouve que quelqu'un a vidé le compte courant rémunéré de Warren Dixon, un transfert électronique louche – et ça, ça a dû se faire, disons, ce matin !

– Tu plaisantes », dit Ryan. Il regarda Jay brancher le vieil ordinateur sur différentes prises et la machine vibrer en démarrant.

« Si seulement je plaisantais, dit Jay, et il se concentra sur l'écran pendant que se faisait entendre la petite musique de la mise en route. Tu ferais mieux de te bouger le cul et de vérifier tes personnages. On a peut-être été attaqués. »

Attaqués. Ça aurait pu paraître ridicule et mélo, ici au fond des bois, dans cette pièce qui tenait à la fois du dortoir et du magasin de dépannage informatique avec son canapé d'occasion et ses tables encombrées de dizaines d'ordinateurs, de canettes de bière, de papiers de bonbons, d'imprimantes, de télécopieurs, d'assiettes sales, de cendriers. Mais Jay avait glissé son revolver sous la ceinture de son jean et grimaçait en tapant, et donc Ryan se tut.

« Tu sais quoi ? dit Jay. Pourquoi tu n'irais pas nous acheter des billets d'avion ? Regarde si tu peux nous réserver des places sur un vol pour l'étranger. N'importe quel pays du tiers-monde fera l'affaire. Pakistan. Équateur. Îles Tonga. Vois ce que tu peux négocier.

– Jay..., commença Ryan mais il s'assit devant l'ordinateur comme on lui en avait donné l'ordre.

– Ne t'inquiète pas. On va s'en sortir. Il faut qu'on se serre les coudes, mais je peux t'assurer qu'on va s'en sortir. »

18

Lucy et George Orson étaient dans le vieux pick-up et roulaient en direction du bureau de poste de Crawford, Nebraska. D'après George Orson, c'était l'endroit idéal pour soumettre leur demande de passeports même si Lucy ne comprenait pas très bien pourquoi cette ville était préférable à une autre, pourquoi il leur fallait faire trois heures de route alors qu'il y avait certainement suffisamment de bureaux de poste merdiques plus près de chez eux. Mais elle ne se donna pas la peine d'approfondir la question. Elle était très préoccupée.

Le sentiment de soulagement qu'elle avait ressenti en découvrant les liasses de billets avait commencé à se dissiper, et elle avait de nouveau l'estomac noué. Elle se rappela les montagnes russes du parc d'attractions de Cedar Point, dans l'Ohio. Millenium Force, avec son dénivelé de quatre-vingt-quinze mètres, l'attente une fois qu'on était attaché, le lourd cliquetis de la chaîne dans la montée. La terrible angoisse.

Mais elle s'efforça de paraître calme. Elle était assise, apathique, sur le siège passager du vieux pick-up et regardait George Orson passer les vitesses, vêtue de ce T-shirt rose hideux qu'il lui avait acheté, avec sa nuée de papillons souriants imprimés sur le devant. C'était, d'après lui, ce qu'une fille de quinze ans devait porter…

« Ça te rajeunit, lui avait-il dit. C'est le but.

– Ça me donne l'air débile. Je devrais peut-être faire comme si j'étais handicapée mentale ? » Et elle tira la langue en poussant un grognement digne d'une fille des cavernes. « Parce que je ne vois pas quelle fille de quinze ans mettrait ce T-shirt, à moins qu'elle soit dans une établissement spécialisé.

– Oh, Lucy, dit-il. Ça te va bien. Tu as la tête de l'emploi, c'est tout ce qui compte. Une fois qu'on aura quitté le pays, tu pourras porter tout ce que tu voudras. »

Et Lucy n'avait pas insisté. Elle avait juste regardé d'un œil torve son reflet dans la glace de la chambre : une inconnue qu'elle avait immédiatement prise en grippe.

Ses cheveux la contrariaient particulièrement. Elle ne s'était pas rendu compte qu'elle était attachée à leur couleur naturelle – châtain, avec des reflets roux – jusqu'à ce qu'elle les voie teints.

George Orson avait beaucoup insisté là-dessus – leurs cheveux, disait-il, devait être à peu près de la même couleur puisqu'ils étaient censés être père et fille – et il était revenu de sa virée dans le magasin non seulement avec l'horrible T-shirt rose aux papillons, mais aussi avec un sac rempli de flacons de teinture.

« J'en ai acheté six », dit-il. Il posa le sac de courses sur la table de la cuisine et en sortit un coffret satiné avec, dessus, la photo d'une femme mannequin. « Je n'ai pas su déterminer laquelle était la bonne. »

Ils avaient fini par choisir la couleur « terre de Sienne », et Lucy avait l'impression d'avoir des cheveux peints avec du cirage.

« Il suffit que tu les laves plusieurs fois, avait dit George Orson. Ça va pour aujourd'hui, mais ça paraîtra vraiment naturel dans deux ou trois jours.

– Ça me fait mal au crâne. Dans deux ou trois jours, je serai sans doute chauve. »

Et George Orson avait passé un bras autour de son épaule. « Ne sois pas bête, avait-il murmuré. Tu as un super-look.

– Mmm », avait fait Lucy en se regardant dans la glace.

Elle n'avait pas un *super-look*, ça c'était sûr. Mais on pouvait peut-être lui donner quinze ans.

Brooke Catherine Fremden. Une fille terne et sans amis, probablement paralysée par une timidité maladive. Probablement semblable à sa sœur, Patricia.

Patricia souffrait d'attaques de panique. C'est ce à quoi Lucy pensait dans le pick-up, sur la route de Crawford, et son cœur palpitait étrangement dans sa poitrine. Patricia manifestait toutes sortes de symptômes bizarres lors de ces « attaques » : son front et ses bras devenaient insensibles, et elle avait l'impression d'avoir des bestioles dans les cheveux et d'étouffer. Quel cinéma, se disait Lucy à l'époque, sans manifester la moindre compassion. Elle se voyait encore, sur le seuil de la chambre, en train de manger un toast en bouillant d'impatience pendant que leur mère exhortait Patricia à respirer dans un sac. « Je suffoque, haletait Patricia, la voix assourdie par le papier marron. Je t'en supplie, ne m'oblige pas à aller à l'école ! »

Lucy avait l'impression que tout ça était bidon même si, à la place de sa sœur, elle n'aurait pas non plus aimé aller à l'école. C'était à l'époque où un groupe de garçons de cinquième avait, pour une raison ou une autre, choisi Patricia, et avait mis au point toute une série de numéros comiques et de sketches dont Patricia était un des personnages, « Miss Patty Stinkbooty », l'animatrice d'une émission pour enfants avec des marionnettes auxquelles ils attribuaient des voix ridicules. Un humour de garçon, cru et bête – Patricia pétait, avait ses règles ou des cafards rampant dans ses poils pubiens. Lucy se rappelait ces trois garçons à l'heure du déjeuner, Josh, Aaron et Elliot – elle se rappelait même encore leurs prénoms stupides, trois gamins méchants et maigrichons qui faisaient leur numéro à une table de la cafétéria, riant et gloussant jusqu'à ce que le lait qu'ils buvaient leur ressorte par le nez.

Et Lucy n'avait rien fait. Elle s'était contentée d'observer stoïquement, comme si elle regardait un documentaire particulièrement horrible dans lequel des chacals tuaient un bébé hippopotame.

Pauvre Patricia ! se dit-elle, et elle porta sa main à sa gorge un peu nouée, avec l'impression d'avoir des picotements au niveau du visage.

Mais pas question d'avoir une attaque de panique.

Elle maîtrisait son corps et refusait qu'il s'affole. Elle posa ses mains sur ses cuisses et respira régulièrement, les yeux fixés sur la boîte à gants.

Elle imagina que tout l'argent du coffre se trouvait à l'intérieur de cette boîte à gants. Et que George Orson et elle n'étaient pas dans un pick-up. Ils étaient dans la Maserati, et ils ne traversaient pas les Sand Hills du Nebraska qui d'ailleurs, autant qu'elle puisse en juger, n'étaient même pas sablonneuses, juste un lac infini de collines ondoyantes couvertes de maigres pâturages gris et de rochers.

Ils étaient dans la Maserati et roulaient sur une route qui surplombait la mer, une étendue d'un bleu méditerranéen sur lequel voguaient des bateaux à voiles et des yachts. Elle ferma les yeux et commença lentement à remplir ses poumons d'air.

Et quand elle les rouvrit, elle se sentit mieux, même si elle se trouvait toujours dans un pick-up, toujours dans le Nebraska où d'étranges formations rocheuses encombraient l'horizon. Était-ce ce qu'on appelait des mesas ? On se serait cru sur Mars.

« George, dit-elle après avoir pris une ou deux minutes pour se ressaisir. Je pensais à la Maserati. Qu'est-ce qu'on va faire de la Maserati ? »

Il ne répondit pas. Il se taisait depuis un temps anormalement long et elle se dit que c'était ce qui l'avait rendue nerveuse, son silence, alors que ses paroles, malgré tout, auraient pu lui remonter le moral. Si seulement il posait sa main sur sa jambe comme il en avait l'habitude.

« George ? Tu es toujours vivant ? Tu me reçois ? » Et il jeta, enfin, un coup d'œil dans sa direction.

« Il faut que tu perdes l'habitude de m'appeler George », finit-il par dire, et sa voix n'était pas aussi apaisante qu'elle l'aurait souhaité. En fait, elle était un peu sèche, ce qui la déçut.

« J'imagine que tu veux que je t'appelle "papa".

– Tout à fait. Tu pourrais même m'appeler "père", si tu préfères.

– Pouah ! Ça fait encore plus bizarre que "papa". Pourquoi je ne peux pas tout simplement t'appeler David, ou un truc du genre ? »

George Orson posa alors sur elle un regard sévère – comme si elle n'était qu'une petite impertinente de quinze ans. « Parce que, répondit-il. Parce que tu es censée être ma fille. Ce n'est pas respectueux. Un enfant qui appelle son père par son prénom, ça se remarque, surtout dans un État conservateur comme celui-ci. Et on ne veut pas que les gens nous remarquent. On ne veut pas qu'ils se souviennent de nous quand on sera partis. Tu saisis ?

– Oui », lâcha-t-elle. Ses mains étaient toujours posées sur ses genoux et quand elle sentit battre son cœur, elle poussa un profond soupir. « Oui, papa. Je saisis. Mais j'espère sincèrement, papa, que tu ne vas pas me parler avec ce ton condescendant jusqu'en Afrique. »

Il lui jeta de nouveau un coup d'œil, et il y eut une étincelle de colère, un éclair de fureur dans ses yeux, qui la fit rentrer en elle-même. Elle ne l'avait encore jamais vu véritablement en colère, et elle se rendit compte qu'elle n'y tenait pas. Il ne ferait pas un très bon père, songea-t-elle. Elle ne savait pas pourquoi mais elle en eut soudain l'intuition. Il serait froid, exigeant et irritable avec ses enfants, si tant est qu'il en ait un jour.

Elle le pensait, même si le regard de George Orson s'adoucit presque immédiatement.

« Écoute, dit-il. Ma chérie, tout ça me rend juste un peu nerveux. Ça devient vraiment sérieux maintenant. N'oublie pas de répondre au nom de Brooke, et fais en sorte de ne jamais, jamais m'appeler George. C'est très important. Je sais que c'est dur de s'y habituer mais ce n'est que temporaire.

– Je comprends », dit-elle, et elle hocha la tête en regardant à nouveau la boîte à gants. De l'autre côté de la vitre, elle vit une formation rocheuse qui ressemblait à un volcan ou à une cheminée géante.

« Tu vois ça, là-bas ? » demanda George Orson – demanda David Fremden. « C'est Chimney Rock. Un site historique national.

– Oui », dit Brooke.

C'était étrange de redevenir la fille de quelqu'un. Même si c'était pour rire. Il y avait longtemps qu'elle n'avait pas pensé à son véritable père, pendant des mois et des mois elle avait vaillamment refoulé ces souvenirs, érigeant des murs et installant des paravents, les repoussant quand ils menaçaient de franchir le seuil de sa conscience.

Mais quand elle disait le mot « papa », ça devenait plus difficile. Son père lui apparaissait en imagination, tel un génie sorti de sa bouteille, son doux visage rond et sérieux, ses larges épaules et son crâne chauve. Dans la vie, elle ne l'avait apparemment jamais déçu, et même si elle ne croyait ni aux esprits ni à une vie après la mort, elle ne pensait pas, contrairement à Patricia, que leurs parents décédés flottaient au-dessus d'elles tels des anges…

Néanmoins, elle avait un petit pincement au cœur quand elle appelait George Orson « papa ». Une petite pointe de remords, comme si son père était capable de se rendre compte qu'elle l'avait trahi, et pour la première fois depuis son décès, elle eut l'impression qu'il se penchait au-dessus d'elle, bien palpable, pas en colère mais comme un peu blessé, et elle en fut désolée.

Elle l'avait vraiment aimé, se dit-elle.

Elle le savait, mais elle ne s'était pas autorisée à penser à ce genre de chose, et donc ce fut pour elle comme une surprise.

Son père avait été une présence discrète dans la maison, il n'avait pas vraiment d'avis quant à la façon d'éduquer des filles même si, question tempérament, Lucy pensait qu'il était plus proche d'elle que ne l'était sa mère.

C'était quelqu'un de secret, comme Lucy, avec, comme elle, un sens de l'humour teinté de cynisme, et Lucy se rappela leurs virées secrètes au cinéma pour voir un film d'épouvante, ce que sa mère aurait interdit – Patricia était le genre de fille à qui un masque d'Halloween donnait des cauchemars, une affiche de film aussi, sans parler du film lui-même.

Mais ça n'effrayait pas Lucy. Son père et elle n'allaient pas voir ces films pour se procurer des sensations fortes. Étrangement, ça les détendait, comme une espèce de musique qui confirmait leur regard sur le monde. Une compréhension partagée, et Lucy n'avait jamais peur, pas vraiment. De temps à autre, quand un monstre ou un meurtrier surgissait, elle posait sa main sur le bras de son père, se penchait vers lui, et ils échangeaient un regard. Un sourire.

Ils se comprenaient.

Tout cela lui revint à l'esprit alors que George Orson et elle roulaient en silence, et elle appuya sa joue contre la vitre et regarda une nuée d'oiseaux s'envoler au-dessus d'un champ en formant comme un panache. Elle n'avait pas les idées très claires mais elle sentait son esprit s'agiter, ses pensées s'ordonner.

« À quoi penses-tu ? » demanda George Orson, et dès qu'il ouvrit la bouche, ses pensées se dispersèrent, devinrent fragments de souvenirs, de la même façon que les oiseaux, séparés de leur groupe, s'individualisent. « Tu as l'air plongée dans tes pensées », dit George Orson.

Dit papa.

Et elle haussa les épaules. « Je ne sais pas. Je suis sans doute angoissée.

– Ah », fit-il. Il regarda de nouveau la route, effleurant de son index l'arcade de ses lunettes de soleil. « C'est tout à fait normal. »

Il tapota sa cuisse et elle accepta ce petit geste, même si elle ne savait pas trop si la main appartenait à George Orson ou à David Fremden.

« C'est difficile au début. De permuter. Il y a un choc qu'il faut surmonter. On s'habitue à un mode de vie, à une personnalité, et on peut connaître un état de dissonance cognitive quand on change. Je vois tout à fait de quoi tu parles. » Il fit glisser sa main sur le volant comme s'il le façonnait, le modelait dans l'argile.

« L'angoisse ! s'écria-t-il. J'ai connu ça si souvent ! Et, tu sais, c'est particulièrement dur la première fois, parce qu'on s'est tellement investi dans cette notion du "moi". On grandit avec ce concept – l'existence d'un "moi réel" – avec des liens durables, des proches, et on commence à penser à tous ces gens. Des gens qu'on doit laisser derrière soi… »

Il soupira, et devint même légèrement mélancolique, en pensant peut-être à sa mère qui était morte, à son frère qui s'était noyé, à l'excursion de sa famille d'autrefois sur le ponton quand le lac était encore plein d'eau.

Ou peut-être pas.

L'évidence lui sauta soudain aux yeux.

Que lui avait dit George Orson ? *J'ai été bien des personnes. Des dizaines.*

Elle vivait dans un univers parallèle depuis longtemps maintenant, songea-t-elle, flottant derrière George Orson comme si elle était entrée en transe. Et soudain, alors qu'ils roulaient en direction de ce bureau de poste lointain, elle eut l'impression de se réveiller. Ses pensées papillonnèrent, s'agitèrent puis commencèrent à s'ordonner.

Il n'avait pas de frère, se dit-elle.

Il n'avait pas vraiment grandi ici, dans le Nebraska. Il n'avait jamais étudié à Yale ; rien de ce qu'il lui avait dit n'était vrai.

« Mon Dieu, dit-elle en secouant la tête. Je suis tellement bête. »

Et il lui jeta un coup d'œil, le regard attentif et tendre. « Mais non. Tu n'es pas bête, ma chérie. Que se passe-t-il ?

– Je viens juste de comprendre quelque chose », répondit Lucy, et elle baissa les yeux sur la main qui était toujours sur sa cuisse. Sa main, elle la reconnaîtrait n'importe où, une main qu'elle avait tenue, qu'elle avait portée à ses lèvres, une paume sur laquelle elle avait fait courir ses doigts.

« Tu ne t'appelles pas vraiment George Orson, hein ? » demanda-t-elle et…

Il ne bougea pas. Continua à conduire. Continua à porter ces lunettes de soleil qui reflétaient la route et l'horizon onduleux, continua à être l'homme qu'elle avait connu.

« George Orson, insista-t-elle. Ce n'est pas ton véritable nom.

– Non. »

Il lui répondit d'une voix douce, comme s'il lui apprenait une mauvaise nouvelle, et elle se rappela les policiers venus sonner à la porte le jour de la mort de leurs parents, la façon précautionneuse dont ils avaient transmis la nouvelle, par bribes, en marquant des pauses. *Il y avait eu un très grave accident. Leurs parents étaient grièvement blessés. Les secours étaient arrivés sur place. Et les secours n'avaient rien pu faire.*

Elle hocha la tête et son regard croisa celui de George Orson. Il y eut un sentiment de gêne, tendre et silencieux. Cela n'avait-il pas été sous-entendu la veille quand il lui avait montré qu'il avait un compte bancaire en Côte-d'Ivoire, quand il avait sorti les faux actes de naissance ? Cela n'avait-il pas été évident ?

Ça aurait dû être clair, se dit-elle, mais ce n'était que maintenant qu'elle commençait à comprendre.

Elle baissa les yeux sur son T-shirt rose et sur ses seins comprimés par une brassière de sport.

« Ce n'est pas vraiment la maison où tu as grandi, hein ? dit-elle d'une voix elle aussi comprimée. Le Phare. Tout ce que tu m'as raconté. Ce tableau. Ce n'était pas ta grand-mère.

– Hum », fit-il, et il ôta sa main de sa cuisse pour ébaucher un mouvement, un geste d'excuse, des doigts qui papillonnent. « C'est compliqué, dit-il l'air contrit.

« C'est toujours pareil. Les gens font une véritable fixation sur ce qui est réel et sur ce qui ne l'est pas.

– Oui, dit Lucy. C'est idiot, non ? »

Mais George Orson secoua la tête, comme si elle ne comprenait pas.

« Ça peut te paraître incroyable mais la vérité, c'est qu'une partie de moi a vraiment grandi ici. Il n'y a pas qu'une seule version du passé, tu sais. Ça peut paraître fou mais finalement, quand on aura fait ça un moment, je crois que tu comprendras. On peut être qui on veut. Tu en as conscience ?

« Voilà à quoi ça se résume. J'ai adoré être George Orson. Ça m'a demandé beaucoup de réflexion, beaucoup d'énergie, et ce n'était absolument pas bidon. Je n'ai pas cherché à te tromper. Je l'ai fait parce que ça me plaisait. Parce que ça me rendait heureux. »

Lucy laissa échapper un petit soupir incertain, en se disant : une foule de pensées.

« Pourquoi voulais-tu enseigner dans un lycée ? » finit-elle par articuler. C'était la seule chose qui lui apparaissait clairement, la seule pensée qui lui semblait cohérente. « Je ne trouve pas ça drôle du tout.

– Non, non », dit George Orson, et il lui sourit avec enthousiasme, comme si c'était exactement la question à poser – comme s'ils se trouvaient de nouveau dans la salle de classe en train de discuter de la différence entre existentialisme et nihilisme – comme si elle avait levé la main et qu'elle était son élève adorée et qu'il était excité à l'idée de lui répondre.

« C'est une des meilleurs choses que j'aie jamais faites. Cette année passée à Pompey. J'ai toujours voulu enseigner, depuis que je suis petit. Et c'était formidable. C'était une expérience extraordinaire. »

Il secoua la tête comme s'il était encore transporté. Comme si le lycée avait été une terre étrangère exotique.

« Et puis, poursuivit-il, je t'ai rencontrée. Je t'ai rencontrée et on est tombés amoureux, hein ? Tu ne comprends pas, ma chérie ? Tu es la seule personne au monde avec qui je peux parler. Tu es la seule personne au monde qui m'aime. »

Étaient-ils vraiment tombés amoureux ? Sans doute, se dit-elle, même si maintenant l'idée lui paraissait saugrenue puisque « George Orson » n'existait même pas.

Ces pensées lui donnèrent le vertige et la nausée. En retirant tous les éléments qui composaient George Orson – son enfance dans le Motel du Phare, ses études dans une grande université, ses anecdotes amusantes, sa façon d'enseigner subtilement ironique, et l'intérêt tendre et attentif qu'il portait à Lucy en tant qu'élève – si tout cela n'était que pure invention, que restait-il ? Il y avait sans doute quelqu'un derrière ce déguisement, une personnalité, un regard scrutateur : une âme, on pouvait appeler ça ainsi, se dit-elle, même si elle ne connaissait pas encore le véritable nom de cette âme.

Pour qui éprouvait-elle des sentiments – pour le personnage de George Orson ou pour la personne qui l'avait créé ? Avec qui avait-elle eu des relations sexuelles ?

Ça ressemblait à ces jeux sur les mots que George Orson avait tant de plaisir à proposer à ses élèves – il appelait ça les « boucles de récursion ». *Modération dans toutes choses, y compris dans la modération*, disait-il. *La réponse à cette question est-elle non ? Je ne dis jamais la vérité.*

Elle revoyait son large sourire quand il avait dit ça. C'était avant qu'elle envisage de devenir sa petite amie, bien avant qu'elle imagine se rendre en voiture dans un bureau de poste du Nebraska avec un acte de naissance bidon et des réservations sur un vol pour l'Afrique. « Je ne dis jamais la vérité », déclara-t-il à la classe, était une version du célèbre paradoxe d'Épiménide, dit paradoxe du menteur, puis il leur expliqua ce qu'était un paradoxe, et Lucy prit des notes en se disant que ça pourrait être un sujet d'examen, et que ça pourrait peut-être lui donner des points supplémentaires.

Ils étaient presque arrivés aux abords de Crawford, et George Orson – David Fremden – s'arrêta pour consulter le plan qu'il avait téléchargé sur internet.

Ils étaient garés devant un panneau historique, et après avoir examiné ses documents, George Orson resta là un instant, les yeux fixés avec intérêt sur la plaque métallique.

Baptisée en hommage au capitaine Emmet Crawford, un militaire de Fort Robinson, la ville est située dans la vallée de la White River et se trouve au cœur d'une vaste région d'élevage et d'agriculture. La piste des fourrures de 1840 reliant Fort Laramie à Fort Pierre ainsi que la piste entre Sidney et les Black Hills, empruntées lors de la ruée vers l'or des années 1870, passaient toutes deux par cet endroit. C'est à Crawford qu'ont été accueillies ou qu'ont vécu des personnalités telles que le chef sioux Red Cloud ; le hors-la-loi repenti David (Doc) Middleton ; le poète et éclaireur John Wallace Crowford ; la célèbre Calamity Jane ; l'éclaireur militaire Baptiste (Little Bat) Garnier, abattu dans un saloon ; le médecin militaire Walter Reed, qui a vaincu la fièvre jaune ; et le président Theodore Roosevelt.

C'est plutôt déprimant, se dit-elle.

En tout cas, elle trouvait ça déprimant, à ce moment important de sa vie. Qu'est-ce que George Orson leur avait dit un jour en classe ? « Les gens aiment pouvoir se situer. Ils aiment se sentir rattachés aux grandes forces de l'univers, d'une certaine façon. » Et elle se rappela qu'il avait secoué la tête, comme pour dire : *N'est-ce pas pathétique ?*

« Les gens aiment croire que ce qu'ils font compte vraiment », avait-il ajouté, l'air rêveur, perplexe, balayant du regard leurs visages, et elle se souvint que ses yeux s'étaient arrêtés sur elle et qu'elle s'était redressée sur sa chaise, un peu flattée, un peu décontenancée. Et elle l'avait regardé en hochant la tête.

En repensant à ça, Lucy posa sa main sur sa gorge qui continuait à être comme comprimée, comme lors d'une attaque de panique.

Les gens aiment croire que ce qu'ils font compte vraiment.

Elle avait réalisé que ses propres preuves d'identité – l'acte de naissance de Lucy Lattimore, sa carte d'assurée sociale, et cætera – se trouvaient à Pompey, Ohio, toujours enfermées dans un sac de congélation dans le tiroir supérieur de la commode de sa mère, avec l'empreinte à l'encre des pieds de Lucy bébé, son carnet de vaccination et les documents que sa mère jugeait importants.

Elle ne s'était pas donné la peine de les emporter quand George Orson et elle avaient quitté la ville et maintenant, elle s'en rendait compte, elle avait probablement davantage de papiers au nom de Brooke Fremden qu'elle n'en avait eu pour son vrai moi.

Qu'allait-il arriver à Lucy Lattimore, se demanda-t-elle. Si elle disparaissait des archives publiques, si elle n'occupait jamais un emploi, ne se présentait jamais à l'examen du permis de conduire, ne payait jamais d'impôts, ne se mariait jamais et n'avait pas d'enfants, si elle ne mourait jamais, existerait-elle encore dans deux cents ans, flottant librement, dans quelque banque de données ? À un certain moment, déciderait-on de l'effacer de la liste ?

Et si elle pouvait téléphoner à quelqu'un ? Et si elle pouvait parler à ses parents, une toute dernière fois, et leur dire qu'elle se sentait seule, qu'elle était fauchée, et qu'elle s'apprêtait à prendre un avion pour l'Afrique sous un faux nom ? Quels conseils lui donneraient-ils ? Quels conseils leur demanderait-elle ?

Maman, je songe à cesser d'exister, et je t'appelais juste pour avoir ton avis.

Cette pensée suffit presque à la faire rire, et David Fremden la regarda comme s'il avait perçu un mouvement. Attentif et paternel.

« Quoi qu'il en soit, dit-il, je crois que nous devrions y aller. »

19

Jay Kozelek était debout sur le trottoir, devant l'aéroport international de Denver, quand une Lexus noire passa devant lui et s'arrêta. Il regarda la vitre fumée du conducteur descendre en émettant un léger chuintement pneumatique, et un type blond, mince et pimpant, le dévisagea. Un jeune, vingt-quatre ou vingt-cinq ans. Bon chic bon genre : était-ce la bonne expression ?

« Mr. Kozelek, j'imagine ? » dit l'individu, et Jay cligna des yeux.

Il ne savait pas à quoi s'attendre, mais il ne s'était certainement pas attendu à ça – ce personnage soigné à l'excès, avec ses lunettes griffées à monture en écaille, sa veste de sport chic, son pull à col roulé, et sa dentition digne d'une star. Quant à Jay, il était planté là avec son vieux sac à dos de randonneur, une veste achetée dans un surplus militaire, un pantalon de survêtement, et des cheveux retenus en arrière par un élastique. Pas lavés depuis un moment.

« Oui », dit-il, et le mec arbora un large sourire, content de lui, comme s'il lui avait fait une bonne blague. Ce qui était le cas, se dit Jay – et donc il tenta d'esquisser un sourire penaud alors qu'en fait, il se sentait vaguement angoissé. « Salut, Mike, dit-il, très détendu. Où va-t-on ? À ton yacht ? »

Mike Hayden le regarda. Sans réagir.

« Monte », dit-il, et il y eut un clic au moment où la portière arrière se déverrouilla, et Jay hésita une seconde avant de s'installer sur la banquette en tirant son sac derrière lui.

Et si c'était un piège ?

La voiture était toute neuve, immaculée, avec une agréable odeur de cuir pourtant chimique, et au moment où Jay essayait d'installer confortablement ses jambes, Mike Hayden se tourna vers lui et lui tendit la main. « C'est un plaisir, dit-il.

– De même », répondit Jay et il serra la main de Mike Hayden, elle était fraîche et sèche. Apparemment, on n'allait pas lui demander de s'asseoir sur le siège passager, où s'entassaient des papiers, un sac de fast-food froissé, un ordinateur portable fermé et plusieurs téléphones portables – cinq en tout, regroupés au milieu de ce fouillis comme des œufs dans un nid.

Leurs regards se croisèrent, et même si Jay ignorait ce que le regard insistant de Mike Hayden était censé exprimer, il y lut une certaine attente, et il s'enfonça dans son siège comme s'il avait reçu un avertissement.

« C'est formidable de te voir enfin en personne, Jay, dit Mike Hayden. Je suis tellement content que tu te sois décidé à venir.

– Oui », répondit Jay, et il se cala dans son siège, la Lexus accéléra en douceur pour s'éloigner du trottoir, prit de la vitesse en se faufilant entre les véhicules qui se dirigeaient prudemment vers la sortie de l'aéroport, s'engagea sur l'autoroute et dans l'immensité du ciel, les nuages de pluie les surplombaient, menaçants.

Jay et Mike Hayden s'étaient rencontrés sur un forum de discussion, un de ces espaces secrets et confidentiels où hackers et trollers avaient tendance à se retrouver, et ils s'étaient tout de suite bien entendus.

C'était à l'époque où Jay partageait une maison à Atlanta avec une bande de geeks qui se prenaient pour des révolutionnaires. The Association, c'est le nom qu'ils se donnaient, et Jay avait tenté de leur faire remarquer que c'était celui d'un horrible groupe des années 60. « Vous connaissez ces chansons débiles. Comme Windy ou Cherish. » Et il en chantait de courts extraits, mais ses colocataires se contentaient de le regarder, l'air sceptique.

Et donc, il commençait à se rendre compte qu'il était un peu trop vieux pour vivre avec eux. Ils connaissaient de bonnes combines pour se faire de l'argent mais ce n'était que des gosses, très immatures la plupart du temps, qui regardaient des films d'horreur affligeants, discutaient avec beaucoup de sérieux de culture pop, musique pop, programmes télé, bandes dessinées, sites web et modes qui se propageaient sur la Toile et les enthousiasmaient l'espace d'un instant. Ils étaient trop défoncés et paresseux pour avoir de la suite dans les idées mais Jay, c'était différent. Il avait trente ans ! Il avait un enfant, quelque part, même si cet enfant ignorait qu'il était son père. Un fils de quinze ans, Ryan. Il se dit qu'il était temps de se lancer dans des affaires plus sérieuses.

« Je vois ce que tu veux dire, lui avait dit Mike Hayden alors qu'ils chattaient ensemble. Ça m'intéresse aussi, les affaires sérieuses. »

À l'époque, Jay ne savait pas que le type s'appelait Mike Hayden. Son pseudo était « Breez » et il était connu dans certains cercles de cybernautes. Les hackers qui cohabitaient avec Jay éprouvaient pour lui un certain respect mêlé de crainte. On disait qu'il avait été personnellement impliqué dans une panne qui avait touché tout le pays, qu'il avait réussi à paralyser le réseau électrique dans le Nord-Est et le Midwest ; on disait qu'il avait volé des millions de dollars à plusieurs établissements bancaires importants, et qu'il avait tout manigancé pour qu'un professeur de Yale soit reconnu coupable de trafic de photos pédophiles et condamné.

« À ta place, je ne fricoterais pas avec ce type », lui avait dit Dylan – un de ses colocataires, un garçon de vingt et un ans originaire du Colorado, barbu et grassouillet, avec un visage en forme d'igname. Ce mec, c'est le Destructeur, mon pote, ajouta-t-il, l'air sérieux. Il serait capable de foutre ta vie en l'air rien que pour s'amuser.

– Hum », avait fait Jay. C'était étrange que ce soit Dylan qui lui dise ça, songea-t-il, puisque ses potes et lui passaient une bonne partie de leur temps à faire de sales blagues stupides sur internet – poster des vidéos porno bestiales sur le site qu'une dame consacrait aux bichons frisés, *Le monde merveilleux des peluches vivantes* ; télécharger des photos d'accidents très crues sur un forum de discussion pour enfants ; terroriser une pauvre fille chargée de la maintenance d'un site qui rendait hommage à une pop star disparue qu'ils détestaient en faisant livrer chez elle des centaines de pizzas et en lui coupant le courant ; pirater le site de la National Epilepsy Foundation avec des animations stroboscopiques qui, d'après eux, pourraient provoquer des crises chez les malades. Ils faisaient semblant d'avoir des convulsions et gloussaient frénétiquement pendant que Jay les observait, l'air gêné et désapprobateur. Ça pouvait être agaçant, parfois, dit-il à Breez.

« "Agaçant", dit Breez. C'est un euphémisme. »

Il était environ trois heures du matin, et les deux hommes échangeaient agréablement depuis plusieurs heures. C'était plaisant de discuter avec quelqu'un de son âge, songea Jay, même si c'était aussi intimidant. Breez faisait des phrases entières, et au lieu d'écrire un texte d'un seul bloc, il le divisait en paragraphes ; et jamais il ne faisait de fautes d'orthographe, pas plus qu'il n'utilisait d'abréviations ou de jargon informatique.

« J'en ai un peu marre de ces petits trollers, dit Breez. Avec leurs bouffonneries et leur sens de l'humour de collégien. Je commence à me dire qu'il devrait y avoir une sorte d'eugénisme sur internet. Tu ne trouves pas ? »

Jay n'était pas très sûr de la signification du mot eugénisme et donc il attendit. Puis il tapa : « Oui. Tout à fait.

– C'est super de rencontrer quelqu'un qui a un peu de bon sens, dit Breez. La plupart des gens sont incapables d'accepter la vérité. Tu vois ce que je veux dire. Croient-ils qu'il suffit de continuer comme ça, tous ces babillages et ces conneries, comme si nous n'étions pas au bord de la ruine ? Ne se rendent-ils donc compte de rien ? La calotte glaciaire est en train de fondre. Il y a des zones mortes dans les océans qui s'étendent à n'en plus finir. Les abeilles meurent, les grenouilles aussi, et la réserve d'eau douce se tarit. Le système alimentaire mondial court à sa perte. Nous sommes comme les lapins de Fibonacci, non ? Encore une génération – dix, quinze ans, et on aura atteint le point de non-retour. Les modèles élémentaires de projection démographique. Non ?

– Tout à fait, dit Jay, et il regarda la petite pulsation du curseur qui clignotait.

– Je vais te confier un secret, Jay, dit Breez. Je crois en la course à l'abîme. L'anarchie pure et dure n'est pas loin. Très bientôt, nous allons devoir commencer à faire des choix difficiles. Nous sommes trop nombreux, et je crains qu'il ne faille bientôt se poser la question : à quelle vitesse peut-on éliminer trois ou quatre des six milliards d'êtres humains ? S'en débarrasse-t-on de la façon la plus juste, la plus équitable possible ? C'est sur cette question que l'humanité devrait commencer à méditer. »

Jay réfléchit. *La course à l'abîme ?*

« Certaines composantes du troupeau méritent certainement d'être réduites, c'est tout ce que je peux dire, poursuivit Breez. Y a-t-il encore de la place sur terre pour des individus comme tes colocataires, abjects et fouineurs ? Le monde se porterait-il mieux sans ces types qui deviennent banquiers d'affaires ? Peut-on imaginer forme de vie plus médiocre ? Ces gens censés être tellement intelligents et talentueux. Ils étudient à Princeton, Harvard ou Yale et puis ils se retrouvent banquiers d'affaires ? Imagines-tu gâchis plus répugnant ? »

Jay ne dit rien. Ce type le charriait-il ? Était-il barjot ?

Et pourtant, il était impressionné par ce que Dylan lui avait dit. « Ce mec, c'est le Destructeur. Il a sans doute volé des millions de putain de dollars. » Et Jay sentait ces pensées faire tourner lentement des grandes roues dans sa tête. Il était vraiment défoncé.

D'ailleurs, il fallait qu'il se pose la question – un type pareil, savait-il des choses que Jay ignorait ? Était-il simplement plus attentif tandis qu'une grande partie du reste du monde se contentait d'avancer tranquillement sans aller au bout de ses réflexions ?

La course à l'abîme.

« Je ne sais pas trop quoi dire, finit par répondre Jay. Il y a beaucoup de choses auxquelles, moi non plus, je n'ai pas profondément réfléchi, à vrai dire. » Il marqua un temps d'arrêt. « Tu as l'air bien plus intelligent que moi. »

Il jouait au lèche-cul, sans aucun doute, mais il était curieux. Que savait faire ce type à part parler ?

« Pourquoi ne pas m'appeler sur mon portable ? tapa Breez. J'ai des insomnies terribles. Des cauchemars. J'aime entendre une voix humaine, de temps à autre. »

Et c'est comme ça qu'ils étaient devenus amis.

C'est comme ça qu'il apprit que le célèbre « Breez » était en fait un type qui s'appelait Mike Hayden, une personne ordinaire qui avait grandi dans la banlieue de Cleveland et qui – quoi qu'il ait accompli, bien que riche et tristement célèbre – se sentait pourtant seul. Il recherchait quelqu'un à qui il pourrait faire confiance, dit-il. « Ce qui n'est pas chose facile dans notre domaine d'activité.

– Pour sûr », dit Jay et il gloussa tristement. Ses colocataires et lui vivaient dans un bungalow du quartier de Westview, dans le sud-ouest d'Atlanta, dit-il, et il devait reconnaître qu'il songeait à déménager. Ils avaient surtout donné dans des trucs d'amateur – s'installer sur le parking d'un BJ's Wholesale Club, d'un Macy's ou d'un OfficeMax et chercher les failles dans leur réseau Wifi afin de pirater des numéros de cartes bancaires. Apparemment, ça ne menait nulle part.

« Ce n'est pas une mauvaise idée, en fait, dit Mike Hayden. Je connais un type en Lettonie qui a un ordinateur où on peut mémoriser les données – et il connaît un type en Chine qui peut imprimer des cartes vierges avec les numéros. Ça se fait. On peut récolter beaucoup si on est suffisamment intelligent et offensif.

– Oui, dit Jay. Mais être intelligent et offensif n'est pas le but du jeu ici. À mon avis, ces gamins ne savent pas ce qu'ils font. »

Mike Hayden devint pensif. « Hum, fit-il. Et qu'est-ce que tu comptes faire ? Rester là sans bouger ?

– Je ne sais pas.

– Si j'avais accès à vos numéros, dit Mike, je pourrais vraiment en faire quelque chose. C'est tout ce que je peux dire. On pourrait travailler ensemble.

– Hum », fit Jay. La maison était plongée dans l'obscurité, même si dans une pièce adjacente, il apercevait

Dylan, le visage éclairé par un écran d'ordinateur, les doigts bougeant sur le clavier, et il baissa la voix et mit sa main autour du micro de son téléphone portable.

« Il faut que je te dise la vérité, reprit-il. Je ne suis pas dans la même situation que ces types-là. Il faut que je commence à penser à l'avenir, si tu vois ce que je veux dire. J'ai trente ans. J'ai un gamin quelque part – un gamin de quinze ans, incroyable, non ? Franchement, les rêvasseries de la jeunesse, c'est fini pour moi. »

Cette révélation avait donné à réfléchir à Mike Hayden.

« Eh bien, Jay, finit-il par dire. Je ne savais pas que tu avais un enfant ! C'est génial.

– Oui, dit Jay et il remua nerveusement sur sa chaise. Un fils. Mais c'est compliqué. Je l'ai abandonné, en quelque sorte, pour qu'il soit adopté. Par ma sœur. Il ne sait pas que je… que je suis son père.

– Dis donc ! Ça doit être quelque chose.

– Il s'appelle Ryan, dit Jay – c'était sympa, en fait, de le dire à quelqu'un, et il sentit une brève bouffée de chaleur paternelle. C'est un ado. Incroyable, non ? En tout cas, moi, je n'arrive pas à y croire.

– C'est vraiment génial. Ça doit faire une sacrée impression – d'avoir un fils à soi !

– J'imagine. Mais ce n'est pas comme s'il était au courant. C'est plus comme un horrible secret entre ma sœur et moi. La plupart du temps, je n'ai même pas l'impression que ce soit réel, à vrai dire. Comme si c'était un univers parallèle ou un truc du genre.

– Hum, fit Mike Hayden. Tu sais quoi, Jay ? J'aime ta façon de réfléchir. Ça me ferait plaisir de te rencontrer. Tu veux que je te prenne un billet d'avion ? »

Jay ne répondit pas. Il entendait ses colocataires caqueter dans le salon à propos d'un canular qu'ils venaient d'imaginer, une histoire de photos trafiquées d'une célébrité. Ils n'avaient pas gagné d'argent depuis des semaines.

Pendant ce temps-là, Mike Hayden continuait à parler de Ryan. « Mince alors ! J'aimerais tellement avoir un fils. Ça me rendrait tellement heureux. Je n'ai plus que mon frère jumeau et il est tellement décevant ces derniers temps.

– Quel dommage, dit Jay, et il haussa les épaules tout en réalisant que Mike Hayden ne pouvait pas le voir au téléphone. J'imagine que ce genre de relations, ça se travaille, non ? Ça ne va pas de soi.

– C'est vrai, dit Mike Hayden. C'est tout à fait vrai. »

Et voici Jay maintenant. Une semaine plus tard, Mike Hayden et lui quittèrent Denver en prenant la direction de l'est, Breez et lui, le Destructeur et lui, traversèrent le Colorado, et Jay était prêt, en gros, à trahir ses anciens colocataires.

Ça ne l'ennuyait pas trop. C'étaient de vrais connards, songea-t-il, même s'il ne pouvait pas s'empêcher de se sentir angoissé ; le ciel s'assombrissait au-dessus de l'Interstate 76, ils traversèrent les épais panaches de fumée qui s'élevaient de la sucrerie juste derrière Fort Morgan, et une impressionnante nuée de quiscales s'envola au-dessus du champ, long défilé ininterrompu d'oiseaux. C'était comme si le monde avait conspiré en vue de paraître menaçant.

Il bougea, prit son sac à dos et le posa un peu plus à droite. C'était étrange d'être assis sur la banquette arrière, comme si Mike Hayden était taxi ou chauffeur, même s'il semblait parfaitement à l'aise avec ça.

« Alors, comment va ton fils ? » demanda Mike Hayden, et quand Jay leva les yeux, il vit ceux de Mike dans le rétroviseur.

Il haussa les épaules. « Bien, j'imagine. »

C'était étrange. Même si, en même temps, il n'y avait personne d'autre au monde à qui il avait parlé de ça.

« Je ne sais pas, ajouta-t-il. Nous… En fait, à vrai dire, Mike, je n'ai jamais parlé au gamin. Tu sais, après que ma sœur l'a adopté… J'ai eu des problèmes. J'ai été en prison un petit moment. Et ma sœur, Stacey. On s'est brouillés, en grande partie parce que… elle ne voulait pas qu'il sache. Elle ne voyait pas à quoi ça servirait de l'embrouiller, ce que je comprends, d'ailleurs, même si… c'est dur de s'y faire.

– Alors… en réalité, il ne t'a jamais rencontré ?

– Pas vraiment. Ma sœur et moi, on ne s'est pas parlé depuis qu'il a un an. Je doute qu'il ait jamais vu une photo de moi, si ce n'est une photo de moi petit. Ma sœur est une vraie dure à cuire. Quand elle coupe les ponts, c'est définitif. J'ai essayé de lui téléphoner une fois. Par curiosité, tu vois. Je me disais juste que je pourrais dire bonjour au gamin, mais elle a refusé catégoriquement. Pour le gamin, c'est à peine si j'existe.

– Ouah », fit Mike Hayden, et Jay vit de nouveau ses yeux, reflétés dans le rétroviseur, qui le regardaient. Un regard étonnamment triste et compatissant, songea Jay, mais déconcertant aussi. « Ouah, répéta Mike. C'est une histoire incroyable.

– Sans doute, dit Jay.

– Tragique.

– Je ne sais pas », répondit Jay, et il haussa les épaules. À vrai dire, il ne savait pas trop quoi ressentir – ici, dans l'habitacle luxueux de la Lexus ; ici, en compagnie de l'imprévisible Mike Hayden, avec sa veste de sport, ses ongles soignés, son attitude guindée, qui l'interrogeait sur toutes ces choses intimes.

Quand ils avaient commencé à se parler au téléphone, ils avaient eu de très longues conversations – pas uniquement concernant leurs affaires mais aussi leur vie. Mike lui avait parlé de son enfance, du père hypnothérapeute qui s'était suicidé quand il avait treize ans ; du beau-père violent ; du frère jumeau qui avait été le préféré de tous, qui était incapable de mal faire, tandis que Mike était pratiquement invisible.

« J'étais très proche de mon père et après son départ, j'étais comme un étranger dans ma propre famille. J'avais l'impression qu'ils auraient été plus heureux sans moi, alors je suis parti. Je ne les ai jamais revus, et je ne les reverrai sans doute jamais.

– Je vois ce que tu veux dire, dit Jay. C'était la même chose dans ma famille. Stacey avait dix ans de plus que moi et elle était l'élève modèle. Ils étaient si fiers qu'elle devienne expert-comptable. Une putain de comptable ! Et j'étais censé réagir en faisant : "Ouah, total respect. Je suis trop impressionné." »

Mike Hayden trouva ça hilarant. « Ouah, total respect. Je suis trop impressionné, répéta-t-il en imitant la voix de Jay. Tu me fais crever de rire, mec. »

Mike Hayden trouvait que Jay devrait contacter son fils. Que Ryan devrait savoir la vérité concernant son adoption et tout le reste.

« Je pense qu'il mérite de connaître la vérité, avait-il dit. Avec ta sœur, ce n'est pas très cool. Elle contrôle tout, tu ne trouves pas ? Et pense au pauvre Ryan ! Si les gens que tu crois aimer te cachent un truc aussi important, c'est une trahison de taille. C'est des choses comme ça qui foutent en l'air le karma universel.

– Je ne sais pas, avait répondu Jay. Il s'en sort certainement mieux comme ça. »

Mais, d'une certaine façon, Jay avait été très sensible à ce conseil. En fait, il réfléchissait beaucoup à cette situation depuis qu'il avait trente ans, et l'amitié et l'avis de Mike Hayden comptaient pour lui.

En même temps, c'était bizarre d'en parler maintenant, avec cet… étranger. Avec ce jeune Mike Hayden d'une propreté méticuleuse. C'était toujours le problème avec les relations par internet, les amitiés virtuelles, ou quel que soit le nom qu'on leur donne. Il y avait toujours un choc quand vous réalisiez que la personne que votre esprit avait fabriquée – le simulacre, l'avatar – ne ressemblait pas le moins du monde à la personne en chair et en os que vous aviez devant vous.

Il se demanda si ça avait été une bonne idée de quitter Atlanta. Peut-être n'aurait-il pas dû parler aussi librement des combines de ses colocataires ; peut-être n'aurait-il jamais dû évoquer son fils – et il sentit comme un malaise en imaginant l'enfant, son fils, chez Stacey, paisible, ignorant tout, « se débrouillant très bien », avait écrit Stacey à l'époque où Jay était emprisonné pour la première fois, à l'époque où Ryan était tout petit. « Tu as fait quelque chose de bien pour lui, Jay. Ne l'oublie jamais. »

Et maintenant Mike Hayden – Breez – était au courant de son existence. Une fois de plus, Jay se rappela ce que Dylan lui avait dit à son sujet : *Il serait capable de foutre ta vie en l'air rien que pour s'amuser.*

Il essuya ses paumes moites sur son pantalon, passa ses doigts dans ses cheveux alors qu'ils quittaient le Colorado pour le Nebraska. Ils écoutaient de la musique classique, une musique horrible et répétitive, un truc épouvantable qui faisait penser à des gammes jouées inlassablement au piano.

La nuit tombait quand ils s'arrêtèrent devant le motel. Le Motel du Phare, c'est ce qui était indiqué mais le néon n'était pas allumé, et il avait l'air abandonné.

« Enfin arrivés à la maison ! » s'écria Mike Hayden et, d'un geste théâtral, il passa au point mort. Il regarda par-dessus son épaule, un large sourire aux lèvres et Jay, qui ruminait sur la banquette arrière, leva les yeux.

« C'est chez moi, dit Mike Hayden. Ça m'appartient.

– Oh », fit Jay, et il regarda autour de lui. Ce n'était qu'un vieux motel, avec la réplique d'un phare à l'entrée, un cône en ciment avec des rayures en spirale blanches et rouges. « Oh, fit-il, et il essaya de hocher la tête avec admiration. Super. »

Jay et Mike empruntèrent le chemin qui conduisait du motel à la vieille maison située en hauteur, sans dire un mot. Il bruinait, c'était la fin octobre, et on ne savait pas très bien s'il allait pleuvoir ou neiger. Le vent faisait tanguer les hautes herbes sèches.

La maison qui se trouvait au-dessus du motel ressemblait à ces endroits que l'on trouve dans des illustrations de Halloween, le « manoir hanté » classique, songea Jay, même si Mike se comportait comme s'il s'agissait d'une merveille architecturale.

« Tu ne prends pas ton pied devant ça ? C'est le style Queen Ann. Façade asymétrique. Pignons en encorbellement. Et la tourelle ! Tu n'aimes pas la tourelle ?

– Si, répondit Jay et Mike Hayden se pencha vers lui.

– J'ai réussi à faire des choses extrêmement intéressantes avec ce bien. En fait, l'ancienne propriétaire est morte il y a trois ans, mais son numéro de Sécurité sociale est toujours valable. D'un point de vue administratif, elle est toujours vivante.

– Oh, d'accord, dit Jay. C'est cool.

– Attends – il y a mieux. Parce qu'il se trouve qu'elle a deux fils. Qui sont morts jeunes mais je pense qu'on peut les ressusciter. Et le plus beau, c'est que s'ils étaient vivants, ils auraient à peu près notre âge ! George. Et Brandon. Ils se sont tous les deux noyés – quand ils étaient adolescents. Ils étaient partis nager dans le lac, et Brandon a essayé de sauver George. J'imagine que ça n'a pas marché. »

Mike Hayden laissa échapper un rire nerveux comme s'il venait de dire quelque chose d'extrêmement drôle que Jay ne comprenait pas vraiment.

« Écoute, dit-il. Que dirais-tu d'être mon frère ?

– Hum », fit Jay. Il jeta un coup d'œil là où Mike avait posé sa main – sur la partie charnue de son épaule – et ne tressaillit pas, pas plus qu'il ne se raidit. C'était l'un des bénéfices qu'il avait tirés de son année passée à Las Vegas : un visage parfaitement impassible.

Une chance lui était offerte. À Atlanta, il était dans une impasse, et il avait là l'occasion d'avancer.

Quelle importance s'il avait été un peu manipulé ? Quelle importance si, l'espace d'un instant, il s'était senti plus proche de Mike Hayden – de Breez – que ne le recommandait la sagesse ? Quelle importance s'il lui avait révélé des informations personnelles, quelle importance si ce type, quel que soit son nom, connaissait maintenant des détails intimes sur sa vie ? Sur son fils. Ses secrets.

Mais bien sûr que si, ça avait de l'importance, pauvre con. Il avait été idiot, et Mike Hayden – ou qui qu'il soit – avait un léger sourire aux lèvres. Comme si Jay était un chiot dans la vitrine d'une animalerie.

« Il y a un truc que je veux te prouver, dit Mike Hayden. Avec les morts, on peut faire des choses phénoménales. As-tu idée du nombre de propriétés abandonnées dans ce pays ? C'est comme le Risk ou le Monopoly. Il te suffit d'atterrir sur un terrain et en gros, il t'appartient, si tu sais ce que tu fais. »

Mike rit, Jay rit un peu, lui aussi, même s'il ne savait pas très bien ce qu'il y avait de drôle. Ils étaient arrivés sur la véranda de la vieille maison hantée, et Jay regarda Mike Hayden sortir un trousseau de sa poche, un imposant trousseau de clefs qui tintinnabulaient. Combien y en avait-il ? Une vingtaine ? Une quarantaine ?

Mais il n'eut aucune difficulté à trouver la bonne. Il l'inséra dans la serrure, juste sous la poignée de porte, puis fit un autre geste théâtral, tel un magicien : abracadabra.

« Attends de voir l'intérieur, dit Mike Hayden. Il y a une bibliothèque. Avec un vrai coffre-fort derrière un tableau ! Ça en jette, non ? »

Puis il se raidit – comme s'il était soudain gêné par cet accès d'enthousiasme ridicule, comme s'il pensait que Jay allait peut-être s'en moquer.

« Je suis si content qu'on travaille ensemble, reprit-il. J'ai toujours regretté de ne pas avoir eu un véritable frère, si tu vois ce que je veux dire. Quand tu as un jumeau, il y a toujours quelque chose en toi qui veut que l'autre fasse partie de ta vie. Ton… âme sœur. Ce que je dis tient debout ? »

Il ouvrit la porte et une puissante odeur de moisi se dégagea. Jay aperçut, juste derrière l'entrée, derrière un immense tapis d'Orient décoloré, des meubles recouverts d'un drap et un grand escalier avec une rampe en colimaçon.

« À propos, je me suis occupé de tes complices d'Atlanta, dit Mike Hayden. J'ai dans l'idée que les agents fédéraux ont déjà commencé à procéder à l'arrestation de ces petits couillons et donc… on est au moins débarrassés de ces interférences. »

Et sur ces mots, ils pénétrèrent dans la maison.

TROISIÈME PARTIE

Dis-toi d'abord qui tu veux être ; puis fais en conséquence ce que tu dois faire.

Épictète[1]

1. *Manuel*, traduit du grec par François Thurot, Librairie Hachette, 1889.

20

Sur la photo, le jeune homme et la fille sont assis ensemble sur un canapé. Ils ont tous les deux des cadeaux sur les genoux et se tiennent la main. Le jeune homme est blond, mince, et il émane de lui un sentiment de bien-être. Il regarde la fille, à son expression on devine qu'il est en train de la taquiner gentiment, et elle est juste sur le point de rire. Elle a des cheveux auburn et des yeux mélancoliques, mais elle le regarde avec une affection manifeste. Ils sont amoureux, c'est l'évidence même.

Miles fixait la photo sans trop savoir quoi dire.

C'était Hayden, assurément.

C'était son frère mais on n'aurait jamais pu les croire jumeaux. C'était comme si cet Hayden avait, dès la naissance, vécu une autre existence, comme si leur père n'était jamais mort, comme si leur mère n'était jamais devenue furieuse contre lui, distante, et n'avait jamais désespéré de lui, comme si Hayden n'avait jamais pesté, allongé au grenier, les mains attachées à son lit avec des sangles de tissu, hurlant, sa voix rauque et hystérique traversant la porte fermée, voix étouffée mais insistante : « Miles ! Aide-moi ! Miles, viens remonter ma couverture. Je vous en supplie, je vous en supplie, il faut que quelqu'un vienne remonter ma couverture. »

Comme si, pendant tout ce temps, un autre Hayden, un Hayden normal grandissait, faisait des études universitaires et tombait amoureux de Rachel Barrie. Se glissant dans l'univers du bonheur ordinaire – la vie, songea-t-il, qui aurait dû leur être accordée à tous les deux, en bons petits bourgeois conformistes qu'ils étaient.

« Oui », dit Miles. Il déglutit. « Oui. C'est mon frère. »

Ils étaient assis dans la chambre d'hôtel de Lydia Barrie, à Inuvik, mais l'espace d'un instant, c'était comme s'ils étaient nulle part. Cet endroit, cette ville, les bâtiments d'aspect cubique avec leur revêtement extérieur en tôle ondulée, aussi éphémères qu'un décor de film monté à la hâte ; cette chambre avec l'éclatante lumière du soleil, invraisemblable et ininterrompue, qui filtrait à travers les stores – tout cela semblait tellement plus irréel que les jeunes gens sur la photo qu'il n'aurait pas été surpris d'apprendre que c'était Lydia et lui qui, en fait, n'étaient que purs produits de l'imagination.

Il effleura légèrement la surface brillante comme pour caresser le visage de son frère, puis il regarda Lydia lui prendre délicatement la photo des mains.

« Écoutez, dit-il. Y aurait-il moyen d'en avoir un tirage ? J'aimerais vraiment en avoir un. »

Il était incapable d'expliquer le sentiment de tristesse qu'il ressentait, le sentiment que cette photo qu'elle était en train de ranger était presque irréelle : la photo de ce qui aurait pu être. Pour lui. Pour Hayden. Pour leur famille.

Mais Lydia Barrie ne le comprendrait pas, songea-t-il. À ses yeux, Hayden n'était qu'un mystificateur, un spécialiste de l'escroquerie, un imposteur sur la photo de famille. Elle ne réalisait pas que la personne qu'elle avait connue sous le nom de Miles Spady était une réalité potentielle. Une véritable existence qui aurait pu être.

« J'imagine que vous espérez le sauver », dit-elle en posant sur Miles un long regard scrutateur qu'il ne sut interpréter.

Elle avait beaucoup bu mais ne se comportait pas comme quelqu'un qui était ivre, pas vraiment. Sa démarche était assurée, même si ses mouvements semblaient davantage prémédités, comme si elle devait réfléchir avant de les exécuter. Pourtant, il y avait de la rigueur dans son maintien. Elle avait été procureur et déployait une certaine grâce propre à cette profession – ce geste ample du poignet quand elle rangea le dossier à sa place dans son porte-documents en cuir, un *clic* net et chorégraphié quand elle ouvrit la mallette assortie, un élégant *fschhh* quand elle posa les documents entre eux sur le lit. Seul son regard humide et intense trahissait son ivresse.

« Vous pensez que si vous le trouvez vous pourrez d'une façon ou d'une autre le convaincre de… quoi ? » Elle marqua un temps d'arrêt suffisamment long pour qu'ils réalisent tous les deux son incohérence à lui.

« Que pensez-vous exactement, Miles ? demanda-t-elle d'une voix douce. Pensez-vous pouvoir le convaincre de se rendre aux autorités ? Ou de rentrer aux États-Unis avec vous et de se faire soigner, par exemple ? Est-il envisageable, d'après vous, qu'il se fasse interner de son plein gré ?

– Je ne sais pas », répondit Miles.

C'était déroutant d'être à ce point transparent. Il ne savait pas très bien comment elle avait réussi à exprimer avec autant de précision la trame de ses propres pensées, les idées discutables qu'il avait entretenues pendant des années, mais entendre quelqu'un les exprimer à voix haute lui fit prendre conscience de leur faiblesse et de leur inconsistance.

À vrai dire, il n'avait pas vraiment de plan. Il s'était toujours dit que quand il finirait par rattraper Hayden, si tant est qu'il le rattrape un jour, il lui faudrait improviser.

« Je ne sais pas », répéta-t-il, et Lydia Barrie posa sur lui son regard brillant et aviné. Malgré son état d'ébriété, il devinait qu'elle avait été un formidable procureur – implacable, sans aucun doute, pendant les contre-interrogatoires.

Il baissa les yeux, un sourire triste et gêné aux lèvres. Il avait pas mal bu lui-même, ce qui expliquait peut-être la facilité avec laquelle elle lisait en lui. Mais il fallait aussi reconnaître qu'il n'était pas particulièrement méfiant. Ça avait toujours été son problème – à peine dans le ventre de sa mère, un fluide amniotique avait dû le submerger, le prédisposant dès la naissance à être le crédule, le jumeau doux et manipulable.

« Il n'est pas celui que vous croyez, Miles, dit-elle. Vous le savez, non ? »

Elle lui avait déjà fait part de ses différentes théories concernant Hayden.

Sur certaines, il était en gros d'accord.

Il ne pouvait pas nier, disait-elle, que Hayden était un voleur, qu'il avait escroqué nombre d'individus et de sociétés, qu'il s'était particulièrement focalisé sur certaines banques d'affaires à qui il avait sans doute volé des millions de dollars.

Miles doutait qu'une telle somme d'argent ait été en jeu.

Quant aux autres accusations de Lydia Barrie, il ne savait pas trop. Hayden avait-il été mêlé à l'envoi de différents vers informatiques – dont celui qui avait paralysé les ordinateurs de la Diebold Corporation pendant presque une heure ? Hayden avait-il piraté le téléphone portable d'une héritière d'une chaîne hôtelière et convaincu son père qu'elle avait été kidnappée ? Hayden avait-il ruiné la carrière d'un professeur de sciences politiques de Yale en introduisant des photos à caractère pédophile dans son ordinateur ? Soutenait-il et aidait-il financièrement des organisations terroristes, dont un groupuscule écologiste qui préconisait la prolifération d'armes biologiques pour ralentir la surpopulation ?

Hayden avait-il orchestré les suspicions de détournement de fonds qui avaient contraint Lydia Barrie, en butte à des accusations non vérifiées, à quitter le cabinet juridique Oglesby and Rosenberg, où elle était alors avocate, ce qui avait entaché et peut-être ruiné sa carrière ?

C'était un peu gros d'insinuer que Hayden était impliqué dans tout ça, songea Miles. Dans tant d'affaires différentes.

« À vous écouter, on dirait que c'est un dangereux bandit », dit-il en laissant échapper un petit gloussement pour montrer à Lydia Barrie que c'était vraiment ridicule. Mais elle se contenta de lever un sourcil, l'air sceptique.

« Ma sœur a disparu depuis trois ans. On n'est pas dans une bande dessinée. Je prends ça très au sérieux. »

Et Miles se surprit à rougir. Troublé. « Eh bien, dit-il. Je comprends. Je ne cherchais pas à… minimiser ce que vous vivez. »

Il regarda ses mains, les documents qu'elle avait méticuleusement empilés pour qu'il les étudie, et s'arrêta sur le titre d'un article qu'elle avait photocopié : « Onze personnes inculpées pour usurpation d'identité à grande échelle », lut-il. Que dire ?

« Je n'essaie pas de lui trouver des excuses. Je dis juste que… ça semble peu crédible, non ? Il est tout seul. Et en fait il est… j'ai grandi avec lui, et en fait il est loin d'être un génie. S'il avait fait tout ce que vous dites, vous ne croyez pas qu'il se serait déjà fait prendre ? »

Lydia Barrie pencha la tête, et quand leurs regards se croisèrent, elle ne détourna pas les yeux. « Miles, vous n'avez pas encore pris connaissance de tout ce que j'ai là, si ? Nous – vous et moi – sommes peut-être les seuls à pouvoir amener votre frère devant les tribunaux. À pouvoir essayer de l'aider, de le guérir si vous voulez. De le tenir pour responsable de ses actes. Ce n'est peut-être pas un "bandit" comme vous dites, mais je pense que nous pouvons tous les deux reconnaître qu'il représente un danger pour lui-même. Et pour les autres. Nous sommes d'accord sur ce point-là, hein, Miles ?

– Je ne pense pas qu'il soit méchant, répondit-il. Il est… perturbé. Honnêtement, une grande partie de toute cette histoire n'est qu'un jeu. On jouait beaucoup à ce genre de jeux quand on était petits, et en quelque sorte, rien n'a changé. Pour lui, c'est comme un jeu de rôle. Vous voyez ce que je veux dire ?

– Oui », répondit Lydia Barrie en se penchant en avant, et son regard était presque triste, presque compatissant. « Vous êtes quelqu'un de très sentimental », ajouta-t-elle en esquissant un petit sourire, et elle posa la paume de sa main douce et fraîche sur son poignet. « Et très loyal. Ce que j'admire infiniment. »

Il sentit que, peut-être, elle allait l'embrasser.

Il ne savait pas trop quoi penser de ça, mais il perçut cette étrange lourdeur dans l'air, comme la chute de la pression atmosphérique juste avant l'arrivée d'un orage. Elle ne comprenait pas ce qu'il essayait de lui dire, songea-t-il. Elle n'était pas exactement son alliée et pourtant, il sentit ses yeux se fermer quand elle se pencha vers lui. L'étrange lumière continuait à filtrer à travers les stores quand la main de Lydia Barrie glissa sur son avant-bras, sur son biceps, et d'accord, oui, leurs lèvres se frôlèrent.

Quand Miles se réveilla le lendemain matin, Lydia Barrie dormait encore, et il resta là un moment, les yeux fixés sur les chiffres rouges du vieux réveil digital posé sur la table de nuit. Finalement, il se mit à tâtonner discrètement sous les couvertures en quête de son caleçon et une fois qu'il l'eut trouvé, il l'enfila avec soin. Lydia Barrie ne bougea pas quand il se dirigea à pas feutrés vers la salle de bains.

Eh bien. C'était plutôt inattendu.

Il ne put s'empêcher de se sentir un tant soit peu content de lui. Un peu… grandi. Il n'était pas habitué à ça ; se retrouver au lit avec une femme, même une femme complètement bourrée, était plutôt rare. Il se regarda dans la glace d'un œil critique. Il n'avait pas de double menton, pas encore, mais à condition de garder la tête droite. Et il était suffisamment gros pour avoir des seins et un ventre rond comme celui d'un bambin. La honte ! Il y avait un flacon miniature de bain de bouche sur le lavabo, il en versa un doigt dans un verre et se gargarisa.

Elle est complètement folle, se dit-il. C'était sans doute pour ça qu'elle avait couché avec lui. Il examina son visage, passa une main dans ses cheveux indisciplinés puis dans l'enchevêtrement de poils bouclés de sa barbe.

Elle était aussi obsédée que lui, si ce n'est plus – plus attachée à la théorie du complot, plus centrée sur ses propres méthodes, mieux organisée, plus *professionnelle.* Il était fort probable, se dit-il, qu'elle trouve Hayden avant lui.

Il fit couler de l'eau dans le lavabo et s'humecta les joues.

Et elle était vraiment très séduisante. Il n'était pas à sa hauteur sur bien des points. Il repensa à cette photo qu'elle lui avait montrée, celle de Hayden et Rachel Barrie, ce nœud à l'estomac quand il avait regardé leurs visages heureux, une vieille douleur qui remontait à l'enfance.

Pourquoi ça n'aurait pas pu être moi ? se demanda-t-il. *Pourquoi une jolie fille ne pouvait-elle pas tomber amoureuse de moi ? Pourquoi Hayden obtient-il toujours tout ?*

Quand il sortit de la salle de bains, Lydia Barrie était déjà levée, déjà en partie habillée, et elle se tourna vers lui, l'air pensif.

« Bonjour », dit-elle. Elle était en slip et soutien-gorge, et ses cheveux impeccablement coiffés la veille étaient ébouriffés et emmêlés, telles les perruques de sorcière qu'ils vendaient dans le magasin de magie de Cleveland. Il ne restait que des traînées de maquillage sur son visage défait et elle avait la gueule de bois. Elle approchait la quarantaine, c'était évident, mais ça ne le rebuta pas. Cette apparence négligée, peu raffinée, témoignait d'une certaine vulnérabilité qu'il se surprit à trouver attendrissante.

« Bonjour », dit-il, penaud, et il sourit quand elle porta timidement la main à ses cheveux.

C'est alors qu'il vit l'arme.

C'était un petit revolver qu'elle tenait mollement de la main gauche tout en lissant ses cheveux de la main droite, et il la regarda tenter de le cacher discrètement dans sa mallette. L'espace d'un instant, elle agit comme si elle espérait qu'il n'avait rien remarqué.

« Putain ! » s'écria-t-il.

Il recula d'un pas.

En fait, il se dit qu'il n'avait jamais vu d'arme de sa vie, même s'il avait sans doute vu des centaines de personnes armées à la télévision, au cinéma, dans des jeux vidéo. Il avait vu beaucoup de gens se faire tuer ; il savait à quoi ça ressemblait : le petit trou circulaire dans la poitrine ou dans le ventre, et le sang qui s'étalait, telle une tache de Rorschach, sur la chemise.

« Mon Dieu ! Lydia. »

Elle vacilla. Au début, elle pensa sans doute pouvoir faire l'innocente – elle écarquilla les yeux, comme si elle s'apprêtait à dire : *Quoi ? De quoi tu parles ?* Puis elle réalisa probablement que ce n'était pas la bonne tactique, et une expression froide et provocante traversa son visage avant que, finalement, elle hausse les épaules. Et lui sourit, l'air piteux.

« Quoi ? demanda-t-elle.

– Tu as une arme. Pourquoi tu as une arme ? »

Il était là, en caleçon, encore un peu groggy, encore un peu étourdi d'avoir fait l'amour pour la première fois en deux ans, encore imprégné des conversations qu'ils avaient eues la veille, de la photo de Hayden et Rachel, de la tristesse qu'il avait ressentie. Lydia Barrie leva les sourcils.

« Tu n'as pas idée de ce que c'est que d'être une femme, dit-elle. Je sais que tu n'imagines pas que ton frère puisse être dangereux, mais sois réaliste. Mets-toi à ma place. J'ai besoin de me sentir en sécurité, Miles.

– Oh », fit-il. Ils étaient là, face à face, et Lydia posa l'arme sur le lit et leva les mains en l'air, comme si c'était Miles qui était armé.

« C'est juste un pistolet de poche, reprit-elle. Un petit Beretta 6,35. Je l'ai depuis des années. Il n'est pas particulièrement mortel – je le considère plus comme un moyen de dissuasion.

– Je vois », dit Miles, même s'il n'en était pas sûr. Il était là, avec pour seul vêtement un caleçon ridicule avec des piments imprimés dessus et il croisa les bras sur la poitrine, hésitant. Il flageola un peu sur ses jambes nues et, l'espace d'un instant, se demanda s'il ne ferait pas mieux de foncer vers la porte.

« Est-ce que tu vas tuer mon frère ? finit-il par demander, et Lydia écarquilla les yeux, comme interloquée.

– Bien sûr que non. » Elle enfila sa jupe, remonta la fermeture et esquissa un sourire pincé. « Miles, dit-elle. Mon ange, hier soir, je t'ai demandé si tu avais un plan, et tu m'as répondu que tu comptais plus ou moins improviser une fois que tu aurais localisé ton frère. Eh bien moi, je ne vais pas improviser. Quand j'ai été renvoyée du cabinet Oglesby and Rosenberg, une de mes priorités a été d'utiliser mon "temps libre" pour obtenir de l'État de New York une licence de détective privé. Ce qui m'a considérablement aidée pour rechercher… Hayden. » Elle passa résolument ses bras dans les manches de son chemisier. « Et dès mon arrivée au Canada, ma priorité a été d'engager Mr. Joe Itigaituk, un détective privé canadien accrédité, si bien que lorsque nous arrêterons ton frère, je n'interférerai pas avec la souveraineté d'une puissance étrangère. »

Miles regarda Lydia boutonner son chemisier, de haut en bas, tout en parlant, ses doigts remuant habilement comme si elle utilisait la langue des signes.

Il jeta un coup d'œil en direction de la porte qui donnait sur le couloir, et de nouveau, il flageola sur ses jambes.

« Je ne suis pas une meurtrière, Miles », dit Lydia, et ils se regardèrent, et ses traits s'adoucirent quand elle l'examina de la tête aux pieds.

« Pourquoi tu ne t'habilles pas. Mr. Itigaituk et moi, nous prenons un avion pour l'Île de Banks dans deux heures, et je me suis dit que ça te plairait de venir avec nous. Comme ça, tu pourras t'assurer que personne ne lui fera de mal. Si tu es là, il nous suivra peut-être calmement. »

Lydia était convaincue que Hayden occupait une station météorologique abandonnée, située à l'extrémité nord de l'Île de Banks, non loin de la limite des neiges éternelles.

« Bien que la limite des neiges éternelles ne soit plus aussi stable qu'avant, précisa-t-elle alors qu'ils roulaient en taxi. Le réchauffement climatique, et cætera. »

Miles était réticent. Il appuya sa tête contre la vitre et regarda les rues sans arbres, les maisons aux couleurs éclatantes – turquoise, jaune d'or, pourpre – reliées entre elles comme un jeu de construction. La poussière sur les routes était noire comme du charbon, le ciel sans nuages, et il apercevait la toundra débarrassée de son manteau neigeux juste derrière la rangée de maisons et d'entrepôts. Le vert dominait, avec même des fleurs sauvages ici et là, mais il eut l'impression que le paysage ne serait véritablement lui-même qu'une fois de nouveau couvert de neige.

Lydia ne lui avait pas expliqué en détail comment elle avait suivi la trace de Hayden jusqu'ici, de même que Miles ne lui avait pas révélé ses méthodes moins rationnelles – l'intuition, le pressentiment, la stupidité qui le poussaient à parcourir six mille cinq cents kilomètres en voiture. Mais Lydia était plutôt confiante. « Le fait que nous nous trouvions tous les deux ici, à Inuvik, est bon signe, non ? En fait, ça m'encourage vraiment. Pas toi ?

– Sans doute », répondit Miles bien que, maintenant qu'il y avait de grandes chances pour que Hayden soit arrêté, un sentiment d'appréhension se ramifiât et prît racine en lui. Il se rappelait les hurlements de Hayden quand il avait été interné en hôpital psychiatrique. C'était l'une des pires choses que Miles ait jamais entendues – son frère, dix-huit ans, adulte, poussant ces horribles cris pareils aux croassements d'un corbeau, battant des bras quand les aides-soignants lui tombèrent dessus. C'était quelques jours après le nouvel an, il neigeait à Cleveland, et Miles et sa mère étaient là, un manteau sur le dos, les flocons de neige, pareils à du duvet de pissenlit, fondant dans leurs cheveux, et Hayden fut mis à terre, il cambrait le dos et agitait les jambes pour essayer de se libérer, et il écarquilla les yeux quand il tenta de mordre. « Miles ! hurlait-il. Miles, ne les laisse pas m'emmener. Ils me font mal, Miles. Sauve-moi, sauve-moi… »

Ce qu'il n'avait pas fait.

« Tu es silencieux, fit remarquer Lydia Barrie, et elle lui effleura le poignet, comme s'il y avait dessus une miette ou un grain de poussière. Inquiet ?

– Un peu. Je me demande juste comment il va réagir. Je ne sais pas, c'est juste que… je ne veux pas qu'il souffre. »

Lydia Barrie soupira. « Tu es vraiment gentil, dit-elle. Tu as bon cœur, et c'est une merveilleuse qualité. Mais tu sais quoi, Miles ? Il n'a plus le choix. »

Miles hocha la tête et baissa les yeux sur l'endroit exact où Lydia avait légèrement effleuré sa main, juste au niveau du poignet.

« Il est coincé, reprit-elle. Et je me risquerais bien à avancer qu'il est cerné par des gens extrêmement méchants. Des gens bien plus dangereux que moi. »

Il s'en était lui-même douté quand il avait reçu cette lettre de Hayden. *J'ai dû vivre caché pour de bon mais il n'y a pas un jour où tu ne m'as manqué. C'est uniquement parce que je craignais pour ta sécurité que je ne t'ai pas contacté…*

« Oui, dit-il. Tu as sans doute raison. »

Il ne pouvait pas s'empêcher de repenser à cette photo de Hayden et Rachel, assis ensemble sur le canapé le jour de Noël. Il espérait qu'ils étaient toujours ensemble – que Rachel serait dans la station météorologique avec lui. Il imaginait le moment où Lydia et lui ouvriraient la porte, et Hayden et Rachel seraient là, dans la minuscule cahute, défaits et surpris, et sans doute amaigris. Après tout, qu'est-ce qu'ils avaient bien pu manger dans cet endroit abandonné ? Du poisson ? Des conserves ? Avaient-il pu se laver ? Auraient-ils les cheveux hirsutes d'un ermite ?

Au début, assurément, ils paniqueraient. Ils s'attendraient à voir débarquer un voyou menaçant ou un assassin rapide et efficace…

Et puis ils s'apercevraient que ce n'était que Miles. Que Miles et Lydia, un frère et une sœur. Et après le premier frisson provoqué par cette découverte, ne seraient-ils pas reconnaissants ? Ce serait comme des retrouvailles. Lydia et lui étaient venus les sauver, et ils comprendraient qu'il n'y avait nulle part où fuir, que c'était la fin du voyage.

Et qu'au moins, ils avaient été retrouvés par quelqu'un qu'ils aimaient.

Le taxi était arrivé devant l'aérodrome où Mr. Itigaituk les attendait. Ils descendirent, Lydia paya le chauffeur et se retourna pour saluer de la main l'homme qui s'avançait vers eux. C'était un Inuit de petite taille, qui portait une moustache à la gauloise, une veste en velours côtelé, un jean, des bottes de cow-boy, et Miles trouva qu'il ressemblait plus à un prof de maths de lycée qu'à un détective privé.

L'individu fronça les sourcils quand il le vit, mais ne dit rien. Lydia et lui se serrèrent la main, et Miles les observa en se tenant légèrement à l'écart ; ils parlèrent à voix basse, Mr. Itigaituk le dévisagea, l'air sceptique, puis il hocha la tête, ses yeux noirs, indifférents, posés sur son visage.

L'aérodrome se trouvait à une quinzaine de kilomètres de la ville, et Miles fut de nouveau frappé par cette lumière incessante, par cette toundra verte qui s'étendait dans toutes les directions, par le miroitement de marais et d'étangs dégelés au loin.

Sur le tarmac, le petit Cessna à six places les attendait pour les emmener jusqu'à l'Île de Banks, jusqu'à Aulavik.

21

Ryan leva les yeux et une silhouette apparut dans l'encadrement de la porte.

Il dormait presque, penché sur son ordinateur, les mains bien positionnées, les doigts sur les lettres *asdf jkl* ; son menton était devenu lourd, ses épaules s'étaient affaissées, ses coudes avaient fléchi et son front avait entamé une lente descente vers la table.

C'était comme dans un rêve. Après avoir bu quelques bières, après avoir tiré quelques bouffées sur le tuyau du narguilé ; après une longue période passée à voyager, à traverser les fuseaux horaires – à passer de la zone Pacifique à celle des montagnes puis à la zone centrale et orientale – après avoir calmé son père ivre et sans doute défoncé qui allait et venait d'un pas chancelant avec une arme à la main ; après l'avoir mis au lit, lui avoir délicatement pris l'arme qu'il tenait mollement et l'avoir rangée, après s'être assis devant l'ordinateur les yeux fermés.

Il leur avait consciencieusement réservé deux billets d'avion pour Quito, en Équateur, sous le nom de Max Wimberley et de Darren Loftus, et la confirmation était toujours là, à l'écran, une case flottant à la surface du moniteur comme une feuille sur un étang, et Ryan se disait, *je devrais aller me coucher. C'est incroyable ce que je suis fatigué.* Et il fit tourner dans sa bouche sa langue sèche et pâteuse et ouvrit péniblement les paupières.

Il avait déjà fait ce genre de rêve.

Un homme dont il apercevait la silhouette derrière la porte grillagée. Qui se tenait sous la lumière de la véranda, là où les papillons de nuit tournaient en rond et se cognaient, groggy, contre le plafond, et c'était comme une lanterne magique au-dessus de la tête de l'homme. Ryan laissa ses yeux se refermer.

Ça faisait un moment qu'il avait ces légères hallucinations – il croyait voir des gens qu'il connaissait – ces images qu'il savait n'être que les résidus de l'épuisement, du stress, d'un sentiment de culpabilité persistant, de trop de bière et de hasch, de trop de temps passé seul avec Jay, personne d'autre à qui parler ; de trop de temps passé devant un écran d'ordinateur qui parfois semblait battre au rythme des flashes d'un stroboscope réglés à la milliseconde, comme ces vieux messages publicitaires subliminaux dont il avait entendu parler.

Ça lui rappela cet épisode à Northwestern. Walcott et lui avaient fait la fête tout le week-end et il fumait un joint, assis à la fenêtre de sa chambre, au quatrième étage de la résidence universitaire. Il avait le bras tendu à l'extérieur pour éviter que la pièce empeste, il essayait de faire des ronds de fumée dans la nuit printanière et brumeuse, les yeux baissés sur le trottoir désert et sur les lampadaires censés ressembler à des becs de gaz, il n'y avait pas de circulation, et soudain quelqu'un lui prit le poignet.

Il l'avait très nettement senti. C'était impossible, il le savait. Son bras était quatre étages au-dessus du sol et pourtant, l'espace d'une seconde, quelqu'un l'avait saisi. C'était comme si, à bord d'un bateau, il l'avait laissé traîner dans l'eau, comme si ses doigts avaient effleuré la surface d'un lac et qu'une main, un noyé, lui avait attrapé le poignet.

Il poussa un cri, lâcha le joint, vit la lumière orange de l'extrémité incandescente traverser les ténèbres, et rentra immédiatement son bras à l'intérieur. « Putain ! » s'exclama-t-il, et Walcott leva les yeux de son ordinateur portable et le regarda, l'air endormi.

« Quoi ? » marmonna-t-il, et Ryan était là, à se tenir le poignet, comme s'il se l'était brûlé. Que dire ? *Une main fantomatique s'est glissée jusqu'au quatrième étage pour essayer de m'empoigner. Quelqu'un a essayé de me faire passer par la fenêtre.*

« Je me suis fais piquer par une bestiole, finit-il par dire, calmement. J'ai fait tomber mon joint. »

Cet épisode lui revint très précisément à la mémoire – plus comme un voyage dans le temps que comme un souvenir – et il secoua la tête, réaction typique de celui qui rêve tout éveillé, comme si on pouvait remettre son cerveau à sa place en l'agitant.

Il plissa les yeux en se disant que, peut-être, ça effacerait tout, mais quand il les rouvrit, la silhouette sur le seuil de la porte se détachait encore plus nettement.

L'homme s'était approché. Il était dans la pièce maintenant et se dirigeait vers Ryan, un homme de haute taille vêtu d'un costume noir dont l'étoffe chatoyait.

« Jay est là ? » demanda-t-il, et Ryan tressaillit quand il reprit pleinement conscience. « Je suis un ami de Jay », dit l'homme. Réel. Pas rêvé.

L'homme tenait un objet en plastique noir qui, à première vue, ressemblait à un rasoir électrique. Un truc à brancher sur un ordinateur ? Un outil de communication comme un téléphone portable ou un récepteur, avec deux pinces métalliques au bout ?

L'homme s'avança rapidement, le bras tendu, comme s'il voulait l'offrir à Ryan, et en fait Ryan tendit la main un court instant, juste avant que l'homme ne lui pointe l'objet sur le cou.

C'était un Taser, comprit-il.

La décharge électrique le traversa. Ses muscles et tout son corps se contractèrent douloureusement, et il sentit que ses bras étaient secoués par des spasmes, que ses jambes gesticulaient, que sa langue durcissait dans sa bouche, bande de chair rigide alors que sa gorge produisait un gargouillement. De la salive apparut entre ses lèvres tremblantes.

Et il perdit connaissance.

Ce n'était pas une hallucination. Rien que le vide, puis de gros points noirs et flous commencèrent à envahir son champ de vision. Comme les moisissures se développant dans une boîte de Pétri. Comme les taches qui apparaissent sur l'écran quand la pellicule se bloque dans le projecteur.

Et puis : des voix.

Jay – son père – nerveux, le regard furtif.

Puis une réponse calme. Une voix sortie d'une cassette de relaxation ?

Je cherche Jay. Peux-tu m'aider à le trouver ?

Ouille, dit Jay, d'une voix un peu perçante.

Je ne sais pas, je ne

Le nom de Jay Kozelek t'est-il familier ?

Je…

Où est-il ?

… ne sais pas

Il me faut juste une adresse. On te traitera avec ménagement.

Sincèrement

Tout ce que tu pourras me dire maintenant m'aidera beaucoup.

C'est la vérité, je le jure

Je ne

La tête de Ryan se souleva mais son cou était pareil à une tige frêle. Il était assis sur une chaise, et il sentait la pression du ruban adhésif autour de son corps – sur ses avant-bras, son torse, sa taille, ses mollets, ses chevilles – et quand il tenta de bander ses muscles, il constata qu'il était solidement attaché. Il plissa les yeux et vit que Jay et lui étaient assis à la table de la cuisine, l'un en face de l'autre. Il vit qu'un filet de sang coulait de la tête de Jay sur sa tempe, son œil gauche, l'arête de son nez et jusque dans sa bouche. Jay émit un son comme s'il reniflait, comme s'il avait un rhume, et quelques gouttelettes de sang tachetèrent la nappe.

« Écoutez », dit-il à l'homme, humblement. « Vous savez ce que c'est avec ce genre de business. Les gens sont retors. Je connaissais à peine ce mec », ajouta-t-il, tellement désireux d'aider, s'efforçant encore de se raccrocher un tant soit peu au Jay plein de charme qu'il avait été. « Vous en savez sans doute plus que moi à son sujet. »

Et le type, qui le surveillait, médita ces paroles.

« Oh, vraiment », finit-il par lâcher en baissant les yeux sur Jay.

C'était le type qui avait envoyé à Ryan une décharge avec son Taser, et pour la première fois, Ryan le regarda de près. Un gars costaud, proche de la trentaine, épaules étroites et larges hanches, 1,85 m ou 1,90 m, vêtu d'un costume italien noir digne d'un mafioso – même s'il ne ressemblait pas vraiment à un gangster. Il avait un visage d'adolescent du Midwest, en forme de pomme de terre, une tignasse couleur paille et il rappela à Ryan l'étudiant de troisième cycle qui avait été son maître-assistant en informatique à Northwestern.

« Tu sais quoi, dit le type. Je ne te crois pas. »

Il leva le poing et frappa Jay au visage. Avec violence. Avec suffisamment de violence pour que sa tête se renverse en arrière et que d'autres gouttelettes de sang giclent de sa bouche, et Jay laissa échapper un glapissement de surprise.

« Vous faites erreur ! Écoutez, je ne suis pas votre homme, c'est tout. Je ne sais pas ce que vous voulez que je dise. Dites-moi ce que vous voulez que je dise ! »

Ryan s'efforçait de se faire aussi petit et silencieux que possible. Il entendait du mouvement – des bruits sourds et du tapage dans la pièce voisine, et il aperçut des hommes en pantalon et chemise noirs, deux hommes, se dit-il, même s'il y en avait sans doute plus, qui débranchaient les disques durs des rangées d'ordinateurs posés sur les tables, qui jetaient par terre écrans, claviers et autres périphériques, et qui parfois tapaient dessus avec de longues barres métalliques courbées, des pinces à levier, et l'un d'eux s'empara de la planche de Ouija et la regarda avec curiosité, des deux côtés, comme s'il s'agissait d'un outil technologique qu'il n'avait jamais rencontré. Puis il s'interrompit, sentant sans doute le regard de Ryan posé sur lui, et Ryan s'empressa de fermer les yeux.

« Je songe à… te torturer », finit par dire à Jay l'homme au Taser. Il parlait d'une voix douce, modérée, presque monotone, qui évoquait celle du DJ d'une station de radio universitaire. « Écoute-moi bien. C'est un des fantasmes qui m'a fait tenir toutes ces années. La perspective de torturer Jay Kozelek fait partie de ces choses qui me rendaient heureux quand j'étais en prison, alors ne te fous pas de ma gueule. J'ai suivi sa trace jusqu'ici. Je sais qu'il est là quelque part. Et si tu ne me dis pas où, je vais te torturer et ton petit copain aussi, jusqu'à ce que vous gerbiez du sang. OK ? »

Les lèvres de Ryan s'entrouvrirent mais rien ne sortit. Aucun son, pas même un souffle.

Il se trouvait face à une situation qu'il n'avait jamais vraiment envisagée. Pendant tout ce temps où il s'était livré, avec Jay, à des activités illicites, même quand il avait reçu ces messages en russe, même quand il avait fui ces types à Las Vegas, il ne s'était jamais imaginé ligoté à une chaise dans une cabane, dans la profondeur des bois du Michigan, en compagnie d'un homme qui disait *Je songe à te torturer*.

Il était surpris de constater son incapacité à réfléchir. Il s'était toujours dit que, dans une situation extrême, son esprit s'aiguiserait – ses idées se bousculeraient – son adrénaline entrerait en action – son instinct de survie ferait brutalement surface – mais en fait, il ressentit un vide, un battement de cœur, comme la respiration haletante d'un rongeur pris au piège. Il songea à un lapin, à un petit animal en liberté, à la façon dont il s'immobiliserait comme pour faire croire à son invisibilité. Il pensa aux cassettes de méditation de Jay : *Imaginez un cercle d'énergie à la base de votre colonne vertébrale. C'est une énergie farouche. Elle vous relie à la terre*...

Et assis là, c'était comme s'il n'était que de la terre. Un sac de terre.

Pendant ce temps-là, l'homme passait sa main dans les longs cheveux de Jay et, tout en parlant, il enroula une boucle autour de chacun de ses doigts et serra de plus en plus fort tandis que sa voix devenait plus douce.

« J'ai passé trois ans en prison, disait l'homme. En *prison*. Tu ne le sais peut-être pas, mec, mais la prison a tendance à te rendre méchant. Et tu sais quoi ? Chaque jour sans exception, la seule chose qui me rendait heureux était d'imaginer comment j'allais pouvoir faire du mal à ton ami Jay. J'y ai beaucoup réfléchi. Parfois je fermais juste les yeux et je me demandais : que faire de Jay ? Je pensais à son visage, à l'air qu'il aurait quand il serait ligoté à une chaise, et je me disais : Quelle serait la pire des choses ? Qu'est-ce qui le ferait souffrir le plus ? »

L'air pensif, l'homme marqua un temps d'arrêt tout en continuant à tirer sur la poignée de cheveux enroulés autour de ses doigts.

« Alors tu comprends bien, reprit-il. Le fait que je n'ai pas chopé Jay me fait vraiment chier. »

Ryan avait commencé à trouver leur conversation surréaliste, incompréhensible, mais il avait du mal à ne pas se concentrer sur l'expression qui se lisait sur le visage de son père, ses dents serrées, son regard vide et fixe.

Ryan comprit que l'homme projetait de lui arracher une mèche de cheveux, mais ça exigeait plus de force qu'il ne l'avait cru. « Aïe ! » hurla Jay, mais les cheveux restèrent obstinément attachés à son crâne, et après une courte lutte, l'homme comprit que cela demanderait plus d'énergie ou plus d'efforts qu'il ne voulait – ou ne pouvait – en déployer.

« Merde ! » dit-il et à la place, il secoua vigoureusement la tête de Jay, comme un chien agiterait un chiffon entre ses dents, et le visage de Jay oscilla avant que l'homme renonce et lâche ses cheveux d'un geste théâtral.

Il n'avait pas atteint son but mais il avait fait suffisamment mal à Jay pour qu'il gémisse et que la peur le fasse se tasser.

« Je ne l'ai pas vu depuis des années. Je n'ai aucune idée de l'endroit où il se trouve, je le jure. »

Jay pleurait un peu, un faible gémissement enfantin, un tremblement des épaules, ce qui fit hésiter l'homme : torturer quelqu'un était plus dur que dans ses rêves.

« La dernière fois que je l'ai vu, il projetait d'aller en Lettonie. À Rezekne, reprit Jay gravement, et il renifla. Il est sur la touche depuis longtemps, depuis très longtemps. »

Mais ce n'était pas ce que l'homme voulait entendre, et Ryan ignorait totalement de qui ils parlaient. Y avait-il un autre Jay ?

« Tu n'a pas bien pigé, hein ? dit le type. Tu crois pouvoir me faire avaler encore d'autres salades, hein ? » Et il laissa échapper un gloussement cruel et affecté. « Mais nous afons les moyens de fous faire parler », dit-il en imitant l'accent russe ou allemand.

Ryan regarda l'homme fouiller dans la poche de sa veste, comme quelqu'un qui chercherait à tâtons une pièce porte-bonheur, et quand il toucha l'objet, il eut de nouveau l'air concentré, résolu, et un petit sourire entendu apparut sur ses lèvres.

De sa poche, il sortit un fil à couper le beurre, et il le regarda comme s'il lui rappelait un souvenir ancien plutôt agréable.

Jay ne dit rien. Il baissa juste la tête et ses longs cheveux formèrent une tente autour de son visage, ses épaules montant et retombant au rythme de sa respiration. Une goutte tomba de son nez sur le devant de sa chemise.

Mais l'homme ne remarqua rien. Il avait détourné son attention de Jay et regardait maintenant Ryan.

« Alors, dit-il. À qui avons-nous affaire ? »

Ryan sentait les yeux de l'homme posés sur lui. Son bref sentiment d'invisibilité s'envola et il regarda l'homme dérouler le fil muni d'une simple poignée en plastique à chaque extrémité. Et pencher la tête.

« Tu t'appelles comment, mec ? » demanda-t-il. Ses gestes étaient désinvoltes, il tirait sur le fil jusqu'à ce qu'il soit bien tendu, jusqu'à ce qu'il vibre comme une corde de guitare.

« Ryan. »

L'homme hocha la tête. « Bien, fit-il. Tu sais répondre à une question ? »

Ryan ne sut pas trop quoi dire. Il regardait droit devant lui en espérant que Jay lèverait la tête, que Jay le regarderait, qu'il lui ferait un signe, lui indiquerait quoi faire.

Mais Jay ne leva pas la tête, et l'homme reporta son attention sur Ryan

« Tu es Kasimir Czernewski, j'imagine ? »

Ryan fixait la nappe où des taches d'eau formaient comme une carte – un continent entouré d'îles minuscules. Il sentait qu'il frissonnait – la réaction physique instinctive qu'il associait avec le fait d'être mouillé et d'avoir froid, mais ça, ça c'était bel et bien de la peur, c'était la façon dont le corps réagissait quand on était terrifié.

« On t'a eu à l'œil, toi aussi. Je crois que tu vas être surpris quand tu vas découvrir le nombre de tes putains de comptes bancaires qui ne sont plus solvables. »

Ryan entendait les mots que l'homme prononçait, il pouvait les traiter, il connaissait leur signification – mais en même temps, il n'avait pas l'impression qu'ils formaient de véritables phrases. Ils s'enfonçaient dans sa conscience comme une ligne lestée lancée dans un étang, et il sentait les ondulations traverser son corps.

Qu'est-ce qu'il attendait de Jay en cet instant ? Qu'est-ce qu'un fils attend d'un père dans une situation pareille ?

Pour commencer, il y a le fantasme de l'action héroïque. Le père peut vous faire un petit clin d'œil confiant et rassurant – un petit *clac*, *clac* de la langue, et soudain il se libère de ses liens, dégaine un pistolet attaché à sa cheville, les balles pénètrent dans la nuque du tortionnaire qui se fige sur place, tombe face contre terre, et tout en vous adressant un sourire timide, votre père arrache le ruban adhésif qui retenait ses jambes, se retourne brusquement, arme en l'air, et vise les hommes de main…

Et puis il y a le père à la détermination inflexible. Le père qui vous montre ses dents serrées : *Tiens bon ! On va affronter ça ensemble ! On va s'en sortir !*

Ou le père plein de regrets – les yeux débordant de tendresse et de chagrin, des yeux qui disent : *Je suis avec toi. Si tu souffres, je souffrirai dix fois plus. Je t'offre tout mon amour et te donne ma force…*

Et puis il y avait Jay. Du sang avait coulé sur son visage, des larmes avaient tracé des sillons à travers ce sang séché, et quand leurs regards se croisèrent, ils se reconnurent à peine.

Pour la première fois depuis longtemps, Ryan pensa à Owen. Son autre père. Son ancien père – le père qu'il avait connu toute sa vie, qui l'avait élevé, le père qui le croyait mort. En cet instant précis, Owen est peut-être en train de se réveiller dans l'Iowa pour sortir la chienne, il est en pyjama dans le jardin, regarde l'animal renifler et tourner en rond, il jette un coup d'œil aux lampadaires dont la lumière faiblit au lever du jour et se penche pour ramasser le journal qui a atterri sur l'herbe.

L'espace d'un instant, Ryan s'y crut presque. Il se serait peut-être perché comme un oiseau dans le vieux chêne devant la maison, et il aurait tendrement regardé Owen déplier *The Daily Nonpareil* pour lire les gros titres, faire claquer ses doigts et siffler, et la chienne serait arrivée en courant, contente d'elle ; il aurait vu Owen lever rapidement les yeux, comme s'il sentait la présence de Ryan quelque part au-dessus de lui, penché en avant, un léger souffle d'air sur son visage endormi et sur ses cheveux en bataille.

« Papa, dit Ryan. Papa, je t'en prie, papa. »

Et il vit Jay grimacer. Jay ne le regarda pas, il ne leva pas la tête, mais il frissonna et l'homme au costume, dont l'intérêt venait d'être éveillé, se redressa.

« Oh, mon Dieu. Voilà un élément nouveau inattendu. »

Ryan baissa la tête.

« Ryan, dit l'homme, c'est ton père ?

– Non », murmura Ryan.

Il baissa de nouveau les yeux sur les taches d'eau en forme de nuage qui maculaient la nappe. Un continent, se dit-il à nouveau. Une île, comme le Groenland, un pays imaginaire, et il suivit des yeux le littoral, les baies et les archipels, et il pouvait presque entendre la voix de la cassette de méditation.

Imaginez un lieu, disait la voix. *Observez d'abord la lumière. Est-elle vive, naturelle ou faible ? Observez aussi la température. Fait-il trop chaud, chaud ou frais ? Prenez conscience des couleurs qui vous entourent. Permettez-vous d'exister, tout simplement...*

Une cachette, songea-t-il, et l'espace d'un instant il vit les tentes qu'il construisait quand il était petit, les chaises de la cuisine recouvertes d'un grand dessus-de-lit, l'espace obscur au milieu où il entassait des oreillers et des peluches, son propre nid souterrain qui, dans son imagination, se prolongeait pour former des couloirs sinueux, doux et faiblement éclairés, faits de plumes et de couvertures.

« Je vais commencer par la main gauche, dit l'homme. Et puis le pied gauche. Et puis la main droite, et cætera. »

Il effleura, très légèrement, l'avant-bras de Ryan couvert de taches de rousseur.

« On va poser un garrot ici, murmura-t-il. Un garrot très serré. Comme ça, tu ne perdras pas trop de sang quand je te couperai la main. »

Pour une raison ou une autre, Ryan était presque distrait. Il pensait à Owen. Il pensait à cette main fantomatique qui avait saisi son poignet à l'époque où il logeait dans une résidence universitaire. Il pensait à sa caverne sous le couvre-lit.

L'homme demanda : « Au-dessus du poignet ? Ou en dessous du poignet ? »

Et Ryan ne prit véritablement conscience de la question que lorsqu'il sentit le fil de fer se refermer juste au-dessus de sa main, juste au-dessus de l'articulation du pouce. Il tremblait tellement que le fil vibra quand l'homme le serra.

« Je vous en prie, arrêtez, murmura Ryan, mais il ignorait si un son était sorti de sa bouche, en fin de compte.

– Allez, Ryan, dit l'homme. Je veux que tu demandes à ton père d'être raisonnable. »

Jay avait assisté à la scène, l'air affligé, le regard perdu dans le vague, et il écarquilla les yeux quand il vit l'homme enrouler le fil autour du poignet de Ryan.

« Je suis Jay, hurla-t-il d'une voix rauque, et on aurait dit le croassement d'un corbeau perché sur une branche. Je suis Jay, je suis Jay, je suis la personne que vous recherchez, je m'appelle Jay Kozelek, je suis celui que vous recherchez… »

Mais l'homme ne laissa échapper qu'un son indistinct empreint de dégoût.

« Tu me prends pour un imbécile, grinça-t-il. Je connais parfaitement bien Jay Kozelek. On était colocataires. Je sais à quoi il ressemble. On avait l'habitude de discuter, de regarder des films ensemble, ce genre de conneries, et je croyais que c'était mon ami. C'est ça le pire. Je me sentais proche de lui et je sais parfaitement quelle tête il a. Tu piges ? Je sais quelle tête il a. Tu crois franchement pouvoir m'embobiner, après tout ce temps ? Tu me prends pour un abruti ? Tu crois que je plaisante… »

Ryan ne comprenait rien et de toute façon, il était incapable de réfléchir correctement.

L'homme avait déjà commencé à accentuer sa pression sur les poignées, et Ryan poussa un hurlement.

En fait, ce fut très court.

Étonnamment court.

Le fil était tranchant, et il s'enfonça profondément dans la chair jusqu'à l'articulation radio-carpienne. Juste sous le radius et l'ulna, glissant sur l'os pour trouver le cartilage, plus tendre, et l'homme serra alors ses poings autour des poignées et tira plus fort, ses bras bougeant rapidement comme s'il maniait une scie, et la main se détacha brusquement. Proprement.

Beurk, fit l'homme.

Il y avait ce souvenir.

un fantôme tendant le bras pour lui toucher le poignet et

Sans être vraiment conscient.

Sans regarder, sans regarder sa main, mais il y avait une voix sèche – *Putain de merde, qu'est-ce que tu fous ?* – et les yeux de Ryan s'ouvrirent et il vit l'homme, tête baissée, qui clignait des yeux. Le fil de fer pendait encore au bout de ses doigts, mais il avait pâli et son visage était trempé de sueur. Il grimaçait, comme s'il avait bu quelque chose qu'il aurait dû recracher.

Il y avait aussi un autre individu maintenant – un de ceux que Ryan avait pris pour des « hommes de main » – qui disait, *oh, mon Dieu Dylan tu es fou ou quoi tu avais dit que tu n'allais pas le faire pour de vrai* – et Ryan, sonné, frissonna, l'image des deux individus se brouilla puis devint plus nette quand un torrent de lumière se réfléchit sur la fenêtre de la cuisine, l'un d'eux tenait un torchon et se penchait vers Ryan

et la voix de Jay…

« Il va se vider de son sang, les mecs, ce n'est pas de sa faute, je vous en supplie, ne le laissez pas se vider de son sang… »

Et puis l'homme, Dylan, fixa sur Ryan des yeux écarquillés, écœurés, horrifiés. Le costume de gangster, noir et froissé, tombait sur lui comme un costume qu'on lui aurait mis pendant son sommeil, et il était là, sidéré, vacillant, comme un somnambule qui se serait réveillé dans une pièce dont il croyait n'avoir fait que rêver.

« Oh, merde alors », murmura Dylan.

Et il se pencha pour vomir.

22

Le vol entre Denver et New York sur la compagnie JetBlue durait trois heures, un temps suffisant pour osciller plusieurs fois entre panique et acceptation, et Lucy se redressa sur son siège dans un état d'indécision pénible, les mains croisées fermement sur les genoux.

Elle n'avait jamais pris l'avion – même si elle ne pouvait pas se résoudre à avouer cette réalité embarrassante à George Orson.

David Fremden. Papa.

Elle s'était efforcée de se faire à l'idée qu'en fait George Orson n'existait pas.

Ce n'était pas juste que tout ce qu'elle savait de lui avait été inventé, ou emprunté, ou exagéré – ce n'était pas juste qu'il avait menti. C'était bien plus que ça, une impression étrange qui se faisait jour dès qu'elle essayait de réfléchir calmement et rationnellement à la situation.

Il n'existait plus.

Ça lui rappelait la période qui avait suivi la mort de ses parents, le panier de linge sale encore plein, le réfrigérateur approvisionné en vue des plats que sa mère avait prévu de cuisiner ce week-end-là, le répondeur du portable de son père saturé de messages de clients voulant savoir pourquoi il n'était pas venu à ses rendez-vous. Au début, ils allaient laisser derrière eux certains espaces vacants dans le monde – des clients qui comptaient sur son père, des patients qui attendaient les soins de sa mère à l'hôpital, des amis et des collègues et des connaissances à qui ils manqueraient, un moment – mais c'était de minimes accrocs dans l'étoffe des choses, aisément réparés, et ce qui la choqua le plus fut la vitesse à laquelle ces absences cessèrent de se faire sentir. Au bout de quelques semaines déjà, il était évident que ses parents allaient tomber dans l'oubli, que leur présence allait devenir absence, et puis – quoi ? Comment qualifier une absence qui a cessé d'être perçue comme absence, comment qualifier un trou qui a été comblé ?

Oh, ne cessait-elle de se dire. *Ils ne reviendront jamais*. Comme si cette idée était surréaliste, tenait de la science-fiction. Comment croire à la possibilité d'une telle chose ?

C'est ce à quoi elle pensa, allongée près de lui dans le lit, le soir où il lui avait révélé la vérité, tandis qu'elle faisait courir ses doigts le long du bras qui n'était pas le bras de George Orson. *Je ne parlerai jamais plus à George Orson*, songea-t-elle, et elle retira sa main.

Il était bien présent, la même enveloppe corporelle qu'elle côtoyait depuis si longtemps maintenant, mais elle ne pouvait pas s'empêcher de se sentir seule.

Oh, George, songea-t-elle. *Tu me manques*.

Et voilà qu'elle y repensait alors qu'elle se trouvait assise près de David Fremden dans l'avion, et qu'elle essayait de mettre de l'ordre dans ses pensées.

George Orson lui manquait. Elle ne lui parlerait jamais plus.

Elle n'avait jamais pris l'avion et avait conscience de la terrible et insondable distance qui la séparait du sol. Elle sentait l'air vibrer sous ses pieds, le frissonnement du vide, et elle s'efforça de ne pas regarder par le hublot. Ce n'était pas si terrible de voir l'aspect meringué des nuages, mais c'était plus dur quand la terre commençait à apparaître. La topographie. On apercevait des étendues géométriques d'habitations humaines, les minuscules traits de crayon marquant le pourtour des champs et les routes, les villes pareilles à des boîtes, et il était difficile de ne pas se demander ce que ça ferait de tomber – combien de temps durerait la chute.

De toute façon, elle n'avait jamais parlé de ça à George Orson. Elle aurait détesté paraître aussi fruste, elle aurait détesté que George Orson voie en elle une fille rustre et sotte, à la fois excitée et terrorisée à l'idée de prendre l'avion, enfonçant ses ongles dans les accoudoirs comme si, d'une certaine façon, ça pouvait l'arrimer.

Pendant ce temps-là, David Fremden semblait conserver son sang-froid. Il regardait le minuscule écran de télévision encastré dans l'appui-tête du siège situé devant lui, s'arrêtant un instant devant un documentaire sur les pyramides sur History Channel, jetant un rapide coup d'œil aux informations et à la météo, souriant, l'air nostalgique, devant un épisode d'une sitcom datant des années 80. Il ne la regardait pas mais avait posé sa main sur son avant-bras.

« Tu m'aimes encore, hein ? » lui avait-il demandé – et la question palpitait, comme si elle lui était communiquée par l'extrémité de ses doigts.

Mais il y avait d'autres éléments dont elle devait, également, tenir compte. Tout allait très vite maintenant.

Le monde continuait d'avancer, et il lui fallait prendre des décisions, même si elle ne détenait pas d'informations fiables. Il y aurait 4,3 millions de dollars dans une banque de Côte-d'Ivoire, en Afrique. Ils avaient plus de cent mille dollars en leur possession.

Leurs affaires se trouvaient dans le compartiment à bagages, juste au-dessus d'eux, et jusqu'ici tout allait bien même si c'était aussi source d'inquiétude.

Ils avaient passé leur dernière soirée dans le Motel du Phare, assis côte à côte dans la bibliothèque, chacun muni d'un rouleau de scotch, chacun muni d'une liasse de billets de cent dollars.

David Fremden avait un imposant atlas, 50 × 65, et Lucy un dictionnaire et un roman de Dickens, et ils s'étaient employés à coller les billets sur les pages.

« Tu es sûr que ça va marcher ? » avait demandé Lucy. Elle parcourait rapidement *La Maison d'âpre-vent*, des fragments de texte se détachant quand elle posait un billet sur la page pour l'y fixer. « *Le brouillard est vraiment très dense* », *dis-je.* Et elle posa les cent dollars sur la rangée de mots, puis passa rapidement deux ou trois pages plus loin. « *C'est une honte, dit-elle. Vous le savez bien. Cette maison est une honte.* » Et de nouveau, elle recouvrit le passage mais une fois de plus un autre fragment attira son attention : *Nous avons retrouvé Miss Jellyby qui tentait de se réchauffer au coin du feu...*

« Ce n'est pas un problème », dit David Fremden. Il travaillait plus vite qu'elle, alignant trois cents dollars au centre de l'Irlande, apposant un morceau de scotch sur le bord des billets avec son pouce. « Je l'ai déjà fait.

– OK »

« *L'univers, fit-il remarquer, est, je le crains, un parent plutôt indifférent.* »

« Mais n'y a-t-il pas un appareil à rayons X ? demanda-t-elle. Est-ce qu'ils ne pourront pas voir à travers la couverture des livres ? »

... est un portrait de l'actuel Lady Dedlock. La ressemblance est parfaite, dit-on, et...

« Écoute, dit David Fremden, et il soupira. Il faut que tu me fasses confiance sur ce coup-là. Je sais comment fonctionnent ces systèmes de sécurité. Je sais parfaitement ce que je fais. »

Et jusque-là, effectivement, il avait eu raison, même si elle s'était sentie particulièrement angoissée. Quand ils étaient arrivés devant le sas de sécurité, elle avait presque eu l'impression que son corps était visible au sens mystique du terme, comme si sa peau dégageait une aura de lumière. Elle fut choquée de constater que les gens ne la regardaient pas, mais personne ne semblait remarquer quoi que ce soit. Elle posa son sac de classe – qui contenait des articles de toilette, un T-shirt et les livres – dans un bac en plastique gris, et ne put s'empêcher de penser aux pages renflées de *La Maison d'âpre-vent* avec tous leurs billets quand elle se pencha pour retirer ses chaussures, quand le tapis roulant emporta ses affaires sous le tunnel d'inspection à rayons X.

« OK », dit l'agent de sécurité en lui indiquant le détecteur de métal en forme de porte, et un type au regard vide, costaud comme un haltérophile, sans doute pas beaucoup plus vieux qu'elle, la fit passer, et il n'y eut aucune sonnerie, aucune hésitation, aucun regard insistant sur ses cheveux affreusement teints, rien.

David Fremden posa sa main sur son coude.

« Bon travail », murmura-t-il.

Et maintenant, l'avion venait d'atterrir à New York. Ils restaient assis en attendant que le commandant de bord donne l'ordre d'éteindre les consignes lumineuses même si, autour d'eux, certains passagers manifestaient déjà des signes d'impatience en remuant dans leur siège. Quant à Lucy, elle était encore en train d'essayer de retrouver son équilibre après cette nouvelle expérience – les grincements du train d'atterrissage quand il sortit, la secousse soudaine quand l'avion toucha la piste, la façon dont ses oreilles se remplirent d'un bouchon d'air visqueux. Elle s'efforça d'être dure avec elle-même. *Tu es tellement bête, Lucy. Pauvre petite péquenaude, tu as peur de quoi ? Tu as peur de quoi ?*

Mais la vérité, c'est qu'elle avait un tic à la jambe, elle sentait un de ses muscles tressauter machinalement, et quand elle posait sa main sur sa cuisse, elle entendait une autre voix dans sa tête, un petit tremblement triste.

Je ne veux pas faire ça. Je crois que j'ai fait une erreur.

C'était comme si des papillons avaient commencé à se poser sur elle, des centaines de papillons, et chacun d'eux était en plomb. Et bientôt, elle en fut couverte.

Il y eut un son doux et grave pareil à un grelot, et les autres passagers soupirèrent, se levèrent en masse, convergeant dans les couloirs pour ouvrir les compartiments à bagages, très proches les uns des autres, pas de façon désordonnée, pas vraiment, mais presque comme un banc de poissons ou comme des oiseaux migrateurs, et elle leva les yeux quand David Fremden s'apprêta à se joindre à eux.

« Brooke », dit-il. Il lui prit la main et la serra fermement. « Viens, ma chérie, murmura-t-il. Ne me laisse pas tomber maintenant. »

Il lui fut assez facile de se lever. Il lui fut assez facile d'avancer d'un pas traînant dans le couloir de l'avion, derrière David – son père…

Il lui tendit son sac en lui offrant un sourire légèrement taquin qui lui rappelait tant George Orson. Ce sourire qui l'avait tellement marquée à l'époque où elle suivait son cours d'histoire, à l'époque où il lui avait dit qu'il pensait qu'elle était *sui generis*. « Les gens comme vous et moi, nous nous inventons », avait-il déclaré, même s'il lui avait été impossible à l'époque de deviner qu'il fallait le prendre au pied de la lettre.

George Orson lui manquait.

Mais elle respira profondément et suivit la file traînante de voyageurs. Ce qui lui fut assez facile. Il lui fut assez facile de baisser la tête et de longer les étroites rangées de sièges. Il lui fut assez facile de passer devant l'hôtesse qui, à l'avant de l'avion, hochait la tête comme un prêtre, que la paix soit avec vous, que la paix soit avec vous, en les introduisant dans le tunnel en accordéon qui conduisait au terminal.

« Tu es pâlotte, dit David. Tu te sens bien ?

– Ça va, dit Lucy.

– Pourquoi ne pas aller prendre un café. Ou un soda ? Un petit truc à manger ?

– Non, merci », dit Lucy.

Ils s'étaient engagés dans l'artère pleine de coins et de recoins qui longeait les différentes portes – comptoirs entourés de chaises scellées au sol, minuscules salles d'embarquement bondées, et pour autant qu'elle pût le constater, personne ne les regardait. Personne ne s'attardait sur eux, personne ne se demandait s'ils étaient père et fille, ou amants, ou professeur et étudiante. Ou qui que ce soit. À Pompey, Ohio, ils auraient pu exciter la curiosité, mais ici on les remarquait à peine.

Lucy observa un trio de femmes en burqa, silhouettes bleues, anonymes, pareilles à des religieuses, en train de discuter agréablement dans leur langue maternelle, et un homme de haute taille, atteint de calvitie naissante, les dépassa à l'allure d'un marcheur athlétique, jurant joyeusement dans son téléphone portable, et puis arriva une femme en fauteuil, vêtue d'un long manteau de fourrure, poussée par un Noir en salopette grise…

Lucy sentait le poids de son sac à dos. *La Maison d'âpre-vent*, le *Webster's Dictionary* et *Marjorie Morningstar*, livres qui, à eux trois, renfermaient peut-être cinquante mille dollars.

Elle passa la bretelle sur une épaule puis tira sur son maudit T-shirt rose aux papillons parce qu'il remontait un peu, laissant voir son ventre. Elle savait qu'elle aurait détesté Brooke Fremden. Si Brooke Fremden avait traîné dans les couloirs du lycée de Pompey avec ses vêtements mièvres achetés dans un centre commercial et son cartable de gamine aux couleurs vives, Lucy aurait été dégoûtée.

Mais quand David Fremden la regarda par-dessus son épaule, son regard était doux, paternel et distrait. Elle n'était qu'une fille, qu'une adolescente. Voilà ce à quoi ils ressemblaient ; il s'en fichait du moment qu'elle suivait le rythme.

Lucy ne lui manque pas, songea-t-elle.

« Tu as déjà fait ça. Je ne suis pas la première. »

C'était la veille de leur départ, dans la soirée. Ils étaient encore dans la maison située au-dessus du Motel du Phare, assis côte à côte sur le canapé, dans l'alcôve où se trouvait le téléviseur, ils avaient fait leurs bagages et les pièces se taisaient comme ces lieux sur le point d'être abandonnés.

Les livres étaient pleins d'argent et ils auraient dû aller se coucher mais ils étaient là, à regarder un talk-show et son regard, le regard de David, était dénué de toute expression si ce n'est celle que l'on a devant un écran de télévision, et elle finit par répéter.

« Tu as déjà été quelqu'un d'autre, dit-elle, et il finit par détourner les yeux du téléviseur et par la regarder avec circonspection.

– C'est une question difficile.

– Tu ne crois pas qu'il serait juste d'être honnête avec moi ? On est… »

Ensemble ?

Elle réfléchit.

Peut-être était-il préférable de ne rien dire. C'était étrange – tout ce temps passé dans cette pièce qui sentait le renfermé, toutes ces heures passées seule avec, pour unique compagnie, des vieux films, *Rebecca* et *Madame Miniver* et *Assurance sur la mort* et *Qu'elle était verte ma vallée* et *My Fair Lady* et *Le Roman de Mildred Pierce*. À siroter du soda light, à jeter un coup d'œil sur le jardin japonais laissé à l'abandon, à guetter l'occasion de retourner dans la Maserati et de partir dans un endroit merveilleux.

Il avait été « bien des personnes ». C'est ce qu'il avait reconnu.

Et donc – il était sans doute normal d'en déduire qu'il y avait aussi eu d'autres filles, d'autres Lucy, qui s'étaient assises sur ce même canapé, avaient regardé ces mêmes vieux films, écouté ce même silence tandis que le Motel du Phare s'abîmait dans la contemplation du lit asséché du lac.

« Je veux juste savoir…, dit-elle. Je veux juste en savoir plus sur les autres. Combien il y en a eu… dans ta vie. Dans toutes tes combines. »

Il leva les yeux. Leurs regards se croisèrent et il se figea.

« Il n'y a jamais eu personne d'autre. C'est ce que tu ne comprends pas. J'ai cherché – j'ai cherché longtemps. Mais je n'ai jamais rencontré quelqu'un comme toi. »

Donc.

Non, elle ne le croyait pas, même s'il avait peut-être réussi à se convaincre lui-même. Peut-être pensait-il sincèrement que ça n'avait aucune importance qu'elle soit Lucy ou Brooke ou quel que soit le prénom qu'elle adopterait. Peut-être imaginait-il qu'elle resterait la même à l'intérieur, quel que soit le nom ou le personnage qu'elle s'approprierait.

Mais ce n'était pas vrai.

Elle avait de plus en plus l'impression que Lucy Lattimore avait disparu de la surface de la terre. Il ne restait déjà pratiquement plus rien d'elle – quelques papiers insignifiants, acte de naissance et carte de Sécurité sociale rangés dans le tiroir de sa mère, dans leur vieille maison, son dossier scolaire enregistré dans un ordinateur poussiéreux, les souvenirs de sa sœur, Patricia, les vagues images de ses camarades de classe et de ses enseignants, qui déjà s'effaçaient.

La vérité, c'est qu'elle s'était tuée des mois plus tôt. Maintenant elle était pratiquement réduite à néant : une enveloppe corporelle anonyme qui pourrait être échangée, encore et encore, jusqu'à ce qu'il ne reste plus que des molécules.

L'étoffe des étoiles – voilà ce que George Orson avait déclaré un jour alors qu'il discourait pendant son cours d'histoire. *L'hydrogène et le carbone et les particules primordiales qui existaient dès le commencement du monde, c'est ce dont vous êtes faits*, leur avait-il dit.

Comme si c'était une consolation.

Ils prendraient d'abord un avion pour Bruxelles. Sept heures et vingt-cinq minutes de vol, sur un Boeing 767, et de là un autre pour Abidjan, six heures et quarante-cinq minutes. Ils avaient fait le plus dur, dit David Fremden. Le passage à la douane en Belgique et en Côte-d'Ivoire est une formalité. « En fait, on peut se détendre maintenant et penser à l'avenir. »

4,3 millions de dollars.

« Je ne compte pas rester très longtemps en Afrique, dit-il. Je veux juste régler la situation financière, et après on pourra aller où on veut.

« Je ne suis jamais allé à Rome. J'aimerais passer du temps en Italie. Naples, la Toscane, Florence. Je pense que ce serait une expérience formidable et enrichissante pour toi. Je pense que ce serait passionnant, en fait. Comme Henry James. Comme E.M. Foster. Lucy Honeychurch », ajouta-t-il, et il gloussa, convaincu que cette petite pointe de légèreté allait lui plaire…

Mais elle ne comprenait rien à ce qu'il disait.

À l'époque, à l'époque où il était George Orson et elle son élève, elle appréciait moyennement ses fadaises prétendument intellectuelles, ses allusions à ses études dans une grande université qu'il glissait au cours de la conversation. Elle levait les yeux au ciel et faisait semblant d'être exaspérée par sa prétention, par sa façon de hausser les sourcils avec une légère nuance de reproche – comme si elle faisait preuve d'une ignorance qui le surprenait. « Qui est Spinoza ? » Ou : « Qu'est-ce que le penthotal de sodium ? » Et il pouvait donner une réponse compliquée, parfois même intéressante.

Mais ils n'étaient plus ces personnes-là, ils n'étaient ni Lucy ni George Orson, et donc elle resta muette, les yeux baissés sur son billet, New York – Bruxelles, et

Qui est Lucy Honeychurch ? Qui est E.M. Foster ?

Peu importe. Ça n'avait aucune importance, même si elle ne pouvait pas s'empêcher de repenser à la question qu'elle avait posée la veille au soir à George Orson : qu'était-il arrivé aux autres, à celles qui l'avaient précédée ?

Elle pouvait se représenter cette Lucy Honeychurch – une blonde, sans aucun doute, une personne qui portait des pulls à la mode et des lunettes rétro, une fille qui se croyait sans doute plus intelligente qu'elle ne l'était. L'avait-il emmenée au Motel du Phare ? S'étaient-ils promenés ensemble à travers les ruines du village englouti ? L'avait-il déguisée en quelqu'un d'autre et entraînée à la hâte jusqu'à un aéroport avec un faux passeport dans son sac à main, pour s'envoler vers une autre ville, un autre État, un pays étranger ?

Où était cette fille maintenant ? se demanda Lucy alors que les gens commençaient à se lever, alors que l'embarquement sur l'avion à destination de Bruxelles était annoncé.

Où était cette fille maintenant ? songea Lucy. Que lui était-il arrivé ?

23

Voilà l'île de Banks, le parc national d'Aulavik. Un désert polaire, leur dit Mr. Itigaituk simplement, de sa voix aimable mais monotone. Pendant le vol, il leur indiquait des points importants comme s'ils étaient partis en excursion : voilà un pingo, une colline conique pareille à un volcan, remplie de glace et non de lave ; voilà Sachs Harbour, un groupe de maisons sur un rivage nu et boueux ; et voilà les petits étangs des vallées sèches, comme emboîtés les uns dans les autres, et – regardez ! – un troupeau de bœufs musqués !

Mais maintenant, alors qu'ils traversaient la toundra en direction de l'endroit où était censé se trouver l'ancien centre de recherche, alors que le Cessna qui attendrait leur retour devenait de plus en plus petit derrière eux, Mr. Itigaituk était devenu taciturne. Toutes les vingt minutes environ, il s'arrêtait pour examiner sa boussole, porter ses jumelles à ses yeux et scruter l'étendue grise de galets et de pierres.

On avait donné à Miles une paire de bottes en caoutchouc et une veste, et il jeta un coup d'œil nerveux par-dessus son épaule tout en avançant péniblement au milieu des graviers humides, des flaques, dans une atmosphère fraîche, légèrement brumeuse.

Pendant ce temps-là, Lydia Barrie avançait à grandes enjambées en faisant preuve d'une aisance étonnante, surtout pour quelqu'un qui avait certainement une sacrée gueule de bois, se dit Miles. Mais ça ne se voyait pas sur sa figure, et quand Mr. Itigaituk indiqua une espèce de cuvette en fourrure d'un blanc grisâtre – le cadavre d'un renard dans lequel une oie avait fait son nid – Lydia la regarda avec détachement.

« C'est dégoûtant », dit Miles en fixant la tête de l'animal, la peau tendue sur le crâne, les orbites desséchées, les dents bien visibles tachetées d'excréments d'oies. Il y avait deux œufs dans le creux fait de poils putrides.

« Bien dit », murmura Lydia.

Cela faisait des kilomètres qu'ils ne se parlaient pas. Il y avait, naturellement, une gêne palpable due à ce qui s'était passé entre eux la veille, l'intimité ayant laissé place à une certaine réserve – et l'anxiété qui s'était emparée de lui ne facilitait pas les choses. Un bourdonnement dans l'oreille dont il ne pouvait se débarrasser.

C'est insensé, songea-t-il.

Était-il vraisemblable que Hayden soit venu ici, était-il probable qu'il vive bel et bien là, sur cette plaine de toundra, le Cessna, réduit à la taille du chas d'une aiguille, encore visible à des kilomètres derrière eux ?

Peut-être sa traque avait-elle été plus vaine que celle de Lydia, peut-être était-il devenu plus fataliste. Mais ça n'avait pas l'air très prometteur.

« Quelle distance nous reste-t-il à parcourir ? demanda-t-il en jetant un coup d'œil discret en direction de Mr. Itigaituk qui se trouvait à une dizaine de mètres devant eux. Sommes-nous sûrs d'aller dans la bonne direction ? »

Lydia Barrie tira sur son gant, les yeux toujours fixés sur le renard, les os et la fourrure dont une oie avait fait un lieu de repos très confortable.

« Je me sens plutôt confiante », dit-elle, et ils se regardèrent.

Miles hocha la tête sans dire un mot.

Pendant un moment, il lui avait parlé de Cleveland. De Hayden, bien sûr, mais aussi de leur enfance, et de leur père, et même de sa vie actuelle, de son travail dans le vieux magasin de farces et attrapes, de Mrs. Matalov et de sa petite-fille…

« Et pourtant, tu es là, dit Lydia. Il semblerait que tu aurais pu être heureux, Miles, et pourtant tu es là, sur une île de l'océan Arctique. C'est dommage.

– Sans doute, dit-il en haussant les épaules, un peu énervé. Je ne sais pas. "Heureux" est un mot fort.

– "*Heureux" est un mot fort* ? » répéta-t-elle d'une voix douce, comme le ferait un thérapeute. Elle leva les sourcils. « C'est vraiment curieux de dire une chose pareille. »

Et de nouveau, Miles haussa les épaules. « Je ne sais pas. Je voulais juste dire – que je n'étais pas heureux à ce point à Cleveland.

– Je vois.

– Juste – ni heureux ni malheureux. En gros, je travaillais sur le catalogue du magasin. Ça n'avait rien d'extraordinaire. Et, la plupart du temps, je passais mes soirées dans un appartement vide, à regarder la télé.

– Oui », dit-elle, et elle releva le col de son manteau pour se protéger du vent.

Il ne faisait pas froid, pas vraiment. Environ dix degrés, estima Miles, et le soleil, qui ne se couchait jamais, brillait au-dessus d'eux. Le ciel était lisse et excessivement lumineux – un peu comme s'il se réfléchissait dans une paire de lunettes de soleil miroir. L'étrange bleu phosphorescent de la terre vue de l'espace.

« Bon, finit par dire Lydia. Si nous le trouvons, crois-tu que tu seras heureux ?

– Je ne sais pas. »

C'était, assurément, une piètre réponse, mais en toute honnêteté il ne savait pas très bien ce qu'il ressentirait. Que les choses soient, enfin, résolues après tant d'années ? Il ne pouvait pas vraiment se l'imaginer.

Et elle avait l'air de comprendre ça, aussi. Elle inclina la tête tandis que le gravier crissait sous leurs pas. Il formait des plis, comme les galets dans le lit d'un ruisseau. Ce qui, devina Miles, s'expliquait par l'accumulation et la fonte des neiges.

« Et si on ne le trouve pas ? dit Lydia après qu'ils eurent marché péniblement en silence pendant un moment. Il se passera quoi ? Tu reprendras tout bonnement ta voiture pour rentrer à Cleveland ?

– Sans doute. »

De nouveau, il haussa les épaules, et cette fois elle rit, un rire étonnamment joyeux, et même affectueux.

« Oh, Miles. Je n'arrive pas à croire que tu es venu à Inuvik en voiture. J'en suis médusée. » Elle leva un instant les yeux en direction de Mr. Itigaituk qui était peut-être à une quinzaine de mètres devant eux et continuait à marcher avec détermination.

« Vous êtes un être très étrange, Miles Cheshire, dit-elle, et elle le regarda pensivement. J'aimerais… »

Mais elle ne finit pas sa phrase. Elle la laissa partir à la dérive, et Miles se dit qu'elle s'était ravisée.

Il essayait d'envisager l'avenir.

Plus ils marchaient, plus il était évident à ses yeux qu'il s'agissait d'une blague de plus que Hayden avait soigneusement élaborée, un labyrinthe de plus qu'il avait créé et à travers lequel ils essayaient de se frayer un chemin.

Effectivement, il rentrerait, se dit-il. Il rentrerait à Cleveland, retrouverait Matalov Novelties où la vieille femme attendait avec impatience qu'il reprenne le travail ; il retrouverait sa place dans un coin du magasin encombré, sa place devant son ordinateur sous les photos en noir et blanc encadrées représentant d'anciens artistes de variétés, et il contemplerait parfois celle de son propre père, son papa, portant cape et smoking et brandissant une baguette magique d'un geste théâtral.

Quant à Miles, il n'était pas magicien, ne le serait jamais, mais il pouvait s'imaginer devenir une personnalité respectée parmi ces gens-là. Leur intermédiaire. À Matalov, il suivait déjà de près le stock et les dépenses, il avait déjà mis de l'ordre dans les étagères, modernisé le site internet afin de le rendre plus convivial, faisant enfin quelque chose de vraiment utile, se traçant un petit chemin dans son existence qui aurait peut-être forcé le respect de son père.

N'était-ce pas suffisant ? N'avait-il pas là l'occasion de se poser, de devenir heureux ou du moins satisfait ? N'y avait-il pas là la possibilité que, après cette ultime fois, l'ombre de Hayden commence à s'éloigner de ses pensées et qu'il puisse, enfin, s'en tirer.

Était-ce si difficile ? Si improbable ?

Puis il leva les yeux quand Mr. Itigaituk se tourna vers eux.

« Je le vois. C'est juste un peu plus loin ! » cria-t-il.

Lydia rajusta ses lunettes de soleil et tendit le cou, et Miles mit sa main en visière face au ciel miroitant et au vent, plissant les yeux en direction de l'horizon.

Tous trois s'immobilisèrent, hésitants.

« Alors, finit par dire Miles. Que fait-on maintenant ? »

Mr. Itigaituk et Lydia Barrie se regardèrent.

« Je veux dirc, cst-ce qu'on va tout simplement frapper à la porte ? Ou quoi ? »

Et Lydia l'observa, ses lunettes, un vide indéchiffrable.

« Tu as une autre idée ? » demanda-t-elle.

Le centre de recherche ressemblait à une maison en front de mer. Une maison sur pilotis, songea Miles, sauf qu'il n'y avait ni eau ni rivage en vue, et pas la moindre impression qu'il puisse y avoir un jour une inondation.

Le bâtiment lui-même se résumait à trois mobile homes attenants, calés sur des pieux à environ 1 m ou 1,50 m du sol. Avec ce même revêtement extérieur blanc en tôle ondulée qu'il avait vu un peu partout à Inuvik, et sur le toit plat, un petit jardin fait d'antennes métalliques, d'antennes paraboliques et autres émetteurs. Le long du bâtiment, se trouvaient un gros réservoir en forme de capsule, du genre de ceux qui renferment du gaz naturel, et quelques barils en métal, également sur pilotis, sans doute destinés à contenir du pétrole. Des fils électriques couraient du bâtiment principal jusqu'à une petite cabane en bois, de la taille de latrines.

« Vous êtes sûr que..., dit Miles, et Mr. Itigaituk se retourna et le regarda, l'air concentré, comme un chasseur lorsqu'il aperçoit sa proie.

– Chuuuuuut », fit-il.

Les lieux étaient, à l'évidence, abandonnés, songea Miles. Les fenêtres – quatre de chaque côté – ne permettaient pas de voir à l'extérieur. Les vitres étaient recouvertes d'un film opaque de couleur grise, sans doute un matériau isolant. Une girouette, un anémomètre en aluminium, grinçait dans le paisible fourré d'antennes métalliques installé sur le toit.

Tandis que Mr. Itigaituk avançait à pas de loup, un corbeau quitta la cabane délabrée et s'envola.

« Il n'est pas là », murmura Miles en s'adressant davantage à lui-même qu'à Lydia.

Il n'avait jamais adhéré aux croyances débiles de son frère quant aux phénomènes paranormaux même si, les années passant, il était entré dans son jeu et avait fait semblant de souscrire à ses obsessions – vies antérieures et géodésie, numérologie et planches de Ouija, télépathie et voyage astral.

Mais il croyait en *quelque chose*.

Il croyait que, lorsqu'il finirait par retrouver Hayden, quand il finirait par arriver tout près de lui, il devinerait sa présence. Il y aurait un signal radar extrasensoriel « spécial jumeaux », se disait-il. L'alarme se déclencherait et il la sentirait dans son corps. Dans sa poitrine, comme un téléphone portable mis sur vibreur. Si Hayden était à l'intérieur de ce bâtiment, Miles le saurait.

« Ce n'est pas le bon endroit », murmura-t-il.

Mais Lydia se tourna vers lui, le regard vide. Elle posa sa main gantée sur l'épaule de Miles.

Chut.

Son attention était ardente et la faisait presque frémir. Lydia lui fit penser à un joueur, à cette seconde pleine de ferveur pendant laquelle il retient son souffle tandis que le plateau de la roulette ralentit et que la bille argentée se loge enfin dans une case.

Elle avait l'air tellement sûre et tellement concentrée qu'il ne put s'empêcher de douter de son propre instinct.

Peut-être. Peut-être que c'était possible ?

Elle avait l'air de savoir des choses qu'il ignorait, après tout, elle avait l'air d'avoir mené sa propre enquête.

Et si Hayden était vraiment là ? Que feraient-ils ?

Miles et Lydia se tinrent à distance du bâtiment quand Mr. Itigaituk arriva devant les marches en bois qui menaient à la porte.

Ils le regardèrent se courber légèrement pour les gravir une à une sans bruit. Ensemble, ils regardèrent ; et ils reprirent leur souffle quand il posa sa main sur la poignée de la porte.

Qui n'était pas verrouillée.

Miles ferma les yeux. *OK*, se dit-il.

OK Oui. Cette fois, ça y est.

L'endroit était vide.

La porte s'ouvrit avec difficulté, et Mr. Itigaituk s'immobilisa pour regarder à l'intérieur pendant ce qui leur sembla être un long moment. Puis il se tourna vers eux.

« Inhabité », dit-il, et le charme fut définitivement rompu. Miles et Lydia comprirent qu'ils étaient restés à distance comme s'ils attendaient que Mr. Itigaituk désamorce une bombe.

« Rien, dit-il sévèrement en les regardant d'un air à la fois bienveillant et accusateur. Personne depuis longtemps. »

Depuis très longtemps, comprit Miles. Un an, ou peut-être plus. Il le sut à l'odeur de champignon caractéristique d'une cave qu'il perçut dès qu'ils entrèrent.

La pièce de devant, qui avait à peu près la taille et la forme d'un semi-remorque, était moquettée de gris et ne contenait pas un seul meuble. Des morceaux de papier étaient épinglés sur le panneau de liège qui couvrait les murs et quand le vent s'engouffra à l'intérieur, ils s'agitèrent comme des volailles fébriles.

« Ohé ? dit Lydia, mais sa voix était faible et lasse. « Rachel ? » Elle se dirigea d'un pas hésitant vers la porte qui s'ouvrait sur les pièces du fond. « Ohé ? Rachel ? »

Les pièces du fond étaient plus sombres.

Il ne faisait pas noir comme dans un four, mais elles étaient plongées dans une semi-obscurité comme une chambre d'hôtel dont les stores sont baissés, et l'homme plein de ressources qu'était Mr. Itigaituk sortit une petite torche de sa poche et l'alluma.

« Nom de Dieu ! » s'écria Lydia Barrie, et Miles se tut.

Là, dans cette pièce, des tables pliantes étaient installées le long des murs, une disposition qui rappelait la cafétéria d'un lycée. Et il y avait des objets inimaginables – une espèce de grand carton ; des petites girouettes et des baguettes magiques pareilles à des moulins à vent ; un meuble pour dossiers suspendus dont on avait retiré les tiroirs, des chemises éparpillées sur le sol.

L'odeur musquée de vieux vêtements était plus forte maintenant, et Mr. Itigaituk dirigea le faisceau de sa torche à l'intérieur d'une petite pièce, un coin cuisine et garde-manger, constata Miles. Nombre d'assiettes sales étaient empilées dans l'évier, et des canettes vides et des emballages de barres chocolatées tapissaient le plan de travail sous des placards ouverts pratiquement vides.

Une boîte de céréales Cap'n Crunch, tellement décolorée qu'elle en était presque méconnaissable, était posée sur la table, à côté d'un bol et d'une cuillère et d'une boîte de lait concentré.

Mr. Itigaituk se tourna solennellement vers Lydia, et son expression confirma ce que pensait Miles. L'endroit était abandonné depuis… des années. Il ne s'en était même pas fallu de peu.

« Putain », dit Lydia Barrie, tout bas, et elle finit par sortir une flasque de son sac et boire à petites gorgées. Elle avait les traits tirés, l'air fatiguée, et sa main trembla quand elle tendit la flasque à Miles.

« J'y croyais tellement », dit-elle quand Miles la prit. Il l'examina mais ne but pas.

« Oui, dit-il. Il est doué pour ça. Pour tromper les gens. On pourrait sans doute dire que c'est l'œuvre de sa vie. »

Il lui rendit la flasque qu'elle porta de nouveau à ses lèvres.

« Je suis désolé », dit Miles.

Il expérimentait ça depuis si longtemps que ce sentiment lui était familier – le sentiment d'urgence et l'excitation, le flot d'émotions. Et puis la déception. La douche froide qui, d'une certaine manière, était comparable au chagrin. Proche de ce que l'on éprouvait quand on avait le cœur brisé, songea-t-il.

Puis tous deux levèrent les yeux vers Mr. Itigaituk quand il s'éclaircit la voix. Il se tenait à quelques mètres, près de l'ouverture sombre qui donnait accès aux pièces du fond.

« Miss Barrie, dit-il. Ça vous intéressera peut-être de jeter un coup d'œil à ça. »

C'était une chambre.

Ils restèrent sur le seuil, les yeux écarquillés, et c'était cette pièce qui dégageait la plus forte odeur de cave et de vêtements moisis. C'était une pièce étroite avec à peine assez de place pour un lit et quelques étagères, mais elle avait été décorée de manière excentrique.

Décorée ? Était-ce le terme approprié ?

Ça lui rappela un de ses cours d'histoire de l'art à l'université de l'Ohio. Le professeur avait parlé d'« art brut ». D'« art outsider ». Et à l'époque, il avait pensé aux dioramas et aux statues que Hayden fabriquait quand ils étaient petits.

Cette « décoration » allait dans ce sens, même si elle était plus élaborée et remplissait toute la pièce. Il y avait des mobiles suspendus au plafond, des poissons en origami, des cygnes et des paons en origami, des coquilles de nautiles et des moulins à vent en origami ; des nuages faits de coton hydrophile, des carillons éoliens faits de petits cailloux et de lamelles de microscope. Les étagères étaient remplies de babioles que Hayden avait fabriquées à partir de pierres et d'os, de clous, de morceaux de bois et de boîtes de conserve, de film alimentaire, de bandes de tissu, de plumes, de fourrure, de pièces détachées d'ordinateur, d'un bric-à-brac méconnaissable.

Certaines de ces créations avaient été disposées de façon à former un tableau – et Miles avait suffisamment travaillé dans la boutique de magie pour reconnaître des scènes représentées sur les cartes du tarot. Voici le Quatre Glaives : un minuscule personnage en argile, terre ou farine était posé sur un lit en carton et recouvert d'une minuscule couverture en velours côtelé avec, au-dessus du lit, trois clous dirigés vers le bas. Voici la Tour – une structure conique faite de galets avec deux bonshommes-bâtons, fabriqués à partir de minuscules trombones, en train de se jeter de la tourelle.

En dessous de ces objets, des vêtements avaient été disposés sur le lit. Côte à côte : un chemisier blanc et un T-shirt blanc, les manches écartées. Deux jeans. Deux paires de chaussettes. Comme s'ils avaient dormi là, l'un à côté de l'autre, puis s'étaient tout simplement évaporés, ne laissant que leurs vêtements désertés.

Et il y avait différentes variétés de fleurs tout autour de ces vêtements : des lis faits avec des plumes d'oie, des roses avec les pages d'un livre, du gypsophile avec du fil de fer et de l'isolant. Des particules de mica miroitèrent quand Mr. Itigaituk dirigea sa torche au-dessus du…

Sanctuaire, Miles se dit que c'était le terme adéquat.

Comme ces mémoriaux que l'on voit au bord de la route, le fatras de croix, de bouquets en plastique, de peluches et de panneaux faits main, qui indique l'endroit où quelqu'un a été tué dans un accident de voiture.

Au-dessus des vêtements désertés, de grosses pierres plates formaient un arc, et sur chacune, une rune avait été gravée.

Des runes : c'était ce fameux jeu, ce fameux alphabet qu'ils avaient inventé quand ils avaient douze ans, des « lettres » qui se situaient quelque part entre l'alphabet phénicien et Tolkien, l'alphabet d'une langue ancienne, prétendaient-ils.

Il était encore capable de les déchiffrer. Il s'en souvenait.

R-A-C-H-E-L, était-il écrit. H-A-Y-D-E-N.

Et en dessous, en plus petit :

e-a-d-e-m m-u-t-a-t-a r-e-s-u-r-g-o

Il se dit que ce devait être une espèce de tombe.

Tous trois restèrent là sans dire un mot, et ils comprirent ce que ces objets exposés étaient censés traduire, ils devinèrent qu'ils étaient en présence d'un mémorial, ou d'un tombeau. Une brise avait dû pénétrer par la porte d'entrée parce que les mobiles commencèrent à s'agiter un peu, projetant lentement sur le mur des ombres mouvantes, que faisait surgir la torche de Mr. Itigaituk. Les carillons éoliens produisirent un bruit de crécelle, murmure incertain.

« J'imagine que ce sont les vêtements de Rachel, finit par dire Lydia, d'une voix rauque, et Miles haussa les épaules.

– Je n'en suis pas sûr.

– Qu'est-ce que c'est ? Est-ce un message ? »

Miles secoua la tête. Il songeait aux formes, étrangement empilées, faites de pierres et de branches que son frère fabriquait dans le jardin de leur vieille maison, après la mort de leur père. Il songeait à l'exemplaire en lambeaux de *Frankenstein* qu'il avait reçu par la poste, peu après son voyage dans le Dakota du Nord, et du passage surligné dans le dernier chapitre :

Suis-moi ; je me dirige vers les glaces éternelles du pôle Nord, où tu connaîtras la souffrance du froid et du gel auxquels je suis insensible... Allons, mon ennemi.

« Je pense que ça signifie qu'ils sont tous les deux morts », finit par dire Miles, puis il se tut.

Le pensait-il vraiment ? Ou souhaitait-il simplement que ce soit vrai ?

Lydia frissonnait un peu mais son visage restait impassible. Il ignorait ce qu'elle ressentait. De la rage ? Du désespoir ? Du chagrin ? Ou était-ce seulement une version de ce vide indifférent, absolu et muet qui s'était abattu sur lui quand il s'était souvenu de la lettre que Hayden lui avait envoyée : *Te rappelles-tu la Grande Tour de Kallupilluk ? Ce sera peut-être mon ultime lieu de repos, Miles. Tu n'auras peut-être plus jamais de mes nouvelles.*

« Il a laissé ces trucs-là pour moi, dit Miles d'une voix douce. Il croyait sans doute que je comprendrais leur signification. »

Connaissant Hayden, Miles partit du principe que le moindre objet dans la pièce était un message, que chaque sculpture, chaque diorama était censé raconter une histoire. Connaissant Hayden, chaque objet était fabriqué comme si on allait lui accorder l'attention qu'un archéologue prêterait à des parchemins ayant depuis longtemps disparu.

Et Miles se dit qu'il comprenait bel et bien l'essence de tout ça. Ou au moins, il était capable de l'interpréter – de même que les diseurs de bonne aventure devinent une histoire dans les lignes de la main tracées de façon tout à fait aléatoire, ou dans les tiges d'achillée du *Yi King* ; de même que les mystiques trouvent des messages secrets partout, convertissant des lettres en chiffres et des chiffres en lettres, découvrant des nombres magiques nichés dans les vers de la Bible et des incantations dans l'infinité de décimales formant le nombre pi.

Serait-ce un mensonge que de dire qu'il y avait un récit à décrypter dans ce fatras de dioramas, de statues et de mobiles ? Serait-ce malhonnête ? Était-ce différent d'un thérapeute qui utilise l'étoffe des rêves, les paysages, les objets et les événements irréels et aléatoires, et qui les tisse pour leur donner du sens ?

« Il y a un message de suicide », finit par dire Miles, très calmement, en indiquant du doigt la tour de pierres avec les personnages en trombones se jetant du sommet.

« C'est la Grande Tour de Kallupilluk, dit-il. C'est… une histoire que nous avons inventée quand nous étions petits. C'est un phare à l'autre extrémité du monde, et c'est là que vont les immortels, quand ils sont prêts à quitter cette vie. Ils s'éloignent en bateau depuis le rivage situé derrière le phare en direction de l'horizon. »

Il fixa intensément ces objets que Hayden avait laissés pour lui, comme si chacun d'eux était un hiéroglyphe, chacun d'eux un instantané, telles les fresques narratives des temps anciens.

Oui. À l'évidence, une histoire était écrite ici.

D'après la version de Miles, ils étaient venus ici à l'automne.

Hayden et Rachel. Ils étaient amoureux, comme ils l'étaient sur la photo que Lydia lui avait montrée. C'était un endroit où ils pensaient pouvoir se cacher, juste pour un temps, le temps que Hayden retombe sur ses pieds.

Ils n'avaient pas envisagé de rester longtemps, mais l'hiver était arrivé plus vite que prévu, et bientôt ils furent coincés ici. Et Rachel – elle était représentée dans ce mobile, avec le duvet d'oiseau et les fragments de verre coloré – était tombée malade. Elle était allée assister à une aurore boréale. C'était une jeune fille romantique, une jeune fille idéaliste, une photographe amateur – on voyait les rouleaux de pellicules dans ce diorama, peut-être pourraient-ils être développés – peut-être contenaient-ils des photos qu'elle avait prises les derniers jours de sa vie…

Mais elle ne s'en rendait pas compte. Elle ne comprenait pas que dans cette région, même quelques minutes d'exposition aux éléments pouvaient être terriblement dangereuses. On la voyait là, en train de délirer dans son lit, sous ces clous…

Et la nourriture avait commencé à manquer, et Hayden ne savait pas combien de temps le groupe électrogène marcherait. Et donc il avait fabriqué un traîneau pour Rachel, l'avait enveloppée dans des couvertures, des manteaux et de la fourrure, et il s'était mis en route. Il avait voulu essayer de rejoindre le sud de l'île à pied. C'était leur seul espoir.

« Non, dit Mr. Itigaituk en secouant la tête d'un air cynique. C'est ridicule. Ils n'y seraient jamais arrivés. C'était impossible.

– Il le savait, répondit Miles. C'est ce que ces pierres signifient, ici. Il avait compris que leur cas était désespéré, mais il voulait quand même tenter sa chance. »

Miles regarda Lydia qui, le regard vide, l'écoutait parler. L'écoutait *interpréter*.

« Non, dit-elle. Ça ne tient pas debout. Comment pourraient-ils être morts depuis si longtemps ? Comment – nous avons tous les deux des lettres de lui, des lettres récentes… »

Des lettres qu'il avait peut-être confiées à quelqu'un. S'il vous plaît, envoyez-les si je ne suis pas revenu dans un an. Voilà cent dollars, deux cents dollars, pour votre peine.

« Tu as peut-être raison, dit Miles. Ils sont peut-être encore en vie, quelque part. »

Mais Lydia était retournée à ses propres pensées. Pas convaincue, mais.

Malgré tout.

Ce n'était sans doute pas la vérité, mais ne serait-il pas agréable d'y croire ?

Ce serait un tel soulagement, songea Miles, un tel réconfort de penser qu'ils étaient finalement arrivés à la fin de l'histoire. N'était-ce pas le cadeau que Hayden leur faisait, avec cette espèce d'exposition ? N'était-ce pas l'idée que se faisait Hayden de la bonté ?

Un cadeau pour toi, Miles. Un cadeau pour toi aussi, Lydia. Vous êtes enfin venus jusqu'à l'extrémité de la terre, et maintenant votre voyage est terminé. Un dénouement, si vous le voulez.

Si seulement vous l'acceptez.

24

Ryan vivait en Équateur depuis presque un an maintenant, et il se faisait peu à peu à l'idée qu'il ne reverrait probablement jamais Jay.

Il se faisait à beaucoup de choses.

Il vivait à Quito dans le quartier de la vieille ville – le Centro Histórico – dans un petit appartement sur Calle Espejo, une rue piétonne plutôt animée, et il s'était aguerri au bruit de la ville, à ses frémissements très matinaux. Comme il y avait un kiosque à journaux juste sous sa fenêtre, il n'avait pas besoin de réveil. Le jour n'était pas levé qu'il entendait un cliquetis métallique quand Señor Gamboa Pulido installait son stand, et bientôt des voix commençaient à se frayer un chemin jusqu'à son esprit à demi conscient. Pendant longtemps, les phrases en espagnol ne furent guère plus qu'un babillage musical, mais cela aussi changeait peu à peu. Il lui avait fallu moins longtemps qu'il l'aurait cru pour que les syllabes commencent à prendre corps et à former des mots, pour qu'il se rende compte que lui-même commençait à penser en espagnol.

Manifestement, il était encore limité. On voyait encore qu'il était américain, mais il était capable de se débrouiller sur le marché ou dans la rue, il était capable d'assimiler le bavardage des disc-jokeys à la radio, il était capable de regarder la télévision et de comprendre les informations, les intrigues et les dialogues des feuilletons à l'eau de rose, il était capable d'avoir une conversation agréable dans une cafétéria ou un cybercafé, il savait quand des gens parlaient de lui – ils le regardaient avec curiosité et ils étaient impressionnés par la rapidité avec laquelle, penché sur le clavier, il tapait d'une seule main.

Il s'habituait à ça, aussi.

Parfois, le matin, il ressentait d'étranges élancements. Sa main fantôme le faisait souffrir, la paume le démangeait, les doigts avaient l'air de se crisper. Mais il n'était plus surpris d'ouvrir les yeux et de constater qu'elle n'était plus là. Il avait cessé de se réveiller avec la certitude qu'elle lui était revenue, qu'elle s'était en quelque sorte matérialisée en pleine nuit, qu'elle avait poussé, s'était régénérée au bout de son moignon.

Le sentiment intense de perte s'était évanoui, et ces jours-ci il trouvait qu'il butait de moins en moins sur cette absence. Il pouvait s'habiller et même nouer ses lacets relativement facilement. Il pouvait se faire du pain grillé et un café, casser un œuf dans une poêle, tout ça d'une seule main, et certains jours il ne se donnait même pas la peine de mettre sa prothèse.

« Œufs » était un des mots sur lequel il achoppait parfois.

Huevos ? *Huecos* ? *Huesos* ? Œufs, trous, os.

Pour l'instant, il utilisait un crochet myoélectrique qu'il enfilait comme un gantelet sur son moignon. Il ouvrait et fermait les pinces simplement en bandant les muscles de son avant-bras et, en fait, il était plutôt expert en la matière. Pourtant, certains jours, c'était plus facile – moins voyant – de boutonner simplement la manche de sa chemise autour de son moignon. Il n'aimait pas l'intérêt que le crochet suscitait chez les gens, les coups d'œil stupéfaits, la peur chez les femmes et les enfants. Ça lui suffisait d'être un gringo, un Yankee, il se serait bien passé d'attirer en plus les regards de cette façon-là.

Au début, quand il traversait la Plaza de la Independencia, longeait la promenade qui entoure la statue de la victoire ailée, il se faisait remarquer, malgré lui. Il se rappelait l'avertissement de Walcott : *Ne regarde jamais quelqu'un en face !* Et pourtant, les petits cireurs de chaussures couraient derrière lui en poussant leurs cris stridents et incompréhensibles, et les vieilles paysannes, avec leurs nattes grises et leur bonnet traditionnel, le regardaient avec suspicion. Dans la ville de Quito, il y avait un nombre étonnant de clowns et de mimes, et eux aussi se sentaient attirés par lui. Un squelette dépenaillé, au nez rouge, sur des échasses ; un zombie au visage blanc, vêtu d'un costume noir poussiéreux, traversant un passage clouté comme un jouet mécanique ; un homme d'un certain âge, avec du rouge à lèvres, de l'ombre à paupière verte et un turban rose, brandissant des tarots dans sa direction en criant : « *Fortuna ! Fortuna !* »

Il arrivait que ce soit un étudiant avec sac à dos, sandales et treillis militaire. « Hé, mec ! T'es américain ? »

Ça lui arrivait moins souvent maintenant. Il traversait la place sans encombre. Le vieux tireur de cartes se contentait de lever la tête, son maquillage de pute estompé par la transpiration, et ses yeux tristes suivaient Ryan alors qu'il se dirigeait vers le palais présidentiel, la façade blanche à colonnades, les vieilles cellules de prison datant du XVIIIe siècle situées au rez-de-chaussée du bâtiment désormais ouvertes et transformées en salons de coiffure pour hommes, boutiques de vêtements et fast-foods.

Au sommet des montagnes, un Calvaire d'antennes de toutes sortes contemplait la ville. Et parfois, entre deux immeubles, il pouvait apercevoir sur El Panecillo l'imposante statue de la Vierge de l'Apocalypse figée dans une pose de danseuse au-dessus de la vallée.

Financièrement, il s'en sortait bien. Malgré les revers, il détenait encore plusieurs comptes bancaires qui n'avaient pas été découverts, et il avait commencé, avec beaucoup de circonspection, à transférer de l'argent de l'un sur l'autre – une petite somme qui lui permettait de vivre à l'aise. Il avait monté des sociétés d'investissement qui, en fait, lui rapportaient des dividendes, et dans la foulée il avait réussi à adopter un nouveau nom auquel il s'était habitué. David Angel Verdugo Cubrero, de nationalité équatorienne – avec un passeport et tout et tout – et quand on le regardait bizarrement, il haussait les épaules. « Ma mère était américaine », disait-il, et il avait ouvert un compte d'épargne et obtenu deux ou trois cartes de crédit pour David, et apparemment tout allait bien. Il semblait s'en être tiré.

Les types qui les avaient agressés, les types qui lui avaient sectionné la main, avaient apparemment perdu sa trace.

Jay n'avait sans doute pas eu autant de chance.

Ce qui s'était passé cette nuit-là était encore flou dans son esprit. Il ne savait toujours pas ce que ces hommes recherchaient, pourquoi ils avaient insisté sur le fait que Jay n'était pas Jay, pourquoi, paniqués, ils s'étaient enfuis, ni comment Jay avait réussi à se libérer de ses liens. Il avait tenté de reconstituer les faits un nombre incalculable de fois, mais ils restaient obstinément incohérents, fortuits, fragmentaires.

À leur arrivée à l'hôpital, Ryan avait perdu beaucoup de sang et sa vue était brouillée. Il se rappelait – il croyait se rappeler – les portes automatiques qui s'ouvrirent quand ils entrèrent en titubant dans la salle d'accueil des urgences. Il se rappelait l'infirmière qui, surprise, frissonna dans sa blouse imprimée de ballons, et fut décontenancée quand Jay lui mit sous le nez la glacière. « C'est sa main. Vous pouvez la lui remettre, hein ? Vous pouvez arranger ça, hein ? »

Il revoyait Jay en train d'embrasser ses cheveux et de lui murmurer d'une voix voilée : « Tu ne vas pas mourir ; je t'aime, Fils ; tu es la seule personne à avoir été là pour moi ; je ne laisserai rien de grave t'arriver ; ça va aller…

– Oui, répondit Ryan. D'accord », et quand il ferma les yeux, il entendit Jay dire à quelqu'un : « Il est tombé d'une échelle. Et sa main… s'est accrochée à un fil de fer. Tout s'est passé très vite. »

Pourquoi ment-il ? se dit Ryan à demi conscient.

Il n'avait aucun souvenir de ce qui s'était passé avant qu'il se retrouve dans un lit d'hôpital. Il se rappelait le poignet entouré de bandelettes comme une momie, les élancements sourds dans sa main fantôme, et le jeune médecin, le docteur Ali, avec ses cheveux noirs ramenés en arrière et coiffés en queue-de-cheval, et ses yeux bruns fatigués, qui lui dit qu'il avait une mauvaise nouvelle à lui annoncer, concernant sa main, qu'ils avaient été incapables de la réimplanter ; trop de temps s'était écoulé, et dans ce petit hôpital ils n'étaient pas équipés…

« Où est-elle ? » demanda Ryan. Ce fut sa première pensée. Qu'avaient-ils fait de sa main ?

Et le médecin avait jeté un coup d'œil à la toute petite infirmière blonde qui se tenait à l'écart. « Malheureusement, dit-il d'un air piteux, nous avons dû nous en débarrasser.

– Où est mon père ? » demanda alors Ryan. Il appréhendait la situation mais sans rien assimiler. Il avait l'impression d'avoir un cerveau plat, en deux dimensions, et il regarda, hésitant, la porte de sa chambre. Il entendit le *clic clac* de talons dans le couloir.

« Où est mon père ? » répéta-t-il, et de nouveau le médecin et l'infirmière échangèrent des regards sombres.

« Mr. Wimberley, dit le médecin, avez-vous un numéro de téléphone où nous pouvons joindre votre père ? Souhaitez-vous que nous appelions quelqu'un d'autre ? »

Ryan ne trouva le message que lorsqu'il finit par regarder dans son portefeuille. Le portefeuille – qui contenait encore son permis de conduire au nom de Max Wimberley – était bourré d'argent. Quinze billets de cent dollars, des billets de vingt, de dix, et il y avait aussi un petit morceau de papier plié, la minuscule écriture soignée de Jay, entièrement en capitales :

R – QUITTE LE PAYS DÈS QUE POSSIBLE. JE TE RETROUVERAI À QUITO, TE CONTACTERAI QUAND JE POURRAI. DÉPÊCHE-TOI !

JE T'AIMERAI TOUJOURS. JAY

Quand il était arrivé à Quito, il s'attendait à ce que Jay arrive d'un jour à l'autre. Il scrutait les piétons sur la place et les trottoirs pavés, il jetait un coup d'œil à l'intérieur des boutiques étroites et désordonnées, il s'installait dans des cybercafés et entrait les différents noms de Jay dans des moteurs de recherche, tous ceux dont il se souvenait. Il vérifiait dans tous les comptes de messagerie électronique qu'il avait jamais eus, et puis revérifiait.

Il refusait de se dire que Jay était mort, même si c'était peut-être plus facile que d'imaginer que Jay ne viendrait tout simplement pas.

Que Jay l'avait abandonné.

Que Jay n'était même pas Jay, qu'il n'était qu'un – un quoi ? – qu'un avatar de plus ?

Au cours des premiers mois, depuis le balcon de son appartement situé au deuxième étage, il écoutait les petites marchandes installées devant le Teatro Bolivar, en bas de la rue. De magnifiques Indiennes à la mine triste, des sœurs peut-être, des jumelles, avec leur chevelure noire nattée, leur blouse paysanne blanche et leur châle rouge, qui portaient leurs paniers de fraises, de haricots de Lima ou de fleurs en psalmodiant : « Un dollar, un dollar, un dollar, un dollar. » Au début, il croyait qu'elles chantaient. Leurs voix étaient tellement douces, musicales et implorantes, entrelacées en contrepoint, s'harmonisant parfois : « Un dollar, un dollar, un dollar, un dollar. » Comme si on leur avait brisé le cœur.

Maintenant, une année s'était presque écoulée, et il ne pensait plus autant à Jay. Plus aussi souvent.

L'après-midi, il se rendait dans un cybercafé de la Calle Flores qu'il aimait bien. Il était situé juste à côté des murs de stuc couleur corail de l'hôtel Viena Internacional où les étudiants américains et européens pouvaient se loger à bon marché et les hommes d'affaires équatoriens passer quelques heures en compagnie d'une prostituée. Au pied de la colline, là où la petite rue étroite s'ouvrait brusquement sur une vue panoramique des montagnes à l'est, les maisons s'empilaient en cercles concentriques, telles des tresses africaines, sous le ciel bleu pâle.

Ici. Juste une porte ouverte avec un panneau peint à la main : INTERNET, et un escalier raide et de travers. Au fond, une pièce avec des rangées de vieux ordinateurs sales.

Le propriétaire était un vieil Américain. Raines Davis, soixante-dix ans peut-être, était installé derrière le comptoir et remplissait lentement un cendrier de mégots. Ses épais cheveux blancs avaient une teinte jaunâtre comme si la fumée les avait colorés.

L'endroit était souvent rempli d'étudiants, tous penchés sur leur clavier, les yeux fixés sur l'écran, mais parfois, en fin d'après-midi, il n'y avait pratiquement personne, et c'était le moment que Ryan préférait, un moment très calme, très tranquille, une fine couche de fumée flottant sous le plafond. Oui, parfois il entrait « Ryan Schuyler », juste pour voir si quelque chose se passait ; il regardait des photos satellites de Council Bluffs, la technologie était devenue tellement sophistiquée qu'on pouvait voir sa maison, on pouvait voir la voiture de Stacey dans l'allée, qui démarrait, sans doute se rendait-elle à son travail.

Il s'était même demandé ce qui arriverait s'il les contactait, s'il leur apprenait qu'il était vivant finalement. Serait-ce gentil ou cruel, se demandait-il. Serait-il vraiment souhaitable que les morts reviennent à la vie après que l'on eut dépensé tant d'énergie à tenter de surmonter son chagrin et d'avancer ? Il n'en était pas sûr – ne savait pas à qui poser la question – même s'il pouvait concevoir d'en parler un jour à Mr. Davis, quand ils se connaîtraient mieux.

Mr. Davis n'était pas bavard, mais il leur arrivait de discuter. C'était un ancien militaire, Mr. Davis. Un véritable expatrié. Il avait grandi dans l'Idaho mais vivait à Quito depuis trente ans maintenant, et il ne comptait pas retourner un jour aux États-Unis. Il n'y pensait même plus, avait-il affirmé.

Et Ryan avait hoché la tête.

Sans doute y a-t-il un moment où l'on cesse d'être un étranger. Après que les flots de touristes sont partis, après que les étudiants en programme d'échange ont arrêté de jouer aux autochtones, après que l'idée du « retour à la maison » a commencé à devenir fictive.

Qu'il était loin l'enfant qu'il avait été pour Stacey et Owen Schuyler. Qu'il était loin le petit ami gauche et impatient qu'il avait été pour Pixie, le camarade de chambre qu'il avait été pour Walcott, le fils qu'il avait été pour Jay.

Était-il aujourd'hui moins réel que les petits êtres éphémères dont il s'était débarrassé ? Kasimir Czernewski, Matthew Blurton, Max Wimberley.

À un certain moment, il faut être capable de lâcher prise. À un certain moment, on découvre qu'on a été libéré.

On peut être n'importe qui, se dit-il.

On peut être n'importe qui.

25

George Orson perdait son sang-froid.

Il s'était réveillé en pleine nuit en poussant un cri déchirant, puis s'était assis, les genoux repliés, la lampe de chevet et la télé encore allumées. « Je recommence à faire des cauchemars », dit-il, et Lucy, allongée à ses côtés, se sentit mal à l'aise quand il se mura dans un silence pareil à une immense étendue désertique.

Ils étaient en Afrique depuis deux jours, terrés dans une chambre du quinzième étage de l'hôtel Ivoire, et George Orson sortait et rentrait, sortait et rentrait, et à chaque fois qu'il revenait, ses joues étaient plus rouges et il avait l'air plus sombre.

Pendant ce temps, Lucy l'avait attendu dans leur chambre, à un des étages supérieurs de la tour semblable à un gratte-ciel, pétrie d'ennui et plutôt paniquée, et elle s'occupait en décollant délicatement les billets de banque des livres, les yeux baissés sur le flot de véhicules qui circulaient sur l'autoroute. Six voies qui encerclaient la lagune Ébrié – dont l'eau n'était pas de ce bleu azur des brochures auquel elle s'était attendue mais grisâtre, proche de celle du lac Erié. Au moins, il y avait des palmiers.

Elle l'entendit derrière la porte, qui s'acharnait sur la poignée en marmonnant, et quand il finit par faire irruption dans la chambre, il jeta sa carte magnétique sur le tapis en montrant les dents.

« Putain de merde, s'exclama-t-il en balançant sa mallette sur le lit. Fait chier », et Lucy, qui tenait un billet de cent dollars dans la main, le regarda, effarée. Elle ne l'avait jamais entendu jurer.

« Qu'est-ce qui ne va pas ? » demanda-t-elle alors qu'il se dirigeait d'un pas lourd vers le minibar et l'ouvrait d'un coup sec.

Vide.

« Putain d'hôtel merdique. C'est censé être un quatre étoiles ?

– Qu'est-ce qui ne va pas ? » répéta-t-elle, mais il se contenta de secouer la tête avec humeur en passant les doigts dans ses cheveux qui se dressèrent comme des touffes d'herbe sèche.

« On va se faire faire de nouveaux passeports. Il faut qu'on se débarrasse de David et de Brooke au plus vite.

– Ça me va », répondit-elle en le suivant des yeux. Il s'approcha du téléphone posé sur le bureau et souleva le combiné d'un geste théâtral qui traduisait une violence contrôlée.

« *Allô, allô*[1] *?* » Il respira profondément et c'était étrange, se dit-elle. En fait, son visage parut se métamorphoser quand il adopta cet accent trop marqué et cette voix grave, qui lui étaient propres quand il parlait français. Il baissa légèrement les paupières, fit la moue et leva le menton.

« *Service des chambres ? S'il vous plaît, je voudrais une bouteille de whisky. Oui. Jameson, s'il vous plaît.* »

« George, dit-elle – s'oubliant une fois de plus,

1. Dans ce chapitre, les mots en italique sont en français dans le texte. *(N.d.T.)*

oubliant qu'il était "Papa". Il y a un problème ? » Mais il se contenta de lever un doigt : Chut.

« *Oui*, poursuivit-il, toujours au téléphone. *Chambre quinze quarante et un* » et ce n'est qu'après avoir raccroché qu'il se tourna vers elle.

« Qu'est-ce qui se passe ? demanda-t-elle. Il y a un problème ?

– Il faut que je boive un coup ; c'est ça le problème majeur, dit-il, et il s'assit sur le lit et retira sa chaussure. Mais si tu veux savoir la vérité, je me sens juste légèrement inquiet, et j'aimerais nous trouver de nouveaux noms. Demain.

– D'accord », dit-elle. Elle posa *La Maison d'âprevent* sur la table basse et enfonça discrètement le billet de cent dollars dans la poche avant de son jean. « Mais ça ne répond pas à ma question. Qu'est-ce qui se passe ?

– Tout va bien, répondit-il, sèchement. Je suis juste parano », et il laissa tomber son autre chaussure sur le sol. Le genre de mocassins pour hommes avec un pompon en cuir à la place des lacets.

« Je veux que tu descendes au salon de coiffure demain matin, reprit-il. Vois s'ils peuvent te teindre en blonde. Et fais-toi couper les cheveux – et elle crut sentir une petite pointe de dégoût dans sa voix. Une coupe sophistiquée. Ils devraient pouvoir se débrouiller. »

Lucy porta sa main à ses cheveux. Elle n'avait pas encore défait les nattes de Brooke Fremden, bien qu'elle les détestât. Ça faisait trop gamine, avait-elle dit. « Je suis censée avoir seize ans ? Ou huit ? » avait-elle demandé même si, au bout du compte, elle s'était laissé convaincre quand George Orson avait insisté.

Je n'ai jamais voulu avoir ces cheveux-là. Voilà ce qu'elle voulait lui rappeler, mais ça n'avait sans doute aucune importance. Il avait sorti son calepin de la poche de sa veste de costume et nota quelque chose de son écriture en majuscules tarabiscotée.

« Donc tu vas chez le coiffeur demain dès le réveil, disait-il. On prend les photos avant midi et, avec un peu de chance, on pourra récupérer nos nouveaux passeports mercredi matin. On changera d'hôtel mercredi après-midi. Ce serait bien que l'on quitte le pays au plus vite. J'aimerais être à Rome samedi au plus tard. »

Elle hocha la tête, les yeux fixés sur le tapis qui était marqué de petites taches noires de brûlures de cigarette. Sans compter un vieux chewing-gum, aplati comme une pièce de monnaie. Apparemment collé là pour toujours.

« D'accord », dit-elle, même si elle était angoissée. Elle n'était jamais sortie de la chambre sans George Orson, et aussitôt, l'idée de se rendre dans le salon de coiffure l'effraya. « Je suis juste parano », avait-il dit, mais elle était convaincue qu'il avait de bonnes raisons d'être anxieux, même s'il refusait de l'admettre.

Ça lui ferait une de ces peurs de se retrouver, seule, dans les parties communes de l'hôtel.

D'abord, tous les gens étaient noirs. Le fait d'être blanche la mettrait mal à l'aise, elle se ferait remarquer alors qu'elle n'y était pas habituée, il n'y aurait pas de foule dans laquelle disparaître, et elle se rappela la traversée en famille du quartier noir de Youngstown, ce qu'elle avait ressenti quand les gens dans la rue, ceux qui attendaient le bus, les avaient dévisagés. Comme si leur vieille Sedan à quatre portes traînait une aura de « caucasienneté », comme si elle était phosphorescente. Elle revit sa mère appuyer sur le bouton de verrouillage automatique des portes, le vérifiant encore et encore.

« C'est un quartier mal famé, les filles », avait-elle affirmé, et Lucy avait levé les yeux au ciel. Quelle raciste, s'était-elle dit en ne manquant pas de déverrouiller la sienne.

Mais là, bien sûr, c'était différent. C'était l'Afrique. C'était un pays du tiers-monde, avec tentatives de coups d'État, soulèvements armés, enfants-soldats, et elle avait lu le rapport du département d'État : « Nous invitons les citoyens américains à éviter les foules et les manifestations, à être conscients de leur environnement, et à faire preuve de bon sens afin d'éviter les situations et les lieux potentiellement dangereux. Étant donné le fort sentiment antifrançais, les personnes au physique non africain peuvent être prises pour cible de cette violence. »

Mais elle ne voulait pas non plus être lâche, et donc elle se leva et regarda George Orson enlever ses chaussettes et se masser la plante des pieds avec le pouce.

« Ils parlent anglais ? finit-elle par demander, d'une voix hésitante. Dans le salon de coiffure ? Et s'ils ne parlent pas anglais ? »

George Orson leva les yeux et posa sur elle un regard sévère. « Je suis sûr qu'il y a quelqu'un qui parle anglais. Sans compter, ma chérie, que tu as fait trois ans de français au lycée, ce qui devrait te suffire amplement. Veux-tu que je te note quelques phrases ?

– Non, dit Lucy, et elle haussa les épaules. Non… j'imagine que… ça ira. »

Mais George Orson soupira, l'air irrité. « Écoute, Lucy, dit-il, et elle comprit qu'il utilisait son véritable prénom à dessein, pour bien se faire comprendre. Tu n'es plus une enfant. Tu es une adulte. Et tu es très intelligente, je te l'ai toujours dit. C'est ce que j'ai tout de suite remarqué chez Lucy ; qu'elle était une jeune femme extraordinaire.

« Et maintenant. Maintenant, il suffit juste que tu sois un peu plus sûre de toi. Vas-tu passer le restant de tes jours à attendre que quelqu'un te dise, constamment, ce que tu dois faire ? Enfin, nom de Dieu, Lucy ! Tu descends dans le hall, tu parles anglais, ou tu baragouines quelques mots de français, ou tu communiques en langage des signes, et je te parie que tu réussiras à te faire coiffer sans que quelqu'un te tienne la main en permanence. »

Il leva les bras et se laissa tomber sur le lit en manifestant à demi voix un accès de ras-le-bol, comme s'il y avait un public qui les regardait, comme s'il y avait quelqu'un prêt à compatir avec lui : Est-ce que vous pouvez imaginer un seul instant que j'aie à gérer ce genre de situation ?

Si seulement elle trouvait une riposte glaçante, cassante.

Mais elle était incapable de penser à quoi que ce soit. Elle était sans voix : qu'il lui parle de cette façon-là, après tous ses mensonges et toutes ses dérobades, après tout le temps qu'elle avait passé au Motel du Phare, à attendre, patiente et fidèle, pour s'entendre dire maintenant qu'elle n'était pas assez « sûre d'elle » ?

« Il faut que je boive un coup », murmura George Orson d'un ton maussade, et Lucy resta là à le regarder. Puis, enfin, elle retourna à son livre, à *La Maison d'âpre-vent*, elle s'installa comme pour tricoter un pull et décolla lentement des billets en remarquant que le scotch transparent arrachait certaines lettres.

Elle allait se montrer sûre d'elle.

C'était une globe-trotter, après tout. Au cours de la semaine précédente, elle était allée sur deux continents – même si elle n'avait passé que quelques heures en Europe, à Bruxelles – mais bientôt elle vivrait à Rome. Elle allait devenir « cosmopolite », n'était-ce pas ce que George Orson lui avait dit, bien des mois plus tôt, alors qu'ils s'éloignaient en voiture de Pompey, Ohio ? N'était-ce pas ce dont elle avait rêvé ?

Ce n'était pas tout à fait Monaco ni les Bahamas ni l'une des stations balnéaires mexicaines sur la Riviera Maya qui la faisaient se pâmer sur internet. Mais il avait raison, songea-t-elle. C'était l'occasion pour elle de devenir adulte.

Et donc quand il partit ce matin-là, en promettant d'être rentré avant midi, elle s'était armée de courage.

Elle mit un T-shirt noir et un jean, une tenue qui, sans être tout à fait adulte, était neutre, au moins. Elle démêla ses cheveux et trouva le tube de rouge à lèvres qu'elle avait acheté quand ils avaient traversé le pays en Maserati. Le voilà, presque intact, resté dans une poche à fermeture Éclair de son sac à main.

Elle prit cinq cents dollars et enveloppa le reste des billets dans un T-shirt sale au fond du misérable sac à dos de gamine de Brooke Fremden que George Orson lui avait acheté dans le Nebraska.

OK, se dit-elle. Je suis prête.

Calme et confiante, elle prit l'ascenseur, et quand un homme entra à l'étage suivant – un soldat, en tenue de camouflage avec un béret bleu et des épaulettes rouges – elle resta impassible, comme si elle ne l'avait même pas remarqué, comme si elle ne se rendait pas compte qu'il posait sur elle un regard ferme et désapprobateur et qu'il avait, à la taille, un pistolet rangé dans son étui.

Ils descendirent jusqu'en bas, seuls et en silence, et quand il tint la porte et se montra galant – *ladies first* – elle murmura « *Merci* » et sortit dans le hall.

Elle était vraiment prête.

La séance de coiffure dura longtemps, mais ce fut plus facile qu'elle ne l'avait imaginé. Elle était terrifiée en entrant dans le salon qui était vide à l'exception de deux employées – une femme de type méditerranéen, mince et hautaine, qui avait l'air d'examiner son T-shirt et son jean avec dégoût ; et une Africaine qui la regarda avec davantage de bienveillance.

« *Excusez-moi*, dit Lucy, avec raideur. *Parlez-vous anglais ?* »

Elle avait conscience de ses difficultés d'élocution, même si elle faisait de son mieux pour articuler. Elle se rappela que Mme Fournier, qui lui avait enseigné le français au lycée, grimaçait avec compassion quand elle bafouillait à l'oral. « Oh ! s'exclamait-elle. *Ça fait mal aux oreilles !* »

Mais Lucy était capable de dire une simple phrase, non ? Ce n'était pas si difficile. Elle pouvait se faire comprendre.

Et ça c'était bien passé. La femme africaine lui fit un signe de tête poli. « Oui, mademoiselle. Je parle anglais. »

Elle s'avéra très chaleureuse. Bien qu'elle claquât la langue en constatant la couleur des cheveux de Lucy – « épouvantable », murmura-t-elle – elle crut pourtant pouvoir y remédier. « Je vais faire de mon mieux », dit-elle à Lucy.

Elle s'appelait Stephanie, était originaire du Ghana, même si elle vivait en Côte-d'Ivoire depuis des années. « Le Ghana est un pays anglophone, expliqua-t-elle. L'anglais est ma langue maternelle. J'ai donc plaisir à le parler de temps en temps. C'est une des particularités des Ivoiriens que je ne comprends pas. Ils détournent la tête pour se moquer d'un étranger qui fait une faute en français, alors que même quand ils savent parler un peu anglais, ils refusent de le faire. Pourquoi ? Parce qu'ils pensent que les anglophones se moqueront d'eux à leur tour ! » Et elle baissa la voix quand elle commença à passer ses mains protégées par des gants en caoutchouc dans les cheveux de Lucy. « C'est le problème avec Zaina. Ma collègue. Elle a bon cœur mais elle est Libanaise, et ces gens-là sont très fiers. Ils se soucient constamment de leur dignité.

– Oui », dit Lucy, et elle ferma les yeux. Depuis combien de temps n'avait-elle pas parlé à quelqu'un en dehors de George Orson ! Ça faisait – quoi ? – des mois et des mois, et jusqu'à cet instant précis, elle n'avait pas réalisé à quel point elle avait été seule. Elle n'avait jamais eu beaucoup d'amis, elle n'avait jamais particulièrement aimé la compagnie d'autres lycéennes, mais maintenant, alors que les ongles de Stephanie dessinaient en douceur des lignes sur son cuir chevelu, elle comprit que ç'avait été une erreur. Elle avait été comme Zaina – trop fière, trop préoccupée par sa propre dignité.

« Je suis tellement heureuse de voir que les touristes reviennent à Abidjan, lui disait Stephanie. Après la guerre, une fois que les Français se furent enfuis, tous les autres pays déclarèrent : "N'allez pas en Côte-d'Ivoire, c'est trop dangereux", et ça me rendait triste. Autrefois, la ville d'Abidjan était connue comme le Paris de l'Afrique de l'Ouest. Vous le saviez ? Cet hôtel, si vous l'aviez vu il y a quinze ans, quand je suis arrivée pour la première fois dans ce pays ! Il y avait un casino. Une patinoire, la seule en Afrique de l'Ouest ! Cet hôtel était un bijou, et puis il a commencé à se délabrer. Avez-vous remarqué qu'il y avait jadis un étang artificiel tout autour du bâtiment, un magnifique étang artificiel, mais maintenant il n'y a plus d'eau dedans. À un moment, quand je venais travailler, il y avait si peu de clients que je me croyais dans un vieux château déserté, dans un pays froid.

« Mais la situation est en train de s'améliorer, poursuivit Stephanie d'une voix douce et pleine d'espoir. Depuis l'accord de paix, nous avons retrouvé notre identité, et ça me rend heureuse. Rencontrer une jeune fille comme vous dans cet hôtel, c'est bon signe. Je vais vous révéler un secret. J'adore l'art de la coiffure. Et c'est un art à mes yeux. C'est vraiment ce que je ressens, et si vous aimez ce que je vous ai fait, vous devriez dire à vos amis : "Allez à Abidjan, allez à l'hôtel Ivoire, allez voir Stephanie !" »

Plus tard, quand elle tenta de raconter à George Orson l'histoire de Stephanie, elle eut du mal à l'expliquer.

« Tu es éblouissante, dit-il. La coupe de cheveux est fabuleuse », et c'était vrai. Le blond avait l'air étonnamment naturel, rien à voir avec la couleur fluorescente et peroxydée qu'elle craignait ; les cheveux légèrement ondulés tombaient bien, juste au-dessus de l'épaule.

Mais il y avait plus que ça, même s'il elle ne savait pas trop comment le formuler. Cette impression merveilleuse de métamorphose ; d'intimité profonde et fraternelle quand Stephanie s'était penchée au-dessus d'elle en lui parlant sereinement, en lui racontant ses histoires. On ressent la même chose sans doute, quand on est sous hypnose, songea-t-elle. Ou quand on se fait baptiser, peut-être.

Elle ne pouvait pas dire ça à George Orson. Ce serait insensé, vraiment excessif. Et donc elle se contenta de hausser les épaules et de lui montrer les vêtements qu'elle s'était achetés dans la boutique de mode de la galerie marchande de l'hôtel.

Une robe noire toute simple avec de fines bretelles. Un chemisier en soie bleu foncé, plus décolleté que ce qu'elle avait l'habitude de porter, un pantalon blanc, et un foulard coloré avec un imprimé africain.

« J'ai dépensé beaucoup d'argent », dit-elle, mais George Orson ne fit que sourire – ce sourire entendu de conspirateur qu'il lui adressait souvent quand ils avaient quitté l'Ohio, et qu'elle n'avait pas vu réapparaître depuis longtemps.

« Tant que ça ne dépasse pas trois ou quatre millions », dit-il, et elle se sentit tellement soulagée de l'entendre à nouveau plaisanter qu'elle éclata de rire, même si ce n'était pas très drôle, et quand il la prit en photo pour le nouveau passeport, elle posa, charmeuse, contre le mur nu blanc cassé.

Il pensait pouvoir obtenir de nouveaux passeports dans les prochaines vingt-quatre heures.

Il buvait de plus en plus, et ça la mettait mal à l'aise. Il était fort probable qu'il avait toujours bu, séquestré dans son cabinet de travail de la vieille maison, au-dessus du Motel du Phare, se glissant péniblement dans le lit à côté d'elle en pleine nuit, avec une odeur de bain de bouche, de savon et d'eau de Cologne.

Mais ici, c'était différent. Maintenant qu'ils partageaient une seule pièce, ça la frappait particulièrement. Assis devant l'étroit bureau de la chambre d'hôtel, il scrutait l'écran de son ordinateur portable, tapait et surfait sur internet, tout en portant son verre à ses lèvres. La bouteille de Jameson qu'il avait commandée était presque vide, au bout de deux jours seulement.

Pendant ce temps-là, allongée sur le lit, elle regardait des films américains doublés en français ou parcourait

Marjorie Morningstar qui avait mieux survécu au décollement des billets que *La Maison d'âpre-vent*.

Quand il avait vu sa nouvelle coupe de cheveux et sa nouvelle tenue, elle pensa qu'ils avaient reformé le couple auquel elle avait cru, mais ça ne dura que quelques heures. Maintenant, il était redevenu distant.

« George ? » dit-elle. Puis, constatant qu'il ne répondait pas : « Papa ? »

Il grimaça.

Bourré.

« Pauvre Ryan, dit-il, sibyllin, et il porta son verre à ses lèvres en secouant la tête. Je ne vais pas merder, cette fois-ci, Lucy. Fais-moi confiance. Je sais ce que je fais. »

Lui faisait-elle confiance ?

Maintenant, après tout ce qui s'était passé, était-elle convaincue qu'il savait ce qu'il faisait ?

Elle n'avait toujours pas obtenu de réponse à certaines questions délicates, et ça l'aidait de savoir qu'elle se trimballait avec un sac à dos contenant presque cent cinquante mille dollars.

Ça l'aidait de savoir qu'ils n'étaient plus dans le Nebraska, qu'elle n'était plus prisonnière dans le Motel du Phare. Quand il partit vaquer à ses affaires le lendemain matin, elle fut libre de se promener si elle le voulait et de prendre l'ascenseur. Elle flâna dans les couloirs et les boutiques dans sa nouvelle tenue, son sac à dos à l'épaule, en s'efforçant de réfléchir. En s'efforçant de s'imaginer quelques jours plus tard. À Rome. 4,3 millions de dollars. Un nouveau nom, une nouvelle vie, peut-être celle à laquelle elle aspirait.

L'hôtel était un complexe imposant mais étonnamment calme. Elle s'était attendue à ce que le hall soit plein de monde, comme tous ces gens qui se hâtaient dans les aéroports de Denver, New York et Bruxelles, mais il ressemblait plutôt à un musée.

Elle parcourut distraitement un long couloir. Il y avait, accroché au mur, un masque africain représentant la tête longue et stylisée d'un animal – une gazelle, sans doute – aux cornes recourbées comme les cheveux encadrant le visage d'une femme. Elle aperçut deux Africaines, vêtues d'un batik aux couleurs vives, orange et vert, qui déambulaient paisiblement ; et un employé de l'hôtel qui faisait entrer délicatement quelques détritus dans sa pelle à poussière à long manche ; puis elle sortit dans le promenoir à ciel ouvert avec ses jardins tropicaux d'un côté, ses gracieuses statues végétales abstraites, et un obélisque coloré, décoré de formes et de figures, presque comme un totem ; enfin elle s'engagea sur un pont en ciment qui traversait des bassins turquoise pour conduire à une petite île verte d'où on apercevait, de l'autre côté de la lagune, les gratte-ciel d'Abidjan.

Une vraie merveille. Elle se trouvait sur un chemin bordé de boules lumineuses, sous un ciel sans nuages, et c'était probablement la chose la plus irréelle qui lui soit jamais arrivée.

Qui, dans l'Ohio, aurait cru que Lucy Lattimore se retrouverait un jour sur un autre continent, à la bordure d'un aussi bel hôtel ? En Afrique. Avec une coupe de cheveux élégante, des chaussures de luxe et une robe plissée à la mode, blanche et légère, dont l'ourlet ondulait dans le vent.

Si seulement sa mère pouvait la voir. Ou l'horrible et sarcastique Toddzilla.

Si seulement quelqu'un venait la prendre en photo.

Finalement elle fit demi-tour, retraversa les jardins et rentra à l'intérieur. Elle retourna dans sa boutique de mode, s'acheta une nouvelle robe – émeraude, cette fois, avec un imprimé batik, comme la toilette des femmes qu'elle avait vues dans le couloir – puis, munie de ses courses, elle se dirigea vers un restaurant.

Le Pavillon était une simple pièce tout en longueur, qui donnait sur un patio, et il était presque entièrement vide. L'heure de déjeuner était passée, se dit-elle, même si quelques clients s'attardaient, et au moment où le maître d'hôtel la conduisit à sa table, un trio d'hommes blancs, portant des chemises hawaïennes à fleurs, levèrent les yeux sur son passage.

« Belle fille, dit l'un d'eux, un chauve, en arquant les sourcils. Salut, fille, dit-il. Tu plais à moi. Je veux être ton ami. » Puis il parla à ses camarades en russe, ou une langue du genre, et ils éclatèrent de rire.

Elle les ignora. Elle n'allait pas les laisser lui gâcher son après-midi, même s'ils continuèrent à parler bruyamment au moment où elle leva le menu devant son visage, comme un masque.

« Je suis bon amant, dit celui qui avait des cheveux orange hérissés. Poupée. Il faut nous rencontrer. »

Enfoirés. Elle fixa les mots sur le menu – qui était, réalisa-t-elle, entièrement en français.

Quand elle retourna dans la chambre, George Orson l'attendait.

« Putain, t'étais où ? » demanda-t-il quand elle ouvrit la porte.

Furieux.

Elle s'immobilisa, avec son sac à dos plein d'argent, le fourre-tout de la boutique de mode, et il lui balança un projectile – un petit fascicule dont elle dévia la trajectoire avec la main. Qui heurta sa paume et, inoffensif, rebondit sur le sol.

« Voilà ton nouveau passeport », dit-il amèrement, et elle fixa longuement George Orson avant de le ramasser.

« T'étais où ? » répéta-t-il quand elle ouvrit stoïquement le passeport. Il y avait la photo qu'il avait prise la veille – avec sa toute nouvelle coiffure – et un nouveau nom : Kelli Gavin, vingt-quatre ans, originaire de Easthampton, Massachusetts.

Elle ne dit rien.

« J'ai cru qu'on t'avait… kidnappée, ou un truc du genre, dit George Orson. Je me disais : Qu'est-ce que je vais faire maintenant ? Mon Dieu, Lucy, j'ai cru que tu m'avais planté là.

– Je déjeunais. Je suis descendue une minute. Tu ne venais pas juste de te plaindre que je n'étais pas assez sûre de moi ? Je ne faisais que… »

Il s'éclaircit la voix et, l'espace d'un instant, elle crut qu'il allait se mettre à pleurer. Ses mains tremblaient et il avait un air lugubre.

« Mon Dieu ! Pourquoi je m'inflige toujours la même chose ? J'ai toujours voulu n'avoir qu'une personne, qu'une seule personne, et ça ne va jamais. Ça ne va jamais. »

Lucy eut des palpitations et elle le regarda, indécise, quand il se laissa tomber dans un fauteuil. « De quoi tu parles ? » demanda-t-elle, et elle se dit qu'elle ferait mieux de lui parler gentiment, d'une voix apaisante, comme pour s'excuser. Qu'elle ferait mieux d'aller le serrer dans ses bras ou lui embrasser le front ou lui caresser les cheveux. Mais au lieu de cela, elle se contenta de l'observer – il était recroquevillé comme un adolescent de mauvaise humeur. Elle glissa son passeport dans son sac à main.

Après tout, c'était à elle d'avoir peur. C'était à elle d'avoir besoin de réconfort et de soutien. C'était elle qu'on avait amenée, par la ruse, à tomber amoureuse d'une personne qui n'existait même pas.

« De quoi tu parles ? répéta-t-elle. Tu as l'argent ? »

Il regarda ses mains, qui tremblaient encore, se contractaient contre ses genoux. Il secoua la tête.

« On a des problèmes de négociation », dit George Orson, et il avait une toute petite voix, ce murmure agité et bredouillant qu'il faisait entendre quand ses cauchemars le réveillaient.

Ce qui ne ressemblait pas du tout à George Orson.

« Il va peut-être falloir que nous cédions une part plus importante que prévue. Bien plus importante. C'est ça le problème, la corruption est partout, où que tu ailles, c'est l'aspect le plus répugnant… »

Il leva la tête, et il n'y avait pratiquement plus trace du charmant enseignant qu'elle avait connu jadis.

« J'ai juste besoin d'une personne de confiance », dit-il et il posa sur elle un regard accusateur, comme si, d'une façon ou d'une autre, la traître, c'était elle. La menteuse, c'était elle.

« Fais tes bagages, ajouta-t-il froidement. Il faut qu'on change d'hôtel immédiatement. J'ai passé des putains d'heures à t'attendre ici. Tu as de la chance que je ne sois pas parti. »

Tandis qu'elle attendait en bas dans le hall, Lucy ne savait pas si elle devait être furieuse ou blessée. Ou effrayée.

Au moins, elle avait le sac à dos contenant leur argent. Il y avait peu de chances qu'il s'en aille sans lui et pourtant – la façon dont il s'était adressé à elle, la façon dont il avait changé ces derniers jours. Le connaissait-elle un tant soit peu ? Avait-elle la moindre idée de ce qu'il pensait vraiment ?

Par ailleurs, elle n'arrêtait pas de réfléchir à ce qu'il avait dit au sujet de l'argent. « Des problèmes de négociation. Il va peut-être falloir que nous cédions une part plus importante que prévue. » Ce qui la contrariait. Elle avait compté sur cet argent, peut-être même plus que sur George Orson, et elle se surprit à palper les bosses dans son sac, à sentir à travers la toile les liasses de billets qu'elle avait disposées sous les T-shirts pliés de Brooke Fremden.

C'était la fin de l'après-midi et les gens arrivaient à l'hôtel Ivoire à un rythme plus soutenu que la veille. Il y avait un certain nombre d'Africains, en costume ou en tenue plus traditionnelle. Quelques soldats, deux Arabes vêtus d'une kurta brodée, une Française portant des lunettes de soleil et un chapeau à large bord, en train de discuter au téléphone. Des grooms en livrée qui suivaient des clients.

Elle n'aurait pas dû descendre seule dans le hall même si, sur le moment, elle avait eu l'impression d'agir par défi pour défendre sa dignité. Elle avait fait ses bagages rageusement tandis que George Orson était au téléphone, il parlait vite, dans un français incompréhensible, et une fois sa valise fermée, elle avait tenté de reconstituer ce qu'il disait – jusqu'à ce qu'il lui jette un coup d'œil sévère en posant sa main sur le combiné.

« Descends dans le hall. Je dois finir ce coup de fil et je serai en bas dans cinq minutes, donc ne t'éloigne pas. »

Mais ça faisait plus d'un quart d'heure, et il n'était toujours pas là.

Était-il concevable qu'il l'ait plaquée ?

Elle palpa une fois encore son sac à dos, comme si l'argent avait pu disparaître par enchantement, comme s'il pouvait être volatile – et elle fut tentée d'ouvrir la fermeture Éclair et de vérifier, juste pour en être absolument sûre. Juste pour voir les billets.

Elle scruta encore toute l'étendue du hall, les plafonds cathédrale et le lustre et les bacs décoratifs remplis de plantes tropicales. La Française avait allumé une cigarette et tapotait le sol avec le bout de sa chaussure à haut talon. Elle jeta un coup d'œil à sa montre et après un moment d'hésitation, Lucy s'avança vers elle.

« *Excusez-moi* et elle tenta d'imiter l'accent que Mme Fournier avait jadis essayé d'inculquer à ses élèves. *Quelle*, dit Lucy. *Quelle... heure est-il ?* »

La femme la regarda avec une étonnante bienveillance. Leurs regards se croisèrent et la Française écarta son portable de son oreille en examinant Lucy, de la tête au pied, avec un regard doux, maternel. Avec pitié, songea Lucy.

« Il est quinze heures, ma chère », répondit-elle, en anglais, et elle sourit à Lucy en l'interrogeant du regard. « Vous allez bien ? » et Lucy fit oui de la tête.

« *Merci* », dit-elle, d'une voix voilée.

Elle l'attendait depuis presque une demi-heure maintenant, et elle se dirigea vers les ascenseurs, sa valise à roulettes traînant en déséquilibre derrière elle, les superbes sandales à bout ouvert qu'elle s'était achetées claquant sur le dallage en marbre brillant, et les gens parurent s'écarter pour la laisser passer, les visages d'Afrique, du Moyen-Orient et d'Europe la regardant avec la même inquiétude mêlée de circonspection qu'avait manifestée la Française, comme on regarde une jeune fille qui a fait l'idiote, une fille qui finit par comprendre qu'elle a été rejetée. « Tu as de la chance que je ne sois pas parti sans toi », songea-t-elle, et quand les portes de l'ascenseur s'ouvrirent en émettant un carillon grave et musical, Lucy sentit une vague de panique enfler en elle. L'engourdissement de ses doigts, l'impression d'avoir des insectes dans les cheveux, un nœud dans la gorge.

Non. Il ne l'abandonnerait pas, il ne l'abandonnerait pas vraiment, pas après tout ça, toute la distance qu'ils avaient parcourue ensemble.

Elle avait conscience que l'ascenseur commençait à monter, et c'était comme si la pesanteur, tel un esprit, quittait son corps, c'était comme si elle s'ouvrait, pareille à la cosse d'une asclépiade, libérant une centaine de graines qui s'éloignaient en flottant, irrémédiablement.

Elle pensa au moment où elle avait ouvert la porte de leur maison à des policiers au visage impassible ; au moment où elle avait appelé le bureau des admissions de Harvard, l'impression d'être cassée, l'impression que son futur moi, que les molécules de sa vie imaginée, désamarrées, se brisaient en morceaux de plus en plus petits et s'éparpillaient toujours plus loin, toujours plus loin, comme l'univers lui-même.

L'espace d'un instant, quand l'ascenseur arriva au quinzième étage, elle crut qu'elle allait rester enfermée et elle appuya sur le bouton « ouverture portes ». Elle appuya une fois encore et, les doigts tremblants, elle fit glisser la paume de sa main le long de la pliure qui scellait les deux battants. « Oh », disait-elle. « Oh », disait-elle, jusqu'à ce qu'ils s'écartent soudain, que la porte s'ouvre, et elle faillit trébucher en sortant.

Plus tard, elle se félicita de ne pas l'avoir appelé.

Elle n'avait plus de voix et elle s'immobilisa devant l'ascenseur, juste pour souffler, l'air remplissant ses poumons par à-coups, doux et irréguliers, et ses mains cherchèrent de nouveau à tâtons la toile de son sac à dos pour trouver les liasses de billets comme on cherche à empoigner son masque à oxygène dans un avion qui pique, et quand elle sut avec certitude qu'elles étaient bel et bien là, elle fouilla dans son nouveau sac à main et trouva son passeport, le passeport de Kelli Gavin. Il était aussi en sécurité, et il y avait la confirmation de son numéro de vol pour Rome, et elle… elle…

La vitesse de sa chute parut diminuer.

Oui, c'est ce que l'on ressentait quand on se perdait. Une fois de plus. Quand on lâchait son avenir et qu'on le laissait s'élever encore et encore jusqu'à ne plus le voir, et on réalisait alors qu'il fallait tout reprendre à zéro.

Plus tard, elle comprit qu'elle avait eu de la chance.

Heureusement qu'elle s'était efforcée d'être discrète et de se ressaisir, heureusement qu'elle s'était arrêtée devant l'ascenseur pour vérifier une fois de plus le contenu de son sac, heureusement qu'un certain sang-froid l'avait enserrée de ses griffes.

Heureusement qu'elle n'avait pas attiré l'attention sur elle car lorsqu'elle tourna au bout du couloir, elle aperçut un homme devant la porte de leur chambre d'hôtel.

Posté là, sur le seuil de la chambre 1541, dans la tour de l'hôtel Ivoire.

L'attendait-il ? Ou empêchait-il simplement George Orson de s'enfuir ?

C'était un des Russes qu'elle avait rencontrés au restaurant, celui qui avait des cheveux orange hérissés, celui qui lui avait dit : « Je suis bon amant. »

Il était adossé à la porte, bras croisés, et elle se figea au bout du couloir. Elle aperçut l'arme, le revolver qui pendait mollement, presque inerte, au bout de sa main gauche.

Il n'avait pas l'air dangereux, pas vraiment, même si elle savait qu'il l'était. Il la tuerait sans doute s'il la voyait et faisait le rapprochement, mais il ne regardait pas dans sa direction. C'était comme si elle était invisible, et il souriait comme s'il se rappelait un souvenir agréable, les yeux fixés sur le plafonnier autour duquel tournait un papillon de nuit blanc. Hypnotisé.

Les deux autres hommes se trouvaient déjà dans la chambre, supposa-t-elle, dans la chambre avec George Orson.

26

« On est en route pour l'hôpital, dit-il à Ryan. Écoute-moi, fiston. Tu ne vas pas te vider de ton sang. » Il le répétait encore et encore, longtemps après que Ryan eut de nouveau perdu connaissance, marmonnant comme il le faisait quand, enfant, il se racontait des histoires dans la chambre du grenier, il se rappelait ces balancements d'avant en arrière et ces mêmes mots répétés dans sa tête, encore et encore, jusqu'à ce qu'il finisse par s'endormir.

« Je te promets que ça va aller, dit-il tandis que les phares illuminaient l'enchevêtrement de branches au-dessus des longues routes noires. Je te promets que ça va aller. On est en route pour l'hôpital. Je te promets que ça va aller. »

Bien sûr, il avait dit la même chose à Rachel, à l'époque où ils étaient à Inuvik, où ils jouaient aux scientifiques, et ça ne s'était pas très bien passé.

Mais cette fois-ci, il était capable de tenir sa promesse.

Ryan était aux urgences, et même s'il aurait sans doute à subir des heures de chirurgie, de transfusion sanguine, etc., il était quasiment certain que ça se passerait bien.

Il était presque six heures du matin, un mardi, début mai, le soleil ne s'était pas encore levé, et il était assis sur une chaise en plastique de la salle d'attente éclairée au néon, à côté des distributeurs de boissons, tenant toujours le sweater à capuche maculé de sang et le portefeuille de Ryan avec son tout nouveau permis de conduire. Max Wimberley. Il sortit les billets pliés qu'il avait cachés dans la poche de sa veste, et glissa quelques centaines de dollars dans le portefeuille.

Mon Dieu, se dit-il, et il se prit la tête entre les mains pendant un bon moment – ne pas pleurer, ne pas pleurer – puis il trouva un morceau de papier et commença à écrire un mot.

C'était sans doute la meilleure solution.

Il était installé dans une vieille Chrysler qu'il avait trouvée déverrouillée, dans le parking, et quelques larmes coulaient malgré lui alors qu'il retirait le cache de la colonne de direction.

Il avait été un bon père, se dit-il. Ryan et lui avaient eu une belle existence ensemble, le temps que ça avait duré ; ils avaient été vraiment proches, avaient noué des liens, des liens profonds, et même si ça s'était terminé plus tôt – et de manière plus tragique – que ce qu'il avait escompté, il avait été un meilleur père que le véritable Jay l'aurait jamais été…

En pensant à Jay, il sentit une petite pointe de – de quoi ? – pas vraiment de regret. Pendant tout le temps qu'ils avaient passé ensemble, avant qu'il aille dans le Missouri, pendant tout ce temps, il n'avait fait qu'encourager Jay à entrer en contact avec son fils. « C'est important, n'arrêtait-il pas de lui dire. La famille, c'est important ; Ryan devrait savoir qui est son véritable père ; sinon, sa vie est un mensonge », et

Jay le fixait avec ce regard ironique de camé, comme pour dire : *Tu plaisantes ?*

Mais en fait, Jay n'avait jamais pu se résoudre à le faire parce qu'il était paresseux. Parce qu'il ne voulait pas y mettre tout son cœur, il ne voulait pas prendre la responsabilité d'aimer vraiment quelqu'un, et cela expliquait également qu'il n'ait pas non plus été un escroc particulièrement habile. Hayden avait fait de son mieux pour le former mais, en définitive, Jay n'était pas franchement compétent. Il avait fait tellement d'erreurs, tellement d'erreurs – mon Dieu ! Ryan était bien plus adapté à la course à l'abîme que son père ne l'avait jamais été…

Avec Jay, c'était bêtise sur bêtise, même avec un parfait avatar comme Brandon Orson, et alors que tout était parfaitement organisé en Lettonie, en Chine et en Côte-d'Ivoire. Aussi, quand Jay n'était pas rentré de ce déplacement peu judicieux à Rezekne, Hayden ne s'en était pas étonné.

Mais il avait ressenti de la pitié pour le pauvre fils de Jay qui ne connaîtrait jamais la vérité, il avait ressenti – quoi ? – de la curiosité à son égard, même à l'époque où il vivait sous le nom de Miles Spady à l'université du Missouri, même quand Rachel et lui furent coincés dans ce centre de recherche abandonné, qu'ils se chamaillaient et déprimaient, même dans ces moments-là, il s'était surpris à penser au fils que Jay Kozelek avait perdu de vue depuis longtemps, et quand la situation se dégrada avec Rachel, qu'il finit par rentrer aux États-Unis et qu'il se retrouva dans une chambre d'hôtel, dans le Dakota du Nord, il se dit…

Et si je contactais le fils de Jay, à sa place ? Et si je faisais pour Jay ce qu'il avait été incapable de faire pour lui-même ? Ne serait-ce pas lui rendre un service, en quelque sorte, ne serait-ce pas une façon d'honorer sa mémoire ?

Eh bien.

Eh bien, comme dirait Miles.

Il réfléchit à tout ça sur le parking des urgences, dans la Chrysler déverrouillée, puis il se pencha pour examiner l'enchevêtrement de fils qui se trouvaient dans la colonne de direction jusqu'à ce qu'il repère le rouge. C'était généralement le rouge qui fournissait le courant, et le marron qui lançait le démarreur et, assis sur le siège, la tête penchée en avant, il tenta de se concentrer. Il passa de nouveau le dos de sa main sur ses yeux mouillés et l'essuya sur le devant de sa chemise.

De toute façon, ça se serait terminé un jour. C'était déjà incroyable qu'il ait pu convaincre Ryan et, avec le temps, il y aurait certainement eu les soupçons, les questions auxquelles il n'aurait pas su répondre. Sans doute Ryan aurait-il finalement voulu avancer, peut-être même renouer avec ses parents, ce qui était bien, ce qui était naturel, on ne pouvait pas s'attendre à ce que ce genre de chose dure éternellement.

Oui. Il sortit son canif et dénuda les fils avec soin. Une étape très délicate. Il ne fallait pas se prendre du jus ; ni toucher des fils sous tension.

Il fronça les sourcils, concentrant toute son attention sur ce qu'il était en train de faire, et il y eut une minuscule étincelle et une secousse réveilla la voiture. Une nouvelle vie.

« Pourrait-il y avoir plus grand miracle qu'un fantôme authentique et réel ? »

Il roulait sur l'Interstate 75 en direction du sud et c'est un peu après Flint qu'elle lui revint en mémoire.

Cette citation.

Il était tombé dessus des années plus tôt, lors de cet épouvantable semestre à Yale. Thomas Carlyle, l'essayiste écossais du XIXe siècle, à l'air menaçant et au visage barbu taillé à la serpe, quelqu'un qu'il n'admirait même pas particulièrement, mais il avait mémorisé le passage parce que ça paraissait tellement beau et vrai, et que ça dépassait l'entendement des autres étudiants.

L'anglais Johnson désira toute sa vie voir un fantôme, avait écrit Carlyle. « Mais il n'y parvint pas, bien qu'il se fût rendu à Cock Lane[1], et de là dans des cryptes où il avait frappé sur des cercueils. Docteur insensé ! A-t-il jamais regardé autour de lui avec les yeux de l'esprit et ceux du corps et plongé son regard dans la grande marée de la vie humaine qu'il aimait tant ; a-t-il jamais regardé en lui-même ? Le bon docteur était un fantôme, aussi réel et authentique qu'on pouvait le souhaiter ; près d'un million de fantômes marchaient à ses côtés dans la rue. Une fois de plus, je le répète : balayons l'illusion du Temps ; réduisons ces soixante années à six minutes ; qu'était-il d'autre, que sommes-nous d'autre ? Ne sommes-nous pas des esprits, qui s'incarnent dans un corps, une apparence ; et qui s'évanouissent à nouveau, redeviennent invisibles ? »

Il était en train de passer sous un pont tout en récitant ce passage à haute voix, et il ne pleurait pas vraiment, même si ses yeux étaient humides, la lumière éblouissante des phares derrière lui, les cercles brillants et réfléchissants des balises sur le bord de la route et un panneau vert qui indiquait

1. Le fantôme de Cock Lane était une invention d'une jeune fille y habitant. Samuel Johnson la rencontra en 1762 et dénonça l'imposture. *(N.d.T.)*

« Ne sommes-nous pas tous des esprits ? »

Il se demanda ce que Miles aurait dit à ce sujet.

Il ne lui avait pas parlé depuis longtemps, pas depuis que la situation avec Rachel s'était dégradée, pas depuis ce malheureux voyage dans le Dakota du Nord, et il se posa des questions. Peut-être pourrait-il lui écrire une lettre ; peut-être pourrait-il l'envoyer jusqu'à l'ultime mémorial qu'il s'était fabriqué sur l'île de Banks. *Eadem mutata resurgo* : « Je ressuscite identique à moi-même ». Ce que Miles comprendrait peut-être. Miles pouvait peut-être tourner la page, Miles pouvait changer, aussi. Vivre sa propre vie.

Bien sûr, il lui faudrait l'envoyer d'une façon ou d'une autre au Canada, mais avec Miles, ce n'était pas trop difficile. Pauvre Miles : tellement obsédé et déterminé.

Récemment, il avait lu certaines choses sur « le syndrome du jumeau perdu », ce qui intéresserait sûrement Miles. D'après un article, un embryon sur huit a un jumeau, mais seule une personne sur soixante-dix naît avec un jumeau. La plupart du temps, le jumeau disparu est expulsé naturellement ou bien il est absorbé par le jumeau survivant, ou par le placenta, ou par la mère elle-même.

Il se remit à pleurer en traversant la frontière entre le Michigan et l'Ohio, en pensant à Ryan, sans doute, même s'il savait qu'il ferait mieux de ne pas y penser.

Il avait récolté un nombre de vies exceptionnel, c'est ce qu'on lui avait dit – et il était passé d'un mort à un autre, à travers les siècles, il était passé de Cleveland à Los Angeles puis à Houston ; de Rolla, Missouri à l'île de Banks, Territoires du Nord-Ouest ; du Dakota du Nord au Michigan, et à chaque fois, il avait été une personne différente.

Ses mains tremblaient, et finalement il dut s'arrêter sur une aire de repos, il dut se pelotonner sur la banquette arrière, sans couverture ni oreiller, les mains serrées sur son crâne, et dehors, la pluie qui s'était transformée en neige fondue faisait entendre un tic-tac régulier sur le toit de la voiture volée.

Et s'il démarrait une nouvelle vie ici ? C'était peut-être la réponse. Il avait échoué en tant que père mais il était enseignant dans l'âme, songea-t-il, et cette idée lui plut, l'apaisa, l'idée qu'il soit encore capable, d'une certaine façon, de toucher une jeune vie.

Et s'il devenait quelqu'un d'ordinaire, peut-être un simple professeur de lycée, se dit-il, et tous les élèves l'aimeraient, et il exercerait une influence qui s'étendrait au-delà de lui. Il continuerait à vivre à travers eux. C'était peut-être ringard et ridicule mais ce n'était apparemment pas un mauvais plan pour l'instant, et il se serra contre le capitonnage froid et ferma très fort les yeux.

Il ne penserait jamais plus à Ryan, se promit-il.

Il ne penserait jamais plus à Jay ni à Rachel.

Il ne penserait jamais plus à Miles.

Ne sommes-nous pas tous des esprits ? murmura une voix.

Mais il ne penserait jamais plus à ça non plus.

REMERCIEMENTS

Ma femme, l'écrivain Sheila Schwartz, est morte après s'être longuement battue contre un cancer des ovaires, peu après que je termine ce roman. Nous étions mariés depuis vingt ans. Sheila était mon professeur quand j'étais étudiant en licence, nous sommes tombés amoureux, et au cours de toutes ces années passées ensemble, elle a été mon mentor, mon meilleur critique, mon amie la plus chère, mon âme sœur. J'ai passé les dernières semaines de relecture à étudier ses annotations, et il m'est impossible de dire combien je lui suis reconnaissant de ses conseils avisés, et combien elle va me manquer.

J'ai eu la chance d'hériter d'une éditrice patiente, prévenante et brillante, Anika Streitfeld. Elle m'a accompagné pendant toute l'écriture de ce livre, depuis sa conception jusqu'à son terme, et a été une présence merveilleuse, sage, et d'un grand soutien de bout en bout. J'ai aussi été profondément touché par l'aide et l'enthousiasme de l'équipe de Ballantine, et par la grande attention qu'ils ont toujours portée à mes livres. J'exprime toute ma reconnaissance à Libby McGuire et Gina Centrello pour leur patience de toujours et leur bienveillance.

D'autres personnes qui me sont chères ont joué un rôle important tout au long du processus d'écriture : mon agent, le merveilleux Noah Lukeman, un ami qui m'a toujours beaucoup soutenu ; mes meilleurs potes, Tom Barbash et John Martin ; mes fils, Philip et Paul Chaon ; ma sœur et mon frère, Sheri et Jed, qui ont passé du temps à lire des fragments du manuscrit et qui m'ont conseillé ; mon cercle d'écrivains, Eric Anderson, Erin Gadd, Steven Hayward, Cynthia Larson, Jason Mullin et Lisa Srisuco ; et tous mes étudiants de Oberlin College qui, au cours des années, ont été pour moi une source d'inspiration.

Ce livre rend hommage, et doit beaucoup, à de nombreux auteurs infiniment talentueux qui m'ont inspiré dès l'enfance, parmi lesquels Robert Arthur, Robert Bloch, Ray Bradbury, Daphné du Maurier, John Fowles, Patricia Highsmith, Shirley Jackson, Stephen King, Ira Levin, C.S. Lewis, H.P. Lovecraft, Vladimir Nabokov, Joyce Carol Oates, Mary Shelley, Robert Louis Stevenson, Peter Straub, J.R.R. Tolkien, Thomas Tryon, et bien d'autres encore. En écrivant ce roman, je me suis amusé à leur faire un clin d'oeil et j'espère que – vivants ou morts – ils me pardonneront ces incursions.

Le soutien financier, lors de l'écriture de ce livre, est arrivé sous la forme de bourses de l'Ohio Arts Council et de l'Oberlin Research Grant Program. Je leur en suis profondément reconnaissant.

RÉALISATION : NORD COMPO À VILLENEUVE-D'ASCQ
IMPRESSION : CPI BRODARD ET TAUPIN À LA FLÈCHE
DÉPÔT LÉGAL : NOVEMBRE 2012. N° 109344 (69487)
Imprimé en France